MIRA®

Der Preis dieses Bandes versteht sich einschließlich der gesetzlichen Mehrwertsteuer.

Umwelthinweis:
Dieses Buch wurde auf chlor- und säurefreiem Papier gedruckt.

MIRA®

Der Preis dieses Bandes versteht sich einschließlich der gesetzlichen Mehrwertsteuer.

Umwelthinweis:
Dieses Buch wurde auf chlor- und säurefreiem Papier gedruckt.

Courtney Milan

Im Visier des Verlangens

Roman

Aus dem Amerikanischen von
Traudi Perlinger

MIRA®

MIRA® TASCHENBUCH
Band 25677
1. Auflage: Juli 2013

MIRA® TASCHENBÜCHER
erscheinen in der Harlequin Enterprises GmbH,
Valentinskamp 24, 20354 Hamburg
Geschäftsführer: Thomas Beckmann

Titel der nordamerikanischen Originalausgabe:
Trial by Desire

erschienen bei: HQN Books, Toronto

Published by arrangement with
Harlequin Enterprises II B.V./S.ár.l
Konzeption/Reihengestaltung: fredebold&partner gmbh, Köln
Umschlaggestaltung: pecher und soiron, Köln
Redaktion: Bettina Lahrs
Titelabbildung: Harlequin Enterprises S.A., Schweiz
Autorenfoto: © Harlequin Enterprises S.A., Schweiz
Satz: GGP Media GmbH, Pößneck
Druck und Bindearbeiten: CPI – Ebner & Spiegel, Ulm
Printed in Germany
Dieses Buch wurde auf FSC®-zertifiziertem Papier gedruckt.
ISBN 978-3-86278-738-8

www.mira-taschenbuch.de

PROLOG

London, 1838

Lady Kathleen Carhart hütete ein Geheimnis.

In Wahrheit hütete sie mehr als eines, doch das Geheimnis, an das sie beim Frühstück mit ihrem Gemahl dachte, war erst gestern geliefert worden und lag in Seidenpapier gehüllt in ihrer Wäschekommode. Und wüsste er, worum es sich handelte …

Sie lächelte still in sich hinein.

Er legte die Zeitung beiseite und richtete den Blick auf sie. Seine feucht glänzenden braunen Augen, dunkler als die Schokolade in ihrer Tasse, kontrastierten stark mit dem sandfarbenen Haar. Er ahnte nicht, was er in ihr auslöste, wenn er sie so ansah. Kate zerknüllte die Serviette zwischen den Fingern; ein unmerkliches Beben durchflog sie. Ein Wunsch keimte in ihr auf, nein, Sehnsucht, Begehren. Und genau darin bestand ihr Problem.

„Vor ein paar Tagen hatte ich ein Gespräch mit meinem Cousin Gareth", ergriff er das Wort.

In London führten wohl unzählige Ehepaare eine ähnlich banale Unterhaltung am Frühstückstisch. Kates Mutter hatte ihr eingeschärft, sich eine praktische Sichtweise in Bezug auf die Ehe anzueignen und zu akzeptieren, dass sie und ihr Gatte artigen und höflichen Umgang miteinander pflegen würden.

Allerdings hatte Kate keinen durchschnittlichen Londoner Gentleman geheiratet. Edward Carhart pflegte keinen artigen und höflichen Umgang mit anderen – nur mit seiner frisch angetrauten Gemahlin.

„Und was hatte Gareth zu berichten?", fragte Kate.

„Wie du weißt, besitzen wir beträchtliche Anteile an der East India Company."

„So wie die meisten wohlhabenden Familien. Eine gute Investition. Das Unternehmen handelt mit Tee, Salpeter und

Seide …" Ihre Stimme verlor sich.

Wüsste er, was ihr bei dem Wort *Seide* durch den Sinn ging, würde er nicht so gelassen bleiben. Denn sie hatte ein hauchdünnes Nachthemd in der Bond Street erstanden, ein Gespinst aus indischer Seide, am Ausschnitt von lavendelfarbenen Schleifen gehalten, wohl die einzige Konzession an Sittsamkeit. Und dieses Negligé lag in ihrer Wäschekommode und wartete darauf, von Kate in der kommenden Nacht getragen zu werden.

„Seide", bestätigte Ned, den Blick in die Ferne gerichtet, ohne zu bemerken, wie sie sich vorbeugte, „und andere Waren. Opium zum Beispiel."

„Opium stünde nicht auf meiner Einkaufsliste."

Er lächelte nicht. Sein Blick flog nur unstet hin und her, als sei er verlegen. „Jedenfalls sprachen wir über die jüngsten Entwicklungen in China." Ned faltete die Zeitung. „Und wir kamen überein, jemand müsse sich persönlich vor Ort ein Bild über die Situation machen."

Er klang ungewöhnlich ernsthaft. Kate furchte die Stirn.

„Mit jemand meinst du wohl Mr White, und mit vor Ort das Kontor in …"

„Mit *jemand*", erklärte Ned mit Nachdruck, „meine ich *mich*, und mit *vor Ort* meine ich China."

Er legte die gefaltete Zeitung auf den Tisch und strich sich über das Kinn. Die Morgensonne wirkte plötzlich zu grell. Die gleißenden Strahlen, die durch das Fenster hinter ihm fielen, verschatteten seine Gesichtszüge. Sie konnte den Ausdruck seiner Augen nicht erkennen. Gewiss scherzte er und würde im nächsten Moment die Mundwinkel belustigt hochziehen.

Vorsichtig stellte sie ihre Tasse ab und lächelte dünn. „Dann wünsche ich dir eine gute Reise. Wirst du zum Tee zurück sein?"

„Nein. Die *Peerless* legt zur Mittagsstunde von den St. Katharine Docks ab, und ich werde an Bord sein."

Nicht nur das grelle Licht blendete sie. Sie hob den Blick, als ihr die Wahrheit dämmerte. „Grundgütiger, du meinst es also ernst. Du verlässt mich? Aber ich dachte …“

Sie hatte gedacht, ihm das seidene Negligé vorführen zu können.

Er schüttelte den Kopf. „Kate, wir sind seit drei Monaten verheiratet und wissen beide, dass wir uns nur deshalb zu diesem Schritt entschieden haben, weil man uns in einer verfänglichen Situation ertappte und mehr dahinter vermutete, als vorgefallen war. Wir haben geheiratet, um einen Skandal im Keim zu ersticken.“

Seine unverhohlenen Worte ließen ihre Hoffnungen noch törichter erscheinen.

„Die Wahrheit ist doch“, fuhr er fort, „dass wir beide eigentlich nicht auf eine Ehe vorbereitet waren.“

Sie beide?

Ned schob den Stuhl nach hinten und stand auf. „Ich hatte bisher keine Gelegenheit, mich zu beweisen. Und …“, er zögerte und machte eine fahrige Handbewegung. „Und es ist mein Wunsch.“

Er legte die Serviette auf den Teller und wandte sich ab. Das Zimmer begann, sich um Kate zu drehen.

Er tat so, als sei dies ein völlig normales Gespräch beim Frühstück an einem beliebigen Tag.

„Ned!“ Ungestüm sprang Kate auf. Ihr Ausbruch schien mehr Kraft zu haben, die Flutwelle einzudämmen, die ihre Ehe zu zerstören drohte, als das durchsichtige Seidenhemd, das in ihrem Schlafzimmer auf seinen Einsatz wartete.

Seine Flucht endete an der Türschwelle. Er verharrte, die Schultern angespannt wie zwei hölzerne Bügel unter dem feinen Tuch seines Gehrocks.

Sie fand keine Worte, um die Kälte zu benennen, die ihr das Blut in den Adern gefrieren ließ, und begnügte sich mit: „Ich wünschte, du würdest nicht gehen. Ich wünschte, du würdest bleiben.“

Er drehte den Kopf zur Seite, nur so weit, um sie sehen zu können. In dieser kurzen Sekunde entdeckte sie etwas in seinem Blick, von dem sie heimlich geträumt hatte: Hunger, ein Verlangen, als bedeute sie ihm mehr als nur ein Name unter der Heiratsurkunde. Er stieß den Atem hörbar aus und schüttelte den Kopf.

„Ich wünschte“, sagte er leise, „ich könnte dir diesen Wunsch erfüllen.“ Damit wandte er sich ab und ging.

Sie wollte ihm nachlaufen, wollte etwas sagen, irgendetwas. Was sie indes lähmte, war die Erkenntnis, dass er ebenso rastlos war wie sie bis vor Kurzem.

Und sie wusste mit eisiger Klarheit, dass sie ihm diese Rastlosigkeit nicht nehmen konnte, nicht mit einem Dutzend seidener Negligés.

Ihr blieb nur die Genugtuung, die Fassung gewahrt zu haben und ihn glauben zu lassen, sie sei nicht im Geringsten verletzt und erschüttert von seinem Entschluss. Sie hatte das Geheimnis ihrer Sehnsucht zu sorgsam gehütet, eingehüllt in Seidenpapier.

So wie sie all ihre Geheimnisse hütete. Und nun war es zu spät für eine Erklärung.

1. KAPITEL

Berkshire, drei Jahre später

Die Straße den Hügel hinauf war von einer schulterhohen Mauer begrenzt. Als Kate letzte Nacht mit der Amme ins Tal gewandert war, hatten die dunklen Steinquader bedrohlich gewirkt wie geduckt lauernde Unwesen. Sie hatte sich vorgestellt, Eustace Paxton, Earl of Harcroft, lauere hinter jedem Vorsprung, um sich in der nächsten Sekunde auf sie zu stürzen und mit üblen Beschimpfungen zu verfluchen.

Jetzt, im milchigen Morgennebel, nahm sie gelbe Blüten von Wildkräutern wahr, die sich zwischen den Mauerritzen angesiedelt hatten. Die alte bröckelnde Mauer hatte ihren Schrecken verloren, und Harcroft war dreißig Meilen entfernt in London, ohne etwas von ihrer Beteiligung an seinem Unglück zu ahnen. Sie hatte sich einen Vorsprung verschafft und konnte zum ersten Mal seit zwei Wochen wieder freier atmen.

Als habe sie sich zu früh in Sicherheit gewiegt, trug ihr der Morgenwind das Klappern von Pferdehufen zu. Aufgeschreckt fuhr sie herum, ihr Herz klopfte bang. Trotz der Hitze, die in ihr aufstieg, zog Kate den schweren Umhang enger um die Schultern. Er war ihr auf die Schliche gekommen. Er war hinter ihr her …

Hinter ihr war nichts, nur wabernder Morgennebel. Sie sah Gespenster. Es war undenkbar, dass Harcroft ihr Geheimnis so rasch entdeckt haben könnte. Sie wollte erleichtert aufatmen und verschluckte sich beinahe. Wieder Hufeklappern und Knirschen von Wagenrädern. Diesmal aber kam das Geräusch eindeutig von oben. Sie spähte angestrengt nach vorne. Dunkle Umrisse eines Karrens, der schwerfällig den Hügel hinaufgezogen wurde, zeichneten sich verschwommen ab.

Ein beruhigender und vertrauter Anblick. Die Nebelschwaden hatten die Geräusche gedämpft. Während Kate mühsam bergauf stapfte, sah sie, dass der von einem Gaul gezogene Karren mit Holzfässern beladen war, deren Beschriftung sie aus der Ferne nicht erkennen konnte. Das Zugpferd war von undefinierbarer Farbe. Im Nebel wirkte sein Fell braun gefleckt, von hellgrauen Streifen durchzogen. Das Tier kämpfte sich mühsam bergauf, seine Muskeln und Sehnen zitterten vor Anstrengung.

Kate atmete erleichtert auf. Es war ein einfacher Fuhrmann. Nicht Harcroft. Niemand, von dem ihr Gefahr drohte, wenn er herausfand, welche Rolle sie letzte Nacht gespielt hatte. Dennoch zog sie die Kapuze tiefer ins Gesicht, um nicht erkannt zu werden.

Als sollte sie an den Albtraum erinnert werden, dem Louisa entflohen war, drang ein scharfer Peitschenknall an ihr Ohr. Kate presste die Zähne aufeinander und beschleunigte ihre Schritte. Dreißig Sekunden später und ebenso viele Schritte näher, knallte die Peitsche wieder. Sie biss sich auf die Unterlippe.

Sie musste sich beherrschen. Lady Kathleen Carhart hätte den Fuhrmann mit scharfen Worten zurechtweisen können. Da sie sich aber in dem groben Wollumhang als einfache Magd ausgab, tat sie gut daran, den Blick gesenkt zu halten. Dienstboten wiesen niemanden zurecht, schon gar nicht einen Mann mit einer Peitsche. In ihrer Verkleidung würde er ihr nicht glauben, wenn sie sich als Gutsherrin zu erkennen gab.

Da sie ihre Aktivitäten außerdem geheim halten wollte, war es nicht in ihrem Sinn, wenn sich in der Nachbarschaft herumsprach, die Herrin von Berkswift sei als Dienstmagd verkleidet in aller Herrgottsfrühe zu Fuß auf der Landstraße gesehen worden. Erneut sauste die Peitsche erbarmungslos auf den geschundenen Gaul nieder, während Kate sich mit geballten Fäusten dem Fuhrwerk näherte. Ihr Zorn war vielleicht der Grund, warum sie zunächst nichts anderes hörte als das Knallen der Peitsche und das Knirschen der Wagenräder. Doch dann drehte der Wind und trug ihr das rhythmische Klappern trabender Hufe zu.

Kate warf einen Blick über die Schulter. Ein Reiter näherte sich den Hügel herauf.

Möglicherweise hatte ein einfacher Fuhrmann während eines Erntedankfestes einen flüchtigen Blick auf Lady Kathleen werfen können – und hatte bei einem Krug Bier in der Dorfschänke vielleicht damit geprahlt, der Tochter des Herzogs leibhaftig begegnet zu sein. In dem derben Wollumhang und der Dienstbotenhaube würde er sie jetzt jedenfalls nicht erkennen.

Aber bei einem Reiter könnte es sich um einen Adeligen handeln. Vielleicht sogar um den Earl of Harcroft, auf der Suche nach seiner verschwundenen Ehefrau. Sollte der Earl sie in ihrer Verkleidung erkennen, würde er sich zusammenreimen, welche Rolle sie beim Verschwinden seiner Frau gespielt hatte. Und dann müsste er lediglich ihre Spur ein paar Meilen zurückverfolgen. Die Schäferhütte lag nicht weit entfernt.

Kate zog die Kapuze tiefer ins Gesicht und drückte sich gegen die Mauer; ihre Finger streiften den rauen Sandstein. Sie hob zwar die Schultern unter dem derben Umhang, reckte aber kämpferisch das Kinn, fest entschlossen, Louisa unter keinen Umständen ihrem Ehemann auszuliefern.

Der Reiter tauchte aus dem Nebel auf, als Kate die Hügelkuppe erreichte. Milchige Schwaden waberten um die Fesseln des Pferdes wie Meereswogen. Eine elegante Vollblutstute, grau wie der dampfende Nebel, durch den sie zu waten schien. Nicht Harcrofts kastanienbrauner Hengst. Erleichtert musterte Kate den Reiter.

Er trug einen breitrandigen Hut und einen langen Mantel, dessen Schöße im Takt mit den Hufschlägen seiner Stute wippten. Wer auch immer er sein mochte, seine Schultern waren zu breit, um Harcroft zu gehören. Außerdem war das Gesicht des Fremden von einem sandfarbenen Bart halb zugewachsen. Das war keinesfalls Harcroft. Auch kein anderer Mann, den sie kannte.

Was allerdings nicht bedeutete, dass der Mann sie nicht erkannte und Gerüchte verbreiten könnte.

Sie atmete tief durch und wandte den Blick nach vorne. Wenn sie keine Aufmerksamkeit auf sich zog, würde er keine Notiz von ihr nehmen. Für einen Aristokraten war eine Dienstmagd buchstäblich unsichtbar.

Die leichten Hufschläge der Stute näherten sich. Das edle Tier bewegte sich mühelos im Gegensatz zu dem bedauernswerten Gaul, der seine gewaltige Last immer noch den Hügel hinauf schleppte. Aber Kate musste sich auf ihre eigenen Sorgen konzentrieren. Aus dem Augenwinkel nahm sie wahr, wie der Reiter das Fuhrwerk überholte. Dabei streiften seine Mantelschöße die Scheuklappen des Zugpferds. Eine kurze Berührung, mehr nicht.

Der Gaul legte die Ohren flach an, scheute und schlug nach hinten aus. Die Wagendeichsel knirschte bedrohlich, und Kate presste den Rücken gegen die Mauer. Die Mantelschöße flatterten erneut im Wind, die Peitsche knallte, und Kate zuckte erschrocken zusammen. Der gequälte Klepper stieß ein gespenstisch schrilles, lang gezogenes Wiehern aus und stieg. Gefährlich kippte der Karren nach hinten, die Hufe donnerten zur Erde. Holz splitterte krachend. Kate fuhr herum.

Die Wagendeichsel war in der Mitte gebrochen. Das Pferd, gefangen in Halfter und Zugriemen, versuchte vergeblich, in seiner Todesnot zu fliehen.

Kate erhaschte einen Blick auf ein schwarzes verdrehtes Auge, auf die flach an den mächtigen Schädel gelegten Ohren. Der gehetzte Blick der bejammernswerten Kreatur war auf sie gerichtet. Und wieder zerriss ein Peitschenknall die Luft. Der Gaul stieg erneut, so nah an Kates Gesicht, dass sie die Hufeisen aufblitzen sah. Gelähmt wie ein geducktes Kaninchen im Gras, auf das sich ein Habicht aus den Lüften stürzte, stand sie an die Mauer gepresst da. Ihr Verstand arbeitete unendlich träge. Sie hätte die Rippen des Gauls zählen können, jeden einzelnen Bogen, während die mächtigen Hufe herniedersausten.

Und dann war der Moment der Lähmung vorbei, ihr Überlebenswille siegte.

Sie sackte zusammengekrümmt zu Boden, eine Sekunde, ehe die Hufe gegen die bröckelnde Mauer schlugen, wo eben noch ihr Kopf gewesen war. Beim ersten Mal regneten Gesteinssplitter und Sand auf sie herab. Beim zweiten Mal wurde sie von einem Stein an der Wange getroffen. Der Gaul stieß wieder dieses gespenstische Wiehern aus und stieg ein drittes Mal.

Bevor die Hufe diesmal aufschlugen, wurde sie gewaltsam an den Armen hochgerissen und an einen kraftvollen Männerkörper gepresst, der sie vor den Eisen des tobenden Zugpferdes schützte. Der Reiter der grauen Stute war ihr offensichtlich zu Hilfe geeilt.

Sie hatte keine Chance, sich gegen ihn zur Wehr zu setzen, selbst wenn sie den Wunsch dazu verspürt hätte. Von kraftvollen Händen mit eisernem Griff um die Mitte gepackt, wurde sie zur flachen Mauerbegrenzung gehoben, an der sie sich hochzog, bis sie auf der Mauer kauerte. Der Reiter schaute zu ihr auf. Seine Augen, dunkelbraun wie Moorseen im bärtigen Gesicht, blitzten verwegen, als sei dies das aufregendste Abenteuer, das er seit Jahren erlebt hatte. Einen flüchtigen Moment hatte sie das schwindelerregende Gefühl einer Erinnerung.

Ich kenne diesen Mann.

Doch dann wandte er sich ab, und die flüchtige Erinnerung verwehte, rieselte ihr durch die Finger wie die Sandkörner der Mauer, an der sie sich festkrallte.

Wer immer dieser Fremde sein mochte, er kannte keine Angst. Vielmehr wandte er sich dem schäumenden Gaul zu, bewegte sich behutsam wie auf Zehenspitzen, wich in tänzerischer Anmut den tödlichen Hufschlägen aus.

„Nun komm schon, Champion." Seine Stimme klang leise, aber bestimmt. „Ich will dir nicht zu nahe kommen, aber wenn ich die Zugriemen nicht durchschneide, beruhigst du dich nie."

„Die Zugriemen durchschneiden!", protestierte der Fuhrmann und hob die Peitsche. „Was, zum Teufel, soll das heißen, die Zugriemen durchschneiden?"

Der Fremde schenkte ihm keine Beachtung, machte eine halbe Drehung und trat hinter das Pferd.

Das Gesicht zu einer hässlichen Fratze verzogen, umklammerte der Fuhrmann die Griffe seiner Peitsche. „Was fällt Ihnen ein?"

Der Gentleman drehte dem zornigen Fuhrmann den Rücken zu, während er unablässig leise redete, nein murmelte. Kate konnte nicht verstehen, was er sagte, hörte nur seinen beruhigenden Tonfall. Der Gaul stieg ein letztes Mal, dann tänzelte er nervös, drehte den Kopf von einer Seite zur anderen, um den Mann hinter ihm im Auge zu behalten. Ein Schnitt mit dem Messer, dann ein zweiter, ein paar Handgriffe an den Schlaufen, und das Pferd war vom Geschirr befreit.

„Was tun Sie da, verdammt? Der Gaul gehört mir! Sie haben kein Recht, die Riemen durchzuschneiden!"

Das Pferd wollte losstürmen, kam jedoch nicht weit, da der Kutscher die Zügel immer noch in den Fäusten hielt. Befreit vom schwer beladenen Karren und vor allem außer Reichweite der gnadenlosen Peitsche, erlahmten die Fluchtversuche bald; das Tier stampfte noch ein paar Mal auf, bevor es schnaubend den Kopf senkte und seine Umgebung beäugte.

„Siehst du?", sagte der Fremde. „Schon besser, wie?"

Und alles schien tatsächlich besser zu werden. Kates Herzklopfen beruhigte sich, der Gaul stampfte nicht länger mit den Hufen in den Straßenmatsch, und der Fuhrmann hörte auf, den Griff seiner Peitsche gegen seine Stiefel zu schlagen. Kate krallte die Finger um das feucht bemooste Mauerwerk.

„Ihr feinen Leute seid alle gleich. Ihr verhätschelt die Biester", knurrte der Fuhrmann verärgert. „Blödes Vieh."

Die letzten Worte waren an den Gaul gerichtet, der immer noch zitternd mit flach angelegten Ohren am gesenkten Schädel schnaubend dastand. Der bärtige Gentleman – der kultivierten Sprache und dem eleganten Schnitt seines Mantels nach zu schließen tatsächlich ein Aristokrat – nahm endlich Notiz von dem Fuhrmann, trat an den Kutschbock und nahm ihm kurzerhand die Zügel aus der Hand, was der völlig verdutzte Mann widerspruchslos geschehen ließ.

„Verhätscheln nennen Sie das also", sagte der Fremde höflich. „Ich halte nichts von Tierquälerei, und Champion ist ein Tier, ein Lebewesen, kein Stück Holz, falls Ihnen das entgangen sein sollte. Im Übrigen ist es ratsam, Tiere anständig zu behandeln, die groß genug sind, um einen Menschen zu Tode zu trampeln, wenn sie vor Angst dazu getrieben werden. Schreiben Sie sich das hinter die Ohren, Sie Rohling."

Die flüchtige Ahnung einer Erinnerung stellte sich wieder ein, beunruhigend wie undefinierbarer Rauchgeruch im Wind. Die Stimme war Kate irgendwie vertraut – aber nein, diesen unbefangen selbstbewussten Tonfall hatte sie noch nie gehört.

Kate holte wieder tief Atem und erstarrte. Bislang hatte sie den Gaul nur flüchtig wahrgenommen. Im Nebel hatte sie die hellen Flecken und Streifen in seinem Fell für eine ungewöhnliche Laune der Natur gehalten. Als sie nun oben auf der Mauer kauerte, erkannte sie die Zeichen. Es waren Narben. Narben von Peitschenhieben, unter denen die Haut geplatzt und Blut geflossen war. Narben, wo ein schlecht sitzendes Geschirr die Haut wund gescheuert hatte im Lauf von weiß Gott wie vielen Jahren der Schinderei.

Kein Wunder, dass der bedauernswerte Gaul sich gegen seinen Peiniger aufgelehnt hatte.

Der Tierschinder breitete abwehrend die Hände aus. „Was reden Sie da?", verteidigte er sich. „Ich quäle den störrischen Klepper doch nicht. Und schon meine Mutter hat immer gesagt, Leiden sind von Gott geschickt, um uns stärker zu machen. Das steht auch in der Bibel, glaube ich wenigstens." Er begleitete seine Rede mit einem unschlüssigen Achselzucken.

„Seltsam." Der Fremde lächelte entwaffnend. Sogar unter seinem dichten Bart wirkte sein Lächeln ansteckend, und der Fuhrmann erwiderte es mit einem breiten Grinsen, das schwarze Zahnlücken zeigte. „Ich entsinne mich an keine Bibelstelle, die das Prügeln von Tieren gutheißt. Außerdem muss ich Ihnen widersprechen. Nach meiner Erfahrung stärkt Leiden keineswegs. Vielmehr hinterlässt es böse Narben, die man jahrelang nicht loswird."

„Was?"

Der Gentleman machte eine wegwerfende Handbewegung und wandte sich wieder dem Pferd zu. „Nur so ein Gedanke, nicht der Rede wert. Gefühlsregungen, die sich ins Gedächtnis eingraben, sind zweifellos falsch."

Kate unterdrückte ein Lächeln. Als könnte der Gentleman sie sehen, zogen sich seine Mundwinkel hoch. Da seine ungeteilte Aufmerksamkeit dem zitternden Zugpferd galt, zweifelte sie allerdings daran, dass er sich ihrer Gegenwart überhaupt noch bewusst war. Langsam rutschte sie von der Mauer zur Erde.

Der Fremde kramte in seinen Manteltaschen und holte einen Apfel hervor. Die Nüstern des Gauls blähten sich, seine Ohren richteten sich halb auf. Seine vorstehenden Rippen und die eingefallenen Flanken zeigten, dass er halb am Verhungern war. Unter den verkrusteten Striemen und Abschürfungen mochte sein Fell einst kastanienbraun gewesen sein. Aber Kohlenstaub und Straßendreck hatten seinem stumpfen Fell jeden Glanz genommen.

„Um Himmels willen, füttern Sie ihn nicht", protestierte der Fuhrmann. „Der Gaul ist nichts wert. Er gehört mir seit drei Monaten, aber so oft ich ihn die Peitsche auch spüren lasse, er bleibt widerspenstig und bockbeinig."

„Da haben wir es", gab der Gentleman zurück. „Das klingt nicht nach Einsicht, hab ich recht, Champion?" Er warf den Apfel vor der Pferdeschnauze zur Erde und richtete den Blick in die Ferne.

Er schien gut mit Pferden umzugehen. Sanft. Freundlich. Nicht, dass es eine Rolle gespielt hätte, denn wer immer er auch sein mochte, sie wollte nichts mit ihm zu tun haben. Er durfte nichts von Lady Kathleen erfahren, wenn sie ihre Geheimnisse bewahren wollte. Kate begann, sich vorsichtig von dem Schauplatz zu entfernen.

„Champion? Wen nennen Sie denn Champion?"

„Nun ja, hat er denn einen anderen Namen?" Der Fremde machte keine Anstalten, sich dem Pferd zu nähern. Er stand in drei Schritten Abstand, die Zügel locker in der Hand, und hielt den Blick in die Ferne gerichtet, genauer gesagt nach Berkswift, Kates Herrenhaus hinter der nächsten Anhöhe und der von Bäumen gesäumten Auffahrt.

„Einen Namen?" Der Fuhrmann zog die Stirn in Falten, als sei ihm diese Vorstellung völlig fremd. „Ich sag einfach Hü und Hott oder Brr, wenn er stehen bleiben soll. Der Klepper ist nichts wert, für den krieg ich nicht mal einen Penny fürs Pfund Fleisch vom Schlachter."

Der Gentleman krümmte die Finger um die Zügel. „Ich gebe Ihnen zehn Pfund Sterling für das ganze Tier."

„Zehn Pfund? Das ist ja kaum mehr als ich vom Abdecker ..."

„Wenn der Klepper auf dem Weg zum Abdecker durchgeht, zahlen Sie wesentlich mehr für den Sachschaden, den er anrichtet." Der Fremde warf einen Blick in Kates Richtung, die im Begriff war, sich an der zerbrochenen Deichsel vorbeizuschleichen.

Es war das erste Mal, dass er sie direkt ansah, und Kate spürte seinen Blick verstörend und vertraut zugleich. Sie drückte sich gegen die Mauer.

Stumm schüttelte der Gentleman den Kopf und schaute in die andere Richtung. „Ich sollte Sie wegen Tierquälerei und Personengefährdung anzeigen." Er holte einen Lederbeutel aus seiner Manteltasche und begann, Münzen zu zählen.

„Nun mal langsam. Wir sind uns nicht handelseinig. Wie soll ich denn mein Fuhrwerk hier wegschaffen?"

Der Fremde zuckte gleichgültig mit den Schultern. „Mit der gebrochenen Deichsel? Ich kann mir nicht vorstellen, dass Ihnen ein Pferd dabei eine große Hilfe wäre." Während er sprach, holte er noch ein paar Münzen aus dem Beutel und legte das Häufchen auf den Kutschbock. „Fragen Sie unten im Dorf nach Hilfe."

Missmutig schüttelte der Fuhrmann den Kopf und steckte die Münzen ein. Dann kletterte er vom Bock und stapfte talwärts. Der Gentleman blickte ihm schweigend nach.

Da er abgelenkt war, beschloss Kate, sich weiter zu entfernen. Das Pferd war in Sicherheit, und wenn sie sich beeilte, war auch ihr Geheimnis – Louisas Geheimnis – in Sicherheit. Wer immer der Fremde sein mochte, er hatte sie gewiss nicht erkannt, sondern hielt sie vermutlich für eine Magd auf einem Botengang für ihre Herrschaft. Unscheinbar und bedeutungslos wie das Pferd, das er gerettet hatte.

Er tippte mit dem Finger an seine Hutkrempe und wandte sich seiner Stute zu, die friedlich am Wegrand graste.

Kate hatte angenommen, das geschundene Zugpferd würde seinem neuen Herrn brav folgen. Weit gefehlt. Der Klepper ließ den Kopf nicht hängen, schüttelte stattdessen seine verfilzte Mähne, zog die Lefzen hoch, spreizte seine klapperdürren schorfigen Beine und verweigerte den Gehorsam.

Mit gesenktem Kopf wich die Stute ein paar Schritte zurück.

„Denken Sie, die beiden gehen ruhig nebeneinander her?", fragte der Gentleman.

Da der Kutscher bereits die Straße zum Dorf hinunterstapfte, war niemand da, an den er seine Frage gerichtet haben könnte. Offenbar meinte er daher wohl sie.

Kate blieb stehen, wagte aber nicht, zu antworten. Ihre Stimme würde sie als Dame verraten, auch in dem derben Umhang. Sie schüttelte den Kopf.

Der Klepper zeigte sein braunes Gebiss. Deutlicher hätte er seine Warnung nicht zum Ausdruck bringen können, die lautete: *Bleib mir vom Leib. Ich bin ein gefährlicher Hengst!*

Der Fremde blickte von einem Tier zum anderen und gab selbst die Antwort. „Ich fürchte nicht." Ein belustigtes Lächeln umspielte seine Lippen, als sein Blick Kate erneut erfasste, die wie angewurzelt dastand.

In diesen Augen blitzte eine rastlose Vitalität. Seine Stimme und sein nonchalantes Selbstvertrauen weckten wieder dieses unbestimmte Gefühl eines Déjà-vu-Erlebnisses in ihr. Sie glaubte, ihn zu kennen.

Vermutlich wollte sie nur einen Mann wie ihn kennen, und dieses Gefühl der Vertrautheit war lediglich Einbildung. An einen Mann wie ihn würde sie sich erinnern.

Sein Gesicht, soweit es unter dem breiten Hut und dem struppigen Bart zu sehen war, wirkte sonnengebräunt. Seine Schultern waren breit, allerdings nicht durch wattierte Schulterblätter künstlich erweitert. Gemächlich schlenderte er in Kates Richtung.

Nein, einen Mann wie ihn hätte sie nicht vergessen. Sein unverwandt auf sie gerichteter Blick alarmierte sie. Beinahe so, als kenne er ihre Geheimnisse, als mache er sich darüber lustig.

„Tja“, erklärte er heiter, „wir sitzen ganz schön in der Tinte, Mylady.“

Mylady? Eine Dame trug keinen kratzenden grauen Wollumhang und versteckte ihr Gesicht nicht unter Dienstbotenhaube und Kapuze. Hatte er ihr elegantes Kleid unter dem Umhang bemerkt, als er sie auf die Mauer hob? Oder wusste er von Anfang an, wer sie war?

Er musterte sie in typisch männlich abschätzender Art von Kopf bis Fuß, ehe er den Blick wieder auf ihr Gesicht richtete.

Es wäre töricht, sich zu wünschen, er hätte sie nicht angefasst und sie stattdessen von den Pferdehufen niedertrampeln lassen. Allerdings wünschte sie, er würde endlich seiner Wege gehen. Wenigstens verzichtete er auf eine abfällige Bemerkung über ihre Verkleidung. Stattdessen …

„Diese Situation“, fuhr er fort und machte eine ausladende Geste mit der Hand, in der er die Zügel des soeben erstandenen Pferdes hielt, „erinnert mich an eines dieser kniffligen Rätsel, die ein Freund aus meiner Studentenzeit in Oxford gerne zu stellen pflegte. Ein Schafhirte, drei Schafe und ein

Wolf müssen einen Fluss überqueren in einem Boot, in dem nur Platz für zwei ist …"

Erkenntnis und damit verbundene Enttäuschung fassten Wurzel. Kein Wunder, dass er ihr keine peinlichen Fragen über ihre Vermummung und ihre fehlende Begleitung gestellt hatte. Er gehörte zum Kreis jener Herren, die eine Wette über Lady Carhart abgeschlossen hatten. Er sprach in einem beiläufigen, beinahe vertraulichen Ton mit ihr, zu dem allerdings das förmliche *Mylady* nicht passen wollte. Sie entsann sich seiner Hände um ihre Mitte und der flüchtigen Körperberührung, die sie im Moment des Schreckens lediglich als kurzen Kontakt mit gestählten Muskeln wahrgenommen hatte. Im Nachhinein prickelte ihre Haut an den Stellen, wo er sie berührt hatte, als wecke die Erinnerung geheime Sehnsüchte in ihr.

Wenn er sie also gut genug kannte, um den Versuch zu wagen, eine Wette zu gewinnen, würde er auch Klatsch über sie verbreiten. Gerüchte würden in den Salons kursieren und über kurz oder lang Harcroft zu Ohren kommen. Nun ging es nicht länger darum, ob Harcroft von ihren Eskapaden erfuhr, sondern nur noch darum, wie und wann.

Kate bemühte sich, einen klaren Kopf zu bewahren. Es galt unbedingt zu vermeiden, dass diese Situation und ihre Verkleidung mit ihrem Geheimnis in Verbindung gebracht wurden. Sie straffte die Schultern.

„Dies ist nicht der richtige Zeitpunkt, um alberne Rätsel zu lösen", erklärte sie kühl. „Sie wissen, wer ich bin."

Verdutzt sah er sie an, rieb sich das bärtige Kinn und schüttelte den Kopf. „Natürlich weiß ich, wer Sie sind. Das wusste ich in der Sekunde, als ich meine Hände um ihre Taille legte."

Kein wahrer Gentleman hätte je gewagt, eine derart anzügliche Anspielung zu machen. Allerdings hätte ein wahrer Gentleman auch nicht den Wunsch in ihr geweckt, ihre Hände an die Stellen zu pressen, die er vor Kurzem berührt hatte.

Sie schenkte ihm ein gewinnendes Lächeln, das er nach kurzem Zögern in gleicher Weise erwiderte. Kate hob die Hand und lockte ihn mit gekrümmtem Zeigefinger. Er trat einen Schritt näher.

„Sie denken an diese Wette, nicht wahr?"

Verdutzt blieb er stehen und schüttelte den Kopf. Kate ließ sich durch seine gespielte Begriffsstutzigkeit nicht ins Bockshorn jagen. Sie hatte im Lauf der Jahre zu viele Varianten plumper Annäherungsversuche durchschaut.

„Sie ist seit zwei Jahren Stadtgespräch, machen Sie mir also nichts vor", entgegnete sie spitz. „Und Sie …", nun stocherte sie mit dem Zeigefinger gegen seine Brust. „Sie haben es darauf angelegt, die Wette zu gewinnen und die fünftausend Pfund einzustreichen."

Seine Miene verfinsterte sich.

„Schon gut", fuhr Kate spöttisch fort. „Ich weiß, eine Dame mischt sich nicht in Männerangelegenheiten ein, wobei Sie es nicht verdienen, als Gentleman bezeichnet zu werden, wenn Sie sich auf das schändliche Spiel eingelassen haben, mich verführen zu wollen."

Er straffte die Schultern und starrte sie verständnislos an. „Sie verführen? Aber …"

„Bringe ich Sie etwa in Verlegenheit?", höhnte sie erzürnt. „Habe ich Ihren Stolz mit meiner Offenheit verletzt? Nun können Sie sich vielleicht denken, wie mir dabei zumute ist, wenn meine Tugend Gesprächsstoff in der Londoner Gesellschaft ist."

„Aber …"

„Sparen Sie sich Ihre Ausflüchte. Sagen Sie die Wahrheit. Haben Sie mir aufgelauert, um mich in Ihr Bett zu locken?"

„Nein!", widersprach er gekränkt. Dann presste er die Lippen aufeinander, als habe er einen bitteren Geschmack im Mund. „Um aufrichtig zu sein", fuhr er schließlich leise fort, „und wenn ich es mir recht überlege, ja. Aber …"

„Meine Antwort lautet: nein, danke. Ich habe alles, was eine Frau sich wünschen kann."

„Tatsächlich?"

Eindringlich sah er sie nun an. Sie überlegte, mit welchen Worten er seinen Freunden diese Begegnung schildern würde. Er würde den Schwerpunkt auf ihre Argumente legen, nicht auf ihre Kleidung. Harcroft würde davon erfahren, ohne Verdacht zu schöpfen. Es wäre lediglich der Bericht eines weiteren Mannes, der sein Ziel nicht erreicht hatte.

„Ich führe ein erfülltes Leben", erklärte sie und zählte ihre Argumente an den Fingern ab. „Ich beschäftige mich mit karitativen Aufgaben, habe einen wohlmeinenden Vater, der mich nicht in meiner Freiheit beschränkt, verfüge über ausreichende finanzielle Mittel und …" Sie tippte gegen ihren kleinen Finger und schenkte ihm ein entwaffnendes Lächeln. „Ach ja … und mein Ehemann hält sich sechstausend Meilen von mir entfernt in China auf. Wieso, in Gottes Namen, glaubt ihr Narren also, ich könnte den Wunsch haben, mir das Leben mit einer schmutzigen Liebesaffäre zu erschweren?"

Er stutzte, dann strich er sich versonnen das bärtige Kinn. „Wissen Sie", sagte er ruhig, „mein Rechtsanwalt hatte recht. Ich hätte mich vorher rasieren sollen."

„Seien Sie versichert, eine Rasur hätte Sie auch nicht zum Ziel gebracht."

„Es geht nicht um den Bart." Er ballte die Hand zur Faust und öffnete sie wieder.

Kate registrierte seine Verlegenheit mit grimmiger Genugtuung. Es war nicht gerade fair, alle Männer für die Verfehlungen ihres Ehemanns zur Rechenschaft zu ziehen. Aber dieser Fremde hatte die Absicht, sie zu verführen, und sie war nicht geneigt, Nachsicht mit ihm zu üben. „Habe ich Sie aus der Fassung gebracht? Sie wirken ein wenig verwirrt", sagte sie in der Überzeugung, ihn durchschaut zu haben. „Und töricht. Tölpelhaft. Darin gleichen Sie beinahe meinem auf Abwege geratenen Ehemann."

„Nun ja, damit berühren Sie einen wunden Punkt." Er sah sie beinahe zerknirscht an. Und dann trat er einen weiteren Schritt näher.

So nah, dass sie sehen konnte, wie sein Brustkorb sich beim Atmen hob und senkte. Er griff nach ihrer Hand. Es blieb ihr genügend Zeit, sie ihm zu entziehen. Das jedenfalls sollte sie, ließ ihn jedoch gewähren. Er nahm ihr Handgelenk zwischen Daumen und Zeigefinger, so behutsam, als greife er nach einem welken Blatt, das von einem Ast flatterte. Sein Finger legte sich an die empfindsame Stelle, wo ihr Puls klopfte. Und sie kam sich vor wie ein welkes Blatt, das in der Hitze seiner Berührung Feuer fing und verschmorte.

Sie musste fliehen, um ihre Überlegenheit wiederzugewinnen, die ihr plötzlich abhandengekommen war. Er lächelte wieder, und in seinen Augen lag ein wehmütiger Glanz. Und plötzlich wusste sie zu ihrem Entsetzen, was er als Nächstes sagen würde. Sie wusste, warum ihr seine Augen so ungewöhnlich vertraut erschienen.

Ja, sie kannte diesen Mann. Sie hatte sich dieses Wiedersehen in tausend verschiedenen Variationen ausgemalt. Manchmal hatte sie geschwiegen. Manchmal hatte sie ihm bittere Vorhaltungen gemacht. Und jedes Mal hatte sie ihn auf die Knie gezwungen, Entschuldigungen stammelnd, während sie hoheitsvoll auf ihn herabblickte.

Nun aber war nichts Hoheitsvolles an ihr. In keiner ihrer Fantasien hatte sie bei dem Wiedersehen einen verschlissenen, lehmbespritzten Wollumhang getragen.

Kate entriss ihm ihre Hand. Die Stelle, wo seine Finger sie berührt hatten, prickelte heiß.

„Weißt du“, erklärte er trocken. „Ich bin mir ziemlich sicher, dass *ich* dein Ehemann bin. Und ich bin keine sechstausend Meilen mehr von dir getrennt.“

2. KAPITEL

Sechstausend Meilen. Drei Jahre. Ned Carhart hatte sich eingeredet, bei seiner Rückkehr habe sich alles verändert.

Aber nein. Nichts hatte sich verändert – am allerwenigsten seine Gemahlin.

Sie starrte ihn mit offenem Mund an, entgeistert, als seien ihm zwei Köpfe gewachsen. Beklommen zog sie den Umhang enger um sich, zweifellos, um sich vor seinen Blicken zu schützen. Und damit kehrte alles wieder zurück – die abscheulichen Erniedrigungen in ihrer ganzen Wucht, die seine Seele verwundet hatten.

Ihr staubiger, lehmbespritzter Umhang verbarg ihre Rundungen. Nach all den Jahren eiserner Beherrschung machte er diese Feststellung nahezu nüchtern. Ja, er hatte gelernt, seine Gefühle zu zähmen. Seine Seelenqualen ließen ihn nicht wie einen bissigen Hund an seiner Kette zerren.

Auf der anderen Seite war viel Zeit vergangen, um innerlich zur Ruhe zu kommen. Aber zehn Minuten in Gegenwart seiner Frau genügten, um ihn wieder aus der Fassung zu bringen.

„Du hast mich tatsächlich nicht erkannt“, sagte er.

Sie starrte ihn an, beklommen und stumm.

Nein, natürlich nicht. Und ihr ungezwungener Plauderton? Den hatte sie sich für einen Fremden zurechtgelegt. Für einen Fremden, von dem sie angenommen hatte, er wolle sie verführen. Ned rieb sich den Bart.

„Zwei Jahre? Seit zwei Jahren kursiert eine Wette um deine Verführung?“

„Wundert dich das? Du hast mich drei Monate nach unserer Hochzeit verlassen.“ Abrupt wandte Kate sich ab und machte einige tiefe Atemzüge. Er konnte ihre gestrafften Schultern auch unter dem dicken Wollstoff erkennen. Und er wartete auf einen Ausbruch. Beschimpfungen, Vorhaltungen. Irgendetwas.

Als sie sich ihm wieder zuwandte, verrieten nur die weiß schimmernden Knöchel ihrer Finger, die sich in den Stoff krallten, etwas von ihrem inneren Aufruhr.

Sie lächelte wieder – dieses bezaubernde Lächeln. „Und ich hielt deine Abreise für ein Hornsignal, mit dem deine Freunde die Jagd auf mich eröffneten. Du hättest damit die Jagdsaison auf Lady Kathleen Carhart nicht wirkungsvoller eröffnen können, nicht einmal mit einer Annonce in den Klatschblättern."

„Das lag gewiss nicht in meiner Absicht."

Nein. Seine Absichten waren völlig anderer Natur gewesen. Als er seine Reise nach China angetreten hatte, war er jung und dumm gewesen. Zwar alt genug, um sich für erwachsen zu halten, aber nicht klug genug, um zu erkennen, dass er weit davon entfernt war, erwachsen zu sein. Seine Jugendjahre hatte er damit verbracht, den ausschweifenden zügellosen Nichtsnutz zu spielen, der gegen seinen redlichen, sittenstrengen Cousin rebellierte.

Irgendwann hatte er dieses leere Dasein gründlich sattgehabt. Bei seiner Hochzeit war er vom Ehrgeiz beseelt, sich und der Welt zu beweisen, dass er kein leichtsinniger Grünschnabel war. Dass er jede Aufgabe meistern konnte, mochte sie noch so schwierig sein, und dass er zu einem starken, verlässlichen Mann herangewachsen war.

Und diesen Beweis hatte er erbracht.

Eine Frau, zumal eine, die gelobt hatte, ihn zu ehren und zu lieben, stellte mit Sicherheit kein unüberwindliches Hindernis dar.

Ned sah Kate kopfschüttelnd an. „Nein", wiederholte er. „Mit meinem Abschied wollte ich kein Signal geben. Mein Entschluss hatte ehrlich gestanden überhaupt nichts mit dir zu tun."

„Oh." Ihre Lippen wurden schmal, sie blickte ins Leere. „Nun, gut zu wissen."

Sie wandte sich ab und entfernte sich. Ned hatte das dumpfe

Gefühl, etwas unendlich Dummes gesagt zu haben, ohne zu wissen, warum.

„Kate", rief er ihr nach. Sie blieb stehen und drehte den Kopf halb über die Schulter. In ihrem Profil glaubte er einen gewissen Überdruss zu erkennen.

Er schluckte. „Diese Wette. Hat einer sie gewonnen?"

Sie zog die Schultern hoch, ließ sie jedoch wieder fallen, als gebe sie sich geschlagen. Dann drehte sie sich ihm zu.

„Mr Carhart." Sie nannte ihn zum ersten Mal mit spitzem Nachdruck beim Namen. „Wenn ich mich recht entsinne, habe ich eheliche Treue geschworen bis ans Ende meiner Tage."

Er verzog das Gesicht. „Ich wollte deine Treue nicht infrage stellen."

„Nein." Sie legte die Hände an ihre Hüften und blickte ihm in die Augen. „Und ich wollte dir lediglich ins Gedächtnis rufen, dass nicht ich es war, die unser Gelöbnis gebrochen hat."

Damit richtete sie den Blick auf seine graue Stute, stieß einen Seufzer aus und wandte sich erneut zum Gehen. Ned drängte es, sie am Arm zu packen und zu zwingen, ihn anzusehen, wollte indes weder Verachtung noch Gleichgültigkeit in ihren Augen lesen.

Sie warf einen letzten Blick über die Schulter, während sie sich der grasenden Stute näherte. „Willst du eine Lösung deines Rätsels hören?", fragte sie. „Besorg dir ein zweites Boot."

Damit nahm sie die Zügel auf und schlang sie sich um die Hand. Bevor er etwas erwidern konnte, hatte sie sich wieder in Bewegung gesetzt und entfernte sich mit energischen Schritten.

Champions feindselige Haltung der Stute gegenüber ließ nicht zu, dass Ned neben Kate herging, ohne einen aggressiven Angriff zu riskieren. Also sah er sich gezwungen, hinter ihr herzutrotten wie ein geprügelter Hund.

Die englische Landschaft roch feucht nach Herbstlaub und Sonnenschein. Seine Gemahlin eilte mit weit ausholenden Schritten vor ihm her, als wolle sie seine Existenz für immer hinter sich lassen. Es war vermutlich töricht, zu glauben, die Morgenbrise trage ihm einen Hauch ihres Duftes zu – diesen halb vergessenen Duft nach feiner Seife und Flieder. Noch törichter war es, sich beim Anblick ihres Hüftschwungs zu fragen, was sich in seiner Abwesenheit sonst noch an ihr verändert haben mochte.

Ihr Haar, soweit es unter der Dienstbodenhaube sichtbar wurde, leuchtete immer noch hellblond. Ihre grauen Augen verdunkelten sich immer noch zu einer Gewitterfront, wenn sie wütend wurde. Und ihre Taille … es war nicht gelogen, als er sagte, er habe sie erkannt, als er seine Hände um ihre Mitte gelegt hatte. Er hatte sie nicht oft angefasst, aber die wenigen Male hatten genügt. Sie war von feingliedrigem elegantem Wuchs, und ihre grauen Augen waren von langen seidigen Wimpern bekränzt.

Damals war sie ihm wie ein Zauberwesen erschienen. Ein Schmetterling, dessen zarte Flügel zitternd in der Sonne schimmerten. Wenn sie lächelte, hatte Ned den Wunsch verspürt, es möge immer Juli bleiben, lauer Sommer und blauer Himmel. Instinktiv hatte er sich gegen die Verheißung eines ewigen Sommers gewehrt, hatte sich gescheut, mit einem Schmetterling über die bevorstehende Winterkälte zu sprechen.

Kaum vierundzwanzig Stunden wieder in England, erkannte er, welche Bedrohung seine Ehefrau für sein inneres Gleichgewicht darstellte. Ein Mann, der sich im Griff hatte, würde nicht den Drang verspüren, sie gegen eine bröckelnde Steinmauer zu pressen, am helllichten Tage. Ein Mann, der sich im Griff hatte, pflegte einen gesitteten und zuvorkommenden Umgang mit seiner Ehefrau.

Wie dem auch sei: Ned hatte sich mit einem Kapitän der Königlichen Marine auf eine Machtprobe eingelassen. Er hatte einem Offizier in der East India Company seinen Willen aufgezwungen. Er war nicht mehr der dumme Junge, der England verlassen hatte, um sich etwas zu beweisen. Und er hatte auf gar keinen Fall die Absicht, sich von läppischen Begierden seine hart erkämpfte Selbstdisziplin zerstören zu lassen.

Nach einer Weile bogen sie von der Landstraße in eine von Bäumen begrenzte breite Allee ein, die nach Berkswift führte, Neds Elternhaus, in dem er seine Kindheit verbracht hatte. Kate lebte nun also in diesem Haus. Seltsam, dachte Ned, wie unser beider Leben sich trotz meiner Abwesenheit verflochten hat.

Von den Gartenbeeten, die vor dem kommenden Winter umgegraben worden waren, wehte würziger Geruch nach feuchter Erde herüber. Noch ehe das Herrenhaus in Sicht kam, sah Ned die rötlich gelbe Sandsteinfassade der drei Flügel vor seinem inneren Auge sowie das weite Halbrund der Kiesauffahrt, die zu dieser frühen Morgenstunde noch unbelebt wäre.

Als sie jedoch den Birkenhain hinter sich gelassen hatten, stellte er fest, dass vor dem Haus bereits reges Treiben herrschte. Dienstboten eilten geschäftig hin und her, drei elegante schwarze Reisekarossen standen im Halbrund der Auffahrt. An der letzten Kutsche konnte Ned ein Wappen erkennen: Silberlöwen auf blauem Grund.

Kate war jäh stehen geblieben, in gespannter Haltung, die ihn an die Haltung eines Duellanten erinnerte, der seinen Gegner ins Visier nahm. Als er neben sie trat, warf sie ihm einen scharfen Blick zu.

„Hast du ihn eingeladen?“ Sie wies mit dem Arm auf das Wappen der letzten Karosse. „Hast du ihn in dieses Haus eingeladen?“ Sie hatte die Stimme nicht erhoben, nur ihr Ton klang heller, spitzer.

„Ich bin selbst erst vor wenigen Stunden in England angekommen.“

„Das ist keine Antwort. Hast du Harcroft eingeladen?“

Sie sprach von Eustace Paxton, Earl of Harcroft, verwandt mit beinahe jedem britischen Adelshaus, und sei es nur über sieben Ecken. Harcroft war Neds Cousin zweiten Grades väterlicherseits. Die beiden verband eine jahrelange, wenn auch eher lose Freundschaft. Eustace hatte in noch jüngeren Jahren geheiratet als Ned. Und kurz vor seiner Abreise nach China hatten Lord und Lady Harcroft Ned einen gewissen Gefallen erwiesen.

Kate fixierte ihn scharf.

„Nein", antwortete er gedehnt. „Der einzige Mensch, mit dem ich gesprochen habe, war mein Rechtsanwalt." Selbst wenn die Nachricht seiner Rückkehr sich wie ein Lauffeuer verbreitet hätte, was keineswegs auszuschließen war, konnte Ned sich nicht erklären, wieso Harcroft sich vor Morgengrauen hätte wecken lassen sollen, um noch vor ihm in Berkswift einzutreffen, noch dazu in einer langsameren und schwerfälligen Reisekutsche.

Missbilligend furchte Kate die Stirn, als habe Ned einen Fauxpas begangen, was gleichfalls nicht auszuschließen war. Acht Monate auf einem Schiff, und ein Mann vergaß so manche Gepflogenheiten feiner Lebensart.

„Ich glaube, ganz vorne steht Jennys und Gareths Wagen. Vielleicht sind die beiden in Harcrofts Begleitung?" Er sprach von seinem Cousin Gareth Carhart, Marquess of Blakely, und seiner Gemahlin Jennifer, der Marchioness.

Kate strich sich fahrig über den weiten Umhang, als wolle sie eine ansteckende Krankheit wegwischen, die Ned eingeschleppt haben könnte.

„Lord und Lady Blakely", erklärte sie spitz, „sind mir jederzeit willkommen." Sie richtete den Blick in die Ferne und stieß den Atem hörbar aus.

Louisa und ihren Gemahl erwähnte sie mit keinem Wort. Vor Neds Abreise schienen die beiden Frauen sich angefreundet zu haben. Anscheinend war es in seiner Abwesenheit zu einem Zerwürfnis gekommen.

Wieder holte Kate tief Atem und straffte die Schultern. Es war, als habe sie ihre Lunge mit Sonnenschein gefüllt. Ihre Miene hellte sich auf, ihre Augen strahlten, die Haltung entspannte sich. Hätte er ihren Unmut, ihr Missbehagen nicht vor ein paar Sekunden von ihrem Gesicht abgelesen, hätte er ihr den plötzlichen Stimmungswechsel geglaubt. „Wie schön“, erklärte sie munter. „Unerwartete Hausgäste. Was für ein Vergnügen.“

Im Gehen übergab sie die Zügel der Stute einem Stallburschen, der herbeigeeilt war, und strebte dem Haus zu.

3. KAPITEL

Kate war zum Kampf gerüstet. Sie hatte ihr schönstes roséfarbenes Vormittagskleid mit zartem Spitzenbesatz an Ärmeln und Ausschnitt gewählt und war bereit, sich jeder Herausforderung zu stellen.

Auf der Treppe zur Halle war die Unterhaltung der Gäste aus dem Salon als undeutliches Murmeln zu hören, das sie an entferntes Donnergrollen erinnerte.

Nervös tastete sie nach dem Perlencollier ihrer Mutter, das ihren Hals wohltuend kühl umspannte, schöpfte Kraft daraus und fühlte sich siegesgewiss. Harcroft würde sie verspotten, könnte er ihre Gedanken lesen. Er würde ihre elegante Erscheinung als Putzsucht und weibliche Eitelkeit abtun – die einzigen Interessen einer Frau. Dieser ausgemachte Trottel.

Zugegeben, der Besuch eines Modesalons trug dazu bei, eine Frau für allerlei Enttäuschungen zu entschädigen. Modetorheiten hin oder her, diese Begegnung kündigte einen erbitterten Kampf an, mochte er auch mit den fein geschliffenen Waffen höflicher Konversation ausgefochten werden.

Vor der Tür zum Salon verharrte sie, um sich zu sammeln.

„Kate."

Die Stimme hinter ihr – diese tiefe, nunmehr vertraute Stimme – drang störend in ihre innere Sammlung. Sie fuhr herum. Dabei löste sich eine Locke aus ihrer kunstvoll hochgesteckten Frisur und wippte an ihrer Wange.

„Ned." Die Kurzform, die Familie und Freundeskreis benutzte, entschlüpfte ihr. Dabei hatte sie sich vorgenommen, ihn distanziert bei seinem formellen Vornamen Edward anzusprechen. Kate tadelte sich im Stillen wegen ihres unbedachten Verhaltens. Fehlte nur noch, dass er ihren jagenden Herzschlag hörte, der gegen ihre Rippen trommelte und ihren Gemütsaufruhr verriet. Oder dass er ihre bleichen Wangen und blutleeren Lippen wahrnahm.

„Ich dachte, du wärest mir zuvorgekommen." Sie hatte beabsichtigt, einen vorwurfsvollen Ton anzuschlagen, stattdessen klangen ihr die eigenen Worte ein wenig atemlos in den Ohren. „Ich war mir sicher, du hättest es eilig, den Marquess und die Marchioness of Blakely zu begrüßen, natürlich auch Harcroft."

„Ich habe mich beeilt, so gut ich konnte." Sollte das stimmen, so war ihm nichts davon anzumerken, während Kate sichtlich Mühe hatte, ruhig zu atmen.

Er schien keineswegs verwundert, sie vor der Tür zum Salon vorzufinden. Vielmehr schmunzelte er, als habe er einen Scherz gemacht, den sie nicht nachvollziehen konnte. „Aber ich musste mich rasieren."

„Das sehe ich."

Ein weiterer Grund, warum ihr närrisches Herz bis zum Hals klopfte. Nun konnte sie sein unbefangenes Lächeln und seine glatt rasierten Gesichtszüge genau sehen, die nur eine entfernte Ähnlichkeit mit denen des Mannes vor drei Jahren aufwiesen. Der Mann, den Kate geheiratet hatte, war ein schlaksiger, hoch aufgeschossener, kaum erwachsener Jüngling gewesen. Und diese Jungenhaftigkeit hatte einen Teil seines Charmes ausgemacht.

Die Jahre hatten seine kindlichen Gesichtszüge modelliert und gefestigt. Er trug das Kinn nicht mehr in steter Rechtfertigung gereckt. Seine Wangen hatten die jugendliche Weichheit verloren, die Kinnpartie war markant ausgeprägt. Sein Blick flog nicht mehr unstet hin und her, sondern war in unverwandtem Selbstvertrauen auf sie gerichtet. Die einst auffallend ausgeprägte Nase passte nun zu den kantig männlichen Gesichtszügen, die eine zielstrebige Wachsamkeit ausstrahlten.

Früher hatte er linkisch gewirkt, schien ständig über seine großen Füße zu stolpern. In den letzten Jahren war er gleichsam in diese Füße hineingewachsen. Seine einst ungelenke, täppische Haltung war einer dynamischen Tatkraft gewichen, einer verwegenen Vitalität, die durch die sonnengebräunte Haut noch unterstrichen wurde.

Ihr Ehemann war nicht mehr gefahrlos für sie.

„Wollen wir die Gäste gemeinsam begrüßen?“ Er bot ihr seinen angewinkelten Arm.

Selbst diese kleine Geste weckte ungebetene Erinnerungen. Hatte er früher seine langen Arme eng an die Seiten gepresst, als müsse er sich entschuldigen, zu viel Platz einzunehmen, schien seine Präsenz nun mehr Raum einzunehmen, als sein Körper beanspruchte. Ihr war, als vollbringe sie eine Heldentat, als sie ihre Finger in seine Armbeuge legte. Eine Aura beklemmender Gefahr schien von ihm auszugehen. Mache einen weiten Bogen um diesen Mann, warnte eine innere Stimme.

Tapfer umschloss sie mit den Fingern den feinen Stoff seines Ärmels und spürte die männliche Kraft darunter.

„Ich glaube kaum, dass unser gemeinsamer Auftritt unsere Gäste täuschen kann.“ Sie zwang sich, den Kopf zu heben und seinem klaren Blick zu begegnen. „Wenn jemand die Wahrheit über unsere Ehe kennt, so sind es die Menschen in diesem Salon.“

Er legte den Kopf schräg. „Und was ist die Wahrheit über unsere Ehe, Kate?“

Seine Frage war ernst gemeint, denn er schmunzelte nicht und zog die Brauen nicht hoch. Als wüsste er nicht Bescheid. Seine gespielte Ahnungslosigkeit versetzte Kate einen schmerzhaften Stich in der Brust.

„Unsere Ehe dauerte nur ein paar Monate. Nach deiner Abreise verblasste das, was davon übrig war, schneller als die Tinte auf unserer Heiratsurkunde. Und der Rest … nun ja, der Rest könnte beim leisesten Windhauch verwehen.“

„Wenn du meinst.“ Er klang aufrichtig. „Dann versuche ich, nicht zu heftig auszuatmen.“

„Lass es gut sein. Ich habe schon vor Jahren aufgehört, den Atem anzuhalten.“

Auch als unreifer Jüngling war er ihr gefährlich gewesen. Sie hatte gelitten, als er gegangen war. Nun keimte eine törichte Hoffnung in ihr auf. Das lächerliche Flüstern eines Gedankens, der ihr einreden wollte, aus ihrer Ehe könnte doch noch etwas werden.

Die wirkliche Gefahr ging nicht von seinem markanten Gesicht oder den sehnigen Muskeln unter ihren Fingern aus. Nein. Wie immer lauerte die Gefahr in ihren eigenen Hoffnungen und Begierden. Es war dieses sehnliche Flüstern, eine Liste, die damit begann: *Schritt eins – suche ein seidenes Nachthemd …*

Diese kindisch naiven Wünsche würden sich ungebeten wieder einstellen, wenn sie nicht aufpasste.

Mittlerweile galt es allerdings, weit wichtigere Geheimnisse zu hüten als bloß einen durchsichtigen Seidenfetzen.

„Dann wollen wir", sagte er. „Unsere Gäste warten." Damit legte er seine Hand mit sanftem Druck in einer Geste der Zuversicht über ihre Finger. Er wusste nicht, was sie beide erwartete. Kate verdrängte das Flattern in ihrer Magengegend und betrat an seiner Seite den Salon.

Nach dem Halbdunkel der Halle schlug ihr das helle Morgenlicht grell in die Augen. Die Gespräche verstummten, jedes Geräusch erstarb in der verblüfften Stille. Dann das Rascheln seidener Röcke. Ein violetter Wirbel huschte an Kates Gesicht vorbei, und ehe sie blinzeln oder ihre Fassung wiedererlangen konnte, warf eine in Seide gekleidete Dame sich in Neds Arme und trennte sie von ihrem Ehemann.

„Ned, du Scheusal", rief die Dame. „Keine Nachricht, kein Sterbenswörtchen von deiner Rückkehr. Wann hattest du bitteschön vor, uns davon in Kenntnis zu setzen?"

„Ich bin gerade erst angekommen", erklärte Ned entschuldigend. „Das heißt, letzte Nacht. Du findest meine Nachricht bei deiner Heimkehr."

Bei der Dame handelte es sich um Jennifer Carhart, Marchioness of Blakely, die Gemahlin seines Cousins. Eine von Neds engsten Freundinnen, wie er Kate kurz nach der Hochzeit anvertraut hatte. „Du hast mir gefehlt", erklärte Lady Blakely einschmeichelnd.

Sie war hübsch, dunkelhaarig und klug, und Kate verspürte einen unangebrachten Stich des Grolls. Keine Eifersucht, nicht im üblichen Sinne. Sie beneidete Lady Blakely nur um ihren vertraulichen Umgangston mit ihrem Ehemann.

Als die Marchioness sich aus seinen Armen löste, trat der Marquess vor. „Ned."

„Gareth." Ned ergriff seine dargebotene Hand. „Glückwunsch zur Geburt deiner Tochter. Meine Wünsche kommen zwar reichlich spät, aber ich erfuhr die freudige Botschaft erst heute früh von meinem Rechtsanwalt."

„Vielen Dank." Der Marquess warf Kate einen flüchtigen Seitenblick zu, ohne ihr ins Gesicht zu sehen. „Lady Kathleen."

Ned, der die kleine Unhöflichkeit natürlich nicht bemerkte, schlug seinem Cousin kameradschaftlich auf die Schulter. „Allerdings würde ich es sehr begrüßen, wenn du schleunigst einen Erben zeugst. Ich fühle mich nicht sonderlich wohl, ständig an deinem Haken zu hängen."

„Lass nur", entgegnete Lord Blakely knapp, während sein Blick den seiner Frau suchte, die ihm einen sanften Rippenstoß versetzte. „Nein", fuhr er leise seufzend fort. „Aber danke für deine Wünsche. Ich reiße mich nicht um einen männlichen Nachkommen und liebe meine kleine Prinzessin abgöttisch. Du und deine Angetraute, ihr könnt den verdammten Titel gern haben, wenn ich einmal nicht mehr bin." Sein Blick flog wieder zu Kate, als sei es irgendwie ihre Schuld, keine Zwillingsknaben zur Welt gebracht zu haben, während ihr Ehemann eine halbe Erdkugel von ihr entfernt war.

Kate sollte die Rolle der Gastgeberin übernehmen und für eine entspannte Atmosphäre sorgen, kam sich indes vor wie ein Eindringling in ihrem eigenen Haus, als sei sie es, die nach einer überstürzten Abreise und dreijähriger Abwesenheit zurückgekehrt war. Vermutlich aber war ihre Beklommenheit nur auf Louisas gefährliche Situation zurückzuführen. Andererseits hatte sich diese Entfremdung, dieses Gefühl fehlender Zugehörigkeit wesentlich früher eingestellt, lange bevor sie überhaupt wusste, in welcher Notlage Louisa sich befand.

Diese Entfremdung war allmählich gewachsen, nachdem ihr Ehemann England den Rücken gekehrt und Kate seinen Cousin dafür verantwortlich gemacht hatte, ihn nach China geschickt zu haben. Wie dumm von ihr. Im Grunde genommen hatte sie gewusst, dass Ned aus freien Stücken gegangen war. Er hatte sich diese Trennung ebenso sehr gewünscht, wie sie gewünscht hatte, er würde bleiben. Außerdem hegte sie eine Abneigung gegen die Marchioness, die sie um ihre Freundschaft mit Ned beneidete. Kate wusste sehr wohl, dass ihr Groll weder begründet noch verständlich war. Aber ihre Verbitterung, verlassen worden zu sein, war zu mächtig, um sie gegen eine einzige Person zu richten.

Im Laufe der letzten Jahre war die familiäre Beziehung erheblich abgekühlt. Eine andere Frau hätte vermutlich versucht, die Wogen zu glätten, Kate hingegen hatte sich zurückgezogen. Sie hatte ihren eigenen Bekanntenkreis und sah sich nicht genötigt, ihre angeheiratete Verwandtschaft darin einzubeziehen.

Die Konsequenz ihrer kühlen Haltung war klar: Alle Anwesenden in diesem Salon würden sie verdammen, wenn sie wüssten, was sie getan hatte.

Ihr größter Feind war der Mann, der ihren Gatten als Nächster begrüßte. Der Earl of Harcroft, schlank und hochgewachsen, in Neds Alter, wirkte allerdings jünger, faltenlos und voller Elan. Der Earl, dachte Kate bitter, ist der strahlende Hoffnungsträger der Familie. Ein glänzender Kricketspieler und Fechter, unbestrittener Meister im Schachspiel und gefragter Kunstexperte, vorwiegend auf dem Gebiet flämischer Genremalerei. Er spendete großzügige Summen für wohltätige Einrichtungen, fluchte nie, besuchte regelmäßig den Sonntagsgottesdienst und sang Kirchenlieder in seinem volltönenden Bariton.

Und er verprügelte seine Frau, sorgsam darauf bedacht, sie

nur an Stellen zu schlagen, wo die Blutergüsse nicht zu sehen waren. Als Louisas Ehemann stand ihm seiner Meinung nach das Recht zu, seine Frau zu züchtigen, und falls er je herausfand, dass Kate sie versteckt hielt, könnte er sie durch richterlichen Beschluss zwingen, sie ihm auszuhändigen.

Diese Chance wollte Kate ihm nicht geben.

Ned ließ Harcrofts Hand los und blickte sich suchend im Salon um. „Wo ist Louisa?", fragte er aufgeräumt. „Ich hoffe, sie ist nicht wieder unpässlich."

Schweigen senkte sich über den Raum, die Gäste tauschten Blicke. Kate straffte die Schultern. Lady Blakely sank auf das Sofa, strich sich fahrig über die Röcke ihres fliederfarbenen Kleides und warf ihrem Mann einen unschlüssigen Blick zu, der ihr mit einem unmerklichen Kopfnicken die Aufgabe übertrug, Ned aufzuklären.

„Wir wissen nicht, wo sie sich aufhält", sagte Lady Blakely schlicht. „Aber da du soeben erst zurückgekehrt bist, soll das deine Sorge nicht sein."

Natürlich. Sie waren gekommen, um mit Kate zu sprechen. Und es war kein gutes Zeichen, dass keiner der Besucher sie auch nur eines Blickes würdigte.

„Jenny", erklärte Ned gedehnt. „Versuchst du, mir etwas zu verschweigen?"

Das Lächeln in Lady Blakelys Gesicht gefror.

„Ich denke, wenn ich etwas im Laufe der letzten Jahre verdient habe, so ist es das Recht auf Wahrheit. Ich habe zur Genüge bewiesen, dass ich nützlich bin."

„Ned, so habe ich das nicht gemeint. Ich dachte nur …"

Abwehrend hob er die Hand. „Nun, dann hör einfach auf, zu denken." Er sprach im Plauderton, aber etwas in seinem Blick veranlasste Lady Blakely, nur stumm zu nicken.

Dieser Stich der Eifersucht ist völlig lächerlich, schalt Kate sich im Stillen. Nicht, dass sie den Verdacht hegte, zwischen den beiden könne mehr sein als eine langjährige Freundschaft. Lady Blakely liebte ihren Ehemann von ganzem Herzen. Dennoch, dieser Blickwechsel verriet eine Vertrautheit, eine tiefe Beziehung, die Kate mit Ned fehlte. Ihr waren lediglich einige gemeinsam verbrachte Stunden beim Frühstück und noch weniger Nächte mit ihm vergönnt gewesen, Nächte, die mehr mit banger Erwartung als mit Leidenschaft zu tun gehabt hatten. Ihr waren drei Monate vergönnt, um Hoffnungen aufkeimen zu lassen, und drei Jahre, um sie im Nichts schwinden zu sehen.

„Wenn jemandem das Recht auf Wahrheit zusteht“, meldete sich Kate mit einer gewissen Schärfe zu Wort, „so bin ich das. Louisa ist eine meiner besten Freundinnen. Ich hatte den Eindruck, dass sie sich nach ihrer schweren Entbindung vor drei Wochen wieder erholt hat. Ist ihr etwas zugestoßen?“ Kates Besorgnis um ihre Freundin war keineswegs gespielt. „Es geht ihr doch hoffentlich gut, nicht wahr? Oder seid ihr gekommen, um mich an ihr Krankenbett zu rufen?“

Während ihrer Rede bedachte Harcroft sie mit kaltem Blick. Doch so sehr sie auch innerlich bebte, ließ sie sich nicht mehr als Besorgnis um die Freundin anmerken.

Lady Blakely, die jedenfalls keinen Verdacht schöpfte, seufzte. „Es fällt mir nicht leicht, all das zu erklären. Louisa ist fortgegangen.“

„Fortgegangen?“, fragte Ned fassungslos und zog die Schultern hoch.

„Heißt das, sie ist von uns gegangen?“, schloss Kate sich in gespielter Bestürzung seiner Frage an.

„Um Himmels willen, nein“, korrigierte Lady Blakely sich erschrocken. „Sie ist verschwunden. Gestern um die Mittagsstunde wurde sie zum letzten Mal gesehen, und wir versuchen verzweifelt, sie zu finden.“

„Wurde sie von Banditen entführt?“, fragte Kate. „Habt ihr schon so etwas wie eine Lösegeldforderung erhalten?“

Ned wandte sich an Harcroft. „Hör mal, du hast dir doch in Oxford gern einen Spaß daraus gemacht, jedes verschwundene Buch in der Bodleian Library zu finden. Wie konntest du so leichtfertig sein, deine eigene Frau zu verlieren?"

Harcroft ruderte ratlos mit den Armen durch die Luft. Das perfekte Bild eines verzweifelten Ehemannes, dachte Kate bitter. „Du weißt", sagte er leise, „wie anfällig ihre Gesundheit ist. Wie schwierig es für sie war ... ähm ... zu empfangen. Nun ja, nachdem sie endlich guter Hoffnung war ... Der Arzt meinte, manchen Frauen bekomme die Schwangerschaft nicht gut. Soll etwas zu tun haben mit zu großer Aufregung für das empfindsame weibliche Gemüt. Danach war sie jedenfalls nicht mehr sie selbst. Die weibliche Seele ist ohnehin zart. Während der Schwangerschaft veränderte sie sich völlig, war ständig gereizt und erregt und neigte zu hysterischen Anfällen."

In einer Geste der Hilflosigkeit hob Harcroft die Schultern, und Kate verzog die Mundwinkel. Denn hilflos war dieser Mann keineswegs. Kate juckte es in den Fingern, in ihrer erregten Gereiztheit die neben ihr stehende Petroleumlampe mit ihren zarten weiblichen Händen zu packen und sie diesem Mistkerl in einem hysterischen Anfall an den Kopf zu werfen.

So sehr ihr diese Tat auch Genugtuung verschafft hätte, Louisa wäre damit nicht gedient gewesen.

„Und nein", fuhr Harcroft an Kate gewandt fort. „Wir haben keine Lösegeldforderung erhalten. Wer immer sie entführt hat ...", seine Stimme nahm einen lamentierenden Tonfall an; er neigte den Kopf und blickte Kate direkt in die Augen, „... wer immer es auch gewesen sein mag, packte einen Koffer für Louisa und das Kind. Man hat mir meinen Sohn weggenommen, ohne dass der Kleine auch nur einen Schrei von sich gegeben hätte, um die Amme zu alarmieren."

„Oh Gott, wie schrecklich", entfuhr es Kate, die Harcroft mit dem Ausdruck tiefsten Mitgefühls in die Augen blickte. „Nicht den kleinen Jeremy. Was für ein bösartiger barbarischer und herzloser Mensch kann dem kleinen Engel so etwas antun?"

Ihre Worte mochten in einer Lüge begründet sein, aber die Gefühle, die in ihr aufwallten, waren echt. Sie konnte nur hoffen, dass die Anwesenden ihre Rede als Anteilnahme für Harcroft auslegten und nicht als bittere Anklage gegen ihn.

Er konnte zwar nicht wissen, was in ihr vorging, aber wohl war ihm dabei augenscheinlich nicht zumute. Seine Mundwinkel zuckten verräterisch, und er wandte den Blick ab.

„Wie gesagt", murmelte er, „bisher gab es keinerlei Drohungen oder Forderungen."

„Wie kann ich helfen?", fragte Ned. „Deshalb seid ihr gekommen, sobald ihr erfahren habt, dass ich wieder im Lande bin, nicht wahr? Weil ..." Er stockte und studierte die sorgsam beherrschten Mienen der Gäste. „Aber nein. Keiner von euch konnte etwas von meiner Rückkehr gewusst haben."

„Sie sind gekommen, um mit mir zu sprechen", erklärte Kate in das angespannte Schweigen. „Um zu erfahren, ob Louisa mir etwas Wichtiges anvertraut hat."

Der Marquess of Blakely trat einen Schritt näher. Ein hochgewachsener Draufgänger, der vor nichts zurückschreckte. Er wirkte sehr einschüchternd, und Kate wich unwillkürlich zurück. „Und, hat sie das?"

Kate zog die Stirn kraus, als versuche sie sich zu erinnern. „Wir hatten ins Auge gefasst, uns beim Hausball der Hathaways im November zu treffen, sofern der Zustand der Straßen es erlaubt. Sie hat mir gegenüber keinerlei andere Pläne erwähnt."

Was auch stimmte. Kate war es gewesen, die sie zur Flucht überredet hatte. Kate hatte die Pläne geschmiedet und alle Vorkehrungen getroffen; Louisa hatte lediglich zugestimmt.

Sie schüttelte den Kopf. „Nein, sie hat nicht den Wunsch geäußert, eine andere Einladung anzunehmen. Oder ... Verzeiht meine freimütige Rede, aber unter den gegebenen Umständen erscheint es mir angebracht, offen zu sprechen ... oder anderweitige Besuche zu machen. Louisa ist keine Frau, die auf Abwege geraten würde."

Ihren Worten folgte betretenes Schweigen.

„Vielleicht", bohrte Harcroft nach, „unterziehen Sie sich der Mühe, Ihr Gedächtnis zu erforschen, ob sie vielleicht die nähere Umgebung von Berkswift erwähnte. Gestern Abend wurde nämlich eine Frau ohne Begleitung gesehen, auf die Louisas Beschreibung zutrifft. Sie ist in Haverton, keine fünf Meilen von hier, einer Droschke entstiegen. Der Wagen wurde in London gemietet, und der Vorfall erregte einiges Aufsehen."

„Eine Frau ohne Begleitung? Sie hatte kein Kind bei sich? Wohin wollte sie?"

„Kein Kind. Nur eine Frau mit kastanienrotem Haar und auffallend blauen Augen. Es kann sich nur um Louisa gehandelt haben."

„So muss es wohl sein", meinte Kate gedehnt, dann schüttelte sie den Kopf. „Aber Louisa hätte Jeremy niemals in fremde Hände gegeben. Das ist vollkommen ausgeschlossen." Genau das war der heikle Punkt in ihrem Plan gewesen – Louisa zu überreden, ihr Kind von Kate nach London bringen zu lassen, um auszuschließen, dass sie auf ihrer Flucht erkannt wurde. Eine rothaarige Frau mit einem Neugeborenen wäre ebenso auffällig gewesen wie ein Leuchtturm an der Küste.

„Aber vielleicht", erklärte Kate in einem waghalsigen Vorstoß, „haben Sie die Güte, mir anzuvertrauen, was vorgefallen sein könnte, um ihre überstürzte Abreise zu erklären. Das könnte meinem Gedächtnis eventuell auf die Sprünge helfen."

Sie wollte nicht die Einzige in dieser Runde sein, die Lügen verbreitete. Mal sehen, ob Harcroft gestand, dass er Louisa mit Fäusten in den Magen geschlagen und ihr angedroht hatte, ihrem Säugling den Arm zu brechen, wenn sie auch nur ein Wort darüber verlauten ließ.

„Ich kenne andere Methoden, um Ihrem Gedächtnis auf die Sprünge zu helfen." Harcroft näherte sich ihr.

Im ersten Moment wich Kate etwas zurück. Sie war es schließlich, die wusste, zu welchen Gewalttaten er fähig war. Doch schon trat Ned an ihre Seite. Es war töricht, sich in der Nähe des Mannes sicher zu fühlen, der sie vor einigen Jahren im Stich gelassen hatte. Dennoch fühlte sie sich auf seltsame Weise geborgen.

„Zum Beispiel“, fuhr Harcroft höflich fort, als habe er nicht soeben eine Drohung ausgesprochen, „schlage ich vor, Sie denken in Ruhe darüber nach, und wenn Ihnen etwas Wichtiges einfällt, lassen Sie es mich wissen.“

„Aber natürlich. Ich schicke Ihnen umgehend einen Boten, wenn mir etwas einfällt.“

Harcroft schüttelte den Kopf. „Nicht nötig. Ned, alter Freund, du hast gefragt, ob du behilflich sein kannst. Es ist anzunehmen, dass ein Mietkutscher meine Frau nur ein paar Meilen von hier abgesetzt hat, und nichts weist darauf hin, dass sie die Gegend wieder verlassen hat. Ich bin fest davon überzeugt, dass sie sich hier in der Nähe aufhält.“

Ein eisiges Frösteln durchrieselte Kate. Harcroft fixierte sie mit seinem kalten Blick, als könne er ihre Gedanken lesen, als könne er jedes einzelne Haar sehen, das ihr bei dieser unerbittlichen Schlussfolgerung zu Berge stand. „Ich bitte dich lediglich“, fuhr er fort, „deine Gastfreundschaft in Anspruch nehmen zu dürfen, während ich meine Nachforschungen anstelle.“

Das war nicht gut. Das war gar nicht gut. Kate rang sich ein gekünsteltes Lächeln ab, während sie ihre wirren Gedanken zu ordnen suchte. „Aber selbstverständlich. Sehr gern“, entgegnete sie liebenswürdig. „Ich lasse uns Tee und Gebäck kommen, und Sie erklären uns, wie wir behilflich sein können.“

4. KAPITEL

Jenny“, sagte Ned, als Kate den Raum verlassen hatte, „bevor wir über Louisa sprechen, möchte ich dich etwas fragen.“

Jenny, die neben ihrem Ehemann auf dem bestickten Damastsofa saß, lächelte zu ihm auf und lud ihn mit einer Handbewegung ein, neben ihr Platz zu nehmen. Ned rückte sich einen Stuhl zurecht und neigte sich ihr zu. Was er ihr zu sagen hatte, ging ihm schon seit einer Stunde durch den Kopf. Unter den gegebenen Umständen war es zwar unangebracht, ihr die Frage zu stellen. Dennoch …

„Warum hast du mir nicht geschrieben, dass gewisse Herren des *ton* eine Wette abgeschlossen haben, um meine Frau zu verführen?“

Jennifer Carhart hatte sich nach Neds Erfahrung nie zuvor als Feigling erwiesen. Diesmal aber wandte sie betreten den Blick. „Briefe brauchen eine endlos lange Zeit, um den Ozean zu überqueren“, beteuerte sie nach kurzem Zögern, ohne ihn anzusehen. „Und Lady Kathleen, also Kate, reagierte völlig ungerührt, als sie von dieser Wette erfuhr. Ich hatte nicht den Eindruck, dass es ihr lieb gewesen wäre, wenn ich mich einmische. Im Übrigen brauchtest du …“ Sie führte den Satz nicht zu Ende und zeichnete mit dem Finger Kreise auf ihrem Handrücken.

„Was brauchte ich?“

„Du brauchtest schließlich Zeit, um dir über alles klar zu werden.“ Jenny wischte ihm zerstreut eine nicht vorhandene Staubfluse vom Revers.

„Herrgott!“, fluchte Ned.

In all den Jahren war es Jenny gewesen, der er seine Jugendsünden gebeichtet hatte. Und jedes Mal, wenn er wieder einmal in der Tinte saß, hatte sie ihm geholfen, mit sich ins Reine zu kommen. Sie war wie eine Schwester für ihn, eine Vertraute, die ihm buchstäblich das Leben gerettet hatte. Vielleicht war das der Grund, warum sie jetzt hier saß, um ihn zu schützen, als sei er immer noch der verwöhnte Bengel von früher.

„Nächstes Mal“, fügte er leise hinzu, „sag mir bitte Bescheid.“

„Worüber denn?“ Harcrofts barsche Stimme ertönte hinter Ned, der sich zögernd umdrehte. „Willst du uns etwa erzählen, du hattest Erfolg mit deiner Mission im Orient?“

„Wenn du mit Erfolg meinst, ob ich die Wahrheit herausgefunden habe, dann lautet meine Antwort: Ja.“

Gareth horchte auf und beugte sich vor. „War es wirklich so schlimm?“

„Weitaus schlimmer, als die Debatten im Parlament vermuten lassen. Falls die Lage sich nicht verändert hat, brennen britische Einheiten immer noch ganze Dörfer im Pearl River Delta nieder und töten die Bewohner, nur weil der Kaiser England die Einfuhr von Opium aus Indien in sein Reich verweigert. Dies ist keine Sternstunde in der Geschichte Großbritanniens. Es wird Debatten im Oberhaus geben, wie diese heikle Lage zu klären ist. Ich habe Aufzeichnungen bei mir.“

„Hattest du Schwierigkeiten, diese Aufzeichnungen zu machen?“

„Eigentlich nicht.“ Ned lächelte dünn. „Nachdem es mir gelungen war, mich nicht länger von den Offizieren gängeln zu lassen.“

Harcroft wedelte ungeduldig mit der Hand. „Darüber können wir später ausführlich sprechen. Zunächst brauchen wir einen Plan. Als Erstes müssen wir …“

„Sollten wir damit nicht warten, bis Kate wieder da ist“, fiel Ned ihm verwundert ins Wort. Er hatte Harcroft nie für unhöflich gehalten, nun aber erschien ihm seine herrische Art, sich Kates Gastfreundschaft aufzudrängen und ein wichtiges Gespräch ohne sie zu beginnen, als Gipfel der Unhöflichkeit.

Harcroft gab einen verächtlichen Laut von sich. „Wieso warten? Wozu könnte sie uns nützlich sein? Bei einem Einkaufsbummel?“ Er schüttelte den Kopf. „Würde meine Frau sich irgendwo in der Bond Street verstecken, würde ich mich gern an Lady Kathleen um Aufklärung wenden."

Ned stutzte bei seiner unterschwelligen Beleidigung.

„Ja, ja." Wegwerfend wedelte Harcroft mit der Hand in Neds Richtung. „Ich weiß. Du fühlst dich verpflichtet, sie zu verteidigen. Aber mal ehrlich, manchen Frauen steht nun mal nicht der Sinn nach ernsthaften Belangen des Lebens. Ich will ihre Talente keineswegs schmälern. Sie versteht sich glänzend darauf, Einladungen zu organisieren und Schränke voller Hüte und Handschuhe zu kaufen. Aber glaube mir, Ned, wir sind alle besser dran, Lady Kathleens Hilfe in den nächsten Tagen auf die Menüfolge zu beschränken."

In diesem Augenblick betrat Kate das Zimmer, gefolgt von einem Diener mit dem silbernen Teetablett. Sie mied Neds Blick. Sie mied auch die Blicke der Gäste. Zudem verlor sie kein Wort über das vorangegangene Gespräch. Sie sagte überhaupt nichts. Ned spürte allerdings an der bedachten Art, mit der sie die goldgeränderten Tassen und Gurkensandwichs verteilte, dass sie Harcrofts Rede gehört hatte. Und er spürte ihre Verletzung.

Schlimmer war, dass niemand etwas zu ihrer Verteidigung gesagt hatte. Auch er nicht. Und aus der Art, wie sie sich auf das Einschenken des Tees konzentrierte, schloss er, dass auch diese Kränkung in ihr rumorte.

Kate nahm auf einem Stuhl in einigem Abstand Platz, als gehöre sie nicht dazu. Während Harcroft seine Pläne zur Befragung der Dorfbewohner und die Zusammenstellung eines Suchtrupps darlegte, blickte Kate stumm in ihre Teetasse. Und Ned konnte sich sein Unbehagen nicht erklären, während er sie heimlich beobachtete. Sie wirkte würdevoll und gelassen, jeder Zoll die Tochter eines Dukes.

Aber sie wirkte auch verletzt. Und er hatte das unbestimmte Gefühl, er habe etwas vergessen.

Nicht sie. Kate hatte er nie vergessen. Auch ihr Eheversprechen nicht. Er hatte lange und schwer mit sich gerungen, wie er Kate einerseits achten und ihr andererseits seine dunklen

Seiten verheimlichen könnte.

Nein. Nach ihren Worten in der Eingangshalle war ihm klar geworden, dass er sich ihr gegenüber falsch verhalten hatte, wusste aber nicht, wie er dieses Unrecht wiedergutmachen könnte. Wenn überhaupt. Sie hatte gesagt, ihre Ehe würde in einem Windhauch vergehen, und er hatte keine Ahnung, wie er ihrer Beziehung wieder Leben einhauchen könnte, ohne seine dunklen Dämonen gleichfalls zum Leben zu erwecken. Allerdings war ihm auch klar, dass er nie wieder in den Spiegel schauen könnte, wenn er jetzt schwieg, wenn er nicht versuchte, die Kränkung, die ihr soeben zugefügt worden war, von ihr zu nehmen.

Er stand auf und ging zu ihr. Hinter ihm schimpfte Harcroft weiter. „Heutzutage“, brummte er, „schert sich kein Mensch mehr um die Rechte des Ehemanns, bei all den neumodischen Flausen, die den Frauen in den Kopf gesetzt werden.“

Ned betrachtete Kates seidige Wimpern, die sie nicht dunkel tuschte. Während sie die Lider gesenkt hielt, flatterten die feinen Härchen. Ohne den Blick zu Ned zu heben – er war nicht einmal sicher, ob sie spürte, wie dicht er neben ihr stand –, stieß sie den Atem aus, gab noch einen Löffel Zucker in die Tasse und noch einen.

Sie hatten nur eine sehr kurze Zeit miteinander verbracht. Aber von ihren gemeinsam verbrachten Stunden beim Frühstück wusste Ned, dass seine Frau ihren Tee ungesüßt trank.

„Es ist doch eine unleugbare Tatsache“, schwadronierte Harcroft im Hintergrund, „dass die Macht des Britischen Königreiches auf den Rechten von Männern beruht.“

„Die Rechte von Männern“, murmelte Kate. „Von wegen.“

„Kate?“

Sie zuckte zusammen, die Tasse klirrte auf dem Unterteller. „Das ist schon das zweite Mal heute, dass du dich von hinten anschleichst. Willst du mich erschrecken?“

Ned wusste nicht, wie er sich verhalten sollte und versuchte, ihr wenigstens ein Lächeln zu entlocken.

„Störe ich dich bei einer Unterhaltung mit der Teetasse?"

Kate senkte den Blick. Der Tee in ihrer Tasse hatte sich durch die Unmengen zugefügten Zuckers in dickflüssigen Sirup verwandelt. Aber sie schwieg.

„Offenbar", fuhr Ned fort. „Zweifellos hast du mit deinem Tee eine Menge zu besprechen. Kann man diesen Brei eigentlich noch Tee nennen?" Erstaunt sah sie zu ihm auf. „Aber es liegt mir fern, deine Bemühungen zu schmälern, Tee in Konfitüre verwandeln zu wollen."

Ein zaghaftes Lächeln huschte über ihre Lippen, und sie stellte das völlig überzuckerte Getränk ab. Ohne eigentlich zu wissen wieso, griff er nach ihrer schmalen Hand.

„Lass mich raten", fuhr Ned fort, „ich habe wieder einen Fauxpas begangen. Verzeih, aber ich hatte in den letzten Jahren kaum Gelegenheit, die Regeln der Etikette zu beachten. Als Tochter eines Herzogs bist du natürlich in allen diesbezüglichen Fragen bewandert, und laut unserem Adelsführer Debrett heißt das ..."

„Bin ich nicht!", fiel sie ihm ins Wort, wobei der belustigte Glanz nicht aus ihren Augen wich. Wenn er sie zum Lachen bringen könnte, würde er vielleicht Zugang zu ihr finden. Vielleicht könnte er die Kluft zwischen ihnen mit Humor überbrücken.

„Wie? Du bist nicht die Tochter eines Herzogs?" Er ließ den Blick in gespielter Verwirrung über die Anwesenden schweifen. „Wusste einer von euch davon? Ich jedenfalls hatte keine Ahnung."

Ihre Finger bewegten sich in seiner Hand, und er wurde wieder mit einem zaghaften Lächeln von ihr belohnt. Auch daran erinnerte Ned sich – an seine Versuche, sie beim Frühstück zum Lachen zu bringen, bis sie sich beinahe an ihrem Toast verschluckte und ihn tadelte, sie zum Husten gebracht zu haben.

„Sei nicht albern", schalt sie.

„Warum nicht?"

Sie legte den Kopf schräg. Und plötzlich wusste er wieder, warum ihm auch alltägliche Gespräche mit ihr gefährlich werden konnten. Wenn sie zu ihm aufblickte, schien die Zeit stehen zu bleiben. Und für einen kurzen Moment war ihr Blick wie der von Delilah, mit dem sie Samson in ihren Bann gezogen und seiner Kraft beraubt hatte. Dieser Blick ließ Ned wissen, dass Kate in sein Inneres sehen konnte, durch die Tünche seines Humors die schändliche Wahrheit erkannte, warum er sie verlassen hatte. Vielleicht ahnte sie, wie verzweifelt er sich an die Reste seiner Selbstkontrolle klammerte ... und wie nahe sie daran war, ihm diesen Rest zu rauben.

Kate hatte eine Bedrohung für ihn dargestellt, als er sie geheiratet hatte. Sie war eine verwirrende Mischung aus Offenheit und Verschleierung, ein Rätsel, das einen gefährlichen Sog auf ihn ausübte. Damals hatte er sich in hochfliegende Tagträume verloren. Er wollte ihre Drachen töten, hätte sogar welche erfunden, wenn sie nicht genügend dieser Reptilien aufzuweisen gehabt hätte. Kurzum, er war im Begriff gewesen, einen Rückfall in seinen Jugendwahn zu erleiden, dem er abgeschworen hatte.

Also hatte er die Flucht ergriffen. Er hatte England den Rücken gekehrt mit der fadenscheinigen Begründung, sich um Blakelys Geschäfte im Orient zu kümmern. Ein nüchternes Unterfangen und ein Auftrag, der großen Sachverstand und Durchsetzungsvermögen erforderte. Und er hatte bewiesen, dass er diese Fähigkeiten besaß. Er war nach England zurückgekehrt in der festen Überzeugung, dass er seine jugendlichen Fantasien endgültig überwunden hatte.

„Willst du wieder mal den Hofnarren für mich spielen?" In ihrem Antlitz las er all die drohenden Gefahren wie in großen Lettern geschrieben. Er las auch ihre Trauer und verspürte den Wunsch, sie ihr zu nehmen. Aber er sah noch mehr: Willenskraft und Stärke, die in der Frau, die er verlassen hatte, noch nicht vorhanden gewesen waren.

Er war mit dem Vorsatz nach England zurückgekehrt, seine

Gemahlin mit ritterlicher Zuvorkommenheit zu behandeln. Er wollte ihr beweisen, dass er ihr Vertrauen verdiente, dass er nicht länger der dumme grüne Junge war, der sich in waghalsige Abenteuer stürzte.

Ihr Lächeln löste eine Wärme in ihm aus, die ihm das Herz weitete.

In dieser Sekunde verspürte er den Wunsch, sich ihr völlig zu öffnen. Sie sollte alles wissen: seinen Kampf um inneren Halt, die mörderische Schlacht, die er gewonnen hatte. Und er wollte ergründen, warum sie sich von den anderen absonderte, als gehöre sie nicht in deren Kreis.

Welch törichte Gedanken. Er hatte zu lange um seine Beherrschung gerungen und war keineswegs bereit, sie bei der ersten Gelegenheit wegen eines hübschen Lächelns aufzugeben. Auch nicht für das Lächeln seiner Frau.

„Nein", sagte er schließlich. „Du hast völlig recht. Das ist vorbei. Ich spiele nicht mehr den Narren. Auch nicht für dich, Kate. Nicht einmal für dich."

Der Geruch nach Heu und Pferdemist schlug Ned entgegen, als er die Stallungen betrat. Der Mittelgang war sauber gefegt und mit frischer Streu ausgelegt. Die Stute, die er in London für seinen Ritt nach Berkswift erstanden hatte, streckte den Kopf aus ihrem Verschlag. Ned holte eine Karotte aus der Jackentasche und bot sie ihr auf der flachen Hand an. Vorsichtig nahm sie mit den Lippen die Karotte.

„Wenn Sie den Satansbraten suchen, den Sie mitgebracht haben, der ist nicht hier."

Ned drehte sich nach der altvertrauten Stimme um. „Sie reden wohl von Champion, wie?"

Richard Plum strich sich mit schwieliger Hand die stoppelbärtige verwitterte Wange. Einen Kommentar des alten Stallmeisters über den Namen, den Ned dem Gaul gegeben hatte, erwartete er auch nicht. Er glaubte beinahe, das Echo der Stimme des Mannes aus seinen Kindertagen zu hören. *Tiere brauchen keine affektierten Namen, die sie sowieso nicht verstehen. Namen sind nichts als Lügen für uns Zweibeiner.*

„Ich habe in meinem Leben schon eine Menge Pferde gesehen", fuhr der Mann fort.

Ned wartete. Plum hatte sein ganzes Leben mit Tieren verbracht – mit den Pferden in Berkswifts Stallungen und der Hundemeute in den Zwingern – und schien gelegentlich zu vergessen, dass Kommunikation zwischen Menschen der Sprache bedurfte und einer gewissen natürlichen Ordnung von Frage und Antwort unterworfen war. Plum war wohl eher der Meinung, Konversation würde nur von einer Seite geführt, und zwar von seiner. Aber wenn man ihn nicht nötigte, besann er sich gelegentlich eines Besseren.

„Der Gaul ist nicht der schlechteste, den ich je gesehen habe", fuhr er schließlich fort. „Aber auch nicht der beste. Sein Körperbau lässt viel zu wünschen übrig, und auch wenn wir ihm etwas Fleisch auf die Knochen gefüttert haben, bleibt er schwach auf der Brust. Schlimmer ist sein Charakter … Der Gaul ist völlig unberechenbar, als habe der Teufel in seinen Hafer gepisst. Den lasse ich nicht in die Nähe meiner Stuten."

Theoretisch gehörten die Stuten Ned, der sich allerdings nicht an Plums Besitzansprüchen störte. Im Stillen hatte er gehofft, der Tobsuchtsanfall sei lediglich eine Nachwirkung von Champions grausamer Behandlung gewesen.

„Das klingt ja schrecklich."

„Hmm." Plum hielt sein einsilbiges Brummen für eine ausreichende Antwort. Er schob die Hände in die Hosentaschen und schaute Ned lange an, ehe er sich aufraffen konnte, weiterzusprechen. „Jedes Tier braucht in den ersten Jahren eine anständige Behandlung, Mr Carhart. Wenn Ihr … ähm … Pferd …", Plum vermied es, den Namen Champion auszusprechen, „… nie etwas Gutes von Menschen kennengelernt hat, dann ist es für immer verdorben. Daran ändert sich nichts mehr, auch nicht, wenn man ihm ein ganzes Jahr gut zuredet. In so einem Fall lässt sich nichts machen."

„Sie meinen also“, versuchte Ned vorsichtig nachzuhaken, „er ist buchstäblich für immer verdorben?“

„Na ja …“ Plum schüttelte seinen grauen Kopf. „Irgendetwas kann man immer machen. Sie laden bei diesem Gaul einfach eine Pistole und drücken ab. Der Gnadenschuss ist das Einzige, was in einem solchen Fall noch übrig bleibt. Was ein Pferd nicht als Fohlen lernt, lernt es auch später nicht.“

Ned wandte sich mit geballten Fäusten ab. Sein Magen drohte, sich umzudrehen. Er hatte Champion nicht vor seinem Peiniger gerettet, um ihm den Gnadenschuss zu geben. Ein Bild schoss ihm durch den Sinn: der silberglänzende Lauf einer Pistole, der im grellen Sonnenlicht aufblitzte.

Nein!

Ein solches Ende wünschte er niemandem, nicht einmal einem klapperdürren, schwachbrüstigen Klepper. „Wie schlimm steht es wirklich um ihn?“

Plum zuckte mit den Achseln. „Keine Ahnung. Man müsste es auf einen Versuch ankommen lassen. Aber wenn Sie mich fragen, lohnt sich die Mühe nicht.“

Er machte wieder eine endlos lange Pause. Ned begann, mit den Fingern einen ungeduldigen Trommelwirbel gegen sein Hosenbein zu klopfen. Wieder ein schlechtes Zeichen.

„Der Gaul ist unbrauchbar, Sir.“

„Was heißt schon unbrauchbar?“ Ned presste die Handflächen gegeneinander. „Muss denn jedes Tier einen Nutzen haben?“

Plum begegnete seinem Blick. „Alle Tiere müssen einen Nutzen haben, Mr Carhart. Nutzlose Tiere sind wertlos.“

Ned kannte das Gefühl, nutzlos zu sein. Er war der nutzlose Enkel gewesen, der Letzte in der Reihe Erbberechtigter. Er war der Hanswurst gewesen, der Possenreißer, der nur Unsinn im Kopf hatte, nie etwas Ordentliches auf die Beine stellte. Sein Großvater hatte keinerlei Hoffnungen in ihn gesetzt, und Ned, der junge Narr, hatte ihn in seiner Meinung über ihn über Gebühr bestätigt.

Aber er hatte dazugelernt. Er hatte sich verändert, und es war noch nicht zu spät.

„Wo steht er?"

„Auf der Schafweide. Die ist im Herbst leer, die Schafe wurden auf die unteren Wiesen gebracht."

„Er wird sich bessern."

„Hmm." Mit diesem Brummen drückte Plum mehr Zweifel aus als mit Worten. Zu Neds Erstaunen raffte er sich dann doch zu einer Erklärung auf. „Ja, ja, in rührseligen Geschichten rettet ein Stalljunge einen alten Klepper vor dem Abdecker und will ein Rennpferd aus ihm machen, das in Ascot den ersten Preis gewinnt. Und dann geschieht das Wunder, nur weil er dem lahmen Gaul gut zuredet und ihm genügend Hafer zu fressen gibt. Aber seien Sie mal ehrlich, Mr Carhart. Das ist ein bockbeiniger Dickschädel, aus dem wird nichts mehr. Selbst wenn Sie es schaffen, ihm ein Geschirr anzulegen und dazu bringen, im Gespann mit einem anderen Ross einen Wagen zu ziehen, wird er sein ganzes Leben lang störrisch bleiben."

„Störrisch?", sagte Ned. „Damit kann ich leben."

Plum sah ihn lange an, bevor er den Kopf schüttelte. „Na dann, viel Glück. Auf der Schafweide liegt immer noch das Heu", fügte er hinzu. „Wir müssen es bald einfahren, bevor der Regen kommt. Ich hole mir ein paar Männer aus dem Dorf und kümmere mich darum."

„Lassen Sie nur", wehrte Ned ab. „Das erledige ich."

Diese Ansage wurde mit einem sehr langen Schweigen quittiert. „Das erledigen *Sie*", wiederholte Plum schließlich und hielt den Blick zu Boden gerichtet. Er betonte die Worte so, als habe Ned nicht nur angekündigt, er wolle ein nutzloses Pferd retten, sondern als trage er obendrein fünf Köpfe auf den Schultern.

Kein Wunder. Vornehme Herren boten sich ebenso selten an, Heu aufzuladen, wie sie fünf Köpfe trugen. Der Nachkomme eines Marquess war kein gewöhnlicher Tagelöhner, der sich die Hände mit körperlicher Arbeit schmutzig machte.

Andererseits war Ned nicht der typische Nachfahre eines Marquess. Ihn drängte es, etwas zu tun, um die überschüssige Energie auszuschwitzen, die sich bereits in nervöser Zappelei bemerkbar machte. Wenn er nichts dagegen unternahm, würde diese innere Unrast sich verstärken und bei nächster passender Gelegenheit zum Ausbruch kommen, besser gesagt bei nächster unpassender Gelegenheit, wie er aus Erfahrung wusste.

„Soll das ein Witz sein?“, fragte Plum verdattert. „Na ja, Sie waren ja schon als Kind gern zu Späßen aufgelegt.“

Ach, die unangenehme Erinnerung an seine Kindheit.

„Es ist mein voller Ernst. Ich habe Lust dazu.“

Im Laufe der letzten Jahre hatte er gelernt, diese Unrast – die Unfähigkeit, zur Ruhe zu kommen – zu zügeln. Alles, was er tun musste, war, den Überschuss an Energie in körperliche Arbeit zu lenken. Je schwerer, je stumpfsinniger, je größer die körperliche Anstrengung, desto besser das Resultat.

Ratlos schüttelte Plum den Kopf; er hielt seinen Brotherrn wohl für endgültig übergeschnappt. „Der Heuwagen steht schon auf der Weide“, sagte er.

Ned fand den Wagen eine halbe Stunde später. Champion beäugte ihn mit gesenktem Kopf aus sicherer Entfernung an der Umzäunung. Die Heuhaufen aufzuladen, war die richtige Arbeit, kräftezehrend und ermüdend. Mit jeder aufgeladenen Heugabel spürte Ned das Zerren in seinen Muskeln. Sein Rücken schmerzte – ein wohltuender Schmerz. Er kämpfte ihn nieder.

Ein Heuhaufen. Der nächste. Noch einer. Die Sonne bewegte sich ein gutes Stück weit über den Himmel, bevor Ned seine Müdigkeit und seine Schulterschmerzen überwunden hatte, bis dann schließlich seine Sehnen und Muskeln brannten und er nur noch den Wunsch hatte, die Heugabel fallen zu lassen und die restliche Arbeit den Männern zu überlassen, die Plum schicken würde.

Aber er biss die Zähne zusammen und arbeitete weiter. Damit befreite er sich nicht nur von seiner inneren Spannung, es war auch ein gutes Training. Es gab in seinem Leben nicht nur Tage wie diesen, an denen er sich berstend vor Energie und unbesiegbar wähnte, es gab auch Zeiten, in denen er sich wünschte, alles würde zum Stillstand kommen.

Das waren die Gegenpole in seinem Leben: unbändige Energie, gefolgt von lähmender Lethargie. Wenn er sich dem anderen Pol näherte, würde er darauf vorbereitet sein.

Im Moment galt es nur, Heu aufzuladen.

5. KAPITEL

Kate entdeckte den Gehrock ihres Ehemanns, achtlos über einen Holzpfosten geworfen, und schlug den matschigen Pfad ein, der sich hinter Bäumen an der verwitterten Umzäunung entlangschlängelte. In der Ferne schnatterte eine Entenschar.

Bald wies der Saum ihres hellen Kleides einen breiten Schmutzrand auf, und der gestärkte weiße Kragen war in der Wärme schlaff geworden. Nicht unbedingt das Erscheinungsbild, das sie ihrem Ehemann präsentieren wollte.

Er hingegen ... Mit hochgekrempelten Hemdsärmeln und offener Weste hievte Ned wie ein Landarbeiter eine Gabel voll Heu auf den bereits hoch beladenen Wagen. Er trug keine Krawatte. Nach einem kurzen suchenden Blick entdeckte sie den langen weißen Schal, der über der Wagendeichsel hing.

Jeder andere Gentleman hätte lächerlich gewirkt ohne maßgeschneiderte Kleidung, die dazu angetan war, schmale Hängeschultern oder einen gewölbten Leib zu kaschieren. Aber Ned verrichtete diese schwere monotone Arbeit mit lässigem Selbstverständnis, als würde er tagtäglich nichts anderes tun.

Bevor er sie verlassen hatte, hatte er nie bedrohlich auf sie gewirkt, und sie empfand auch jetzt keine Scheu vor ihm. Aber etwas an ihm hatte sich geändert. Er wirkte selbstbewusst, ohne arrogant zu sein, und er schien seine einstige Unbekümmertheit verloren zu haben. Ja, er hatte sich sehr verändert.

Er strahlte etwas Verwegenes aus, gewiss keine Rolle, die er spielte, um Aufmerksamkeit zu erregen, da er sich unbeobachtet fühlte, lediglich misstrauisch beäugt von einem einsamen scheuen Pferd. Champion drängte sich mit angelegten Ohren am anderen Ende der Koppel dicht an die Querbalken.

Ned war mit Harcroft befreundet, der wiederum enge Beziehungen zu Lord Blakely und dessen Gemahlin unterhielt. Würde Kate ihren Ehemann ins Vertrauen ziehen, wären ihre sorgsam durchdachten Pläne zunichte, da er sich zweifellos gemeinsam mit Lord und Lady Blakely gegen sie stellen würde.

Schließlich war Ned bereits im Begriff, unwissentlich ihre Pläne zu durchkreuzen, indem er Harcroft Gastfreundschaft gewährte, dessen Gegenwart Kate daran hinderte, Kontakt mit Louisa aufzunehmen. Wie sollte sie ihre Freundin beschützen, wenn sie ihr nicht einmal einen Besuch abstatten konnte?

Ihr Ehemann stellte eine Gefahr für sie dar, auch wenn er sich dessen nicht bewusst war. Selbst eine harmlose unbedachte Bemerkung könnte ihr zum Verhängnis werden, und Louisas Schicksal wäre besiegelt.

Er stellte auch in anderer Hinsicht eine Gefahr für sie dar.

Fünf Minuten einer belanglosen Unterhaltung mit ihm hatten genügt, dass sie noch immer die Wärme seiner Finger an ihrem Kinn spürte. Auch ihre Hand trug das unsichtbare Zeichen seiner Berührung. Fünf Minuten hatten genügt, um sie zum Lachen zu bringen.

Ned hatte ihre Gegenwart noch nicht bemerkt, und sie nutzte die Gelegenheit, ihn heimlich zu beobachten. Er hatte den letzten Heuhaufen aufgeladen, lehnte die Gabel gegen den Karren, streifte bedächtig die Lederhandschuhe ab, einen Finger nach dem anderen, zog die Weste aus und legte sie neben Handschuhe und Krawatte auf die Deichsel. Dann streckte er sich und holte einen bauchigen Tonkrug vom Wagen. Statt zu trinken, hob er ihn hoch und ließ das Wasser in einem dünnen Strahl über seinen Kopf rieseln.

Sein ohnehin schweißnasses Haar hing ihm nun in Strähnen in die Stirn. Das weiße Hemd klebte durchsichtig an seiner Brust.

Gütiger Himmel. Kate stockte der Atem. Die vergangenen Jahre hatten es sehr gut mit ihm gemeint. Unter dem dünnen Stoff traten seine Muskeln hervor – nicht wulstig wie die eines Landarbeiters, sondern sehnig und wohlgeformt wie die eines Fechters.

Der schmächtige Jüngling, der sie vor Jahren im Stich gelassen hatte, war als strahlender Adonis zurückgekehrt. Diese schreiende Ungerechtigkeit versetzte ihr einen schmerzhaften Stich.

Kate war nicht die Einzige, die ihn beobachtete. In sicherer Entfernung stand das Pferd, das er dem herzlosen Fuhrmann abgekauft hatte. Offenbar hatten sich die Stallburschen seiner angenommen, denn der Gaul wirkte weniger verwahrlost. Er trug keinen Halfter, und sein stumpfes Fell war gestriegelt, wodurch allerdings sein erbärmlicher Zustand noch deutlicher sichtbar wurde. Seine Rippen stachen hervor, die Flanken waren eingefallen, und an den Stellen, wo das schlecht sitzende Geschirr ständig gerieben hatte, schimmerte die blanke Haut hell.

Ned redete diesmal nicht beruhigend und leise auf das Tier ein, wie er es am Morgen getan hatte. Er schenkte ihm keinerlei Beachtung, als sei ihm gar nicht bewusst, dass er argwöhnisch beäugt wurde. Stattdessen griff er nach seiner Weste, beklopfte die Taschen, als suche er etwas, holte einen kleinen Beutel hervor und entfernte sich.

Das Pferd – Champion hatte Ned, der Spaßvogel, ihn genannt – äugte ihm misstrauisch hinterher und machte eine halbe Drehung, um ihn nicht aus den Augen zu verlieren. Leise pfiff Ned vor sich hin und hielt den Blick in die Ferne zu den Bäumen am Fuß des Hügels gerichtet. Wie nebenbei begann er, etwas von einer Hand in die andere zu werfen. Kate beobachtete, wie das Ding, das aussah wie ein heller Kieselstein, hin und her flog. Dann ging Ned in die Hocke und schleuderte das Ding in Champions Richtung, als ließe er einen flachen Stein über die gelblichen Grasstoppeln schlittern.

Kate trat zwei Schritte näher und griff nach dem Holzbalken der Umzäunung.

Bei Neds plötzlicher Bewegung wich Champion mit geblähten Nüstern aufgeregt stampfend zurück. Ned wandte ihm den Rücken zu, richtete sich wieder auf und nahm im gleichen Moment Kate wahr. Das leichte Lächeln, das seine

Lippen umspielt hatte, verschwand. Wortlos machte er kehrt, ging zum Heuwagen zurück, schlüpfte in die Weste, legte die Krawatte um und band den Knoten mit Bedacht. Erst dann machte er sich auf den Weg zu ihr.

Hinter ihm legte Champion die Ohren dicht an den Schädel, eine ernsthafte Warnung für jeden Angreifer, und stampfte wütend auf, einmal, zweimal. Dann trottete er vorwärts, senkte den Kopf und nahm mit der Schnauze auf, was Ned ihm hingeworfen hatte.

Ned hatte immer noch kein Wort gesagt. Während er sich Kate näherte, holte er wieder etwas aus dem Beutel und legte es auf einen Pfosten der Koppel. In der sinkenden Sonne leuchtete das Ding wie weißes Porzellan.

„Komm“, sagte er dann. „Gehen wir ein Stück.“

Das Korsett war ihr plötzlich zu eng geworden. Die Fischbeinstäbchen drückten gegen ihren Busen, sie hatte Mühe, frei zu atmen. In der Nachmittagssonne, die in seinem Rücken stand, wirkten Neds Augen dunkel, beinahe schwarz, während sein brünettes Haar golden leuchtete.

Die Rasur hatte seine markante Wangenpartie zum Vorschein gebracht. Allerdings brauchte er noch dringend die Dienste seines Kammerdieners, um ihm einen gepflegten Haarschnitt zu verpassen. Feuchte Strähnen kringelten sich im Nacken und hingen ihm in die Augen. Nun strich er sich die Haare mit gespreizten Fingern nach hinten.

Auch diesmal empfand Kate ein Gefühl von Ungerechtigkeit. Wenn ihr das Haar in die Stirn hing, wirkte sie ungepflegt und schlampig. Ned hingegen sah nur jungenhaft aus. Könnte sie auf sein Verständnis zählen, wenn sie ihm die Wahrheit gestand …?

Als sie heirateten, hatte sie ihn für liebenswürdig und harmlos gehalten. Das waren vermutlich die Gründe, warum sie in die Heirat eingewilligt hatte. Die Ehe war ein riskantes Wagnis für eine Frau, da sie nicht vorhersehen konnte, wie ihr Ehemann sie behandelte. Der Mann, den Kate geheiratet hatte, hätte sich allerdings niemals zu Misshandlungen hinreißen lassen, wie Harcroft sie seiner Ehefrau angetan hatte.

Traf das auch auf den veränderten Mann zu, dem sie nach Jahren wieder begegnet war?

Als sie sich dem weißen Kieselstein näherte, den er auf dem Pfosten abgelegt hatte, leuchtete ihr das Ding entgegen. Mochte ihr Ehemann auch leichtfertig und gedankenlos gewesen sein, hatte er keine Anzeichen von Grausamkeit erkennen lassen. Und von einem Mann, der einen geschundenen Gaul – sie schnupperte an dem vermeintlichen Stein – mit Pfefferminzbonbons fütterte, hatte sie vermutlich nichts zu befürchten.

Er war im Grunde immer noch harmlos. Aber damals war er süß wie ein Sahnebaiser gewesen – gezuckerter Schaum, ohne Substanz. Jetzt hingegen …

Ihre Finger klopften einen fahrigen Rhythmus auf dem Holzbalken. Zehn Schritte vor ihr blieb er in der Koppel stehen. Nur ein paar Holzbalken von ihr getrennt, keine echte Schranke.

Tief atmete Kate gegen die Enge an, die ihr die Brust zuschnürte. „Offenbar willst du dem Gaul etwas Gutes tun."

Er lachte trocken. „Einer muss es ja tun."

Sie scheute sich, ihn anzusehen, um nicht in Versuchung zu geraten, auf seine muskelbepackten Arme zu starren, um nicht an seine flache Bauchdecke zu denken, an der das nasse durchsichtige Hemd klebte.

Sie könnte auf dumme Gedanken kommen … oh, verflixt. Die Gedanken waren bereits da. Rasch drehte Kate das Gesicht in den Wind, um ihre erhitzten Wangen zu kühlen.

Sie fasste sich ein Herz und setzte einen Fuß auf den hölzernen Tritt, um in die Koppel zu steigen. Eine Vorrichtung, die es gestattete, die Umzäunung zu überqueren, für Schafe und Rinder jedoch unpassierbar war, wobei sie sich auf den schmalen Holzsprossen plump und ungeschickt vorkam wie eine Kuh. Ein eng geschnürtes Korsett, weite lange Röcke und hochhackige Stiefeletten mit schwarzen Jettknöpfchen eigneten sich für den Auftritt einer Dame im Salon, waren allerdings denkbar ungeeignet, um damit über Zäune zu klettern.

Auf der obersten Sprosse angekommen, warf sie ihrem Ehemann einen Blick zu. Er sah ihr nicht ins Gesicht, wie die Sittsamkeit es gefordert hätte. Vielmehr stand er in gespannter Haltung unter ihr, den Blick auf ihre Fesseln gerichtet, die unter den gerafften Röcken sichtbar wurden. Der Moment dauerte nur so lange, bis er blinzelte und den Kopf hob. Er streckte ihr die Hand entgegen. Sie nahm seine Hilfe an.

Ganz selbstverständlich, als habe er nicht soeben auf ihre Beine gestarrt, als hätte sie nicht ihn angestarrt. Als ihr Absatz sich auf der letzten Sprosse verfing, gab er ihr Halt. Und als sie neben ihm stand, richtete er den Blick auf das Pferd, genau wie sie. Das Tier hob den Kopf und beäugte das Paar, seine Ohren stellten sich auf. Kate war in ihrer frühen Jugend einmal abgeworfen worden und hatte sich bei dem Sturz einen Fuß gebrochen. Seitdem hatte sie eine gewisse Scheu vor Pferden. Ihr Vater hatte ihr damals die Bedeutung des Spiels mit den Ohren bei Pferden erklärt. Eine bestimmte Stellung bedeutete in der Pferdesprache: *Ich bin hungrig;* eine andere: *Hilfe, ein Wolf!* Und was wollte Champion ihr jetzt zu verstehen geben?

„Schau ihn nicht direkt an.“ Neds tiefe Stimme war dicht neben ihr.

„Und wieso nicht?“, fragte sie leichthin, um sich das Flattern in ihrer Magengegend nicht eingestehen zu müssen.

„Weil er nervös ist.“

Es war also: *Hilfe, ein Wolf!* Sie gehorchte; dabei fiel ihr Blick wieder auf ihren Ehemann, und ihr Magen zog sich zusammen. Hastig schaute sie erneut zu Champion hinüber, der in einer Entfernung von zwanzig Schritt die Lefzen hochzog und braune lange Zähne zeigte.

„Er denkt, du willst ihn zum Kampf fordern.“ Neds Stimme klang amüsiert. Sie hatte nur die Wahl, entweder Champion oder ihren Gemahl anzusehen.

„Vielleicht will ich ihn ja herausfordern", scherzte sie. „Ich wäre gerne die Herrscherin über dieses Weideland. Im Frühling würde ich über Schafe und Ziegen herrschen und im Winter über das Stroh." *Und dir würde ich befehlen, in Hemdsärmeln riesige Heuhaufen aufzuladen. Jeden Tag.*

„Du kannst über so viele Ziegen herrschen, wie du willst, wenn du nur ... oh, verdammt."

Am anderen Ende der Koppel stampfte Champion wütend auf. Kate hatte kaum Zeit, den Ernst der Situation zu erfassen, als der Gaul bereits heranstürmte. Hufschläge donnerten, Erde und Grasbüschel spritzten auf. Sie glaubte zwar nicht, dass er es tatsächlich darauf abgesehen hatte, sie zu Tode zu trampeln, aber ehe sie sich umdrehen und die Sprossen der Trittleiter wieder hinaufklettern konnte, hatte Ned sie bereits hochgehoben und mit einem Schwung über den Zaun befördert. Sie kam unsicher auf und klammerte sich an den Querbalken, um nicht im Gras zu landen.

Leichtfüßig sprang er hinter ihr über die Barriere und wandte sich ihr zu.

Champions wütende Attacke endete jäh mit einem lang gezogenen Wiehern, das in Kates Ohren wie ein höchst zufriedener Triumphschrei klang.

„Ich nehme alles zurück", stieß sie atemlos hervor. „Meinetwegen soll er über alle Ziegen und Schafe herrschen."

Ned war in katzenartiger Geschmeidigkeit neben ihr auf die Füße gekommen, und als Champion sich immer noch näherte, schützte er sie mit seinem Körper und drängte ihren Rücken gegen den Holzpfosten. Er wirkte völlig ruhig und lächelte sogar.

„Du hältst mich wohl für sehr töricht", sagte sie leise und glaubte beinahe, Champions heißen Atem im Nacken zu spüren.

„Wieso? Weil du ein Pferd herausgefordert hast, das zehnmal stärker und schneller ist als du?"

Kate errötete.

„Du bist nicht töricht“, sagte er und blickte ihr in die Augen.

„Nein?“

„Du warst nicht in Gefahr. Ich war bei dir. Ich würde niemals zulassen, dass dir etwas zustößt.“

Kate stockte der Atem. Er stand keine Handbreit von ihr entfernt. Mit jedem ihrer Atemzüge verringerte sich die Entfernung.

Sein Blick wanderte tiefer zum züchtigen Ausschnitt ihres elfenbeinfarbenen Vormittagskleides. Ihr war, als könne er durch den Spitzenkragen sehen, als trage sie nur ein transparentes Hemd.

Hilfe! Ein Wolf!

Er hatte in ihr nie etwas anderes gesehen als ein weibliches Wesen, seine Ehefrau. Und Kate hatte die bittere Erfahrung gemacht, was es bedeutete, Ehefrau zu sein. Ein gefügiges Wesen, das sich mit feinen Handarbeiten beschäftigte und sich in Wohltätigkeitsvereinen nützlich machte. Ein hübsches Ding, eingeschnürt in ein Korsett, gerüschten Unterröcken und spitzenverzierten Seidenkleidern. Eine zerbrechliche Porzellanpuppe, die man beschützte und verwöhnte, solange sie nur willfährig und gehorsam war. Im Übrigen machte eine Dame sich nicht die Hände schmutzig, das hatte schon ihre Mutter ständig gepredigt.

Sie fragte sich, wie Ned wohl reagieren würde, wenn sie ihm gestand, dass sie für Louisas Flucht verantwortlich war. Würde er ihr ein solches Vorhaben überhaupt zutrauen, oder hielt er sie für ebenso leichtfertig und flatterhaft wie Harcroft.

Sie hörte immer noch das aufgeregte Schnauben des Pferdes hinter sich.

„Wieso geht er nicht weg?“, fragte sie bang.

Ned ließ sie nicht einen einzigen Moment aus den Augen. „Keine Ahnung. Vielleicht schnuppert er die Pfefferminzbonbons in meiner Tasche.“

Langsam, sehr langsam bewegte er seine Hand zur Westentasche und zog sie ebenso langsam wieder zurück, während er dicht an ihrer Wange verharrte.

Und mit blitzschnellem Schwung schleuderte er ein Pfefferminz weit in die gemähte Wiese.

Sie konnte das Pferd nicht sehen, hörte nur sein Schnauben. Kein zögernder Hufschlag deutete seinen Rückzug an. Nichts. Sie stellte sich vor, wie Champion witternd die Schnauze in den Wind hielt, unschlüssig, ob er sich seinen Feinden wieder zuwenden sollte.

Ned zwinkerte ihr zu, und ihr Herz machte einen Satz.

„Ich wage nicht, mich zu bewegen", gestand sie kleinlaut.

„Tatsächlich?" Er lächelte unverfroren. „Ich könnte auf dumme Gedanken kommen, wie ich mir das zunutze mache."

Kate schluckte. Hatte sie vor wenigen Sekunden noch nicht gewagt, sich zu bewegen, so hatte sie jetzt das Gefühl, als hätten ihre Füße in der Erde Wurzeln geschlagen. Ihre Arme hingen wie gelähmt an ihrer Seite. Und in ihrem Kopf schwirrten tausend Möglichkeiten, was er mit ihr anstellen könnte. Vielleicht würde er sie küssen oder ihr über den Rücken streicheln oder die Perlmuttknöpfe ihres Spitzenkragens öffnen.

Tief blickte er ihr in die Augen, und ein schwindelerregendes Verlangen durchströmte sie. Der Wind, der ihre Wangen behauchte, fühlte sich an wie seine streichelnde Hand. Seine Augen wurden schmal, er neigte sich ihr zu.

Vielleicht war das der Grund, warum sie sich auf die Suche nach ihm begeben hatte, mochte ihr das auch nicht bewusst gewesen sein. Sie hatte das Bedürfnis, sich zu vergewissern, ob Edward Carhart sie immer noch als seine Ehefrau betrachtete, wollte wissen, ob er sie ebenso zuvorkommend und höflich behandelte wie früher.

Champion trat den Rückzug an. Kate verspürte ein letztes warmes Schnauben in ihrem Nacken, dann hörte sie Hufschläge, die sich entfernten.

„Geschafft", sagte Ned, ohne den Blick von ihr zu wenden. Ihre Lippen prickelten, ihre Haut fühlte sich erhitzt an. Er war im Begriff, sie zu küssen. Und in ihrer Torheit, nach drei Jahren der Trennung, sehnte sie sich nach seinem Kuss, sehnte sie sich danach, glauben zu können, er wolle den Versuch machen, das Phantom ihrer Ehe wieder zu beleben. Es drängte sie, ihre Hände an seine nasse Hemdbrust zu legen und seine warme Haut darunter zu spüren. Sie wollte eine Kostprobe seiner beiläufigen Sorglosigkeit schmecken, wünschte sich ein Zeichen von ihm, dass er mehr in ihr sah als nur die verwöhnte Tochter eines Herzogs, selbst wenn dieses Gefühl ebenso flüchtig wäre wie ihr Verlangen. Gespannt wartete sie auf seinen Kuss.

Stattdessen zog er sich zurück. „Geschafft", wiederholte er. „Nun bist du wieder frei und kannst gehen."

Frei? Sie konnte gehen? Verblüfft musterte sie sein Profil. Nachdem er sie gegen einen Zaunpfahl gepresst und darüber gescherzt hatte, was er alles mit ihr anstellen könnte, ließ er sie einfach gehen, ohne auch nur den geringsten Annäherungsversuch gemacht zu haben?

Sie biss sich so sehr auf die Unterlippe, dass sie Blut schmeckte. Endlich konnte sie wieder frei atmen. Gleichzeitig wallte Zorn in ihr auf.

„Ich kann gehen?"

Er sah sie nicht an, ballte nur die Hände zu Fäusten.

„Ich kann gehen? Dabei dachte ich immer, darauf verstehst *du dich* am besten."

Er zuckte zusammen und wandte sich ihr zu. „Ich wollte nur höflich sein … ein Gentleman."

„Für mich bist du kein Gentleman, sondern der begriffsstutzigste Mann der gesamten Christenheit."

„Mag sein, obwohl ich das zu bezweifeln wage." Entschuldigend zog er die Schultern hoch. „Es gibt Abermillionen Christen, und eine ganze Menge davon sind Idioten. Wenn dem nicht so wäre, hätte Großbritannien sich nicht wegen Opiumhandel auf einen Krieg mit China eingelassen."

Sie schlug mit der Schuhspitze gegen seinen Stiefel, nicht heftig, aber immerhin stark genug, um ihrem Zorn Ausdruck zu verleihen. „Ich kann übertreiben, so viel ich es will. Und glaube bloß nicht, du kannst mich mit deiner dämlichen politischen Meinung vom Thema ablenken. Das ist weder fair noch gentlemanlike."

„Glaub mir", entgegnete er gedehnt, „im Moment bin ich vollauf damit beschäftigt, an meine Manieren zu denken. Ich wäre überfordert, an etwas anderes zu denken als an meine Pflichten als Gentleman."

Er schluckte und starrte auf ihren Busen. Ihr war beinahe, als seien drei Jahre der Trennung ausgelöscht und sie erst drei Monate verheiratet. Als sei sie es wieder, die sich sehnsüchtig nach ihm verzehrte, während er sich in höflicher Zurückhaltung übte.

„Ich nehme meine Bemerkung zurück." Ihre Stimme bebte. „Du bist nicht der begriffsstutzigste Mann der gesamten Christenheit."

„Nein, nein. Du hast völlig recht. Die Herrin über dieses Weideland hat jedes Recht zu Übertreibungen. Meinen Segen hast du."

„Den brauche ich nicht", entgegnete Kate. „Ich sehe ein, dass *ich* an Begriffsstutzigkeit nicht zu überbieten bin."

Sein fragender Blick flog in ihr Gesicht.

Sie war gekommen, um zu ergründen, ob ihre Ehe überhaupt noch Sinn machte, ob er eine Ehefrau akzeptieren könnte, die sich mit Dingen beschäftigte, die einer Dame fernliegen sollten. Aber nach all den Jahren war sie immer noch empfänglich für ihn. Und trotz seiner saloppen Kleidung benahm er sich wie ein formvollendeter Gentleman.

„Da stehe ich vor dir", fuhr sie immer noch mit bebender Stimme fort, „und bettle geradezu um einen Kuss von dir, den du mir verweigerst … schön und gut. Aber ich bin nicht so naiv, um nicht zu wissen, was das zu bedeuten hat. Männer sind lüsterne Bestien. Und wenn du deiner Lust nicht nachgibst, empfindest du vermutlich keine. Jedenfalls nicht für mich."

Ned blieb der Mund offen stehen.

„Sag es doch einfach." Angriffslustig blickte sie ihm in die Augen. „Mach es uns beiden leichter, wenn ich dich bitten darf. Sage mir klipp und klar, dass du kein Interesse an mir hast. Gestehe es endlich, damit ich nicht länger auf einer Wiese stehen muss und auf einen Kuss von dir hoffe. Es sind drei Jahre vergangen, Ned, und ich habe es endgültig satt, auf dich zu warten."

Endlich drehte er sich ihr zu, sah sie lange unter zusammengezogenen Brauen an, dann schüttelte er den Kopf.

„Sag endlich etwas." Kate war am Rande der Verzweiflung. „Sprich! Wovor hast du Angst? Ich kann dir nicht wehtun. Und du kannst mich nicht noch mehr verletzen, als du es bereits getan hast."

„Frauen sind rätselhafte Geschöpfe." Er hob die Hand und kringelte eine Locke an ihrer Wange um seinen Finger.

Diese flüchtige Berührung ließ sie erstarren. „Wie bitte?"

„Das denkst du wirklich, nicht wahr? Dass ich dich nicht küsse, weil ich kein Interesse an dir habe?"

„Wenn du etwas für mich empfinden würdest, dann würdest du dich nicht zurückhalten. Ich weiß um diese Dinge Bescheid."

„Jemand hat dir Lügen aufgetischt. Offenbar hältst du alle Männer für Bestien, die beim Anblick einer Frau losstürmen, wie Champion, und über sie herfallen."

Er rückte näher, und Kate wich zurück, bis der Holzpfosten sich in ihren Rücken drückte.

„Du denkst, Männer haben keine Selbstbeherrschung und lassen sich nur von niederen Instinkten leiten."

Damit gab er in knapper Form das wieder, was ihre verheirateten Freundinnen ihr hinter vorgehaltener Hand zugeflüstert hatten. Deshalb nahmen Männer sich Mätressen – weil sie ihre Wollust nicht im Zaum halten konnten. Genau das hatte man ihr erzählt.

„In mancher Hinsicht stimme ich dir zu", fuhr er fort. „Männer sind wilde Tiere und haben niedere Instinkte – tief verborgene, dunkle Wünsche, vor denen du entsetzt zurückschrecken würdest, Kate, wenn du davon wüsstest. Wir haben Bedürfnisse, und glaube mir, auch ich habe sie."

Bang blickte sie zu ihm hoch. Obgleich er bedrohlich dicht vor ihr stand, wirkte seine Haltung gelassen und sein Lächeln gewinnend. Allerdings nahm sie noch etwas in seiner Miene wahr – die zusammengezogenen Brauen, die schmalen Lippen. Etwas Unerklärliches wie drohende graue Wolken hinter einem sonnigen Lächeln.

„Und eben in diesem Moment", seine Stimme klang rau, „ist mir danach, dir die Röcke zu heben und dich gegen diesen Pfosten gelehnt zu nehmen."

Ein Knoten schnürte ihr die Kehle zu.

„Ja, es stimmt, auch ich bin eine Bestie."

Mit seinen Fingern strich er über ihren Kragen, fand die Linie ihres Schlüsselbeins unter dem durchbrochenen Spitzenbesatz. Die zarte Berührung bildete einen krassen Gegensatz zu seinen harten Worten; sie spürte die Wärme seiner Finger an ihrer Haut. Die andere Hand, die seitlich an ihrem engen Mieder nach unten glitt, hinterließ eine heiße Spur auf ihrer Haut. Dann zog er sie näher zu sich. Sie legte den Kopf in den Nacken. Seine verdunkelten Augen leuchteten gefährlich, sie glaubte beinahe, das Lauern des wilden Tieres in ihren Tiefen zu erkennen. Und dann neigte er den Kopf – oh, so langsam, so sanft.

Sie hätte sich mit einer einfachen Drehung retten können. Aber sie spürte die Hitze seines Atems an ihren prickelnden Lippen. Seine Worte hallten in ihr nach. *Mir ist danach, dich gegen diesen Pfosten gelehnt zu nehmen.*

Eine Stimme in ihr schrie eine Warnung. Er würde sie küssen und sich danach von ihr abwenden. Er würde sie vielleicht sogar nehmen. Dieses Recht stand ihm als ihr Ehemann zu. Und wenn er mit ihr fertig war, würde er gehen. Wie schon einmal. Und sie würde in unerfülltem Begehren zurückbleiben. Sie musste sich schützen. Sie musste sich abwenden …

Aber sie stand bereits in Flammen, und weder ihr noch ihm wäre gedient, wenn sie ihn abwies. Auch Frauen waren wilde Tiere. Ihr Verlangen lauerte wie ein schwarzer Panther, zum Angriff bereit, wenn er sich ihr verweigerte.

Das tat er nicht. Er legte seine Lippen auf ihren Mund, anfangs zaghaft und scheu. Im nächsten Moment aber schlang er die Arme um sie, hob sie hoch und presste sie gegen den Pfosten. Er öffnete den Mund und nahm sich den Kuss, den sie so heiß ersehnt hatte. Dieser Kuss war nicht vorsichtig, höflich oder gesittet. Sein Kuss war tief und leidenschaftlich berauschend. Er schmeckte nach Pfefferminz, und sie erwiderte ihn trunken vor Sehnsucht, die nie zum Erliegen gekommen war.

Sie wusste nicht, wie lange dieser Kuss dauerte, eine Minute, eine Stunde. Als er sich von ihr löste und den Kopf hob, spürte sie den Sonnenschein warm in ihrem Nacken, hörte das Trällern einer Lerche, wehmütig schluchzend aus dem fernen Wald. Jeder Nerv in ihrem Körper prickelte, all ihre Sinne waren geschärft.

„Siehst du?", sagte Ned. „Männer sind Tiere. Mit dem Unterschied, dass ich das Tier in mir beherrsche, statt mich von ihm beherrschen zu lassen. Glaube nur nicht, dass meine Kontrolle etwas anderes bedeutet als … nun ja, meine Kontrolle. Im Moment ist das Tier sehr hungrig. Es hungert danach, über dich herzufallen, dich zu verschlingen, hier im Freien, wo jeder uns sehen kann. Es will dich haben, und es wird verdammt sein, wenn du nicht bereit bist."

„Ich war immer bereit." Dieses Geständnis kam ihr kristallklar über die Lippen.

„Tatsächlich?", fragte er trocken. „Ich dachte, unsere Ehe sei ein welkes Blatt", zitierte er sie, „das mit dem nächsten Windstoß verweht. Kate, du hast kein Vertrauen zu mir. Und ich wäre ein Monster, nach drei Jahren zurückzukehren in der Erwartung, es sei alles so wie früher."

„Man muss kein Vertrauen haben, um eine Ehe zu vollziehen, Ned." Kate schüttelte den Kopf. „Ich bin eine praktisch denkende Frau.“ Aber ihr verräterisches Herz trommelte wild in ihrer Brust.

„Willst du mir sagen“, wechselte Ned unvermutet das Thema, „was dir an Harcroft vorhin missfallen hat? Zugegeben, er kann gelegentlich etwas anstrengend sein in seiner Langatmigkeit und seinem Perfektionismus. Aber ich kenne ihn, seit wir noch kurze Hosen trugen. Er meint es gut. Und er war, nein er ist ein guter Freund, wie du weißt.“

Alle Welt war der Ansicht, dass Harcroft es gut meinte. Kate sah sich mit einer ausweglosen Situation konfrontiert. Jeder, dem sie die Wahrheit über ihn sagen würde, liefe zu Harcroft, um sich ihre Anschuldigungen bestätigen zu lassen. Niemand würde ihn für die Blutergüsse seiner Frau verantwortlich machen, wenn er ihnen eine plausible Erklärung auftischte. Im Übrigen hatte sie Louisa versprochen, absolutes Schweigen zu bewahren.

Und was Kates eigene Wünsche und Sehnsüchte betraf – den Zustand ihrer Ehe, ihr sinnliches Verlangen nach Ned –, das alles stand im krassen Widerspruch zu Louisas leidvollem Dasein.

Ned hielt Harcroft für einen wohlmeinenden Mann. Sie waren nicht nur alte Freunde, sie waren die besten Freunde. Als Ned ihn vor Jahren um Unterstützung bat, Lady Blakely ungeachtet ihrer nicht standesgemäßen Herkunft in die vornehme Gesellschaft einzuführen, hatte Harcrofts Fürsprache den Unterschied gemacht zwischen kühler Billigung und eisiger Ablehnung. Er hatte Situationen entschärft, die ohne ihn äußerst schwierig geworden wären. Alle fühlten sich dem Earl in irgendeiner Weise verpflichtet. Und keiner hatte auch nur andeutungsweise nach den Gründen gefragt, die Louisa bewogen haben mochten, ihn zu verlassen.

Kate wollte sich Ned entziehen, aber der Pfosten hinderte sie daran. „Nein, du hast recht. Ich habe kein Vertrauen zu dir. Hättest du Vertrauen zu einem Mann, der seine frisch angetraute Ehefrau verlässt und sie boshaften Spekulationen, bissigem Spott und widerwärtigen Wetten aussetzt?"

„Kate, ich ..."

Sie legte ihre flachen Hände an seine Brust und stieß ihn von sich, in der Hoffnung, er würde ins Wanken geraten. Er aber trat zwei Schritte zurück, als sei ihr Stoß nichts weiter als eine höfliche Bitte gewesen, und fuhr sich mit der Hand durchs Haar, das ihm wieder in die Stirn gefallen war.

„Ich habe England verlassen", fuhr er fort, „um mir selbst etwas zu beweisen, fürchte allerdings, dir muss ich noch eine Menge beweisen." Seine Stimme klang beinahe verwundert, als werde ihm erst jetzt bewusst, dass er seine Ehefrau und die damit verbundenen Verpflichtungen vernachlässigt hatte.

Keine beruhigende Feststellung. Kate verzichtete allerdings darauf, ihn danach zu fragen, in welcher Hinsicht er sich Harcroft verpflichtet fühlte.

6. KAPITEL

Neds Stimmung hellte sich im Verlauf des Tages nicht auf. Die Unterhaltung beim Abendessen zog sich zäh dahin. Niemand gab sich Mühe, in diesem Beisammensein eine heitere Abendgesellschaft zu sehen, bei dem die Herren sich nach dem Dessert zu einem Glas Portwein und einer Zigarre in den Rauchsalon begaben, um anschließend mit den Damen im grünen Kabinett Charade zu spielen. Die Regeln der Höflichkeit zu wahren, schien allen Beteiligten Charade genug.

Bald nach dem Abendessen zogen die Gäste sich zurück, und Ned ging in die Bibliothek, ein Ort beschaulicher Ruhe mit den zur Decke reichenden Bücherschränken aus dunklem Mahagoni, nur schwach beleuchtet von einer Petroleumlampe und dem goldenen Schein des Kaminfeuers.

Als er eintrat, musste er feststellen, dass er nicht allein war.

„Carhart."

Ned hörte die tiefe melodische Stimme, ehe er die dunkle Männergestalt im Ledersessel vor dem Kamin wahrnahm. Neben Harcroft stand auf dem Beistelltisch ein Glas Port, von dem er vermutlich noch nicht getrunken hatte.

„Setz dich", meinte Harcroft einladend, „und trink einen Schluck mit mir."

Ihm blieb nichts anderes übrig, und Ned verzog die Mundwinkel.

Er hatte zwar kein Wort gesagt, aber Harcroft schien seine Stimmung dennoch eingefangen zu haben und drehte sich im Sessel um. Der Blick, den die Männer tauschten, wurzelte in alten gemeinsamen Erinnerungen. Eines Abends während ihrer Studienzeit in Oxford hatten beide die eine oder andere Flasche Wein zu viel getrunken. Das war noch zu Neds ausschweifenden Zeiten, bevor er wegen grenzenloser Faulheit der Universität verwiesen wurde. Kurzum, er hatte sich mit Harcroft sinnlos betrunken.

Nach der vierten Flasche Wein, wobei Harcroft darauf beharrte, es sei die sechste gewesen, hatten die beiden sich auf ein Thema eingelassen, was kein Mann mit Selbstachtung je anschneiden sollte: Sie hatten über Gefühle gesprochen.

Ausführlich.

Ned überlief noch heute ein Schauder, wenn er an jene Nacht dachte.

„Ein winziges Glas“, sagte er nun. „Mehr nicht.“

„Mehr nicht.“ Harcroft lächelte verständnisvoll, vermutlich gleichfalls in Erinnerung, trat an die Anrichte, goss einen Schluck aus der Karaffe und reichte Ned das Glas.

Die Freunde machten es sich vor dem Kamin bequem und blickten versonnen ins Feuer. Das war Ned lieber, als Harcroft anzusehen. Selbst in ihrer Trunkenheit hatten sie es damals vermieden, Themen zu berühren, die Ned am meisten zugesetzt hatten. Abgesehen von der Marchioness of Blakely war Harcroft allerdings der einzige Mensch, der zumindest ahnte, was Ned so sehr quälte.

In jener Nacht hatte er nämlich ein verschleiertes rührseliges Geständnis abgelegt. Er hatte Harcroft seine Befürchtung gestanden, etwas sei mit ihm nicht in Ordnung, etwas, das ihn maßgeblich von anderen Männern unterschied. Harcroft, nicht minder betrunken, hatte ihm anvertraut, ihm ergehe es ähnlich. Natürlich hatten sie um den heißen Brei herumgeredet. Selbst in seinem Rausch war Ned nicht bereit gewesen, die verstörende und unerklärliche Schwermut, die ihn gelegentlich befiel, beim Namen zu nennen. Und Harcroft hatte seine seelischen Nöte ebenso wenig in deutliche Worte gefasst. Stattdessen hatten sie von einer *Sache* gesprochen, einer *leidigen Angelegenheit*. In jener Nacht war diese Sache Ned vorgekommen wie ein eiterndes Geschwür. Und sie hatten getrunken, um dieses Geschwür auszumerzen.

Aber es hatte nichts geholfen.

Ned hatte jenes Gespräch nur als verschwommenes betrunkenes Lallen in Erinnerung. Die gegenseitige Beichte hatte die Freunde einander jedoch nicht nähergebracht. Im Gegenteil: Ned hatte seither den Wunsch, diese Nacht aus seinem Gedächtnis zu streichen. Vorher war Harcroft ihm ein guter Freund gewesen; hinterher mied Ned seine Nähe, wünschte ihn ans andere Ende der Welt, als habe er eine ansteckende Krankheit.

Das Feuer im Kamin knisterte, und Ned schüttelte den Kopf.

„Wie war es denn?“ Harcroft drehte das Glas zwischen den Fingern. Wenn er daran genippt haben sollte, war nichts davon zu sehen. Nach jener durchzechten Nacht gefühlsduseliger Geständnisse hatte auch Harcroft kaum je Alkohol angerührt. Selbst bei seiner Hochzeit hatte er nur an einem Glas Champagner genippt.

„Was war wie?“, fragte Ned argwöhnisch.

„China.“

Ein ungefährliches Terrain, wäre Neds Reise nicht so unentwirrbar mit dem Gesprächsthema jener Nacht verbunden gewesen. Er stellte sein Glas ab und schloss die Augen. Bilder tauchten auf – grüne steile Berge, die aus dem glasklaren Blau des Ozeans anstiegen, üppige Vegetation, die alles Land zu verschlingen drohte. Feuchte erdrückende Hitze und der überwältigende Gestank nach menschlichen Exkrementen. Grelle Lichtreflexe auf poliertem Stahl, darüber die sengende Sonne hoch am Himmel. Und nachdem er Hongkong den Rücken gekehrt hatte, das Delta des Pearl River hinter grauen beißenden Rauchschwaden des Kanonenbeschusses.

Ned hatte keine Lust, darüber zu sprechen.

Hitze, auf dieses Stichwort ließ er sich ein. „Es war so heiß, dass man eimerweise schwitzte, und so feucht, dass der Schweiß in den Eimern nicht verdunstete. Ich musste ständig mein Hemd auswringen, als hätte ich es aus dem Wasser gezogen.“

„Pah. Klingt grässlich unzivilisiert.“ Harcroft zog sich einen Hocker heran und legte die Füße darauf. Das Feuer knisterte wieder, und der Luftzug wehte Rauchgeruch in Neds Nase. Ein entferntes Echo der schwefeligen Rauchwolken des Schießpulvers, an das er sich ebenfalls erinnerte.

„Wenn du Zivilisation als Walzer und Salonorchester in vergoldeten Ballsälen definierst, ja, dann war es unzivilisiert." Ned hielt die Augen immer noch geschlossen und glaubte, das leise Schaukeln der Wellen unter seinen Füßen zu spüren. Ein dünnes Lächeln flog über seine Lippen.

„Was sollte Zivilisation denn sonst sein?" Harcrofts Stimme klang amüsiert.

Ned sah immer noch den Qualm über dem Delta – kein heller Schleier aus Wasserdunst, sondern Rauch, schwefelhaltig und ätzend. Dahinter die von den Kanonen zerfetzten Trümmer menschlicher Behausungen.

„Ich finde, wir tragen unsere Zivilisation in uns", antwortete Ned gedehnt. „Und auch unsere Grausamkeit. Es ist nur ein kleiner Schritt von einem zum anderen. Das gilt für Briten ebenso wie für Chinesen."

„Blasphemie", widersprach Harcroft hitzig. „Zumindest Hochverrat."

„Aber die Wahrheit." Ned schlug die Augen auf und blickte zu Harcroft hinüber.

Er hielt das Glas in beiden Händen und blickte sinnend in die goldene Flüssigkeit, als könne er die Zeichen der Zivilisation darin erkennen. Als er endlich sprach, klang seine Stimme leise. „Liegt deine Grausamkeit so nah an der Oberfläche?"

Das Gespräch näherte sich bedenklich dem trunkenen Gestammel jener Nacht.

Was Grausamkeit betraf ... Vor seiner Reise um die halbe Welt hatte der Begriff eine Reihe befremdlicher Bedeutungen: Kannibalismus oder Misshandlung nackter Frauen. Nun aber dachte er an Captain Adams und an die Nebelwand aus beißendem Pulverdampf über verwüstetem Land. Auch an dunkle Höhlen, in die Opiumraucher sich verkrochen, um einer Welt zu entrinnen, die für sie nicht zu ertragen war.

„Meine Grausamkeit?“, fragte Ned. „Ich halte, ehrlich gestanden, nichts von Grausamkeit.“ Sie setzte Taten voraus, und die Düsterkeit, die ihn gelegentlich befiel, hatte nichts mit Taten zu tun. Er hatte auch nie den Wunsch gehabt, Menschenfleisch zu verspeisen oder einen Mord zu begehen. Wenn er von jenen dunklen Dämonen heimgesucht wurde, hatte er sich nichts sehnlicher gewünscht als absoluten Stillstand. Gelegentlich sehnte er sich immer noch danach. Der Unterschied zu früher bestand lediglich darin, dass er gelernt hatte, diesem Drang nicht nachzugeben.

Ned blinzelte. Der Feuerschein brach sich im geschliffenen Kristall, blitzte auf wie polierter Stahl, grelle Sonnenreflexe im spiegelglatten Wasser.

Harcroft starrte ins Feuer. „Es hat nichts mit Grausamkeit zu tun, unbotmäßigen Menschen eine Lektion zu erteilen und ihnen den Platz zuzuweisen, der ihnen gebührt. Gelegentlich ist Machtausübung nötig, um zu demonstrieren, dass Regeln und Gesetze einzuhalten sind. Selbst wenn du den Wunsch nach Gesetz und Ordnung als Grausamkeit bezeichnest, kennen wir beide doch die Wahrheit. Es ist der Lauf der Welt.“

„Man kann es aber auch zu weit treiben“, warf Ned ein. „Wir bestehen auf unserem Recht, die Chinesen mit Opium zu vergiften. Wir töten Frauen und Kinder. Man muss keine Grausamkeiten begehen, um Stärke und Macht zu beweisen.“

„Gelegentlich geschehen diese Dinge eben ... aus Versehen.“ Harcroft hatte einen seltsam ernsten Ton angeschlagen, seine Miene hatte sich verhärtet.

„Du nennst so etwas ein Versehen?“

„Es gibt Situationen ... Du weißt schon ... Also ich kann verstehen, wie es so weit kommen kann. Die Bestie springt dir an die Kehle, und ehe du dich versiehst ...“ Harcroft suchte Neds Blick. „Na ja, du weißt schon.“

Ned wusste Bescheid – zumindest wusste er, wie es ihm ergangen war. Aber er hatte gelernt, seine Dämonen im Zaum zu halten und vorzugeben, er unterscheide sich nicht von anderen. Allerdings waren beide zu nüchtern, um die Wahrheit auszusprechen. Zudem hatte Ned im Grunde keine Ahnung, worauf Harcroft hinauswollte.

„Ich weiß, dass man darauf vorbereitet sein muss“, erklärte Ned. „Man muss stärker und besser sein. Und wenn die Bestie wieder zum Sprung ansetzt und mit kalten Krallen nach dir greifen will, musst du schneller sein; dann kann sie dir nichts anhaben.“

Harcroft blickte Ned lange in die Augen, bevor er sich abwandte. „Ja“, sagte er. „Das ist es. Genau das.“ Ein glühendes Holzscheit im Kamin fiel krachend in sich zusammen. Ein Funkenregen stob auf.

„Nun haben wir genug über China geredet. Wie findest du England im Vergleich dazu?“

Grau. Verregnet. Selbst das Vogelzwitschern klang anders. Er war heimgekehrt, aber alles Vertraute war ihm fremd geworden. Auch seine Frau. Vor allem seine Frau.

„Ich finde England kalt“, sagte Ned schließlich. „Erbärmlich kalt.“

Die Nacht war noch kälter geworden. Nachdem der Kammerdiener sich zurückgezogen hatte, löschte Ned das Kaminfeuer in seinem Schlafgemach. Er wollte es nicht warm haben. Die kühle Nachtluft schärfte seinen Verstand.

Eine Kerze auf der Wäschekommode verbreitete einen fahlen Schein, der auf die Verbindungstür zum angrenzenden Zimmer seiner Gemahlin fiel.

Kein anderer Ehemann hätte Bedenken gehabt, die Tür zu öffnen. Kate war bereit für ihn – wenn auch nicht mit großer Begeisterung. Und sie war überaus reizvoll. Es bestand also kein Grund, warum er sie nicht nehmen sollte. Es gab keinen Anlass für sein Zögern.

Er näherte sich der Verbindungstür, erwartete ein verrostetes Quietschen der Scharniere – irgendeinen Widerstand, der darauf hindeutete, dass diese Tür seit Jahren nicht benutzt worden war. Aber sie öffnete sich ungehindert und lautlos. Ein Diener ohne Sinn für Symbolik hatte die Angeln offenbar in seiner Abwesenheit regelmäßig geölt, als habe diese Ehe auch nach Jahren der Unterbrechung noch Bestand.

Die Vorhänge in ihrem Zimmer waren zurückgezogen, das Mondlicht zeichnete einen schimmernden Pfad zu ihrem Bett und den silbrigen Umrissen ihrer schlanken Gestalt. Mit angezogenen Beinen kauerte sie auf dem Bett, die Arme um ihre Knie geschlungen. Er sah den anmutigen Schwung ihres Fußes, der unter einem weißen Nachthemd hervorlugte.

Beim Geräusch an der Tür fuhr sie herum. „Mein Gott, Ned. Mir blieb fast das Herz stehen vor Schreck."

Unter dem langen wallenden Hemd schien sie nackt zu sein. Der Mund wurde ihm trocken.

Es war sehr lange her. Und verdammt noch mal, er begehrte sie. Er wollte ihre Rundungen unter dem Stoff fühlen, wollte mit zwei langen Sätzen zu ihr eilen und sie auf die weiche Matratze werfen. Mächtiges Verlangen durchströmte ihn, das Blut rauschte ihm in den Ohren wie ein reißender Fluss, der all seine guten Vorsätze wie Treibholz wegzuschwemmen drohte.

Sie streckte die Beine, entblößte ihre wohlgeformten Waden und erhob sich anmutig. Im Mondlicht wirkte der dünne weiße Stoff durchsichtig, und er sah ihre schmale Taille, die Kurven ihrer Hüften. Es juckte ihn in den Fingern, sie zu berühren.

Sie gehört dir. Du hast das Recht, sie zu nehmen.

Stirnrunzelnd sah sie ihn an. „Du trägst erstaunlich viel Kleidung."

„Tatsächlich? Das war mir gar nicht bewusst." Der Stoff seiner Hose war sein einziger Schutz, die Rüstung, hinter der er den Beweis seiner Wollust verbergen konnte. Er war seit dem Betreten ihres Zimmers zum Bersten erregt.

Er näherte sich keinen Schritt, konzentrierte sich stattdessen auf seine Atmung. Er hatte die Kontrolle, nicht seine pochende Erregung. Nicht seine fiebernde Fantasie. Er hatte die

Kontrolle. Und er war kein wildes Tier.

Doch dann näherte sie sich ihm, umwallt von dem durchsichtigen Hemd, das sich bei jedem Schritt an ihre Schenkel schmiegte. Sie stemmte die Hände in die Hüften, wodurch der raschelnde Stoff noch mehr von ihrer Figur preisgab. Eine große Herausforderung, auch wenn ihr das nicht bewusst war.

„Also wirklich, Ned, ist das so hart für dich?“

„Unerträglich hart.“ Und lang und schwellend.

„Nun ja, ich bin deine Frau. Wir wissen beide, was wir zu tun haben.“ Sie seufzte. „Können wir es einfach hinter uns bringen? Ich wehre mich nicht dagegen.“

Sie versprach, ihm zu Willen zu sein, im Tonfall einer Magd, der man aufgetragen hatte, den Stall auszumisten. Aber selbst diese klägliche Ermunterung bewirkte, dass Neds Erregung noch mehr schwoll. Seine Vernunft drohte in tausend Scherben zu zersplittern. „So funktioniert das nicht.“

„Es funktioniert nicht?“ Ratlos senkte sie den Blick. „Ich verstehe. Die Jahre im Ausland haben dich verändert. Früher hat es problemlos funktioniert.“

Es schwoll noch mehr bei der direkten Anrede. Ned verfluchte sich im Stillen, die Hosen nicht mit einem weiten Morgenrock vertauscht zu haben, der *es* verborgen hätte. „*Es* funktioniert, glaube mir. Mit einer Berührung könntest du dich davon überzeugen, dass *es* in diesem Moment sehr wohl funktioniert.“

Sie streckte die Hand aus, er aber hielt ihre Finger fest, bevor sie ihren Reiz auf ihn überprüfen konnte.

„Das war eine Feststellung.“ Ihre Hand zitterte in seiner wie ein gefangener kleiner Vogel. „Keine Einladung. Es ist noch keine zwölf Stunden her, als du behauptet hast, das Letzte, wonach dir der Sinn steht, wäre eine komplizierte Liebesaffäre.“

„Gütiger Himmel.“ Sie entzog ihm ihre Hand und schüttelte die Finger. „Wir sind verheiratet. Das hat doch nichts mit einer Liebesaffäre zu tun. Es ist ja nicht so, als müsstest du mich verführen. Kein anderer Mann hätte solche Skrupel."

Zweifellos. Unter Skrupel verstanden die Herren aus gehobenen Kreisen die Mühen, derer sie sich unterzogen, um ihre Mätressen vor ihren Ehefrauen geheim zu halten. Man beruhigte Skrupel, indem man einem Wohltätigkeitsverein beitrat und für die Notleidenden in der Kirche großzügige Geldspenden leistete. Skrupel war der Mantel der Wohlanständigkeit, den man im Dunkel der Nacht ablegte, wenn eine Frau flüsterte, sie sei willig.

„Genau das ist der Punkt." Neds Stimme kratzte heiser. „Ich will nicht wie jeder andere Mann sein. Ich will besser sein."

Sie verdrehte die Augen. „Ja, das kann ich mir denken. Du bist besser. Und ausdauernder. Vergiss nicht, ich habe drei Jahre allein gelebt, umgeben von Männern, die damit prahlten, mich zu verführen. Zu deinem Glück brauche ich keine geheuchelten Liebesschwüre, um mich dir hinzugeben."

„Kate, ich weiß, dass ich in den letzten Jahren Fehler gemacht habe. Verdammt! Wir haben doch nur geheiratet, *weil* ich einen Fehler begangen habe."

Kämpferisch hob sie das Kinn. „Du arroganter … anmaßender …" Sie klappte den Mund auf und zu.

Zweifellos ist das Wort, das sie sucht, *Hurensohn*, dachte Ned. Er wollte dieses vulgäre Schimpfwort gerne hören aus dem Mund der vornehmen Tochter eines Herzogs. Aber leider ließ das ihre feine Erziehung nicht zu.

„Du arroganter Schuft", stieß sie endlich wütend hervor. „Wir haben geheiratet, weil ich Ja sagte."

„Ich habe dich zu einem Tête-à-Tête überredet. Wir wurden ertappt, weil ich …"

„Ich habe zugestimmt, Ned. Warum habe ich das wohl getan?"

Unbehagen stieg in ihm auf. Er schüttelte den Kopf und versuchte es noch einmal. „Es war eine Vernunftheirat und …"

„Ach, hör auf", unterbrach sie ihn erneut. „Ich bin dazu erzogen worden, praktisch über die Ehe zu denken, Ned. Ich brauche keine Liebeserklärung. Ich will keine Schwüre ewiger Treue hören, und falls du dich dazu verstiegen hättest, hätte ich dir ohnehin nicht geglaubt. Ich will lediglich …" Sie stockte mitten im Satz und wandte sich brüsk ab. Ihr offenes Haar wirbelte mit ihr herum, ein goldener Schleier, der ihr über die Schultern wallte.

„Was willst du?"

Sie warf ihm einen Blick über die Schulter zu. In diesem Moment ahnte er die Wahrheit, obgleich das Zwielicht den Ausdruck ihrer Augen verbarg. Doch er wollte ihre Antwort nicht hören. Er wollte nicht hören, was sie im Begriff war, zu gestehen.

„Dich", sagte sie leise. „Ich will nur dich."

Er hörte das Echo ihrer drei Jahre erlittenen Kränkung und trat von einem Fuß auf den anderen.

„Es waren nicht nur Vernunftgründe", fuhr sie ebenso leise fort. „Ich habe dich geheiratet …"

„Du hast ein schlaksiges, unreifes Bürschchen geheiratet", fiel Ned ihr ins Wort. „Einen arroganten Schnösel." Und offenbar einen Hurensohn, niederträchtiger als er selbst damals geglaubt hatte.

Kate lächelte dünn. „Zugegeben."

„Du hast nie viel von mir verlangt." Sie hatte ein einziges Mal etwas von ihm verlangt, als sie ihn bat, nicht fortzugehen. Und diese Bitte hatte er ihr verweigert.

Etwas in ihr hatte sich nachteilig verändert. Sie hatte Harcrofts Sticheleien ohne Widerspruch hingenommen. Sie war bereit, sich Ned hinzugeben, obgleich er sie tief verletzt hatte. Und sie erklärte sich bereit, eine Ehe mit ihm zu führen, in der sie nichts zu erwarten hatte.

War es seine Schuld, dass es so weit gekommen war? Ned fürchtete, die Antwort lautete Ja.

„Komm einfach zu mir ins Bett", hauchte sie.

Kein anderer Mann hätte sich zweimal bitten lassen. Und die Versuchung war ungeheuer groß. Sie hatte ihn nur einmal um einen Gefallen gebeten, doch nun hörte er das Flehen in ihrer Stimme. Und was sie auch sagen mochte, sie verdiente keine gefühlskalte Paarung im Dunkeln.

Andere Männer mochten ihre Skrupel bei Einbruch der Nacht ablegen, um sich ihrer bei Tageslicht wieder zu entsinnen. Aber Ned schleppte noch eine andere Last auf seinen Schultern. Wenn ihm die Beherrschung entglitt, würde er von der Dunkelheit aufgesogen.

Nein. Er durfte nicht sein wie andere Männer. Er musste besser sein, stärker und beherrschter. Nachdem er sie verletzt hatte, schuldete er ihr mehr als einen Paarungsakt von wenigen Minuten mit heruntergelassenen Hosen.

„Wenn ich dich wieder nehme, Kate, wirst du mir deine Einwilligung nicht aus einem Gefühl der Pflichterfüllung oder einem anderen Beweggrund geben, der dich jetzt dazu treibt." Er strich mit einem Finger über ihr Kinn.

Sie erbebte unter seiner Berührung und wich einen Schritt zurück.

„Du wirst nicht zusammenzucken, wenn ich dich berühre. Und du wirst mir nicht sagen, es hat nichts mit Liebe zu tun. So etwas wirst du mir nie wieder sagen."

Wichtiger aber war, dass er sich in der Kontrolle haben musste – Kontrolle über die machtvollen Wünsche, die sie in ihm weckte. Er musste abwarten, bis sein Selbstvertrauen in ihrer Gegenwart stark genug war, um nicht wieder in einen bodenlosen Abgrund zu stürzen.

Kate blickte zu ihm hoch, ihre grauen Augen schimmerten silbern im Mondlicht, und ihre Lippen waren halb geöffnet. Sie sagte kein Wort, sah ihn nur an in einer befremdlichen Mischung aus Unschuld und Verführung, Verlangen und Schmerz. Er durfte ihrem Sirenenzauber nicht erliegen, um nicht von der Brandung am nächsten Felsen zerschmettert zu werden.

Er nahm den Finger von ihrem Kinn. „Du sagtest mir vor einer Weile, unsere Ehe würde einem vertrockneten welken

Blatt gleichen, das vom nächsten Windstoß fortgeweht werden könnte. Wenn schon ein Windstoß das zuwege bringt, was würde erst passieren, wenn ich mich an dir verginge?"

Nervös fuhr sie sich mit der Zunge über die Lippen. „Lass es doch auf einen Versuch ankommen." Ihre Stimme klang dunkel und rauchig.

Er könnte sie aufs Bett werfen, und sie würde ihre gespreizten Beine um seine Hüften legen. All die strikten Verbote, die er sich auferlegt hatte, könnte er über Bord werfen und sich in ihr ergießen. Das Blut rauschte ihm in den Ohren wie Brandungswellen gegen das Meeresufer, unaufhaltsam und beständig.

Ned aber hatte gelernt, die Ohren gegen betörende Sirenengesänge und Brandungswellen zu verschließen. „Nein, das tue ich nicht."

Ihre Augen glänzten feucht, und er erlag der Versuchung, seine Hand an ihre Wange zu legen. Unter seiner Berührung senkte sie die Lider. Er lechzte danach, sie zu nehmen, sich wild und verzweifelt in ihrem Schoß zu verlieren. Aber er streichelte nur sanft ihr Gesicht, ließ den Daumen wie einen zarten Kuss über ihren weichen rosigen Mund gleiten.

Sie öffnete die Lippen nicht, nur ihr Duft wehte ihn an – Lavendelwasser und ein Hauch Rosenseife.

Bevor er sich Einhalt gebieten konnte, neigte er sich über sie und legte seine Lippen auf die ihren in einem unschuldigen Kuss. Sie schmeckte nach Sonnenschein und lauer Brise. Ehe sein Verlangen ihn übermannte, zog er sich zurück nach dieser flüchtigen Zärtlichkeit, eher das Versprechen eines Kusses, kein echter Kuss. Er richtete sich auf, noch bevor sie sich auf die Zehenspitzen stellte.

Es dürstete ihn danach, seinen niederen Instinkte nachzugeben, seine Hände an ihre Taille zu legen und sie aufs Bett zu werfen. Stattdessen wandte er sich ab und ging.

7. KAPITEL

Ein kalter Luftzug fächelte ihr das Nachthemd um die Beine. Kate schlug die Augen auf nach diesem verträumten Hauch eines Kusses und blickte auf den Rücken ihres Ehemanns, der das Zimmer verließ.

Dass er sie jetzt verließ, war schlimmer als damals. Er hatte sie berührt, und ihr war das Herz weit geworden. Ihre Lippen prickelten heiß nach seinem zarten Kuss.

Sie war dazu erzogen worden, nüchtern über die Ehe zu denken. Heirat war ein Zweckbündnis und Ned eine passable Partie – der Erbe eines Marquess, wohlhabend, gut aussehend und ohne gravierende Charakterfehler.

Dieser Kuss hing zwischen ihnen wie der Ansatz eines Gedankens. Ihre ganze Ehe erschien ihr wie ein unvollendeter Satz, der darauf wartete, zu Ende gesprochen zu werden.

Ned hatte sie stets höflich und zuvorkommend behandelt. Sie war es, die in Flammen stand, die vor Verlangen glühte. Sie war es, die sich zur Närrin gemacht hatte – und offenbar nicht aufhörte, sich auch weiterhin zur Närrin zu machen. Diesmal hatte es nur eines billigen Vorwandes bedurft, um mit ihm das Bett zu teilen – und er hatte diesen Vorwand, fadenscheinig, wie er war, abgetan und sie mit einem Tätscheln auf die Wange abgefertigt. Er hatte sie geküsst, als wäre sie ein Kind.

Es war, als habe sich nichts geändert.

Aber es hatte sich sehr viel geändert.

Damals – sie war eine naive, frisch vermählte junge Braut – hatte er ihre sinnlichen Bedürfnisse geweckt, ihr brennendes Verlangen, ihre glühende Leidenschaft. Nun aber wollte er mehr als ihre körperliche Hingabe. Wie hatte er sich ausgedrückt? Er wünschte sich die Hingabe einer Liebenden. Er forderte nicht nur ihre Hingabe, er forderte ihr absolutes Vertrauen. Damit würde er ihr die Selbstständigkeit und Stärke nehmen, um die sie in seiner langen Abwesenheit gekämpft hatte. Er wollte sie nicht nur nackt, er wollte sie schwach und schutzlos. Verletzbar. Ned wollte sie ganz und gar für sich, aber sie hatte zu hart an sich gearbeitet, um sich ihm auf Gedeih und Verderb auszuliefern.

Nein. Auch wenn er sich bei all seiner sorgsam kontrollierten Disziplin ihre Willfährigkeit wünschte, er würde sie nicht bekommen. Ganz im Gegenteil.

Das Funkeln in seinen Augen war ihr nicht entgangen, ein Beweis, dass ihre vergebliche Verführung mehr in ihm ausgelöst hatte als nur Abwehr. Er hatte sich ihr zugeneigt. Er hatte sie geküsst. Und als sie die Hand nach ihm ausstreckte, hatte er ihre Finger festgehalten, ehe sie ihn berühren konnte.

Sein Panzer hatte verwundbare Stellen.

Kate horchte auf das Knarren der Dielen unter Neds Schritten im Nebenzimmer. Was machte er nur? Entledigte er sich seiner restlichen Kleider? Sie warf einen verbitterten Blick auf die Verbindungstür.

Er wollte sie für sich gewinnen, ohne sich selbst aufs Spiel zu setzen. Er wollte sie erobern, sich selbst aber vom Schlachtfeld zurückziehen.

Diesmal aber nahm Kate sich vor, nicht diejenige zu sein, die mit ihrem brennenden Verlangen zurückgelassen wurde. Sie würde seinen Panzer durchbrechen. Diesmal sollte er brennen. Er sollte sich vor Verlangen nach ihr verzehren. Und erst wenn er sie verzweifelt und demütig auf Knien anflehte …

Kate seufzte, und ihre nüchterne Seite kam wieder zum Vorschein. Sollte ihr Ehemann je auf den Knien vor ihr liegen, wäre sie vermutlich ebenso verwirrt wie in diesem Moment und wüsste nicht, wie sie sich verhalten sollte.

Ihr Zorn war berechtigt, aber selbst damit machte sie sich angreifbar. Waren ihre wütenden Fantasien doch nichts anderes als eine andere Form der Hoffnung. Sie war im Begriff, wieder in törichte Jungmädchenträume zu verfallen, in denen sie sich nach Liebesschwüren mit einem Kniefall gesehnt hatte. Nein, ihr stand der Sinn nicht nach Vergeltung und kleinlichen Schmähungen. Sie wollte nur nicht wieder verletzt werden.

Kate schloss die Augen und atmete tief. Keine Hoffnung. Keine Sehnsucht. Kein Verlangen. Wenn es ihr gelang, ihren Wünschen zu entsagen, könnte er ihr nie wieder Schmerzen zufügen.

Eins nach dem anderen holte Kate die Eier aus ihrer Manteltasche und legte sie auf den wackeligen Tisch. Staubflusen tanzten in den bleichen Strahlen der Morgensonne, die durch die halb blinden Fenster der kleinen Schäferhütte fielen.

„Ich weiß nicht, wann ich dich wieder besuchen kann", sagte sie und holte das letzte Ei aus der Tasche. „Ich hatte vor, regelmäßig vorbeizuschauen, aber es haben sich Komplikationen ergeben."

Louisa saß auf dem Stuhl, mit ihrem in eine Decke gehüllten Säugling im Arm. Auch im schlichten grünen Wollkleid, das sie gegen die eleganten Seidenkleider ihrer Londoner Garderobe getauscht hatte, wirkte sie damenhaft. Auf ihrer Stirn bildete sich eine steile Sorgenfalte; sie zog ihr Kleines enger an die Brust.

„Komplikationen?", sagte sie leise. „Ich verabscheue Komplikationen."

Kate machte sich daran, den Korb mit den Vorräten auszupacken. Ihre Arme schmerzten nach dem langen Marsch, auf dem sie den schweren Handwagen hinter sich hergezogen hatte. „Ich habe dir geräucherten Schinken, Karotten und Küchenkräuter gebracht. Einen Sack Kartoffeln, Zwiebeln und Rüben habe ich bereits in den Schuppen gestellt. Möglicherweise kann ich erst nächste Woche wieder kommen. Eure Mahlzeiten werden leider etwas eintönig ausfallen."

Louisa schüttelte den Kopf.

„Welche Komplikationen hindern dich denn, mich zu besuchen?"

Kate kramte wieder im Korb und holte eine Leinenserviette hervor.

Die Hütte, in der Louisa sich versteckte, lag fünf Meilen westlich von Berkswift. Einst nur als Notunterkunft für Schafhirten gedacht, war sie im Lauf der Jahre zu einer Behausung mit drei winzigen Kammern ausgebaut worden. Eine Wohnstube mit Herd zum Kochen, einem grob gezimmerten Tisch und zwei Stühlen, daneben eine Schlafstube und dahinter der Vorratsschuppen.

Louisa und ihr Kind sowie die Amme aus Yorkshire, die Kate ausfindig gemacht hatte, fanden notdürftig darin Platz, waren allerdings wie Reisende in einer Postkutsche zusammengepfercht.

Kate griff wieder in den Korb, und ihre Finger umfingen Metall, kalt und tödlich. „Ich bringe dir …“

„Neuigkeiten, Kate. Ich will Neuigkeiten hören.“

„Das da.“ Kate legte die silbrig glänzende Pistole neben den Schinken. Das dumpfe Geräusch hörte sich auf dem Holztisch irgendwie harmlos an. Sie hatte die Waffe an diesem Morgen in einer Schublade gefunden und als Fingerzeig genommen, sie Louisa zu bringen.

„Kannst du schießen?“, fragte Kate.

Ratlos sah Louisa sie an. „Eigentlich nicht. Man … man zielt und drückt ab, nehme ich an.“

„Harcroft hält sich in Berkswift auf.“ Kate sprach hastig, als würden ihre Worte dadurch weniger unheilvoll klingen. „Ihm kam offenbar das Gerücht zu Ohren, dass eine Frau, die dir ähnlich sieht, hier in der Nähe aus einer Kutsche stieg. Daraufhin reiste er in aller Eile nach Berkswift.“

„Er weiß also Bescheid.“ Louisas Miene versteinerte. Schützend schlang sie die Arme um ihr schlafendes Kind. Ihre Augen verengten sich kämpferisch, wobei ihre mutlos hängenden Schultern ihren Kampfgeist Lügen straften.

„Nein, noch nicht. Und so soll es auch bleiben. Er ist rasend vor Wut. Und – bedauerlicherweise – wohnt er in meinem Haus.“

„Verstehe.“ Louisa stieß den Atem hörbar aus, und dann lächelte sie tapfer. Nur ihr Blick flog unstet umher. „Nun ja, wenigstens vertreiben mir meine Sorgen die Langeweile. Ich hätte nie gedacht, dass mir diese grässlichen Damenkränzchen der Benefizgesellschaft einmal fehlen würden, aber im Moment würde ich alles geben für eine hitzige Debatte über die Vorzüge des Bestickens von Taschentüchern gegen das Stricken von Socken und Handschuhen." Sie lächelte müde. „Ich habe wenig Beschäftigung, außer über Jeremy zu wachen. Und der Kleine schläft erstaunlich viel."

Im Verlauf der keineswegs damenhaften Beschäftigung, der Kate sich widmete, um Ehefrauen zur Flucht vor ihren gewalttätigen Ehemännern zu verhelfen, hatte sie die unterschiedlichsten Reaktionen der Opfer erlebt. Eine entflohene Frau hatte nach zwei Tagen darum gebeten, zu ihm zurückgebracht zu werden, weil ihr Gatte sie liebe und nicht ohne sie leben könne. Er würde sie nie wieder schlagen, hatte sie beteuert. Eine andere hatte drei Wochen in einer Ecke dieser Hütte gekauert, Essen und Trinken verweigert, bis sie so schwach war, dass sie kaum noch gehen konnte. Wieder eine hatte die Chance beim Schopf gepackt und war mutig in die Freiheit entflohen. Louisa war irgendwo zwischen diesen Extremen einzuordnen.

Ehe sie Kate endlich gestand, dass Harcroft sie ständig verprügelte, hatte Louisa monatelang von ihren Pflichten als Ehefrau gesprochen. Nach der Geburt ihres Söhnchens hatte sich das, was sie als Pflicht ihrem Ehemann gegenüber betrachtete, endlich in Mutterliebe verwandelt und sie dazu bewogen, ihrem Martyrium zu entfliehen. Es gab gewiss nicht viele Frauen in Louisas Situation, die über Langeweile scherzten, während ihre wütenden Ehemänner auf Rache sannen.

„Er bleibt nur ein paar Tage", versicherte Kate. „Er wird keine Spur von dir entdecken, keinerlei Hinweise. Es gibt lediglich das Gerücht, eine rothaarige Frau habe einem Kaufmann Geld gegeben, der sie in seiner Kutsche mitnahm, und dann ist sie spurlos verschwunden. In spätestens einer Woche reist Harcroft wieder ab."

Louisa nickte.

„Aber solange er hier ist, darf kein Verdacht auf mich fallen. Nicht ein Fünkchen. Er hält mich ohnehin für eine flatterhafte törichte Person, die nichts als modischen Firlefanz, Einladungen und Gesellschaftsklatsch im Kopf hat. Und darin werde ich ihn bestärken. In den nächsten Tagen widme ich mich der Unterhaltung meiner Gäste, plane festliche Essen, veranstalte Musikabende, auch wenn Blakely sich noch so sehr dagegen sträuben sollte."

„Blakely ist mit ihm angereist? Harcroft trommelt wohl seine alten Freunde zusammen. Sicher hat er Blakely eingeschärft, dich so weit zu bringen, deine Geheimnisse auszuplaudern. Die ganze Sache ist wirklich sehr kompliziert."

„Es ist sogar noch komplizierter", gestand Kate. „Mein Ehemann ist wieder da."

„Carhart? Seit wann?"

„Seit gestern. Ist das zu glauben? Warum nur ist sein Schiff nicht vom Kurs abgekommen, damit er sich wenigstens um zwei Wochen verspätet? Jedenfalls ist er wieder hier. Und ich befürchte, Ned wird ständig hinter mir her sein und mir auf die Nerven fallen. Gestern Abend ..."

Sie unterbrach sich, da es ihr unpassend erschien, Louisa anzuvertrauen, was Ned gesagt hatte. Sein Versprechen war ihr im Dunkel der Nacht so aufrichtig erschienen wie ein Schwur. Irgendwie käme es ihr vor wie ein Vertrauensbruch, darüber zu sprechen.

Sei vernünftig, ermahnte sie sich.

Bevor sie sich eine Ausrede einfallen lassen konnte, schüttelte Louisa verständnisvoll den Kopf. „Ich weiß, es ist lange her seit ... dem letzten Mal. Hat er dir wehgetan?"

Wenn es etwas Schlimmeres gab, als vertrauliche Gespräche zwischen Eheleuten auszuplaudern, so war es Louisas Bemühen, Kate zu trösten, weil ihr Ehemann – ein Mann, der bösartige Pferde mit Pfefferminz fütterte – ihr wehgetan haben könnte.

„Keine Sorge, meine Liebe“, fuhr Louisa tröstend fort. „Sollte er seine Nase hier hereinstecken, schieße ich auch ihn nieder, versprochen.“

Kate unterdrückte ein nervöses Lachen. „Das wird nicht nötig sein. So schlimm war es nicht. Im Gegenteil, er ist …“ Anders. Gefährlich. „Sanft“, erklärte sie zögernd. „Das war er schon immer. Du kennst ihn ja. Denkst du, du könnest … nun ja … dich Ned anvertrauen?“

Irgendwie war ihr bei dem Gedanken unbehaglich zumute, da sie seine Reaktion nicht einzuschätzen vermochte, wenn er die Wahrheit erfuhr. Selbst ihr eigener Vater hatte stets aufbrausend reagiert, wenn Kate auch nur die leiseste Andeutung verlauten ließ, sie beschäftige sich mit einem sinnvollen Projekt – als werfe jede Form ihrer Eigenständigkeit ein schlechtes Licht auf seine väterlichen Qualitäten. Seine Liebe hatte etwas Erstickendes, Lähmendes an sich. Er bemühte sich unentwegt, ihr alle Schwierigkeiten aus dem Weg zu räumen, um ihr ein Leben in Frieden und Harmonie zu garantieren.

Ein Leben in absoluter Langeweile.

Sie liebte ihren Vater von Herzen, hielt es aber für unbedingt notwendig, ihm ihr Tun zu verschweigen.

„Gott behüte, nein.“ Louisa stand auf, wandte sich brüsk ab und tätschelte das Bündel in ihren Armen. „Ned ist mit Harcroft befreundet.“

„Aber wir brauchen Unterstützung, um eine Scheidung zu erwirken. Dadurch stehen dir andere Möglichkeiten offen, nicht nur die Flucht nach Amerika. Das hier ist jedenfalls kein Dauerzustand.“ Kate wies mit einer ausladenden Armbewegung in die winzige Stube und alles, was damit einherging – ein Leben damit zu verbringen, sich vor einem Mann zu verstecken, der sie dem Gesetz nach zwingen konnte, zu ihm zurückzukehren. Schlimmstenfalls würde der Earl ihrem Sohn sämtliche Vergünstigungen verweigern, die ihm durch sein Geburtsrecht zustanden. „Es ist ein radikaler Schritt und ein langwieriger Prozess, aber ich bin fest davon überzeugt, dass du mit einer Scheidungsklage wegen ehelicher Grausamkeit Erfolg hast."

Louisas Hände zitterten. „Würde Ned mir denn helfen? Weißt du das? Wie viel Einfluss hast du auf ihn?"

Nicht einmal so viel, um ihn in mein Bett zu locken.

Hätte sie je Einfluss auf ihren Ehemann gehabt, hätte er sie niemals verlassen. Und seit seiner Rückkehr benahm er sich rätselhafter und verschlossener denn je.

Louisa sank wieder auf den harten Stuhl, und der kleine Jeremy krähte schläfrig. „Auch das wäre keine Lösung", fuhr sie mutlos fort. „Selbst wenn wir davon ausgehen, dass dein Ehemann Harcroft die Stirn bietet, würde es damit enden, dass Harcroft mir Jeremy wegnimmt. Aber ich lasse mein Kind niemals im Stich." Ihr Ton war schneidend geworden. „Ich überlasse mein Kind nicht diesem Unhold. Nicht diesem Schicksal. Lieber sterbe ich."

Das kalte Funkeln in Louisas Augen bewies Kate, dass sie ihre Worte bitterernst meinte. Ein Frösteln rieselte ihr über den Rücken. Sie hatte Louisa eine Pistole gebracht.

Aber es war zu spät, ihr die Waffe wieder wegzunehmen, damit hätte sich die Situation auch nicht entschärft.

„Die Pistole." Kate fuhr sich mit der Zunge über die Lippen. „Du darfst sie nur als Drohung benutzen, ist dir das klar?"

„Und ob mir das klar ist", entgegnete Louisa spitz. „Das alles ist letztlich nur meine Schuld. Ich habe seine Misshandlungen ertragen und jahrelang den Mund gehalten. Keine Klagen. Kein Protest. Ich habe mein Schicksal demütig hingenommen. Ja, ich habe es nicht anders verdient."

„Kein Mensch verdient es, mit einem Schürhaken in den Magen geschlagen zu werden."

„Aber ich habe ihm niemals Einhalt geboten." Louisas Blick verlor sich. „Erst als er drohte, Jeremy etwas anzutun, habe ich mich zur Wehr gesetzt."

Vor mehr als einem Jahr hatte Kate die Wahrheit über Louisas mysteriöse Krankheiten herausgefunden. Seither hatte sie die Freundin beschworen, irgendetwas gegen ihn zu unternehmen. Es hatte dreizehn Monate gedauert, bevor Louisa sich aufraffen konnte, ihn zu verlassen. Es war herzzerreißend, erfahren zu müssen, welche seelischen und körperlichen Qualen sie erlitten hatte. Kate konnte aber auch nicht umhin, ihr im Stillen Vorwürfe über ihre Passivität und Unterwürfigkeit zu machen.

„Sprich nicht so“, hielt sie ihr entgegen. „Du hast ihm schließlich Einhalt geboten. Jetzt bist du hier und in Sicherheit. Kein Mensch wird dich finden.“

Kate richtete den Blick durch die verschmutzte Fensterscheibe auf das welke Gras der hügeligen Weide, die sich bis ins Tal zog. Vom meilenweit entfernten Dorf stieg eine dünne Rauchfahne hoch. Kate zählte bis zehn, um ihren Gemütsaufruhr zu bezwingen, bis der Rauch verweht und sich wieder neu gebildet hatte, ehe sie fortfuhr. „Ich glaube, du unterschätzt deine Willenskraft.“

„Und du hast immer zu hohe Erwartungen in mich gesetzt“, entgegnete Louisa trocken. „Ich bin nicht stark, bei Weitem nicht so stark wie du.“

Versonnen beobachtete Kate die Grashalme, die sich im Wind bewegten und aussahen wie gelbgraue Wellen eines Sees. Könnte Louisa in ihre Seele blicken, würde sie Kate nicht als stark bezeichnen. Sie fürchtete Harcroft, ihre Angst vor Entdeckung grenzte beinahe an Panik. Ihr eigener Ehemann könnte Verrat an ihr üben, und dennoch wünschte sie, er hätte die letzte Nacht mit ihr verbracht.

Sie war nicht stark.

Nein. Kate hatte Angst. Aber sie hatte gelernt, ihre Gefühle hinter einer Fassade nüchterner Sachlichkeit zu verbergen, die nun von Ned bedroht wurde.

Sie wartete, bis ihr Verstand wieder die Oberhand gewonnen hatte, bevor sie sprach. „Du hast nichts zu befürchten.“ Sie hob das Kinn und nahm plötzlich eine Bewegung auf der Hügelkuppe wahr. Das Blut gefror ihr in den Adern. In den wenigen Sekunden, die verstrichen, bevor sie wieder atmen konnte, erkannte sie zwei Reiter.

Harcroft und ihr Ehemann. Beim Frühstück hatten die beiden davon gesprochen, ein paar Weiler in der Gegend aufzusuchen, um Erkundigungen einzuholen. Aber Kate hatte nicht damit gerechnet, dass sie den schmalen Pfad nach Westen nehmen würden.

„Geh in Deckung“, zischte sie.

Louisa ging so hastig in die Hocke, dass Jeremy aufwachte und erschrocken blinzelte. Die beiden Frauen kauerten nebeneinander auf dem Lehmboden.

Solange sie sich ruhig verhielten …

Jeremy begann zu weinen. Nicht leise wimmernd. Er verzog das kleine Gesicht und brüllte aus Leibeskräften. Kate hätte nie gedacht, dass dieses winzige Bündel, kaum größer als ein Kohlkopf, solch ohrenbetäubenden Lärm von sich geben könnte. Entsetzt starrte sie Louisa an, die den Kleinen tröstend wiegte und ihm vergeblich den Rücken tätschelte. Die Frauen tauschten angstvolle Blicke.

Es bestand allerdings keine Veranlassung, warum die Reiter sich der Hütte nähern sollten. Der Pfad verlief etwa eine Viertelmeile entfernt über die Hügelkuppe zu einem Weiler, acht Meilen von hier. Selbst wenn sie näher kämen, könnten sie nichts Verdächtiges wahrnehmen, nur eine verlassene Schäferhütte. Und so laut Jeremy auch schreien mochte, um sein Gebrüll zu hören, müssten sie dicht daran vorbeireiten.

Kates Hände waren eiskalt geworden. Sie wusste nicht, ob sie oder Louisa zitterte. Sie kauerten so eng beieinander, dass ihr Zittern sich übertrug. Kate musste einen klaren Kopf behalten. Falls die Reiter sich näherten, musste sie handeln, unausweichlichen Fragen zuvorkommen. Die Pistole wäre jedenfalls keine Lösung.

Jeremys Gebrüll versiegte einen Moment, als er nach Luft schnappte. In diesem kurzen Augenblick hörte sie den Wind in den Gräsern rascheln sowie das völlig unangebrachte muntere Zwitschern einer Amsel. Und dann schrie er wieder; doch bald versiegte sein Weinen zu einem dünnen Krähen. Hufschläge dröhnten in ihren Ohren. Näher und näher. Sie wartete mit angehaltenem Atem und ineinander verkrampften Fingern.

Aber nein, das Dröhnen war nur das wilde Klopfen ihres eigenen Herzens. Sonst nichts.

Kein Laut, nur das letzte Gurgeln nach Jeremys Ausbruch. Die Gefahr war gebannt.

„Siehst du?“, hauchte sie mit einem bebenden Lächeln. „Wir haben nichts zu befürchten. Ich schau mal nach ...“

Sie zog sich an dem schmalen Fenstersims hoch.

Keine zweihundert Schritte entfernt jagten Harcroft und Ned im gestreckten Galopp querfeldein parallel zur Hütte. Sie würden die Pferde jäh zügeln, wenn sie ihr Gesicht am Fenster entdeckten. Kate stand wie gelähmt da.

Eine plötzliche Bewegung würde sie verraten. Unendlich langsam wich sie in den Schatten zurück und beobachtete gespannt und mit rasendem Herzklopfen, wie die Reiter die Hütte passierten und den Hügel im Trab nahmen.

Auf halber Höhe drehte Ned sich im Sattel um. Sein Gesicht war nur verschwommen zu erkennen, aber seiner Haltung nach könnte er den Blick direkt auf sie gerichtet haben. Es war unwahrscheinlich, dass er in der dunklen Stube etwas sah, unmöglich, ihre Gestalt durch das blinde Fenster zu erkennen. Undenkbar, dass er überhaupt Verdacht schöpfte. Diese Gedanken betete Kate im Stillen wie eine flehentliche Litanei zum Himmel.

Ihr verzweifeltes Stoßgebet wurde erhört. Ned drehte sich im Sattel wieder nach vorne. Sie starrte seiner Gestalt nach, die durch die Schlieren im Glas verzerrt wirkte, bis er hinter der Hügelkuppe verschwand.

Erst jetzt zog Kate Luft in ihre brennenden Lungen. „Sie sind fort“, stieß sie atemlos hervor und bemühte sich um einen heiteren Tonfall. „Harcroft ist direkt unter deiner Nase vorbeigeritten und hat nicht den geringsten Verdacht geschöpft. Siehst du? Es besteht kein Grund zur Sorge."

„Ja", sagte Louisa ohne rechte Überzeugung und beugte sich über Jeremys gerötetes Gesichtchen. „Hörst du, mein kleiner Liebling? Es besteht kein Grund zur Sorge."

8. KAPITEL

Kate wagte nicht, auf der Landstraße nach Berkswift zurückzukehren. Ihr Besuch bei Louisa war riskant genug gewesen. Wenn sie Harcroft auf der staubigen Landstraße begegnete, würde sein ohnehin schwelender Argwohn nur neue Nahrung erhalten.

Stattdessen wählte sie einen schmalen Weg, vorbei an Hecken und durch ein Wäldchen. Dieser Umweg dauerte eine Stunde länger. Schließlich gelangte sie an einen Bach, über den jedoch keine Brücke führte. Um ihn zu überqueren, musste sie über die Steine im Wasser springen. Die Bäume an beiden Ufern warfen ihre gelben Blätter ab, die auf den glitschigen Steinen landeten. Der lange Marsch hatte ihre Unruhe ein wenig beschwichtigt. Unterwegs war ihr kein Mensch begegnet, und der plätschernde Bach erschien ihr wie ein friedliches Idyll, eine verwunschene Märchenwelt. Sie stellte den Fuß auf den letzten grün bemoosten Felsbrocken knapp vor dem anderen Ufer.

In diesem Moment trat Ned hinter einem Baum hervor.

Kate geriet mit einem spitzen Schrei ins Taumeln und ruderte verzweifelt mit den Armen, um die Balance nicht zu verlieren. Der Korb flog im hohen Bogen durch die Luft. Im nächsten Augenblick war Ned bei ihr, umfing ihre Taille und zog seine Frau an sich.

Ihr Herz klopfte wild, sein kräftiger Brustkorb presste sich an ihren Busen. Obwohl sie wenig später wieder festen Boden unter den Füßen hatte, ließ er sie immer noch nicht los.

„Ned“, sagte sie dann. „Du machst mir Angst, wenn du dich so anschleichst.“

Er blickte auf sie hinunter. „Wie abscheulich. Vielleicht sollte ich mir eine Glocke umhängen wie eine Kuh.“

Sie lehnte sich nach hinten, um ihm in die Augen sehen zu können, die im Schatten der Bäume wie dunkle tiefe Seen wirkten. Nichts an ihm erinnerte an ein braves Rindvieh, im

Gegenteil: Der Schatten über seinen Gesichtszügen verlieh ihm etwas von einem Raubtier. Ihr Herzschlag geriet ins Stolpern. „Oder wie eine Ziege", entgegnete sie. „Wie du weißt, habe ich ein Faible für Ziegen."

Er ließ sich nicht in die Irre führen. „Wo warst du?"

Nein. An ihm war nichts von einem gutmütigen Rindvieh. Seine Frage berührte gefährliches Gebiet.

„Spazieren." Kate nestelte an der Schleife ihres Umhangs. „Und außerdem habe ich den Pächtern ein paar Eier gebracht. Unsere Hühner legen im Moment erstaunlich gut." Sie wagte nicht, den Blick von ihm abzuwenden, durfte sich um keinen Preis anmerken lassen, wie unangenehm ihr seine Frage war. „Im Übrigen sagt mein Arzt, Spaziergänge seien gesund, und in London finde ich kaum Gelegenheit dazu. Außerdem ist die Luft in der Stadt schmutzig, und in den Parks treibt sich allerhand Gesindel herum. Ich spaziere lieber allein in der freien Natur." Sie redete zu schnell und zu viel.

Er nahm seine Hände von ihr. „Warst du allein?"

„Natürlich. Mit wem könnte ich schon einen Spaziergang machen?"

„Keine Ahnung. Ich frage nur, weil du so erschrocken bist, als hättest du ein schlechtes Gewissen."

„Kein Wunder. Du hast mich ja auch erschreckt, Schlaumeier." Sie tippte ihm spielerisch mit dem Zeigefinger gegen die Brust. „Und wieso hast du mir hinter einem Baum aufgelauert?"

„Ich habe dir nicht aufgelauert", verteidigte er sich. „Ich habe auf dich gewartet, weil ich dich oben auf der Wiese entdeckt habe. Und ja, Mrs Evans sagte mir, dass du den Pächtern Eier vorbeibringst. Aber wer wohnt denn dort drüben im Westen?"

Kälte kroch Kate über den Rücken und legte sich wie ein Eisklumpen in ihre Magengrube. Ihr Vater hatte ihre Ausreden stets für bare Münze genommen und nie weitere Fragen gestellt. Sie hatte nicht angenommen, dass Ned über ihre

Worte nachdenken würde.

„Na ja“, antwortete sie. „Eigentlich nur Mrs Alcot. Die Gute ist in die Jahre gekommen und schlecht zu Fuß. Auf dem Heimweg habe ich einen kleinen Umweg gemacht.“

Unverwandt sah er sie an. Vielleicht war es nur Einbildung, aber sie meinte, leisen Argwohn in seinem Blick zu erkennen.

„Und wenn du es genau wissen willst, ich brauchte etwas Abstand, um nachzudenken. Immerhin hat sich kürzlich einiges in meinem Leben verändert.“

„Aber die Alcots leben doch im Dorf“, wandte Ned ein.

„Nicht mehr, nein.“ Kates schlug einen schroffen Ton an, um zu vermeiden, dass er ihre Beklommenheit bemerkte. Irgendwie schienen alle Gespräche zu Louisa zu führen.

Er zog eine Braue hoch. Kate sah förmlich, wie das Räderwerk seiner Gedanken ratterte, während er seine Schlussfolgerungen zog. Hatte er sie tatsächlich in der Schäferhütte gesehen? Nein, das war unmöglich.

„Gibt es etwas, das du mir sagen möchtest?“ Er klang hilfsbereit und fürsorglich. Kate fröstelte. Sollte sie ihm ihr Geheimnis verraten? Die Voraussetzung wäre, Vertrauen zu ihm zu haben, und davon war sie weit entfernt. Selbst die Geschichte von Mrs Alcot könnte ihr gefährlich werden.

Wenn er davon erfuhr, würde er sich einen Reim auf andere merkwürdige Begebenheiten machen. Schließlich war Kate der Grund, warum Mrs Alcot nicht mehr bei ihrem Ehemann im Dorf lebte.

„Gibt es etwas, das ich wissen sollte?“, wiederholte Ned beharrlich.

„Ja“, antwortete sie und stellte sich auf die Zehenspitzen. Weder Zuneigung noch Begehren trieb sie dazu, ihm einen Kuss auf die Lippen zu drücken. Es war schiere Verzweiflung. Sie brauchte Zeit zum Überlegen. Ned legte seine Hände an ihre Taille. Als sie seinen Brustkorb berührte, öffnete er den Mund. Seine Zunge fand die ihre. Und dann schlang er die Arme um Kate und zog sie an sich. Die Hitze, die von ihm ausging, trug keineswegs dazu bei, ihre wachsende Verwirrung zu beschwichtigen. Seine breite Brust presste sich an ihren Busen, seine sehnigen Schenkel umfingen ihre Beine. Sie streichelte seine Wange, Bartstoppeln kratzten gegen ihre Handfläche.

Mit ihrem Kuss wollte sie ihn daran hindern, weitere peinliche Fragen zu stellen, wollte Zeit gewinnen. Aber plötzlich war sie zu keinem klaren Gedanken fähig. Was als Ablenkungsmanöver begonnen hatte, wurde mehr. Ihre Zunge begegnete der seinen. Sie konnte ihn nicht küssen, ohne an die bittere Gewissheit zu denken, von ihm verlassen worden zu sein. Sie konnte die Verheißung seiner Umarmung nicht genießen, ohne zu wissen, dass sie ihn von ihren Geheimnissen fernhalten musste. Ihr Kuss sprach von Jahren der Einsamkeit, auf die er keine Antwort wusste.

Vielleicht hätte sie all ihre Hoffnung auf ein Eheglück in diesen Kuss gelegt, hätte er sie gewähren lassen. Aber das geschah nicht. Er hob den Kopf und blickte ihr in die Augen. Sie hoffte inständig, das flirrende Spiel von Licht und Schatten der Blätter verberge ihren Gemütsaufruhr vor seinem forschenden Blick.

„Das war sehr schön", sagte er mit tiefer Stimme, „aber keine Antwort."

Verflixt.

„Mrs Alcots Ehemann wohnt noch im Dorf", erklärte sie gefasst. „Aber sie selbst ist vor zwei Jahren in das alte Leary-Haus gezogen."

„Wieso das denn?"

„Weil ihr Ehemann sie jahrelang grün und blau geschlagen hat", antwortete Kate sachlich. „Und als sie älter wurde, bestand die Gefahr, dass er ihr alle Knochen brechen würde."

„War er mit dieser Trennung einverstanden?"

Wenn er sich im Dorf umhörte, würde er die Wahrheit ohnehin herausfinden. Kate senkte den Blick. „Wohl oder übel, nachdem ich ein Machtwort gesprochen und es befohlen habe." Mrs Alcot war eine der wenigen Frauen, der sie in aller

Öffentlichkeit geholfen hatte. Als Gutsherrin hatte ihr Wort in Abwesenheit ihres Ehemanns zwar nicht unbedingt Rechtsgültigkeit, war allerdings von großer Überzeugungskraft.

„Du hast es befohlen", wiederholte Ned. „Und warum hast du es befohlen?"

„Weil du abwesend warst."

Er rieb sich das Kinn. Dann schüttelte er den Kopf, als wolle er seine Gedanken klären. „Mir war nicht bewusst, dass ich dich mit so viel Verantwortung zurückgelassen habe. Anscheinend habe ich dir ernste Lasten aufgebürdet."

Es war wichtig, dass er sie unterschätzte und nicht ernst nahm – um Louisas willen.

Wäre es nach ihr gegangen, hätte sie ihn liebend gerne mit einem kräftigen Stoß die aufgeweichte Uferböschung hinunter in den Bach gestoßen, schon wegen dieses überheblich nachsichtigen Tonfalls. „Ach ja? Vielleicht ist dir aufgefallen, dass ich nicht unter dieser Last zusammengebrochen bin."

„Kate, ich will dir keineswegs unterstellen, dass du deinen Aufgaben nicht gewachsen bist", erklärte er beschwichtigend. „Zweifellos hast du deine Sache ausgezeichnet gemacht. Ich wollte lediglich mein Bedauern zum Ausdruck bringen, dass du dazu gezwungen warst."

Der Himmel möge sie davor bewahren, ihre Rolle als flatterhaftes Geschöpf zu vergessen und den Verdacht aufkommen zu lassen, sie könne sich mit wichtigeren Dingen des Lebens beschäftigen als mit Tand und Flitter.

„Leider", begann sie seufzend, „hat sich dadurch meine Reise nach London um einige Tage verzögert. Stell dir vor, ich war gezwungen, zur Opernpremiere Handschuhe vom letzten Jahr zu tragen. Eine überaus peinliche Situation."

„Bist du irgendwie erzürnt?", fragte er verwirrt.

„Das kannst du dir doch denken. Natürlich war ich erzürnt. Zu allem Überdruss konnte ich auch keine Pfauenfedern mehr auftreiben und musste mich mit Diamantsteckern im Haar begnügen."

Stirnrunzelnd sah er sie an. „Habe ich etwas Falsches gesagt?"

Er schlug diesen gönnerhaften Ton an, den sie von ihrem Vater so gut kannte, der die Ansicht vertrat, jede Frau müsse behütet und von Kümmernissen ferngehalten werden. Damen der Gesellschaft oblag es, Kaffeekränzchen zu geben und Festlichkeiten zu arrangieren, nicht aber, misshandelten Frauen zur Flucht zu verhelfen. Ned würde kein Verständnis dafür aufbringen, dass sie sich andere Lebensziele gesteckt hatte. Dennoch malte sie sich aus, wie sie ihm ihre Motive erklären würde.

Ich wollte sinnvolle Pflichten übernehmen, also begann ich, gepeinigten Frauen zur Flucht zu verhelfen. Wusstest du, dass Louisa meine Nummer sieben ist?

Nein, das würde niemals funktionieren.

„Ich habe dich etwas gefragt", sagte er und musterte sie. „Du bist erzürnt."

„Ich bin wütend, wenn ich an diese Diamantstecker denke", erklärte Kate seufzend. „Du kennst doch das Sprichwort: Wenn du eine Frau liebst, schenke ihr Saphire."

Entgeistert starrte Ned sie an, als habe sie soeben verkündet, sie wolle einen Wurf Kätzchen gebären.

„Ich werde wohl nie in meinem ganzen Leben verstehen", meinte er schließlich gedehnt, „was in den Köpfen von Frauen vorgeht."

Nein, das würde er nicht. Und Kate war unschlüssig, ob sie Gott dafür danken oder in Tränen ausbrechen sollte.

Ned fand keine Gelegenheit, an diesem Abend mit seiner Frau zu sprechen. Im Übrigen bezweifelte er, ob er das, was sie gesagt hätte, überhaupt verstehen würde.

Nach dem Abendessen hatte Kate vergnügt in die Runde gefragt, ob jemand Lust auf ein Versteckspiel hätte. Bei einem normalen geselligen Zusammensein mit Gästen wäre ihr Vorschlag vermutlich wohlwollend aufgenommen worden.

Wie die Dinge nun einmal lagen, hatte Harcroft ihr einen langen herablassenden Blick zugeworfen, ehe er den Kopf schüttelte und wortlos den festlich erleuchteten Speisesaal verließ. Jenny und ihr Gemahl hatten sich gleichfalls entschuldigt und zurückgezogen. Und als die Gäste gegangen waren, hatte Ned wieder diesen seltsamen Ausdruck in ihren Augen wahrgenommen – eine befremdliche Mischung aus Genugtuung und Kränkung.

Ned konnte sich des Gefühls nicht erwehren, dass Kate bereits ein Versteckspiel trieb, ohne zu ahnen, welche Rolle sie ihm dabei zugedacht hatte. Doch er fühlte sich unbehaglich.

Er hatte sich auf die Suche nach Jenny begeben, die seit jeher einen untrüglichen Blick für unerklärliche Zusammenhänge hatte. Im Flur vor seinem Studierzimmer hielt er inne. Durch die angelehnte Tür fiel ein schwacher Lichtschein.

Ned stieß sie behutsam auf.

Als er eintrat, hob Harcroft den Kopf. „Aha, Ned. Deine Gemahlin bot mir an, mich hier aufhalten zu dürfen. Hoffentlich stört dich das nicht."

„Nein, nein. Ich arbeite ohnehin lieber am Schreibtisch in meinem Schlafzimmer."

Vor sich auf dem Tisch hatte Harcroft ein großes Blatt Papier ausgebreitet. Im Näherkommen erkannte Ned darauf eine grob gezeichnete Landkarte der Umgebung von Berkswift mit Wegen und Dörfern. Daneben lagen Federmesser, Stifte und feine Holzspäne vom Anspitzen.

In der Mitte der Karte markierte ein roter Kreis die Stelle, wo eine Frau mit Louisas Aussehen gesehen worden war. Zwei Nadeln steckten in den Dörfern, zu denen Ned mit Harcroft am Nachmittag geritten war.

„Du gehst deine Suche sehr akribisch an", sagte Ned. Aus einem unerfindlichen Grund weckten die beiden Nadeln, die wie Igelstacheln aus dem Papier ragten, ein unangenehmes Gefühl in ihm.

„Ich will nichts außer Acht lassen. Irgendein Tagelöhner

könnte mir einen nützlichen Hinweis geben."

Harcrofts Haar leuchtete kupferfarben im rötlichen Schein der Lampe, als er sich über die Karte beugte und die zwei Nadeln fixierte.

Er hatte etwas von einem Racheengel an sich mit seinem gelockten Haar und der grimmigen Stirnfalte im sonst glatten Gesicht. Abgesehen von seinem Geständnis in jener Nacht vor vielen Jahren, hatte Ned den Freund für absolut untadelig gehalten.

Neben der Landkarte auf dem Tisch stand ein Glas Sherry, das er wie üblich nicht angerührt hatte. Seufzend lehnte Harcroft sich zurück und fuhr sich mit der Hand durchs Haar.

„Ich kann dir bei deinen Nachforschungen behilflich sein", bot Ned an. „Schließlich bin ich hier aufgewachsen und kenne mich in der Gegend aus." Er nahm den Stift zur Hand und zeichnete ein Kreuz in die Einbuchtung zwischen zwei Hügeln. „In diesem Tal liegen fünf Bauernkaten in Rufweite voneinander entfernt. Und hier …"

Harcroft nickte, während Ned, der sich nützlich machen wollte, mit seinen Erläuterungen fortfuhr. Er beschrieb die Gegend im Umkreis eines Tagesrittes von Berkswift und machte Eintragungen. Beginnend im Norden lieferte er nützliche Hinweise im Uhrzeigersinn. Am unteren Ende des Halbkreises angekommen, legte er eine Pause ein, um den Bleistift zu spitzen.

„Drüben im Westen gibt es nichts Nennenswertes", fuhr er fort. „Dort liegen lediglich die Schafweiden." Er tippte auf die Stelle, wo das alte Leary-Haus lag und dachte an Kates Worte vom Nachmittag. „Hier lebt nur die alte Mrs Alcot." Er umkringelte die Stelle mit dem Stift. „Das Haus ist ziemlich abgelegen."

Jetzt, da er die grobe Karte genauer in Augenschein nahm, wurde ihm erst bewusst, wie abgelegen das Haus war – eine gute halbe Stunde zu Pferd. Und zu Fuß? Kate musste wesentlich länger gebraucht haben. Über eine Stunde. Und zurück mit dem Umweg, den sie genommen hatte, weitere zwei, vielleicht sogar drei Stunden. Sie könnte es zu der Stelle, wo er sie getroffen hatte, in der von ihr angegebenen Zeit knapp geschafft haben, wenn sie sehr schnell marschiert wäre und sich nur kurz bei Mrs Alcot aufgehalten hätte.

„Irgendetwas passt nicht zusammen", murmelte er.

„Das Gefühl kenne ich." Harcroft rieb sich die Augen. „Mir ist, als liege etwas direkt vor meiner Nase, und ich sehe es nur nicht."

„Hier steht noch eine Hütte." Ned zeigte mit dem Stift ein wenig nach Norden. „Aber die wird nur von Hirten im Frühjahr und Sommer als Notunterkunft benutzt. Sie befindet sich direkt am Fuß dieses Hügels. Wir sind heute daran vorbeigeritten. Um diese Jahreszeit ist da niemand."

„Morgen reite ich hin und schau sie mir mal an", sagte Harcroft, während Ned einen weiteren Kringel machte.

Er wusste, dass ihre zufällige Begegnung am Nachmittag Kate zu Tode erschreckt hatte. Sie war kreidebleich geworden und hatte schwer geatmet, was nicht nur mit Neds plötzlichem Auftauchen zu erklären war. Seine Fragen hatten sie so sehr aus der Fassung gebracht, dass sie sich nicht anders zu helfen gewusst hatte, als ihn mit dieser lächerlichen Farce eines spontanen Kusses abzulenken. Dabei hatte er sie lediglich nach Mrs Alcot gefragt.

„Kate war nachmittags bei Mrs Alcot", sagte Ned gedehnt. „Die Frau hätte ihr gewiss davon berichtet, wenn ihr etwas Ungewöhnliches aufgefallen wäre." Er griff nach einer dritten Nadel, um diesen Punkt zu markieren.

Harcroft hinderte ihn daran. „Nein, das genügt mir nicht."

„Kate ist mit Lady Harcroft befreundet. Ich weiß, dass sie uns helfen will."

„Ach was. Sie stellt nicht die richtigen Fragen. Ich beobachte deine Frau im Umgang mit Louisa nun schon seit drei Jahren, Ned. Wenn sie etwas anderes im Kopf haben sollte als Mode und Gesellschaftsklatsch, so ist mir das bisher entgangen."

Seine abfällige Bemerkung klang wie ein Echo von Kates eigenen Worten am Nachmittag. Wieder verspürte Ned dieses leise Unbehagen. Da war irgendetwas, das er nicht fassen konnte.

„Wie du meinst“, gab er gelassen zurück. „Ich schaue morgen selbst bei Mrs Alcot vorbei. Mit mir wird sie offener reden als mit einem Fremden. Ich halte es für sinnvoller, wenn du dich dort oben umschaust.“ Ned tippte auf den östlichen Bereich der Karte. „Konzentriere dich auf größere Ortschaften; von den Bewohnern erfährst du gewiss mehr. Ich nehme mir diese beiden Stellen vor.“

Das Gefühl, dass irgendetwas seiner Aufmerksamkeit entging, verstärkte sich.

Harcroft nickte. „Abgemacht. Ich will morgen zeitig los und brauche meinen Schlaf.“ Er stand auf und streckte sich.

Versonnen hielt Ned den Blick auf die Karte gerichtet. „Eins verstehe ich nicht, Harcroft. Jenny und Gareth haben den ganzen Tag damit verbracht, Erkundigungen über zwielichtige Gestalten einzuziehen, die deine Frau entführt haben könnten. Du aber hast die Leute heute Nachmittag nur danach gefragt, ob sie eine Frau mit einem Säugling gesehen haben. Hast du mal in Erwägung gezogen, Louisa könnte dich aus freien Stücken verlassen haben?“

Harcroft erstarrte, die Arme immer noch hochgestreckt. „Man kann keine Möglichkeit außer Acht lassen.“

„Aber was könnte sie zu diesem Schritt bewogen haben?“

„Was weiß denn ich, was einer Frau in den Sinn kommt?“ Er zuckte mit den Schultern, als seien damit alle weiblichen Launen abgetan. „Mal ehrlich! Ich begreife nicht, wieso Frauen das Wahlrecht erhalten oder Anspruch auf eigenen Besitz haben sollten. Dürften sie wählen, würden sie den Burschen mit dem schönsten Schnurrbart nehmen oder einen Dandy, der ihnen verspricht, eine neue Moderichtung zu kreieren.“

„Ein ziemlich hartes Urteil.“

„Wohl kaum. Wenn eine Frau sich anmaßt, eine wichtige

Entscheidung treffen zu können, ist das bereits der Beweis ihrer Unfähigkeit. Das jedenfalls ist meine Erfahrung. Frauen sind zu geistlos, um zu erkennen, wozu sie nicht fähig sind."

Ned schwieg nachdenklich. Unter den gegebenen Umständen war es verständlich, dass Harcroft in seiner Besorgnis und Ratlosigkeit bittere Gefühle gegen alle Frauen hegte. Er spürte den finsteren Blick des Freundes auf sich.

„Du bist doch hoffentlich nicht der Meinung, den Frauen sollten mehr Rechte eingeräumt werden, wie?", fragte der Earl höhnisch. „Oder findest du etwa, Weiber sollten ein Mitspracherecht in Männerbereiche haben?"

Neds Vater war in jungen Jahren bei einem Reitunfall ums Leben gekommen. Seine Mutter hatte ihn buchstäblich allein erzogen. Sie hatte die richtigen Lehrer für ihn ausgesucht, hatte dafür gesorgt, dass seine Cousins ihm Reiten, Jagen und Boxen beibrachten und sein Großvater ihn in den Grundbegriffen der Gutsverwaltung unterwies. In seiner späteren Jugend hatte er beobachtet, wie Jenny, die jetzige Marchioness, schwierige Situationen meisterte, die manchen Mann in die Knie gezwungen hätten. Ned kannte die vorherrschende Meinung, wonach weibliche Wesen vor den Mühen des Lebens verschont werden sollten. Die Frauen, die ihm am nächsten standen, hatten allerdings kaum männlichen Schutz genossen und meisterten ihr Leben dennoch mit Bravour.

Vielleicht fiel es ihm deshalb schwer, sich wie viele seiner Zeitgenossen darüber zu ereifern, dass Frauen sich anmaßten, Anspruch auf traditionell männliche Vorrechte zu erheben. In seinem Leben genossen Frauen seit jeher diese Vorrechte.

„Wenn du dir Sorgen machst, ob Lady Harcroft allein im Leben zurechtkommt", versuchte er einzulenken, „so habe ich die Erfahrung gemacht, dass Frauen weit größere Fähigkeiten besitzen, als wir ihnen zugestehen wollen. Ich bin sicher, sie wird dich in dieser Hinsicht noch in Erstaunen versetzen."

Harcroft schien Neds wohlgemeinten Einwand gar nicht zu hören. Er schlug sich mit der Faust in die Handfläche. „Ich plädiere dafür“, erklärte er, „Frauen per Gesetz für unzurechnungsfähig zu erklären. Man muss ihnen das Recht auf eigenen Besitz verweigern, den sie lediglich verschleudern; ebenso das Recht, vor Gericht gegen Männer auszusagen, die sie beschützen. Und drittens darf ihnen nicht das Recht auf Scheidung zugestanden werden.“

„Verheiratete Frauen haben doch ohnehin keinen Anspruch auf eigenen Besitz“, entgegnete Ned. „Sie dürfen vor Gericht nicht gegen den eigenen Ehemann aussagen und können eine Scheidung nur in Fällen extremer ehelicher Grausamkeit erwirken.“

Harcroft räusperte sich. „Weißt du eigentlich, wovon du redest? Oder bist du etwa ein heimlicher Anhänger dieses Spinners Bentham*? Wie kommst du sonst dazu, diese Litanei absurder weiblicher Forderungen herunterzubeten?“

Genau diese Forderungen waren in allen Zeitungen nachzulesen und gaben Anlass zu hitzigen politischen Debatten. Müde schüttelte Ned den Kopf.

„Ja, ich bestehe darauf“, erklärte Harcroft grimmig. „Wenn es nach mir ginge, würde ich alle Frauen prinzipiell für schwachsinnig erklären. Dann könnten sie nicht leichtfertig Gelder verschleudern. Sie könnten nicht damit drohen, Aussagen vor Gericht zu machen. Sie würden ihre Ehemänner nicht verlassen, weil ihnen niemand Zuflucht gewähren würde.“

Ned konnte und wollte ihn nicht ernst nehmen. Diese hasserfüllte Schimpftirade war seiner Meinung nach auf seinen aufgewühlten Gemütszustand zurückzuführen. Harcroft würde sich besinnen und anders denken, sobald er seine Frau wieder in die Arme schließen konnte.

Kurz nach ihrer Hochzeit hatte Ned Lady Harcroft kennengelernt. Sie war in sehr jungen Jahren verheiratet worden – mit fünfzehn, wenn er sich recht erinnerte – und war ihm als

---

* Jeremy Bentham (1748-1832), englischer Philosoph und Sozialreformer, forderte u. a. allgemeine Wahlen und das Frauenstimmrecht. (Anm. d. Übers.)

zartes, schüchternes Wesen im Gedächtnis geblieben, stets darauf bedacht, ihrem Gemahl jeden Wunsch von den Augen abzulesen. Bis auf die Tage, in denen sie gezwungen war, das Bett wegen eines unerklärlichen Leidens zu hüten.

Sie war sehr häufig gezwungen gewesen, das Bett zu hüten.

Aber sobald sie wieder genesen war, hatte sie ihren Gemahl rührend umsorgt. Harcroft musste nur mit den Fingern schnippen, und schon sprang sie auf, um ihm einen Wunsch zu erfüllen. Hatte Harcroft sie erst einmal wohlbehalten wieder, würde er sich daran erinnern, wie fürsorglich seine Frau sich um ihn bemühte.

Als er jetzt allerdings auf die grob gezeichnete Karte starrte, als könne er Louisa mit seinem finsteren Blick aus ihrem Versteck treiben, keimten Zweifel in Ned auf. Verdammt noch mal, irgendetwas entging ihm. Ihm war, als addiere er lange Zahlenreihen, deren Summe nicht stimmen konnte.

Wenn er nur den Fehler entdecken würde.

„Erinnerst du dich an meine Mutter?“, fragte Ned leise. „Und du kennst natürlich die Marchioness of Blakely.“ Ned hätte der Liste gerne seine eigene Frau hinzugefügt, wüsste er nicht um Harcrofts Abneigung gegen sie. „Keine dieser Frauen könntest du mit Fug und Recht schwachsinnig nennen, oder?“

„Na ja, schon möglich.“ Harcroft wischte Neds Versuch, vernünftig zu argumentieren, mit einer unwirschen Handbewegung beiseite. „Ich gehe zu Bett.“

Ned wünschte ihm eine gute Nacht und widmete sich wieder dem Studium der Karte. Sein Unbehagen wollte nicht weichen, auch nachdem Harcroft die Tür hinter sich zugezogen hatte. Im schwachen Lampenschein nahmen die Bleistiftmarkierungen sich aus wie unbeholfene Kinderkritzeleien, denen es an Bezügen zur Wahrheit fehlte. Die Zahlenreihen in seinem Kopf hatten immer noch keine stimmende Summe ergeben. Zwei und zwei ergaben bekanntlich vier. Ihm aber war, als erkenne er nur die dunkle Andeutung einer fernen Vier.

Erst als sein Kopf zu schmerzen begann, gab er es auf, einen Sinn hinter all dem Wirrwarr erkennen zu wollen.

Ned war unzählige Male an der Schäferhütte vorbeigeritten, einer strohgedeckten Notunterkunft aus Natursteinen und Mörtel, ohne ihr je die geringste Beachtung zu schenken, wozu auch kein Grund bestanden hatte. Gelegentlich nächtigten Schäfer in der Hütte, doch meist stand sie leer. Mit zwölf hatte er sich einmal als Mutprobe hineingewagt und war enttäuscht, in der modrigen winzigen Kammer nicht von Ungeheuern überfallen zu werden. Seitdem hatte er nie wieder an die Hütte gedacht.

Nun spähte er argwöhnisch zur Hütte hinüber. Seine graue Stute, die seine Unruhe zu spüren schien, begann nervös zu tänzeln. Er war gekommen, um einen flüchtigen Blick ins Innere zu werfen und sie von Harcrofts Liste verdächtiger Orte streichen zu können. Die Hütte bot einen geradezu kitschig anmutenden, idyllischen Anblick in der Morgensonne. Wilder Wein rankte um die verwitterte Tür, aus dem Kamin kringelte sich eine dünne Rauchfahne, bevor sie vom Wind verweht wurde. Die armselige Behausung schien seiner Aufmerksamkeit nicht zu bedürfen.

Bis auf eine Kleinigkeit. Sie sollte unbewohnt sein, aber jemand hatte Feuer darin gemacht. Dieser Gedanke, gemeinsam mit Kates unerklärlicher Unruhe tags zuvor und Harcrofts seltsamem Verhalten in der Bibliothek …

Ned schwang sich aus dem Sattel und schlang die Zügel der Stute über einen Pfosten in der Nähe des Eingangs. Es erschien ihm völlig abwegig, dass Harcrofts Verdacht sich bestätigen könnte, seine Frau ausgerechnet hier zu finden, auf Neds Grund und Boden. Wäre diese dünne Rauchfahne nicht gewesen. Möglicherweise hatten hier tatsächlich Banditen Zuflucht gesucht.

Im Licht dieses sonnigen Herbsttages erschien ihm die Beklommenheit der letzten Nacht absurd.

Entschieden schüttelte Ned den Kopf. Seine überschäumende Fantasie drohte ihm wieder einmal einen Streich zu spielen, wenn er es zuließ. Es gab mehrere Punkte zu bedenken. Erstens: Banditen versteckten sich nicht in einer zugigen Schäferhütte, wo sie keinen Zugang zu Bier hatten. Und zu Weibern. Zweitens: Die Hütte befand sich auf seinem eigenen Grund und Boden. Und drittens: Er selbst war zwar kein Experte auf diesem Gebiet, aber seiner Meinung nach verirrten sich geistig verwirrte Frauen Haare raufend im Moor, statt sich in verlassenen Hütten an einem winzigen Feuer zu wärmen.

Wahrscheinlich war nur ein Schäfer gekommen, um die Weidezäune kurz vor dem Winter noch einmal zu inspizieren und Aufräumarbeiten in der Hütte zu verrichten oder das Dach auszubessern. Es gab zweifellos eine plausible Erklärung. Irgendetwas, aber ganz sicher nicht die Möglichkeit, einer Bande Verbrecher zu begegnen, die Harcrofts Gemahlin entführt und sich mit ihr auf den Ländereien von Harcrofts Freund versteckt hatten.

Laut klopfte er gegen die Tür und horchte.

Nichts. Keine Schritte. Kein hastig geflüsterter Befehl, zu den Waffen zu greifen.

Selbst der Wind schien den Atem anzuhalten.

Prüfend blickte er nach oben, ob er sich das Zeichen menschlicher Anwesenheit nur eingebildet hatte. Rauchkringel stiegen hoch, die Hitze über dem Kamin waberte in Luftschlieren. Es musste jemand in der Hütte sein. Kein Hirte würde Feuer unbeaufsichtigt zurücklassen, schon gar nicht in der herbstlichen Trockenzeit.

„Draven?", rief er.

Keine Antwort.

„Stevens? Darrow?" Er zermarterte sich das Hirn nach weiteren Namen von Schäfern auf seinem Land. „Dobbin?", rief er schließlich aus schierer Verzweiflung. Dobbin war allerdings der Name eines Hirtenhundes. Immer noch keine Antwort, weder die eines Hundes noch eines Menschen. Wer immer sich in der Hütte aufgehalten hatte, war zweifellos für eine Weile fortgegangen. Ned nahm sich vor, den Mann mit scharfen Worten zurechtzuweisen, ein Feuer in dieser Trockenperiode unbeaufsichtigt zurückzulassen.

Allerdings gab es keinen Grund, sich nicht einen kleinen Scherz zu erlauben, ehe der Mann zurückkehrte.

Ned legte die Hand an den Türgriff.

„Nun denn, Lady Harcroft“, rief er mit tiefer Stimme und feixte, kam sich selbst jedoch ein wenig lächerlich vor bei diesem kindischen Getue. „Das Spiel ist aus. Ich habe euch Banditen gefunden und werde euch vor Gericht bringen! Ha!“

Wäre dies eine Räubergeschichte gewesen und Ned ein Konstabler der *Bow Street Runners* – oder gar ein tapferer Ritter –, hätte er dramatisch die Tür eingetreten. Wobei allerdings zu bedenken war, dass er sich eine peinliche Ausrede zurechtlegen müsste, wenn er seinen Gutsverwalter später anwies, den Schaden beheben zu lassen. Also begnügte Ned sich damit, die Tür aufzureißen.

Statt wie erwartet die winzige Stube mit einem wackligen Tisch und einer Feuerstelle vorzufinden, lagen Säcke mit Kartoffeln oder Rüben auf dem Lehmboden sowie ein kleinerer Sack Mehl. Der einzige Beweis, dass er nicht träumte, war eine quer durch die Kammer gespannte Leine, an der Wäsche zum Trocknen aufgehängt war. Ein derart prosaisches Bild hätten seine Hirngespinste ihm gewiss nicht vorgegaukelt.

Und als er den verdutzten Blick schweifen ließ, entdeckte er zu seiner Verblüffung tatsächlich Lady Harcroft, die sich im entferntesten Winkel angstvoll gegen die grob verputzte Mauer drückte. Ihr rotes Haar war geflochten und zu einem Kranz hochgesteckt; sie trug ein schlichtes dunkelbraunes Kleid. In seiner Überraschung, sie tatsächlich gefunden zu haben, dauerte es eine Weile, bis er begriff, was sie in den Händen hielt.

Eine silberbeschlagene Pistole. Die Waffe aus seinen Albträumen. Und sie zielte mit beängstigend ruhigen Händen auf Neds Magengegend.

Seine Heiterkeit war verflogen. Die Beklommenheit vom Abend zuvor kehrte zurück, allerdings als helles Entsetzen.

„Verfluchter Mist.“ Die Worte entfuhren ihm ohne sein Zutun. Er ließ den Türgriff los.

Lady Harcroft stand reglos mit aufeinander gepressten Lippen da.

„Bei allen guten Geistern … Lady Harcroft, Sie sind die Verbrecherbande?“

Sie schien gar nicht zu hören, was er sagte, was ihm nur recht sein konnte, denn seine Welt hatte sich auf das eiskalte Hämmern seines Pulses reduziert. Sie straffte die Schultern und hob den Lauf, der nun direkt auf Neds Brust zielte.

„Es ist Ihnen doch klar, dass ich nur einen Scherz machen wollte mit meiner Drohung, Sie vor Gericht zu bringen.“ Das alles war längst nicht mehr komisch, nicht einmal peinlich. Es war tödlich beängstigend.

„Mr Carhart.“ Lady Harcrofts Stimme zitterte, während ihre Hände ruhig blieben. „Es tut mir leid. Wirklich.“

„Warten Sie. Nein.“

Aber sie hatte bereits die Augen verengt, und ehe Ned sich seitlich aus der Schusslinie werfen konnte, drückte sie ab.

9. KAPITEL

Das metallische Klicken hallte in Neds Kopf wider – allerdings ungleich harmloser als die Explosion von Schwarzpulver, die er befürchtet hatte.

Louisa starrte ihn mit angstgeweiteten Augen über den Pistolenlauf hinweg an. „Verdammt, Kate." Ihre Stimme war ein heiseres Krächzen. „Keinen Schritt näher, Mr Carhart. Oder ich …" Kläglich verzog sie das Gesicht. „Ich habe ein Messer." Sie hob die Stimme, als stelle sie eine Frage.

Ned war über seine wundersame Rettung nicht so verwirrt, um die befremdliche Tatsache zu überhören, dass Lady Harcroft seine Ehefrau verflucht hatte.

„Es ist nicht so, wie es den Anschein hat", versuchte er zu erklären.

Ihr unsteter Blick flog durch die Kammer, zweifellos auf der Suche nach einem Fleischermesser, mit dem sie ihn angreifen könnte.

„Ich bin hier, um Ihnen zu helfen", fuhr Ned fort, trat näher und schob die Wäsche auf der Leine beiseite. Tropfende Windeln, wie er feststellte. Offenbar im Morgengrauen im Bach gewaschen, der eine halbe Meile entfernt lag.

„Hat Kate Sie geschickt? Sie hat mir versprochen, Ihnen nichts zu sagen."

„Kate …" Ned beäugte die Feuerwaffe, die Lady Harcroft mit beiden Händen umklammerte. Bei genauerem Augenschein erkannte er seine Pistole, die er aus China mitgebracht und in eine Schublade geworfen hatte, in der Hoffnung, sie nie wieder sehen zu müssen.

„Kate", fuhr Ned beschwichtigend fort, „will nur Ihr Bestes, wie Sie wissen, und sie hat meine volle Unterstützung."

Lady Harcroft begegnete seinem Blick. „Richten Sie Ihrer Frau aus, das nächste Mal soll sie die Pistole laden."

Ned hatte Louisa früher nur in Begleitung ihres Gemahls gesehen. Diese zwar zierliche, aber würdevolle Frau wies indes kaum Ähnlichkeiten mit jenem bleichen schattenhaften Wesen an Harcrofts Seite auf.

Während Ned sich ihr näherte, krümmten sich ihre Finger so fest um die auf ihn gerichtete Waffe, dass die Knöchel weiß schimmerten.

„Sie wollen mir das Ding doch nicht über den Schädel schlagen, oder?" Er lächelte, um ihr zu zeigen, dass er scherzte.

Ihr Zögern machte ihm deutlich, dass sie diesen Gedanken tatsächlich in Erwägung zog.

Ned schüttelte den Kopf und hob die Hand, um ihr die Waffe abzunehmen, bevor es zu einem peinlichen Handgemenge käme. Lady Harcroft aber zuckte verängstigt zurück und hob schützend den angewinkelten Arm vors Gesicht. Ned erstarrte mitten in der Bewegung und blickte in ihre angstvoll aufgerissenen Augen.

Sie musste wohl das Entsetzen in seinem Blick bemerkt haben.

In den ersten Schrecksekunden nach ihrem fehlgeschlagenen Versuch, ihn zu erschießen, hatte er sich keinen Reim auf ihre Anwesenheit in der Schäferhütte machen können. Nun wurde ihm allerdings vieles klar. Lady Harcroft war nicht irrsinnig. Sie war auch nicht entführt worden. Aber sie hatte Todesangst. Und als er die Hand nach ihr ausstrecken wollte, hatte sie reflexartig den Arm hochgerissen, um ihr Gesicht zu schützen.

Kate war in die Sache verwickelt. Sie hatte für Mrs Alcots Trennung von ihrem gewalttätigen Ehemann gesorgt. Lady Harcroft hatte hier Zuflucht gefunden und wich entsetzt vor ihm zurück, als erwarte sie seinen Schlag.

Großer Gott.

Nun ergab alles einen grauenvollen Sinn – Harcrofts Hasstiraden am gestrigen Abend, Kates seltsam fahriges Gebaren bei ihrer Begegnung am Nachmittag.

Lady Harcrofts angsterfüllte Reaktion erklärte mehr als tausend Blutergüsse. Sie war geschlagen worden, und zwar so häufig, dass sie selbst eine freundliche Geste als Bedrohung nahm. Ned trat ein paar Schritte zurück, um ihr die Furcht zu nehmen.

„Oh Gott", stieß Louisa mit erstickter Stimme hervor und ließ endlich die Pistole sinken. „Ich bin so dumm." Und dann brach sie in Tränen aus.

Ned wusste nicht, wie er sich verhalten sollte. Er wagte nicht, sich ihr zu nähern, um sie zu trösten, wenn schon eine harmlose Handbewegung sie zu Tode erschreckt hatte. Schweigend zog er ein Taschentuch aus seinem Reitjackett und schob es ihr auf der Tischplatte zu. Sie sank auf den Stuhl, weinte damenhaft still und betupfte sich die Augen mit dem Tuch. Ned wartete in ratlosem Schweigen.

„Wäre ich kein solch elender Duckmäuser, wäre ich nicht hier. Hätte ich es nur nicht so weit kommen lassen! Wenn ich den Mut gehabt hätte, um … um …" Ein Schluchzen entrang sich ihr.

„Um was zu tun?", fragte Ned leise.

„Um dieser ganzen Sache Einhalt zu gebieten, bevor es überhaupt anfing." Sie putzte sich die Nase. „Wäre ich kein solcher Schwächling, wäre das alles nie geschehen. Ich war so töricht, so hilflos …"

Abwehrend hob Ned die Hand, um ihren Schwall an Selbstbezichtigungen zu unterbrechen. „Wenn Sie von dieser Sache reden, meinen Sie Harcrofts Verhalten Ihnen gegenüber, habe ich recht?"

Sie nickte schniefend. „Das trifft es wohl."

„Und mit *es* meinen Sie …" Die Welt schien sich langsamer zu drehen, und Ned schluckte gegen die Trockenheit in seiner Kehle an. „… meinen Sie die Tatsache, dass er Sie geschlagen hat."

Sie nickte wieder.

„Wie lange?"

„Nicht länger als fünfzehn Minuten jedes Mal", antwortete sie ernsthaft. „Ich weiß. Es gibt schlimmere Fälle."

Ned begegnete ihrem Blick. „Das habe ich nicht damit gemeint. Hat er Sie damals schon geschlagen, als wir uns kennenlernten?“

„Oh ja. Es begann nach dem ersten Jahr unserer Ehe. All das wäre nicht geschehen, wenn ich ihm eine bessere Frau gewesen wäre. Damals gab es einen Gentleman, ein guter Freund, mehr nicht, aber …“

Die Stimme versagte ihr, und Ned schüttelte wieder den Kopf. Sie war damals sechzehn, um Himmels willen, ein halbes Kind. Und Harcroft hatte sie grausam gezüchtigt.

Ned verkrampfte sich innerlich bei ihrem Geständnis, denn er verstand ihre Gedankengänge nur zu gut.

Wie oft hatte er sich ähnliche Selbstvorwürfe gemacht? Was wäre, wenn er anders gehandelt hätte? Wenn er besser gewesen wäre? Wenn ihn seine eigene Schwäche nicht verraten hätte? Diese Selbstzweifel hätten ihn umgebracht, wenn er sich nicht dagegen zur Wehr gesetzt hätte. Es hatte Jahre gedauert, bis er gelernt hatte, gegen seine Ängste anzukämpfen. Er konnte sehr gut nachvollziehen, welche Qualen Lady Harcroft ausgestanden hatte.

Ihr Ehemann war Neds Freund gewesen – seltsam, wie schnell dieser Gedanke in die Vergangenheitsform wechselte. Aber Harcroft würde niemals begreifen, welch tiefes Verständnis Ned für seine Frau empfand.

Er kannte das Gefühl der Ohnmacht, der Willkür anderer ausgeliefert zu sein. Und er würde nicht dulden, dass ein anderer Mensch hilflos der Brutalität eines herrischen Tyrannen ausgesetzt war.

War dieser Vorsatz ähnlich töricht wie sein Wunsch vorhin, die Tür einzutreten? Irgendwie sah er sich als eine Art Held, wenn auch als lächerliche Heldenfigur, einem Don Quichotte ähnlich. Er war kein *Bow Street Runner*, kein Ritter in silberglänzender Rüstung. Hätte er Rüstung getragen, wäre sie längst in der salzigen Meeresgischt verrostet. Ned war kein tapferer Ritter, der in glorreichen Schlachten zu Ruhm und

Ehre des Vaterlandes gekämpft hatte.

Aber er hatte sich behauptet. Er hatte seine Zweifel niedergeschlagen. Und er hatte seinen Platz gefunden und gelernt, auf eigenen Füßen zu stehen, frei von den bitteren Fesseln der Knechtschaft.

Es sah so aus, als hätte Lady Harcroft – und Kate als ihr verlängerter Arm – einen Helden nötig. Wenn er es schaffte, Lady Harcroft den inneren Frieden zu vermitteln, den er gefunden hatte, wäre das der endgültige Beweis, dass sein Sieg von Dauer war. Es wäre der Beweis, dass er wahrhaftig gewonnen und seine Dämonen ein für allemal gezähmt hatte.

Gefasst sah sie ihm in die Augen. „Es hätte alles anders sein müssen."

„Halten Sie diesen Gedanken fest." Ned wagte nicht, sie zu berühren, um sie nicht wieder zu verängstigen. Stattdessen ging er vor ihr auf die Knie, machte sich klein und harmlos und blickte zu ihr auf. „Halten Sie den Gedanken mit beiden Händen fest. Können Sie ihn spüren?"

Sie legte ihre gewölbten Hände aneinander.

„Wenn ich Sie recht verstehe, versuchen Sie mir zu erklären, Ihr Ehemann hätte Sie nicht geschlagen, wenn Sie ein anderer Mensch gewesen wären."

Sie nickte knapp.

„Ich möchte Ihnen zeigen, was ich gelernt habe. Halten Sie diesen Gedanken immer noch fest? Halten Sie ihn ganz fest, damit er nicht entschlüpfen kann. Haben Sie ihn? Gut. Nun stehen Sie auf."

Argwöhnisch sah sie ihn an. „Soll das ein Trick sein?"

„Lady Harcroft, wenn ich die Absicht hätte, Sie zu verraten, bräuchte ich keine Tricks. Ich wäre zusammen mit Ihrem Mann und zwölf bewaffneten Männern gekommen, um Sie festzunehmen. Ich bleibe auf den Knien, und Sie stehen auf."

Zögernd kam sie auf die Füße und wollte die Arme hängen lassen.

„Vorsicht!", warnte er scherzhaft. „Sie dürfen den Gedanken nicht fallen lassen. Sie müssen ihn mit beiden Händen festhalten."

„Aber meine Hände sind leer."

„Unsinn. Sie spüren den Gedanken in Ihren Händen, auch wenn Sie ihn nicht sehen können. Sie spüren sein Gewicht, das Ihre Schultern krümmt. Und wenn Sie mit dem Daumen darüber streichen, fühlen Sie seine Oberfläche. Wie fühlt er sich an?"

Lady Harcroft starrte auf ihre leeren Hände. „Es fühlt sich hart und stachelig an", sagte sie leise. „Voller Bitterkeit und Selbstanklagen."

„Gut. Ich stehe jetzt auf." Ned kam hoch, ging rückwärts zur Tür, öffnete sie weit und trat beiseite, um den Eingang für Lady Harcroft freizumachen. Dann lud er sie mit einer Armbewegung ein, vorzutreten.

Vorsichtig näherte sie sich der offenen Tür.

„Jetzt kommt der schwierige Teil. Holen Sie mit den Armen weit aus … ja, etwa so … und schleudern sie den Gedanken so weit wie möglich von sich."

„Aber …"

„Werfen Sie Ihren Gedanken aus der Tür wie stinkenden Abfall. Diese Art zu denken hat keinen Platz in Ihrem Leben. Es war nicht Ihre Schuld. Es ist niemals Ihre Schuld, wenn ein Mann Sie misshandelt."

Sie warf ihm einen zaghaften Blick zu.

„Los! Nur Mut! Werfen Sie ihn weg!"

„Aber ich habe doch gar nichts in der Hand."

„Dann zögern Sie nicht, dieses Nichts wegzuwerfen."

Dürftige Logik. Allerdings hatten die Selbstzweifel, die sein eigenes Herz zerfraßen, auch nichts mit Logik zu tun gehabt. Aber er hatte tausend Wege gefunden, um sie loszuwerden.

Stockend holte Louisa Atem und trat auf die Schwelle. Ihr Blick fixierte einen Punkt in der Talsenke. Dann hob sie langsam die Hände in Brusthöhe und mimte einen Wurf – der ungeschickte Wurf eines Mädchens, halbherzig und zaghaft.

Ein Wurf, der einen Mann beim Kricket dazu veranlassen würde, die Augen zum Himmel zu drehen – aber immerhin ein Wurf. Und dann wandte sie sich Ned zu und schenkte ihm ein scheues Lächeln.

„Geschafft. Und fühlen Sie sich besser?"

„Das", sagte sie und entfernte sich wieder von der Tür, „kann doch nichts bewirken. Es ist völlig absurd."

Ned schloss die Tür hinter ihr. „Aber es hilft, habe ich recht?"

„Sie verstehen sich auf Zaubertricks, Mr Carhart. Woher wussten Sie? Hat Kate Sie geschickt, um mich aufzuheitern?"

Gelassen zuckte Ned mit den Achseln. Er wusste, weil … er eben wusste. Er kannte Zweifel und Unsicherheit. Er hatte gegen seine Ängste gekämpft. Und er hatte sie bezwungen, verdammt noch mal. Endlich.

Es war bedeutungslos, dass er zu billigen Tricks greifen musste, um seine Überlegenheit zu behaupten. Es hatte nichts zu bedeuten, dass er sich in ausweglos scheinenden Momenten immer noch an diese Zaubertricks klammerte, nur um sich behaupten zu können. Wichtig war nur, dass er den Sieg davontrug, jedes verdammte Mal.

„Ich kenne mich eben mit Absurditäten aus", antwortete er munterer, als ihm zumute war. „Was meine Frau betrifft …" Er ließ den Blick durch die Hütte schweifen, und wieder traf ihn eine Erkenntnis. Kate hatte an alles gedacht. Es gab Nahrungsvorräte. Einen kleinen Waschzuber, in dem zweifellos die Windeln gewaschen worden waren, etwas, woran Ned nie im Leben gedacht hätte. Sie hatte alles sorgfältig geplant und organisiert wie für eine feindliche Belagerung. Mit einem Blick in die angrenzende Kammer nahm er die schattenhafte Gestalt eines Kindermädchens mit einem Säugling im Arm wahr.

Und er hatte Kate bislang für verwöhnt und oberflächlich gehalten, für ein zerbrechliches Porzellanpüppchen. Nun stellte er fest, dass sie eine klar denkende Frau war, die alle Fäden in der Hand hielt, an denen sie Männer wie Marionetten tanzen lassen konnte.

„Meine Frau“, sagte er gedehnt, „wird Ihnen wieder Eier bringen.“

Lady Harcroft hob das Kinn. „Bitte grüßen Sie Kate und danken ihr. Und Ihr Rat, Mr Carhart, ist mir ebenso hilfreich wie Kates Frühstückseier.“

Den Heimweg legte Ned tief in Gedanken versunken zurück. Der Straßenstaub und der Geruch nach verbranntem Herbstlaub vermischten sich zu einem Wirrwarr in seinem Kopf. Die Hufe seines Pferdes schienen die wichtigen Punkte dieser Begegnung wie Hammerschläge in sein Gedächtnis zu klopfen.

Lady Harcroft war ihrem Ehemann entflohen.

Kate hatte ihr dabei geholfen. Und sie hatte Ned kein Wort davon gesagt – vermutlich auch niemandem sonst.

Sie hatte kein Vertrauen zu ihm. Zu keinem Menschen hatte sie Vertrauen. Und das war zum großen Teil seine Schuld.

Was immer ihre Ehe auch gewesen sein mochte, er hatte mit seinem Verschwinden die zarten Keime ihrer Hoffnung zertreten. Sie waren eine Vernunftehe eingegangen. Sein Fortgehen war ihm damals lediglich als höfliche Geste erschienen, um sie nicht mit seinen schlimmsten Unzulänglichkeiten zu belasten. Er wollte ihr keine Bürde sein.

Nun aber wünschte er, ihr mehr zu sein als eine Bürde.

In bedrückter Stimmung übergab er Plum seine Stute und machte sich auf zu Champions Koppel, bewaffnet mit einer Tüte Pfefferminz. Es würde ihm leichterfallen, mit einem Pferd zu reden als mit seiner Frau. Alles, was er sich in Gedanken zurechtlegte, klang nach Konfrontation. Und das Letzte, wonach ihm im Moment der Sinn stand, waren Vorhaltungen.

Aber es war nicht Kate, die sich ihm näherte, als er an der Umzäunung lehnte, sondern Harcroft. Ned hatte noch nicht genügend Zeit gehabt, seine Gedanken über seine Frau zu sortieren. Und er war nicht bereit, sich mit Harcroft zu befassen, der sich ihm in herrischer Haltung durch das welke Gras näherte, als könne er selbst den Kuhfladen gebieten, seine glänzend polierten Stiefel nicht zu beschmutzen.

Er stellte sich neben Ned und blickte zur Koppel hinüber. „In meinem ganzen Leben ist mir kein so räudiger, von Flöhen zerbissener Klepper begegnet. Wieso lässt du ihn nicht erschießen?"

„Sein Name", entgegnete Ned zerstreut, „ist Champion."

Harcroft seufzte. „Du hattest schon immer einen seltsamen Sinn für Humor." Er spuckte die Worte aus wie eine Beschimpfung.

Ned zuckte mit den Schultern. „Im Gegensatz zu dir."

Früher hatten ihn Harcrofts boshafte Bemerkungen über seinen Leichtsinn und seine Witzeleien verletzt. Da Ned sich vor Kurzem den Ritterschlag erteilt hatte, sah er in Harcroft nun seinen Feind, den schwarzen Ritter, den es auf dem Turnierplatz zu besiegen galt.

Allerdings glich er keineswegs einem Bösewicht.

Schweigen.

„Neuigkeiten?", fragte Harcroft schließlich.

„Nichts." Nach seiner Begegnung mit Lady Harcroft hatte Ned Mrs Alcot aufgesucht. „Nur eine ältliche Witwe, die mir die Ohren vollschwatzte. Sie hat meine Fragen in aller Ausführlichkeit beantwortet und mir dann lang und breit von ihren Schweinen und Enten erzählt ... und von Kevin."

Fragend zog Harcroft die Brauen hoch. „Ein Enkel?"

Dieser Punkt ging an Ned. Er grinste breit. „Ihr Hahn."

„Aha." Harcroft verzog verächtlich die Mundwinkel. „Weiber. Ständig plappern sie sinnloses Zeug."

Harcrofts Ehefrau hatte mit Sicherheit geschwiegen. Jahr um Jahr. Und Ned kannte diesen Mann seit einer Ewigkeit und hatte nie Verdacht geschöpft. Übelkeit stieg in ihm auf.

„Und wie war dein Tag?", fragte er schließlich.

Harcroft blieb ihm die Antwort schuldig. „Wo hast du diesen Schindergaul aufgegabelt?"

„Ich habe ihn für zehn Pfund gekauft." Wäre Ned ein Ritter

in verrosteter Rüstung, wäre Champion – der räudige bösartige Champion – das passende Streitross für ihn.

„Dann stimmt die Geschichte also, die mir heute zugetragen wurde. Du bist einem Fuhrmann begegnet, der Mühe hatte, einen rabiaten Gaul zu bändigen, hast dich eingemischt und den Klepper vor der Peitsche bewahrt."

Ned nickte. „Darüber reden die Leute im Dorf also?"

„Du warst schon immer zu gutmütig." Harcrofts Stimme troff vor Verachtung.

„Ja, das stimmt. Ich bin komisch und harmlos. Ich sollte nicht auch noch gutmütig sein – das macht euch anderen das Leben so schwer, weil ihr euch nicht mit mir messen könnt."

Harcrofts Miene verhärtete sich. Er beäugte Ned argwöhnisch. Dann glätteten sich seine Gesichtszüge. „Ach so", meinte er gelangweilt. „Du scherzt schon wieder."

Nur weiter so, glaube daran. „Wir reden später", sagte Ned. „Ich helfe dir gern bei deiner Suche. Je rascher wir vorgehen, desto geringer die Gefahr, dass eine Spur kalt wird. Mir liegt sehr daran, das zu Ende zu führen, was getan werden muss, und zwar so schnell wie möglich." Und das war gewiss kein Scherz.

Harcroft warf einen letzten Blick zu Champion hinüber, und dann schüttelte er den Kopf. „War Lady Kathleen bei dir, als du den Gaul gekauft hast?"

Ned legte den Kopf schräg, unschlüssig, was er antworten sollte. Die Wahrheit erschien ihm unverfänglich. Wenn er bei einer Lüge ertappt wurde, könnte Harcroft Verdacht schöpfen. „Ja", sagte er schließlich.

„Dachte ich mir. Wolltest wohl Eindruck bei ihr schinden, wie?", er schnaubte verächtlich. „Weiber. Sie machen dich schwach, wenn du dich auf sie einlässt. Nimm dich vor ihr in Acht."

„Und ich dachte, sie hat nichts anderes als modischen Flitterkram im Kopf."

Lässig zuckte Harcroft die Achseln. „Na ja, immerhin ist

eine Wette über sie im Umlauf. Vermutlich hast du davon gehört. Der Mann, dem es gelingt, sie zu verführen und der ein Strumpfband von ihr vorweist, steckt fünftausend Pfund ein."

Neds Sinn für Humor verpuffte. „Bisher hat noch keiner die Wette gewonnen."

„Tja, wo Rauch ist ..." Harcroft führte den Satz nicht zu Ende und breitete vielsagend die Hände aus.

„Wo Rauch ist, ist auch Feuer." Neds Hände krampften sich um den Querbalken. „Und Brandstifter werden zur Rechenschaft gezogen. Eines schreib dir hinter die Ohren, Harcroft – ich bin zwar humorvoll und gutmütig, aber kein Schwachkopf. Es dauert nur sehr lange, bis ich in Rage gerate. Und ich dulde keine Beleidigungen. Auch nicht von dir."

Schon gar nicht von dir.

Einen Moment schwieg Harcroft betreten. „Schon gut. Ich wollte dich nur warnen. Aber du kennst doch das alte Sprichwort: Wenn man vom Teufel spricht ..."

Ned folgte seinem Blick. Vom Haus her näherte sich Kate. Und Ned hätte Harcroft am liebsten die Faust ins Gesicht gesetzt, weil der sich nicht einmal die Mühe gemacht hatte, seine Stimme zu dämpfen. Vermutlich hatte sie seine letzte Bemerkung gehört, ließ sich indes nichts anmerken, sondern lächelte nur liebenswürdig. Erneut staunte Ned über ihren Mut und ihre Gefasstheit. Lady Harcroft hier zu verstecken, ohne auch nur die geringste Spur zu hinterlassen, war ein Meisterstück. Und wie sie es schaffte, ihren Widerwillen gegen Harcroft zu verbergen, den sie in aller Liebenswürdigkeit als Gast in ihrem Haus aufgenommen hatte ... Hut ab! Sie spielte ihre Rolle perfekt.

Hinter diesem scheinbar zerbrechlichen Persönchen verbarg sich eine starke unbeugsame Frau.

Anmutig schwebte Kate durch das hohe Gras. Sie trug ein hochgeschlossenes dunkelrotes Tageskleid. Ein Farbton, der in der Nachmittagssonne leuchtete wie schwerer Burgunderwein. Der Saum war feucht geworden.

Ned griff dann in die Tüte und holte eine Handvoll Bonbons hervor.

„Ein Pfefferminz, Harcroft?"

Der zog die Nase kraus, nahm ein weißes Kügelchen und steckte es in den Mund.

„Lady Kathleen?"

Kate warf Ned einen fragenden Blick zu, nahm gleichfalls ein Bonbon und warf es spielerisch zwischen ihren behandschuhten Fingern hin und her. Und ohne Harcroft zu beachten, der sein Pfefferminz geräuschvoll zerbiss, sagte sie: „Ich nehme an, Champion hat seine Samtschnauze schon in die süßen Leckereien gesteckt, nicht wahr?"

Das geräuschvolle Malmen versiegte. Harcroft verzog angewidert das Gesicht, zu höflich, um auszuspucken, zu angeekelt, um zu schlucken. Stattdessen lief er puterrot an. Er hüstelte.

Nur mit Mühe konnte Ned sich das Lachen verkneifen. Champion hätte sich niemals so nahe an ihn herangewagt, um an der Tüte zu schnuppern. Aber die Miene des Earls war einfach zu köstlich, um ihn darüber aufzuklären.

Kate warf ihr Bonbon in die Wiese.

„Entschuldigt mich", würgte Harcroft undeutlich zwischen dem Pfefferminz in seinem Mund hervor. „Ich muss … ich muss noch …" Er machte eine fahrige Armbewegung zum Haus.

„Pferde haben ein appetitlich sauberes Maul", bemerkte Ned mit Unschuldsmiene. „Harcroft, wo willst du … ach, was." Er wandte sich an seine Frau. „Da zieht er hin."

Ein zufriedenes Kräuseln ihrer Lippen war der einzige Hinweis darauf, dass sie den Mann absichtlich in die Flucht geschlagen hatte.

„Du", sagte Ned, „du bist …"

„Er hat doch vom Teufel gesprochen", erklärte Kate. „Eine kleine teuflische Kostprobe tut ihm ganz gut, denke ich."

„Aha, verstehe. ‚Wenn man vom Teufel spricht, nascht er

von deinen Pfefferminzbonbons.'"

Kate lachte. „So ungefähr."

„Übrigens, vielen Dank."

„Weil ich deinen Freund vertrieben habe?" Überrascht sah sie ihn an.

„Nein. Je mehr ich entdecke, was sich in meiner Abwesenheit zugetragen hat, desto klarer wird mir, welche Verantwortung du übernommen hast. Ich hatte angenommen, Gareth würde sich um alles kümmern – das war unsere Abmachung vor meiner Abreise. Aber so pflichtbewusst Gareth auch sein mag, all die kleinen Dinge wären ihm nicht aufgefallen. Die kleinen zwischenmenschlichen Dinge. Beispielsweise Mrs Alcot."

Beispielsweise Louisa Paxton, Lady Harcroft.

Kate nickte hoheitsvoll und hielt ihm die flache Hand hin. Einen kurzen Augenblick war er versucht, ihr den Handschuh von den zierlichen Fingern zu streifen und sie zu küssen.

Aber er wollte nicht aufdringlich erscheinen und legte stattdessen ein Pfefferminz in ihre gewölbte Hand. Diesmal warf sie es nicht in die Wiese, sondern wog es sorgsam von einer Hand in die andere wie einen kleinen Goldbarren, dessen Wert sie abzuschätzen versuchte.

Schließlich hob sie den Blick. „Was bedeutet dir Harcroft?" Ihre Augen leuchteten silbrig im Licht der tief stehenden Sonne.

In seiner Bewunderung für ihren Mut und ihre Leistungen hatte er fast vergessen, dass sie ihm misstraute. Allerdings konnte sie nicht wissen, was er wusste. Ihre Frage war indes nicht ohne Hintersinn. Sie wollte ergründen, ob er ein Verräter war.

Ned schluckte.

Sie wagte nicht, ihn ins Vertrauen zu ziehen. Er aber wollte die Wahrheit von ihr hören, wollte, dass sie ihn an ihrem Leben teilhaben ließ. Er wünschte, dass sie ihn für wert hielt, sie zu kennen – die echte Kate, die sie vor ihm verbarg.

„Harcroft ist ein entfernter Cousin. Früher waren wir befreundet. Doch mittlerweile haben wir zu unterschiedliche Interessen, um mehr zu sein als Bekannte."

„Aber du bist mit ihm verwandt."

„Ich bin mit der Hälfte des englischen Hochadels über sieben Ecken verwandt, das hat nichts zu bedeuten", erklärte Ned gleichmütig. „Wenn du es unbedingt wissen willst, ich fühle mich Harcroft verpflichtet, weil er mir einmal einen Gefallen erwiesen hat. Als Jenny und Gareth heirateten, hat Jenny, also Lady Blakely, durch Harcrofts Fürsprache Aufnahme in die Gesellschaft gefunden. Ohne seine Empfehlung wäre sie wegen ihrer Herkunft vermutlich auf Ablehnung gestoßen. Wie gesagt, ich fühle mich ihm in gewisser Weise verpflichtet. Aber er gehört nicht wirklich zur Familie."

Kate schwieg und schubste das Pfefferminz wieder von einer Hand in die andere.

„Falls du dir Sorgen machst, ob meine Verpflichtung gegenüber Harcroft so weit reicht, um ihn über deine Schummelei mit dem Pfefferminz aufzuklären oder über ein anderes kleines Geheimnis, kann ich dich beruhigen. Von mir erfährt er nichts."

Sie blickte zu ihm hoch und dann zur Seite. „Und welche Menschen zählst du zu deiner Familie?"

„Jenny", antwortete Ned spontan. „Gareth. Meine Mutter. Laura, sie ist Gareths Halbschwester. Wir sind praktisch zusammen aufgewachsen. Eigentlich nicht besonders viele, Kate."

Sie schwieg.

Er hatte ihr klarmachen wollen, dass er sich nur auf eine Handvoll Menschen wirklich verlassen konnte, was ihm anscheinend nicht gelungen war.

In ihrem Gesicht bewegte sich kein Muskel, in ihren Augen las er keinen Vorwurf, nicht einmal Argwohn. Er hatte sie wohl missverstanden; ihr ging es gar nicht um Harcroft. Er würde die Frauen wohl nie verstehen. Die steile Falte, die sich auf ihrer Stirn bildete, ließ ihn vermuten, dass er etwas Unverzeihliches gesagt hatte. Er hatte den silbrigen Glanz in ihren Augen falsch ausgelegt. Sie war nicht wütend auf ihn. Sie war enttäuscht.

„Herrgott“, fluchte er verwirrt. „Was habe ich gesagt? Ich wollte deine Gefühle nicht verletzen.“

Kate schüttelte den Kopf. „Falsche Frage. Es geht darum, was du nicht gesagt hast.“

„Nun gut. Was habe ich *nicht* gesagt?“

„Nichts, was ich nicht längst weiß.“ In ihrer Stimme schwang ein bitterer Unterton mit. „Und nichts, was ich nicht erwartet hätte. Es ist unwichtig.“

Er glaubte, in ihren Augenwinkeln eine Träne aufblitzen zu sehen. Tapfer blinzelte sie dagegen an und holte tief Atem.

„Es ist wichtig. Kate, ich will dir doch nicht wehtun, das musst du wissen. Wenn du mir nur sagen würdest …“

„Jenny“, begann sie an den Fingern abzuzählen. „Gareth. Laura. Deine Mutter. Ich nehme dir deine Zuneigung zu deinen Verwandten nicht übel, das wäre dumm von mir. Aber Ned, du bist mit mir verheiratet.“

Ned hatte plötzlich das Gefühl, nicht mehr genügend Luft zum Atmen zu haben; er kam sich vor wie ein Fisch auf dem Trockenen.

„So habe ich das nicht gemeint.“

„Das scheint häufig vorzukommen. Du hast gelobt, mich zu ehren und zu achten“, sagte sie ruhig. „Als ich dieses Eheversprechen gab, war es mir ernst damit. Ich hatte die feste Absicht, zu dir zu stehen bis ans Ende meiner Tage, du aber bist jahrelang verschwunden. Für dich war dieses Gelöbnis nur ein Lippenbekenntnis, nichts als leere Worte.“ Sie tippte ihm mit dem Zeigefinger gegen die Brust, um ihrem Vorwurf Nachdruck zu verleihen.

Ned wusste keine Erwiderung.

„Alles, was du für mich übrig hattest, waren nur leere Worte.“

„Nein. Du kannst mir vertrauen.“

Sie verschränkte die Arme vor der Brust und blickte ihm in

die Augen. „Für wen hältst du mich eigentlich?"

Für eine bezaubernd attraktive Frau, die er geheiratet hatte, und wenn er sich bisher nur nach ihr gesehnt hatte, so verzehrte er sich jetzt nach ihr. Aber er schwieg.

Kämpferisch reckte sie das Kinn. „Ich war es, die zu Hause auf dich wartete, während du dich in der Weltgeschichte herumgetrieben hast. Ich musste peinliche Fragen über mich ergehen lassen, musste stillschweigend ertragen, dass Wetten über meine Tugendhaftigkeit abgeschlossen wurden, und ich habe dir all die Jahre die Treue gehalten."

„Ich ... ich gebe zu, dass ich mich dir gegenüber nicht korrekt verhalten habe. Aber das wird sich ändern, Kate. Es hat sich bereits geändert. Hör mir zu ..."

„Wenn du wirklich den Wunsch gehabt hättest, zu bleiben ... Wenn dir nur das Geringste daran gelegen wäre, bei deiner frisch angetrauten Ehefrau zu bleiben, hättest du einen zuverlässigen Mann gefunden, der diesen Auftrag für dich erledigt. Aber du wolltest fortgehen. Wie alle jungen Männer hast du das Abenteuer gesucht und wollest dir die Hörner abstoßen. Und da dir diese Chance in England durch eine Zwangsheirat verwehrt war, hast du dein Glück in der weiten Welt gesucht."

Sie stocherte wieder mit dem Zeigefinger gegen seine Brust, um auch dieser Anklage Nachdruck zu verleihen. Ned ergriff ihre Hand. „Nein", verteidigte er sich und erkannte seine eigene krächzende Stimme kaum wieder. „Nein. Das war es nicht. Das war nicht der Grund."

„Wie viele Frauen? Du warst drei Jahre fort. Wie viele Frauen hast du in dieser Zeit geküsst?"

„Eine Einzige", antwortete er. „Und diese Frau warst du."

Sie schwieg. In der Stille waren ihre Zweifel deutlich zu spüren wie eine bleischwere Last.

„Ich war jung, Kate. Jung und wild entschlossen, mir und der Welt zu beweisen, dass ich mehr bin als nur ein liederlicher Nichtsnutz. Ich habe Fehler gemacht. Und ich wollte allen beweisen, dass ich nicht nur aus Fehlern bestehe. Dass ich

Aufgaben bewältigen kann und zuverlässig bin."

„Und was wolltest du mir beweisen?"

„Dir?" Sie brachte ihn aus der Fassung. Auch jetzt, wenn er ihr in die Augen blickte, spürte er die Macht des Verlangens, die ihn zu verschlingen drohte. Er hätte ihr tausend Gründe nennen können. Der wichtigste Grund war wohl, dass seine nüchterne verlässliche Seite sich in ihrer Nähe in nichts auflöste. Und zurück blieb dieses dunkle wilde Tier. In ihrer Gegenwart hatte er nicht den Wunsch, sie in Ehren zu halten. Er hatte sich die Worte des Eheversprechens zu Herzen genommen. Nein, er verzehrte sich danach, sie zu besitzen. Er wollte sie als sein Eigentum brandmarken. Und es gelang ihm nicht, diese zerstörerische Macht zu bezwingen, so heftig er sich auch darum bemühte. Dabei hatte er gehofft, sich von dieser Begierde befreien zu können, wenn er seine Zuverlässigkeit und Beharrlichkeit mit eisernem Willen unter Beweis stellte.

„Ich habe England verlassen, um Kontrolle über mich zu erlangen, nicht um mich davon zu entbinden. Ich bin nicht in die Welt gezogen, um mir die Hörner abzustoßen, im Gegenteil."

Mittlerweile gelang es ihm, seine Begierden im Zaum zu halten. Er war der Herr, nicht seine animalischen Triebe, auch nicht seine unergründlichen dunklen Ängste.

Allerdings hatten die drei Jahre, in denen er sich selbst eiserne Disziplin auferlegt hatte, nichts an seinen Gefühlen für Kate geändert. Vielmehr war sein Verlangen nach ihr gewachsen.

Aber das konnte sie nicht verstehen. Er hielt ihre zarten Finger immer noch in seiner Hand, und sie blickte zu ihm hoch, ohne zu ahnen, in welcher Gefahr sie sich befand.

Seufzend schüttelte sie den Kopf. „Wie dem auch sei", sagte sie resigniert. „Jedenfalls hast du nicht an mich gedacht, als du fortgingst."

„Doch, das habe ich", widersprach er mit belegter Stimme. „Ich habe an dich gedacht … sehr oft sogar."

Sie sah ihn mit schräg gelegtem Kopf an, die Lippen geschürzt.

„Du bezweifelst, dass du mir vertrauen kannst“, fuhr er fort. „Aber du kannst mir vertrauen.“ Sie konnte nicht ahnen, dass er von ihrem Geheimnis wusste. Und ihm lag daran, dass sie ihn aus freien Stücken darin einweihte. Er wartete.

„Ich vertraute dir“, begann sie bedächtig. „Sonst hätte ich dich nicht geheiratet. Ich vertraute dir, dass du mein Vermögen nicht verschleuderst. Und ich vertraute dir, dass du mir keine Gewalt antust.“ Ihre Stimme wurde leiser. „Ich vertraue dir so weit, um meine ehelichen Pflichten zu erfüllen. Und ich vertraue auch darauf, dass dir mein Wohlergehen am Herzen liegt. Aber du sagst selbst, dass uns eine erzwungene Ehe verbindet. Warum sollte ich also noch mehr Vertrauen zu dir haben?“

„Weil …“ Ned zögerte. Die Wahrheit traf ihn plötzlich wie ein Schlag ins Gesicht.

Er konnte ihr keine Gründe nennen. Sie hatte recht. Bei seiner Flucht hatte er nur an sich gedacht und an das, was er sich beweisen wollte. Und wenn er an sie gedacht hatte, drehten sich seine Gedanken ausschließlich um die Vorstellung, was sie ihm bedeutete.

Selbst jetzt hatte er nur im Kopf gehabt, sie in seinem Bett zu haben.

Wieso diese Ausflüchte? In seiner Selbstsucht dachte er auch in diesem Moment an nichts anderes, als ihr die Kleider vom Leib zu reißen. Er stellte sich vor, wie er ihre nackten Brüste küsste, jedes Fleckchen ihrer Haut streichelte. Er war drauf und dran, jede Beherrschung zu verlieren, für die er so hart gekämpft hatte. Immer noch hielt er ihre Hand, drückte sie wie ein zerknittertes Taschentuch, spürte ihre zitternden Finger.

Ja, er war ein selbstsüchtiger Schuft gewesen. Er beugte sich näher. In der Bewegung streiften ihre Röcke seine Hose. Einen beglückenden Moment lang spürte er ihre süßen Rundungen, ein Hauch ihrer Rosenseife wehte ihn an. Ein winziges Stück näher und er würde besitzen, wonach er sich sehnte.

Eine berauschende Sekunde lang war er in Versuchung, seiner Selbstsucht zu erliegen. Aber nein. Er hatte sich unter Kontrolle.

Widerstrebend ließ er ihre Hand los; sie streckte und krümmte ihre taub gewordenen Finger. Sie wusste nicht einmal, wie gefährlich nahe sie daran gewesen war, mitten auf der Wiese von ihm genommen zu werden.

„Du hast recht“, hörte Ned sich sagen. „Du hast vollkommen recht. Ich an deiner Stelle würde mir auch nicht trauen.“

Sie bekam große runde Augen.

Er deutete eine Verneigung an und wandte sich zum Gehen. Doch etwas hielt ihn zurück.

„Du hast recht“, wiederholte er. „Ich habe dir keinen Anlass gegeben, mir zu vertrauen. Aber Kate ...“ Er hob die Hand und berührte ihren Mundwinkel mit dem Daumen. „Kate“, wiederholte er. „Das wird sich ändern. Ich verspreche es dir.“

Ned drückte ihr die Tüte Pfefferminzpastillen in die Hand und entfernte sich mit langen Schritten.

Er hatte nie einen Gedanken daran verschwendet, was es bedeutete, verheiratet zu sein. Seine ehelichen Pflichten hatte er vor dem Traualtar ausgesprochen: Sorge für ihr leibliches Wohl, Beistand in guten wie in schlechten Tagen und, wenn nötig, Kinder in die Welt zu setzen. Harcroft war der beste Beweis dafür, dass es wesentlich schlechtere Ehemänner gab als ihn.

Wenn eine Frau allerdings von ihrem Ehemann nichts Besseres zu berichten wusste als die Tatsache, dass er sie nicht verprügelte, so hatte Ned kläglich versagt.

Er hatte längst eingesehen, dass er England zu früh nach der Hochzeit verlassen hatte, hatte sich von Kates vornehmer Zurückhaltung und ihrem gespielten Gleichmut ebenso blenden lassen wie Harcroft sich von ihrer zur Schau getragenen Geistlosigkeit.

Und noch eine Erkenntnis traf ihn wie ein Schlag auf dem

Weg zu den Ställen.

Sie hatte ihn damals begehrt, ohne sich ihre Gefühle anmerken zu lassen. Wie mochte ihr dabei zumute sein, ihr ganzes Leben lang eine Maske zur Schau tragen zu müssen? All ihre Wünsche und Träume unter Seide und Spitzenrüschen zu vergraben? Im Wissen, dass niemand, weder ihr Ehemann noch ihre Familie, ahnte, wer sich hinter dieser Maske verbarg?

Kate war eigenwillig. Sie war stark. Und sie war unendlich einsam. Er könnte mehr für sie tun, als nur ihre und seine körperlichen Bedürfnisse zu befriedigen. Er könnte ihr mehr bedeuten, als nur der Versorger ihres leiblichen Wohles zu sein. Er aber hatte Kate im Stich gelassen wie ein gefühlloser Bauerntölpel.

Dennoch, eines Tages könnte er der Fels sein, auf den sie baute. Er könnte die Schulter sein, an die sie sich lehnte. Sie wollte Beweise? Er könnte damit beginnen, sie wissen zu lassen, was sie ihm bedeutete.

Ned ballte die Hand zur Faust und starrte lange auf seine gekrümmten Finger. Er dachte an Kraft und an Macht. Ließ all seine Versagensängste aufleben, die ihn einst gelähmt hatten, sah sie wie einen schwarzen harten Ball in seiner Hand, all die furchterregenden Dämonen, die ihn quälten. Und dann hob er den Arm, holte schwungvoll aus und schleuderte seine Ängste weit von sich. Er blickte der imaginären schwarzen Kugel nach, die hoch über die Stallungen flog, weiter segelte über das Haus in der Ferne, bevor sie mit einem dumpfen Schlag zur Erde fiel und in tausend Stücke zerbarst wie ein getrockneter Lehmbrocken.

Zugegeben, Einbildung und billige Zaubertricks. Aber er wollte nie wieder zulassen, von seinen nagenden Zweifeln zerfressen zu werden. Es blieb ihm keine Zeit, sich noch länger damit zu befassen.

Es war höchste Zeit, der Ehemann zu werden, der er sein wollte.

10. KAPITEL

„Ich weiß, was Sie im Schilde führen."
Die tiefe Stimme empfing Kate, als sie die Halle betrat. Sie hatte Champion noch eine Weile in der Koppel beobachtet, bevor sie verwirrt und betrübt den Heimweg antrat. Nun blieb sie auf der Schwelle stehen, bis ihre Augen sich an das Halbdunkel gewöhnt hatten und sie Harcroft wahrnahm, der sie, gegen eine Säule gelehnt, fixierte. Erst als er aus dem Schatten trat, konnte sie seine Gesichtszüge erkennen. Ein spöttisches Lächeln umspielte seine Mundwinkel.

Kates Seidenstrümpfe waren nass geworden in der abendlichen Feuchtigkeit, die vom herbstlichen Gras aufstieg. Der Earl musterte sie von Kopf bis Fuß. Instinktiv zog sie das Schultertuch schützend höher, das ihr lose über die Arme hing.

Er trug eine Hausjacke und weiche Lederpantoffeln. Aus der Pfeife in seiner Hand stiegen feine Rauchkringel; offenbar war er soeben aus dem Rauchsalon gekommen. Es wäre töricht, ängstlich die Treppe hinauf zu fliehen. Noch törichter war ihr Wunsch, Ned bei sich zu haben, um ihr Schutz zu geben.

Ihr Ehemann hatte sie wieder einmal im Stich gelassen.

Kate holte tief Atem. Harcroft konnte nicht ahnen, was sie getan oder was sie vorhatte. Sie durfte nicht aus der Rolle fallen.

„Grundgütiger, Mylord", entgegnete sie liebenswürdig. „Wie konnten Sie das nur erraten? Vielleicht wegen meiner nassen Schuhe? Oder dem schmutzigen Saum meines Kleides?" Es fiel ihr schwer, ihr Lächeln beizubehalten, während ihr zumute war, als blicke sie in den aufgerissenen Schlund eines ägyptischen Krokodils.

Harcroft trat einen Schritt auf sie zu.

„Nun ja, immerhin ist es bald Zeit zum Dinner." Widerstrebend nahm sie das Tuch von der Schulter, faltete es sorgsam und näherte sich der Konsole, um es abzulegen. „Wie auch immer, Sie müssen mir sagen, was Sie auf die Idee brachte, dass ich im Begriff bin, mich umzukleiden. Ich denke, ich trage heute Abend das blaue Satinkleid. Meinen Sie, die Perlenkette meiner Mutter sieht gut dazu aus? Wenn Sie mich nun bitte entschuldigen …"

„Entschuldigen?" Seine Stimme klang wie ein gefährliches Grollen. „Dafür gibt es keine Entschuldigung."

In gespielter Bestürzung sah sie ihn an. „Oh, wenn Sie gegen die Perlenkette sind …"

„Sie halten sich wohl für sehr schlau, wie? All dieses Getuschel hinter vorgehaltener Hand und die kichernden Bemerkungen. Glauben Sie nur nicht, mir wäre das alles entgangen, Sie geistlose Person."

Kate weitete entrüstet die Augen. „Du liebe Güte! Mäßigen Sie sich, Harcroft. Ich habe zwar Verständnis für Ihr angegriffenes Nervenkostüm wegen dieser leidigen Sache. Dennoch muss ich darauf bestehen, dass Sie mir in meinem Haus den nötigen Respekt entgegenbringen."

Ohne auf ihre Zurechtweisung einzugehen, fuhr er schneidend fort: „Ich weiß, dass Sie mit meiner Frau über Dinge gesprochen haben, die unter Eheleuten bleiben sollten. Zweifellos hat sie Ihnen ihre Version aus weiblicher Sicht geschildert, in der für Frauen typischen Art, um mich in möglichst schlechtem Licht erscheinen zu lassen." Er spuckte die Worte *weiblich* und *für Frauen typische Art* hasserfüllt aus, als handle es sich um Schimpfworte der übelsten Sorte.

Wenn er glaubte, sie habe sich damit begnügt, über ihn zu reden, hatte er tatsächlich keine Ahnung.

Schamhaft errötend senkte Kate den Blick. „Du liebe Güte. Sie meinen … das ist Ihnen also zu Ohren gekommen? Wie peinlich. Kein Wunder, dass Sie unhöflich sind. Nun ja, verheiratete Damen reden nun mal über das eheliche Schlafzimmer, da wir keine anderen Vergleichsmöglichkeiten haben. Und Seitensprünge wären ja auch geschmacklos. Also müssen wir uns mit Klatsch begnügen."

„Klatsch über das eheliche Schlafzimmer? Aber ich rede von ...“

„Ich kann Sie beruhigen“, fuhr Kate unbeirrt fort, „das liegt Jahre zurück. Louisa war neugierig, und auch ich hatte Fragen. Es war ein harmloser Erfahrungsaustausch, nichts weiter. Als Louisa an die Reihe kam, war es Lady Moncrieff, die den etwas taktlosen Vergleich mit einer verschrumpelten Karotte anführte. Ich habe diese Sache niemals mit einem Wort erwähnt, das kann ich beschwören.“

Harcroft erstarrte, fuhr sich nervös mit der Zunge über die Lippen und warf unstete Blicke durch den Raum, als wolle er sich vergewissern, dass niemand lauschte. „Eine ... eine verschrumpelte Karotte?“

„Glauben Sie mir, es wäre mir zu peinlich gewesen, mich an einem derart indiskreten Gespräch zu beteiligen. Eine Dame sollte nicht über welkes Wurzelzeug im Zusammenhang mit einem Gentleman sprechen. Aber ich verstehe Ihren Tadel nur zu gut und entschuldige mich tausendmal. Wenn Damen sich gelegentlich zum Kaffeekränzchen treffen, geht schon mal die weibliche Natur mit uns durch, und wir lassen uns zu Indiskretionen hinreißen.“

„Damen treffen sich zum Kaffeekränzchen und diskutieren über ... über ...“

Sein herrisch herausforderndes Gehabe schrumpfte in sich zusammen – wie eine verschrumpelte Karotte, stellte Kate mit einiger Genugtuung fest. Er warf wilde Blicke durch die Halle, als befürchte er, aus jedem Winkel falle eine Schar kreischender Damen über ihn her.

„Deshalb sollten Sie nicht gleich die Fassung verlieren. Wir sprachen nur ein paar Minuten über Gemüse. Und ich bin mir sicher, keine der Damen entsinnt sich noch dieses Gesprächs.“

Er wirkte etwas besänftigt.

„Im Übrigen“, plapperte Kate munter weiter, „verblasste dieser Vergleich durch Lady Lannisters Bemerkung über eine Magd ...“

„Eine *Magd*!"

„... die Schmutzwäsche gegen ein Waschbrett schlug."

Darauf wusste er nichts zu sagen. Der Unterkiefer klappte ihm herunter. Er trat einen Schritt zurück. „Das ist doch nicht ... nein ... Haben *alle* an so etwas gedacht, wenn sie mich sahen?"

„Was gedacht? An eine verschrumpelte Karotte?" Kate hielt Daumen und Zeigefinger in kleinem Abstand hoch.

Harcroft erbleichte.

„Nein", beteuerte Kate im Brustton der Überzeugung. „Keineswegs."

Hörbar stieß der Earl den Atem aus.

„Es gab noch andere Beschreibungen", erklärte sie heiter. „Höchst anschaulicher Natur."

In blankem Entsetzen starrte er auf den Abstand zwischen ihren Fingern. „Sehen Sie, was Sie mit Ihren haltlosen Spekulationen angerichtet haben?", stieß er empört hervor. „Sie haben eine gute, eine *gehorsame* Frau auf dumme Gedanken gebracht und ihr den Floh ins Ohr gesetzt, ihre Ehe in Zweifel zu ziehen. Und diese Zweifel, die *Sie* ihr eingeflüstert haben, haben ihren Geist verwirrt." Diese Spur lenkte seine Gedanken offenbar vom Wurzelgemüse ab. Nachdem er sich von der grauenvollen Vorstellung seiner möglichen Unzulänglichkeit erholt hatte, fand er wieder zu seiner Schimpftirade zurück. „Ihr Frauen mit euren widerwärtigen Vergleichen – *ihr* seid daran schuld, dass sie mich verlassen hat."

„Welche Vergleiche? Aber nein, Sir! Das waren doch eigentlich nur Metaphern."

Kate fiel ein Stein vom Herzen. Er war ahnungslos, glaubte lediglich, sie habe sich Louisas Klagen über seine mangelnde Manneskraft angehört. Wüsste er, dass Kate jeden Schritt der Flucht seiner Gattin sorgsam geplant und durchgeführt hatte, hätte er ein stärkeres Wort als *widerwärtig* gefunden.

„Hören Sie auf, mich so anzusehen, um Himmels willen", fuhr er sie schneidend an. „Das ist ja ... geradezu ungebührlich."

Wesentlich ungebührlicher war das, was er seiner Frau angetan hatte. Kate durfte allerdings nicht riskieren, dass Harcroft sie für fähig halten könnte, einen eigenen Gedanken zu fassen, wobei er diese Fähigkeit vermutlich keiner einzigen Frau zugestand.

„Ich verstehe Ihren Unmut. Aber versuchen Sie doch, Einsicht zu haben. Ich habe mich nie an solchen Gesprächen beteiligt. Sie und ich, wir mögen vielleicht nicht die besten Freunde sein, aber ich bin mit Louisa befreundet und will ihr helfen." Jedes Wort entsprach der Wahrheit. Und sie hatte sich auch nicht an besagtem Gespräch beteiligt, weil sie vor Lachen kein Wort hervorgebracht hatte.

Er beäugte sie missgestimmt. Ehe er zu einer Entgegnung ansetzen konnte, wurden Schritte laut.

„Harcroft?" Lord Blakely tauchte hinter ihm auf. „Gut. Ich habe dich gesucht. Interessante Neuigkeiten aus London. White hat die Spur einer Frau ausfindig gemacht – ein Kindermädchen –, die aus ihrer Wohnung in Chelsea verschwunden ist."

Harcroft wirkte verwirrt. „Chelsea? Aber ich war mir so sicher ..." Er stockte. „Ich dachte ... Na ja, egal."

Kate hörte mit ernster Miene zu. Keiner der Herren durfte Verdacht schöpfen, dass sie es war, die ein Kindermädchen ausfindig gemacht hatte sowie ein Stubenmädchen, das eine auffallende Ähnlichkeit mit Louisa aufwies, und beide Frauen in eine Postkutsche in den Peak District der Grafschaft Yorkshire gesetzt hatte. Ein bravouröses Ablenkungsmanöver. Und nun mussten die Herren ihr nur noch den Gefallen tun, dieser Spur zu folgen.

„Ein interessanter Hinweis", wiederholte Lord Blakely stirnrunzelnd. „Nun gilt es zu entscheiden, wie wir vorgehen." Damit machte er kehrt und verschwand im Korridor.

Harcroft warf Kate einen letzten bösen Blick über die Schulter zu. „Ich muss mich entschuldigen", sagte Kate mit gedämpfter Stimme. „Der Vergleich mit der Wäscherin war sehr unfair. Ich hätte ihn nicht erwähnen dürfen."

Er nickte knapp. „Entschuldigung angenommen."

Kate blickte den Herren hinterher, bis ihre Schritte im glänzend polierten Korridor verklangen und eine Tür hinter ihnen ins Schloss fiel.

„Ein höchst unfairer Vergleich", erklärte sie der leeren Halle. „Schließlich knetet eine Wäscherin ihre Wäsche länger als zwei Minuten."

„Wie wollen wir also vorgehen? Sollen Jenny und ich nach Chelsea reisen, während du hier die Stellung hältst, Harcroft?"

Bei der Frage seines Cousins rutschte Ned unruhig auf seinem Stuhl hin und her. Kurz nach seiner Rückkehr von der Weide hatte der Rat sich versammelt. Jenny, Harcroft, Gareth und Ned saßen an dem langen Mahagonitisch. Auffallend war, dass Neds Ehefrau nicht an dem Treffen teilnahm. Harcroft hatte nicht davon gesprochen, sie dazuzubitten. Angesichts der Informationen, die Ned mittlerweile vorlagen, war er froh um ihre Abwesenheit.

Ihm gegenüber saß Jenny, die schmallippig in Harcrofts Richtung blickte. Der Earl war Neds Freund, bis vor Kurzem, nicht unbedingt der von Jenny und Gareth. Ned hatte ihm die Blakelys vorgestellt und ihn um Unterstützung gebeten, das Paar in die Gesellschaft einzuführen. Ohne Harcrofts Fürsprache wären sie womöglich auf eisige Ablehnung gestoßen. So aber mussten sie nur ein paar Monate argwöhnische Blicke und Getuschel ertragen, und auch das verstummte, sobald der neueste Skandal ruchbar wurde. Jedenfalls fühlte Jenny sich Harcroft gegenüber gewissermaßen verpflichtet, und es lag ihr zweifellos daran, diese Rechnung zu begleichen.

Mehr als eine Verpflichtung empfand sie allerdings nicht für Harcroft.

Vielleicht quittierte sie den Vorschlag ihres Gemahls deshalb mit einem Kopfschütteln. „Gareth", wandte sie schließlich ein. „Wir sind bereits mehrere Tage unterwegs. Wenn wir jetzt nach Chelsea reisen ..."

Auf dem Tisch lagen Papiere. Berichte von Gareths Sekretär neben Harcrofts selbst gefertigter Umgebungskarte, in der die Nadeln steckten.

Gareth wandte sich seiner Frau zu. Sein stark ausgeprägtes Verantwortungsgefühl gebot ihm, vor keiner Aufgabe zurückzuweichen, um nicht als Drückeberger zu erscheinen. „Jemand muss nach Chelsea reisen", erklärte er. „Jemand, dem wir vertrauen können."

Harcroft nickte.

Nervös trommelte Jenny mit den Fingern auf der Tischplatte, aber sie schwieg.

Sie musste ihre Gedanken nicht in Worte fassen, jedenfalls nicht für Ned. Die meisten Damen des *ton* hatten keine Bedenken, ihre Sprösslinge der Obhut eines Kindermädchens zu überlassen. Jenny indes war als kleines Mädchen von ihrer eigenen Mutter sträflich vernachlässigt worden, und die Vorstellung, sich ebenso zu verhalten, war ihr unerträglich. Ihren zwölf Monate alten Säugling für ein paar Wochen fremder Fürsorge zu überlassen, käme für sie nicht infrage.

„Ich könnte alleine reisen", erbot sich Gareth und rieb sich das Kinn. „Allerdings weiß ich nicht, ob es mir gelingt, dass die Menschen sich mir öffnen und frei reden."

Wenn es um Beistand und Verpflichtung ging, so war Ned jetzt gefragt. Er war mit Jenny seit vielen Jahren befreundet. Und Gareth hatte ihm aus so mancher Patsche geholfen, in die er sich in seiner Jugend gebracht hatte. Wenn ihm wirklich etwas an den beiden lag, durfte er nicht zulassen, sie auf eine falsche Spur zu setzen, die nur in die Irre führte.

„Wollen wir uns tatsächlich über so eine Kleinigkeit wie die Reise nach Chelsea Gedanken machen, die höchstens zwei Wochen dauert, wenn es doch darum geht, meine Ehefrau zu finden?", fragte Harcroft mürrisch.

Jenny mied seinen Blick.

In Harcrofts Anwesenheit durfte Ned nicht mit der Wahrheit herausrücken, sondern musste sich ein geschicktes Ablenkungsmanöver ausdenken. Wenn ihm das gelang, würde nie wieder ein Mensch behaupten können, er sei zu nichts zu gebrauchen. Am allerwenigsten er selbst.

„Du hast völlig recht, Harcroft", hörte Ned sich sagen.

Alle drei Gesichter wandten sich ihm zu. „Die Angelegenheit ist zu wichtig, um sie auf die leichte Schulter zu nehmen. Ich schlage vor, Harcroft, du reist selbst nach Chelsea." Er wandte sich an seinen Cousin. „Ihr beiden kehrt am besten nach Blakely Manor zurück. Es liegt näher an London. Von dort könnt ihr, sobald sich Neuigkeiten ergeben, an den Ort reisen, wo ihr gebraucht werdet."

Harcroft schwieg nachdenklich, dann schüttelte er den Kopf. „Nein, der Vorschlag taugt nichts. Ich muss hierbleiben, um die Gegend gründlich zu erforschen. Falls es sich bei der Frau, die in der Nähe gesehen wurde, tatsächlich um Louisa handelt, darf sich ihre Spur nicht verlieren. Dieses Risiko kann ich nicht eingehen."

„Wenn du mir den Einwand gestattest, Harcroft, halte ich es für vernünftiger, wenn ich hier Nachforschungen anstelle, da ich die Bewohner kenne und sie mich. Im Übrigen …", Ned kam sich ein wenig schäbig vor, aber unter diesen Umständen war jede Lüge der Wahrheit vorzuziehen, „… kannst du mir vertrauen, in deinem Sinne zu handeln."

Jenny verengte die Augen, und Ned fixierte die Nadeln auf der Landkarte. Er war nie ein guter Lügner gewesen, und Jenny hatte eine verdammt gute Beobachtungsgabe. Er durfte sich jetzt nicht auf eine Debatte mit ihr einlassen. Nun galt es einzig, Harcroft zu überzeugen.

Also setzte er seiner Rede noch die Spitze auf. „Außerdem steht zu befürchten, dass Lady Blakely sich durch weibliche Interessen ablenken ließe. Und dieser Sache muss größtmögliche Aufmerksamkeit gewidmet werden."

Selbst Gareth hob verdutzt den Kopf über diese phänomenale Heuchelei.

„Ned, versuchst du etwa, mich zu provozieren?“ Jennys Tonfall hatte eine gefährliche Note angenommen.

„Wir reden später darüber“, antwortete er, hielt den Blick dabei allerdings auf Harcroft gerichtet.

Der erwiderte seinen Blick. Eine Eigenschaft des Earls, der keinen Sinn für Humor besaß, bestand darin, dass er auch Sarkasmus nicht durchschaute. Nichts deutete darauf hin, dass ihm etwas an Neds unaufrichtiger Rede verdächtig erschien. Es gab für Ned also nichts weiter zu tun, als die Aufgaben zu verteilen, ohne sich seine Erleichterung anmerken zu lassen.

Nach einer Weile verließ Gareth das Zimmer, um den Dienstboten Anweisungen zu geben, die Koffer zu packen. Jenny blieb während des weiteren Gesprächs stumm. Ned spürte nur ihre Blicke auf sich.

„Ha.“ Harcroft rieb sich die Hände.

Es war nicht kalt im Zimmer, dennoch rieselte Ned ein Frösteln über den Rücken.

Der Earl neigte sich ihm zu und raunte: „Pass auf deine Frau auf, Ned. Ich weiß, du willst meine Warnungen nicht hören. Aber ich habe mit der Dienerschaft gesprochen. Sie verließ zweimal letzte Woche das Haus zu Spaziergängen – zu ausgedehnten Spaziergängen, wohlgemerkt. Und vor unserer Ankunft hat sie offenbar eine Nacht außer Haus verbracht.“

„Harcroft, dies ist nicht der richtige Zeitpunkt, um Spekulationen über …“

„Nein.“ Harcroft erhob sich und rieb sich wieder die Hände, als wasche er sie in Unschuld. „Ein Gentleman stellt keine Vermutungen über die Neigungen einer Dame an. Die Tochter eines Dukes ist schließlich keine … keine Spülmagd, deren Verhalten Anlass zu Tadel geben könnte.“ Er zog die Oberlippe hoch und entblößte seine makellosen Zähne. „Ich rate dir allerdings, während deiner Suche nach meiner Frau auch deine eigene im Auge zu behalten.“

„Um Kate mache ich mir keine Sorgen. Ich vertraue ihr.“

„Nun denn.“ Harcroft schlenderte zur Tür. „Jedem das

Seine. Ich denke, ich werde morgen früh abreisen. Und Sie, Lady Blakely?"

„Wenn wir rechtzeitig losfahren, erreichen wir noch vor Mitternacht Blakely Manor." Jenny senkte den Blick, und Ned spürte, dass sie noch etwas auf dem Herzen hatte. Sie schwieg, bis Harcrofts Schritte draußen im Flur verklungen waren.

Ned wusste, dass ihm eine Prüfung bevorstand. Harcroft konnte er an der Nase herumführen und auch Gareth etwas vormachen. Jenny hingegen war darin geschult, hellhörig winzige Kleinigkeiten zu beachten, die auf versteckte Unehrlichkeit hinwiesen. Ihr Lügen aufzutischen, war gewiss nicht leicht.

„Wir haben kaum von Kate gesprochen", sagte sie schließlich. „Sie ist zwar nicht meine beste Freundin, aber darf ich fragen, ob zwischen euch beiden alles in Ordnung ist?"

„Im Grunde genommen ja."

„Wenn das eine Antwort sein soll, fresse ich einen Besen." Herausfordernd sah sie ihn an, und Ned schmunzelte.

„Da bin ich gespannt."

Sie lächelte dünn, ließ sich indes nicht ablenken. „Das ist eine heikle Situation. Mir liegt nur daran, zu erfahren, ob es dir gut geht, Ned. Du hast es schließlich verdient." Sinnend betrachtete sie ihre Fingernägel.

„Tatsächlich? Ist das alles, was du mir sagen wolltest?"

„Natürlich. Dein Wohlergehen liegt mir am Herzen, wie du weißt."

„Früher waren deine Versuche geschickter, mir Geheimnisse zu entlocken."

Sie hob den Blick und lächelte. „Wie ich sehe, bist du erwachsen geworden. Verrätst du mir, warum du Harcroft und Gareth loswerden willst?"

Ned überlegte kurz. „Nein."

Sie lächelte immer noch. „Möchtest du mir deinen Verdacht anvertrauen?" Sie schlug einen Plauderton an, als handle es sich um eine Belanglosigkeit, die mit wenigen Worten abzutun wäre. Würde er sich ihr anvertrauen, würde sie ihm helfen, ja sogar darauf bestehen, genau wie Gareth. Aber so sehr Ned die beiden schätzte, ihre Hilfe wollte er nicht in Anspruch nehmen. Er verweigerte jede Einmischung in seine Beziehung zu seiner Frau.

Immer noch hatte er das Bedürfnis, sich zu beweisen.

Im Übrigen wollte Jenny heim zu ihrem Kind.

„Verdacht?", wiederholte Ned.

Sie legte den Kopf schräg. Ned zwang sich unter ihrem prüfenden Blick zur Ruhe, zählte seine Atemzüge und entspannte die Schultern.

„Mein Verdacht", sagte er dann, „ist meine Sache. Sobald ich mehr weiß, lasse ich es dich wissen, verlass dich darauf."

Und das war aufrichtig gemeint. Die spärlichen Beweise, die ihm bisher vorlagen, wollte er noch nicht preisgeben. Erst wenn er sich einen klaren Überblick über die Zusammenhänge verschafft hatte, wollte er Jenny ins Vertrauen ziehen.

„Übrigens", erklärte sie leichthin, „äußerte Harcroft in deiner Abwesenheit die Vermutung, Kate treibe ein böses Spiel mit ihm. Ihr schlechter Einfluss könne seine Frau veranlasst haben, ihn zu verlassen."

Jede Antwort – oder keine Antwort – würde zu viel verraten. Ned rieb sich das Kinn, als könne er Jenny damit ablenken, die ihn weiterhin prüfend musterte. Schließlich begegnete er ihrem Blick. „Weckt diese Bemerkung in dir Misstrauen gegen Kate oder gegen Harcroft?"

„Früher hast du meine Fragen nicht mit Gegenfragen beantwortet. Um ehrlich zu sein … ich weiß es nicht. Gegen keinen. Oder gegen beide. Keine Ahnung. Harcroft ist ein launenhafter Mensch und schwer zu fassen. Ich kenne mich mit ihm nicht wirklich aus."

Harcroft als launenhaft zu bezeichnen, glich in etwa der Feststellung, ein plötzlicher Wintereinbruch im August sei eine nicht nennenswerte Lappalie.

„Er würde es zwar niemals zugeben", fuhr Jenny fort, „aber dieses Missgeschick hat ihn völlig aus der Bahn geworfen.

Wäre er eine Frau, würde ich sagen, er steht am Rande eines Nervenzusammenbruchs. Ich weiß nicht, wie ich es anders ausdrücken soll, aber ich glaube, er liebt Louisa. Er brach in Tränen aus, als er uns von ihrem Verschwinden berichtete. Er weinte, Ned. Stell dir vor, dieser hochfahrende Mann brach in Tränen aus. Es gab Momente, da hätte ich ihn am liebsten geohrfeigt. Ständig ließ er kleine Spitzen gegen seine Frau fallen. Und dann bricht er in Tränen aus."

„Und du?"

„Ich kenne weder Louisa noch ihren Ehemann gut genug, um zu weinen. Wenn diese Information aus Chelsea zu nichts führt … müssen wir einfach abwarten und hoffen, dass Louisa nichts zugestoßen ist." Sie legte den Kopf wieder schräg und fixierte ihn scharf. „Oder was meinst du?"

Jenny war es stets gelungen, ihm Geheimnisse zu entlocken. Aber jetzt …

Ned begegnete ihrem Blick und schüttelte bedächtig den Kopf. „Vertrau mir."

Sie seufzte. „Ned, ich weiß, dass du helfen willst. Aber diese Sache ist zu wichtig, um alleine damit fertig zu werden."

Er spürte, wie sein Magen sich zusammenzog, fühlte sich wieder wie der vierzehnjährige Knabe, der von seinem Großvater in verächtlichen Worten abgekanzelt wurde. Dass ausgerechnet Jenny sich nun ebenso verhielt …

„Wie bitte?", fragte er scharf. „Willst du damit sagen, ich könne keine Verantwortung übernehmen?"

„Nein, natürlich nicht. Aber die Situation ist so verfahren. Gareth und ich stehen in Harcrofts Schuld. Uns liegt daran, diese Schuld zu begleichen und …"

„Ja. Genau das ist der Punkt. Wieso behauptest du, du vertraust meinen Worten, um mir letztlich doch nicht zu vertrauen. Genauso gut könntest du sagen: ‚Vielen Dank, Ned, dass du eine Situation bewältigen willst, mit der du nicht fertig wirst. Nun mach nicht alles noch schlimmer, halte den Mund und lasse die Erwachsenen sich darum kümmern.'"

Jenny fuhr sich mit der Hand über die Stirn und seufzte.

„Auch wenn du es nicht wahrhaben willst, Jenny, ich bin ein erwachsener Mann. Ich weiß genau, wie schwierig und gefährlich diese Situation ist. Und es ist mir nicht entgangen, dass du dich Harcroft gegenüber verpflichtet fühlst. Ich will auch kein Exempel statuieren, um mir etwas zu beweisen. Diese Situation ist wesentlich heikler, als du dir vermutlich vorstellen kannst. Und wenn du ständig darin herumstocherst, bist du es, die eine komplizierte Situation nur noch schlimmer macht." Seine Hände zitterten.

Jenny bekam große Augen bei seinem Wutausbruch, lehnte sich zurück und verschränkte die Arme vor der Brust.

„Und wenn ich dich bitte, mir zu vertrauen", fuhr Ned gefasster fort, „verlange ich nicht von dir, eine Augenbinde anzulegen und einem dummen Jungen blinden Glauben zu schenken. Wann habe ich in den letzten Jahren übertrieben? Wann habe ich dir ein Versprechen gegeben und es nicht gehalten? Wann habe ich dein Vertrauen missbraucht?"

„Das hast du nie getan." Ihre Stimme klang belegt. „Es tut mir leid, Ned. Ich will dir nur Kummer ersparen, weil ich dich gern habe."

„Spar dir deine Gefühlsduselei. Diesmal, Jenny, werde ich dich retten. Und du bist still und lässt mich machen." Ned beugte sich über den Tisch und blickte ihr wütend in die Augen.

Unwillkürlich wich Jenny zurück.

Sofort bereute er seinen schroffen Ton. Jenny hatte ihn gern wie eine Schwester. Aber ihre geschwisterliche Fürsorge gab ihm das Gefühl, ein verwöhntes, in Watte gepacktes Kind zu sein.

Sie schlug reumütig die Augen nieder. „Ich glaube", sagte sie mit dünner Stimme, „ich will jetzt nach Hause zu meiner kleinen Rosa. Ich habe sie seit einer Woche nicht gesehen, und wir beide haben Sehnsucht nach ihr."

Hörbar stieß Ned den Atem aus.

„Einverstanden, Ned. Rette mich.“ Sie seufzte tief. „Aber wenn du diese Sache in den Sand setzt, nur weil du zu stolz bist, um unsere Hilfe anzunehmen, versohle ich dir den Hintern.“

Eine Welle der Erleichterung stieg in ihm hoch. „Sei unbesorgt“, sagte er leise. „Das wird nicht nötig sein.“ Er lächelte siegesgewiss. „Ich werde mein Bestes geben.“

11. KAPITEL

„Ich habe dir etwas zu sagen."

Kate, die den Blick gedankenverloren aus dem Fenster des Salons in die herbstliche Landschaft gerichtet hatte, drehte sich um. Ihre Finger krümmten sich um die Stickerei, mit der sie vorgab, beschäftigt zu sein. Ned stand lässig an den Türrahmen gelehnt da und lächelte.

Offenbar wollte er sie davon unterrichten, was in der Besprechung beschlossen worden war. Sie wusste nicht, ob sie froh darüber sein sollte, dass man sie ausgeschlossen hatte, oder gekränkt, weil man sie für nutzlos hielt. Sie war sich außerdem nicht sicher, ob Neds Gegenwart ihr Gefühl der Isolation verstärkte oder verringerte. Sein Lächeln schien allerdings wie ein Sonnenstrahl die dunklen Wolken ihrer trüben Gedanken zu durchdringen.

Hirngespinste. Sein Anblick führte ihr vor Augen, wie sehr ihre Beziehung im Argen lag. Sie wandte den Blick wieder aus dem Fenster zum Wiesenweg hinüber, den sie vor wenigen Stunden auf der Suche nach Ned eingeschlagen hatte. Nun tauchte die untergehende Abendsonne die braunen Stoppelfelder in goldenes Licht, und sie wollte nicht daran denken, was er ihr bei der Begegnung gesagt hatte.

Die Aufmerksamkeit, die er ihr entgegenbrachte, war eine flüchtige Anwandlung, eine Frage der Höflichkeit. Und was immer sich daraus entwickeln würde, sie fühlte sich alleingelassen. Einsamer denn je.

Sie hörte, wie er sich räusperte. „Gareth und Jenny reisen in einer halben Stunde ab. Harcroft bricht morgen früh nach Chelsea auf."

Erstaunt drehte sie sich zu ihm um. „Wieso das denn?"

Ned trat ins Zimmer und schloss die Tür hinter sich. „Ich habe es vorgeschlagen."

„Und wieso hast du es vorgeschlagen?" Kate spürte, wie ihre Hände zitterten. „Hat man Louisa gefunden?"

„Nein, Kate", antwortete er gedehnt. „Ich habe versprochen, selbst nach ihr zu suchen, da ich mich in der Gegend auskenne wie kein anderer, und regelmäßig über meine Fortschritte zu berichten."

Noch schlimmer. Nun war sie gezwungen, ihm aus dem Weg zu gehen und falsche Fährten zu legen. Harcroft zu belügen, betrachtete sie als ihre Pflicht Louisa gegenüber. Ned zu belügen, das stand auf einem ganz anderen Blatt.

„Und wirst du das tun?"

„Ich suche, bis sie gefunden ist", antwortete er sanft. „Gibt es vielleicht etwas, das du mir in dieser Sache sagen willst?"

Nichts. Sie konnte ihm nichts sagen.

Er trat neben sie. Die rötlichen Strahlen der Abendsonne tauchten sein Gesicht in warme Goldtöne.

„Wenn du mir etwas im Vertrauen beichten möchtest, hast du mein Wort, dass es unter uns bleibt."

Sein Wort? Sie wünschte so sehr, Vertrauen zu ihm haben zu können. Aber …

„Dein Wort, wie du es mir vor dem Traualtar gegeben hast?" Diese Frage stellte sie zunächst als Warnung für sich selbst. Denn es war töricht, auch nur in Erwägung zu ziehen, offen mit ihm zu sprechen; noch törichter war der Wunsch, ihm zu vertrauen. Sie hörte, wie er einatmete. „Nun bist du wütend, weil ich an dir zweifle."

„Wütend?", fragte er beinahe amüsiert. „Nicht unbedingt." Er legte die Hand an die Rückenlehne des Sofas, so nah an ihrem Gesicht, dass sie ihre Wange daran schmiegen könnte. Sie hob den Kopf, blickte ihm in die Augen und sah nichts Verdächtiges, nur diesen warmen braunen Glanz. Keinen Zorn. Keinen Unmut. „Ich fürchte, ich habe erst bei unserem Gespräch am Nachmittag wirklich begriffen, wie sehr ich dich verletzt habe."

Kate ertrug es nicht länger, ihm in die Augen zu sehen. Seine Worte kamen ihren Träumen, ihren heimlichen Wünschen zu nahe. Sie durfte sich keinen Illusionen hingeben, um nicht wieder enttäuscht zu werden. Schließlich hatte sie in leidvoller Erfahrung gelernt, dass ihre Ehe eine Sache der Vernunft war, die es zu ertragen galt. Mit Zorn und Unmut konnte sie umgehen. Aber Güte und Freundlichkeit nährten Hoffnungen, und Hoffnungen würden sie vernichten.

„Was siehst du eigentlich in mir, wenn du mich so anschaust? Ein verängstigtes, verletztes Geschöpf, eine enttäuschte Frau, die man zuvorkommend behandelt?"

Er blieb ihr die Antwort schuldig, umrundete das Sofa und trat vor sie hin. Nun musste sie ihn direkt ansehen. Wenn sie den Kopf senkte, würde er denken, sie sei tatsächlich verängstigt, und er könne sie immer noch verletzen. Also begegnete sie seinem Blick. Er nahm sie bei der Hand und zog Kate behutsam auf die Füße.

Ned war wesentlich größer als sie, und als er so dicht vor ihr stand, kam sie sich plötzlich winzig vor.

Sie hätte niemals von ihrer Angst sprechen dürfen, das las sie in seinen Augen, spürte es am Griff seiner Finger um ihr Handgelenk. Da ihr diese unselige Bemerkung dennoch entschlüpft war, fragte sie sich nun, was sie ihm noch gestehen würde? Dass ein verräterisches Sehnen sie drängte, sich an ihn zu lehnen, den Duft seiner Rasierseife zu atmen, sich der Berührung seiner Hände auf ihrer nackten Haut hinzugeben?

Vielleicht würde sie gestehen, dass ihre Angst sie daran hinderte, ihrem Sehnen nachzugeben, weil sie befürchtete, er würde sie wieder verlassen.

Kate versuchte, ihm ihre Hand zu entziehen, aber sein fester Griff fühlte sich an wie eine mit Samt umhüllte Eisenmanschette.

„Vielleicht siehst du ein bedauernswertes, hilfloses Geschöpf in mir." Sie versuchte wieder, sich ihm zu entwinden.

Er drehte sie sanft nach rechts. „Richte den Blick geradeaus", befahl er. „Mir ist, als sehe ich dich zum ersten Mal."

Kate blickte durch den Raum zu dem großen Spiegel über dem Kamin, sah ihre beiden Gestalten im verzierten Goldrahmen. Ned strahlte eine athletische Vitalität aus neben ihrer zierlichen Gestalt. Er hielt ihre Hand; sein anderer Arm lag leicht an ihrer Schulter. Zwei harmlose Berührungspunkte. Das Spiegelbild zeigte nicht, wie sehr seine Berührung sie versengte.

Kate erbebte innerlich. Sie spürte seine Körperwärme, den Hauch seines Atems in ihrem Nacken, vermochte den Blick nicht von seinen Augen im Spiegel zu wenden, die in verräterischer Heiterkeit funkelten.

„Nein", sagte er und drückte ihre Schulter leicht. „Schau nicht mich an. Schau dich an."

Kates hellblondes Haar wirkte beinahe silbern, ihr ovales feines Gesicht transparent. Das enge Mieder betonte ihre schmale Taille. Eingeschnürt in das Fischbeinkorsett, sah sie aus wie ein zierliches Porzellanpüppchen.

„Ich habe dich lange nicht mehr so angeschaut", sagte Ned leise. Sie sah im Spiegel, wie er die Hand hob, und dann strich sein schwieliger Daumen über die Kontur ihrer Wange. „Hier diese Linie: ein makelloser Schwung, stolz und beherzt. Und diese Linie …" Sein Finger glitt ihre Kinnpartie entlang, und Kate spürte, wie sich die feinen Härchen an ihren Armen aufrichteten. „Diese Linie sagt mir, dass du eine Frau bist, die sich nichts bieten lässt. Ich glaube, das habe ich immer schon gewusst."

Kate schluckte und spannte die Schultern an.

Zärtlich strich er mit der Hand darüber.

„Und deine Schultern." Sein Daumen erkundete ihr Schlüsselbein. „Ich habe sie nie von Angst gebeugt oder vor Müdigkeit eingefallen gesehen. Du trägst deine Schultern gerade, auch wenn dir schwere Lasten aufgebürdet werden. Dich verlässt niemals der Mut."

Seine Hand wanderte ihren Rücken hinunter, seine Wärme drang durch die Stoffschichten von Kleid und Korsett. Er schlang den Arm um ihre Taille, verschränkte seine Finger mit den ihren und drehte ihre Handfläche langsam nach außen.

„Wahrsagerinnen sollen die Gabe haben, die Zukunft aus der Hand zu lesen. Was könnte ich in deiner Hand lesen?“

Ihre Finger wirkten unendlich zart in seiner großen kraftvollen Hand. Eine sonnengebräunte Hand, die sie an lange Schiffsreisen in sturmgepeitschter See denken ließ, an abenteuerliche Expeditionen durch Urwälder und Wüsten, den Gefahren wilder Tiere ausgesetzt, an muskelbepackte, mit Macheten bewaffnete Piraten. Ihr war, als strahle die Hitze der Sonne, die sich in seine Haut eingebrannt hatte, jetzt auch auf sie aus.

Neben ihm …

„Ich wirke so klein“, sagte sie. *Und zerbrechlich. Ein feingliedriges Püppchen, das man in Watte packt, aus Angst, es könne zerspringen.* So hatte alle Welt sie wohl bisher gesehen.

„Ja, du bist graziös“, ergänzte er. „Graziös und unbezwinglich zugleich. Ich sehe kein Zittern deiner Hände, Kate, keine Angst, nichts Kleingeistiges.“

„Aber ich …“

„Und wenn ich dir in die Augen schaue“, fuhr er fort, „sehe ich die Furchtlosigkeit und Tapferkeit eines Erzengels.“

Er umfing ihre Finger, die sich, geborgen in seiner großen Hand, krümmten. „Deine Gefühle“, sagte er, „gehören dir. Und wenn du sie in deiner Seele verschlossen hältst, kann niemand sie sehen.“

Während er sprach, neigte er sich ihr zu, und sein Atem behauchte ihre nackte Haut im Nacken.

„Niemand muss sie sehen. Aber ich wünschte, du würdest sie mir zeigen“, raunte er.

Sie drehte den Kopf, um ihm in die Augen schauen zu können. Und das war ein Fehler, denn ihr Magen, der bereits flatterte, zog sich zu einem Knoten zusammen. Nur mit Mühe konnte sie den Blick von seinen Augen wenden und heftete ihn an seinen Mund, diesen schön geschwungenen, weichen und dennoch willensstarken Mund.

Nicht, dass er die Absicht hatte, sie zu küssen, das hatte er bereits getan. Allerdings prickelten ihre Lippen im Nachklang seiner Worte, seine Nähe entflammte ihre Sinne. Und so sehr sie sich vornahm, sachlich zu bleiben, alles nüchterne Denken schwand mit seinen Worten.

Als Kate ihre Lippen teilte, sich in seinen Armen umdrehte und auf die Zehenspitzen stellte, war ihr, als setze sie seine Worte lediglich in die Tat um.

Sie küsste ihn, nicht um ihn in die Knie zu zwingen, sondern weil er es geschafft hatte, ihr den Boden unter den Füßen wegzuziehen. Sie kostete von ihm, und er schmeckte nach Salz und Mann und Kraft. Und er erwiderte ihren Kuss ohne Vorbehalt.

Doch dann entzog er sich ihr. „Nein, Kate", raunte er. „Ich will dich nicht einschüchtern. Und ich will nicht, dass du Angst vor mir hast. Ich will dich ansehen und begreifen, was mir in diesen langen Jahren gefehlt hat. Du bist eine kriegerische Walküre."

Er drehte sie wieder zum Spiegel. Kate war den Tränen nahe.

Sie wollte nicht, dass ihre geheimsten Träume wahr wurden, wollte nicht wieder Hoffnung fassen. Aber es war zu spät. Ihre Sehnsucht war bereits entfacht.

„Das stimmt nicht ganz, fürchte ich", erklärte sie tapfer. „Als Walküre wäre ich ein Geistwesen und hätte keine Gefühle."

„In den Göttersagen", entgegnete er mit dunkler Stimme, „besiegt die Heldin den Drachen und enthauptet ihn. Und die Dorfbewohner jubeln ihr zu und errichten ein Freudenfeuer, und das Land ist für alle Ewigkeit von Dunkelheit befreit."

Seine Hände lagen warm und kraftvoll an ihrer Mitte. „Aber so etwas", fuhr er fort, „geschieht nur in der Sagenwelt. In unserer wirklichen Welt …"

Er lächelte ihr im Spiegel zu. In seinem traurigen Lächeln lag etwas Mystisches, als wolle er ihr ein tief verborgendes Geheimnis anvertrauen. Sie widerstand der Versuchung, ihren

Rücken an ihn zu lehnen.

„In Wahrheit“, flüsterte er, „sterben die Drachen nie, und kein Ritter in silberner Rüstung kann sie mit seinem Schwert erschlagen. Wahre Helden zähmen ihre Drachen. Deine Angst, meine …“ Er führte den Satz nicht zu Ende, und sein wehmütiges Halblächeln schwand. Hätte sie ihn nicht so forschend angesehen, wäre ihr dieses wechselnde Mienenspiel entgangen.

„Deine was?“, hakte sie nach.

„Ich bin nach China gegangen, um meine Drachen zu töten. Stattdessen habe ich sie gezähmt.“

„Ich dachte, deine Aufgabe in China sei es gewesen, Blakelys Investitionen in der East India Company zu überprüfen, um festzustellen, ob die Gerüchte der Wahrheit entsprachen.“

Er zuckte mit den Schultern, und Kate entsann sich seiner Worte. *Deine Gefühle gehören dir.* Und wo blieben seine Gefühle?

„Ist es wichtig, zu wissen, warum ich gegangen bin?“, fragte er. Er schien die Frage für rhetorisch zu halten, denn ehe sie antworten konnte, fuhr er fort: „Ich kann die Vergangenheit nicht ändern, Kate. Alles, was ich tun kann, ist, meine Fehler wiedergutzumachen. Du schreckst immer noch vor mir zurück, deine Erinnerung an den Schmerz, den ich dir zugefügt habe, ist immer noch wach. Und das will ich ändern. Wenn du also vor mir zurückweichst, werde ich nicht mit Ärger darauf reagieren. Du verdienst meine Geduld.“

„Und wo wirst du sein?“ Kates Stimme bebte. „In der Zeit, während du geduldig auf mein Vertrauen wartest, wo wirst du sein?“

„Wo ich sein werde?“ Sie spürte wieder den Hauch seines Atems. „Ich werde hier sein, wo ich die ganze Zeit hätte sein sollen. Wenn du denkst, deine Verteidigungswälle stürzen ein, richte ich sie wieder auf. Wenn du glaubst, du kannst nicht mehr stehen, gebe ich dir Halt, glaube mir. Ich hätte dich nie verlassen dürfen. Und wenn du erkennst, dass du nichts anderes tun musst, als dich anzulehnen …“

Der Griff seiner Hände um ihre Mitte festigte sich. Nein, sie erlag nicht der Versuchung, sich anzulehnen.

„Diesmal gebe ich dir Halt, wenn du dich anlehnst."

Oh Gott, sie war schutzbedürftig wie eh und je. Und gefährlich nah daran, Halt bei ihm zu suchen im Vertrauen darauf, dass er sie auffangen würde, wenn sie ins Wanken geriete. Sie wollte glauben, dass er sie diesmal nicht im Stich lassen würde … und darin bestand vermutlich die größte Gefahr.

Ich habe mich idiotisch verhalten, überlegte Ned, nachdem Kate gegangen war.

Nicht, weil er sie angesehen hatte. Es war auch nicht töricht, ihr ein Versprechen zu geben. Und der Kuss war beglückend, auch wenn er von ihr ausgegangen war.

Nein, die Dummheit war, dass er sich zu einem halben Geständnis hatte hinreißen lassen.

Deine Angst, meine …

Mehr hatte er nicht gesagt, nicht aus Argwohn, sondern nur, weil ihm das richtige Wort nicht in den Sinn gekommen war. Sein fehlender Wortschatz hatte ihn gerettet, nicht sein Stolz oder sein Schamgefühl. Ihre Angst, seine … Was war es denn, dieses schwarze Etwas, das ihm innewohnte? Es war nicht nur jener Moment des namenlosen Grauens, als gleißendes Sonnenlicht von Metall reflektiert wurde, ein Grauen, das ihn immer noch verfolgte. Aber davon musste Kate nichts wissen.

Torheit wäre eine mögliche Bezeichnung. *Dummheit* gleichfalls. Aber keiner dieser Begriffe umfing die Größe und Macht des Monsters, das Ned gezähmt hatte. Und nichts beschrieb die tiefe Dunkelheit, die in ihm lauerte.

Es war töricht. Es war dumm. Allerdings hatte er gelernt, seine Gefühle im Zaum zu halten, sie konnten ihm nichts mehr anhaben. Es war sein eigener Wahnsinn, sein eigener verborgener Drache. Kate würde niemals Vertrauen zu ihm finden, wenn sie um das Grauen der Bestie wüsste, die er vor ihr verborgen hielt. Sie hatte keine Ahnung, wie wertlos er einst gewesen war. Aber er würde allen beweisen, dass seine Vergangenheit keine Bedeutung mehr hatte.

Und solange er die Kontrolle bewahrte, musste kein Mensch je davon erfahren.

12. KAPITEL

Was für ein merkwürdiger Abend, dachte Kate, nachdem sie ihre Zofe weggeschickt hatte, die ihr beim Auskleiden behilflich gewesen war.

Nach Lord und Lady Blakelys Abreise erschien ihr Berkswift einsamer als in den Jahren, in denen sie das Herrenhaus allein bewohnt hatte. Vielleicht lag es auch daran, dass Harcroft eine weitere Nacht unter ihrem Dach verbrachte, der Ned noch stundenlang nach dem Dinner mit Einzelheiten seiner sinnlosen Suche zugesetzt hatte.

Vielleicht lag es aber auch daran, dass Kate immer noch Neds Hände und seinen Atem an ihrem Nacken zu spüren glaubte.

Diesmal, hatte er gesagt, *gebe ich dir Halt*.

Das war keine leere, leicht dahingesagte Floskel gewesen. Sie hatte die Wahrheit, die Entschlossenheit in seiner sanften Stimme gehört. Es war ihm ernst damit.

Aber in ihr blieb ein Rest Argwohn, der ihr aufkeimendes Vertrauen erstickte.

Kate hatte keine Ahnung, wie er reagieren würde, wenn sie ihm die Wahrheit über Lady Harcroft gestand. Würde Ned sie immer noch mit diesem warmen Glanz in den Augen ansehen, wenn er wüsste, dass seine Frau die Urheberin seiner vergeblichen Suche war?

Vielleicht würde er sogar ihre Partei ergreifen, sie unterstützen, ihr zu ihren ausgeklügelten Strategien gratulieren.

Kate seufzte. *Sei vernünftig!*

Nein. Die logische Folgerung wäre, dass er sich gegen sie stellte und Louisa ihrem Ehemann ausliefern würde. Er würde ihr Verhalten kopfschüttelnd missbilligen. Der Drachenbändiger wäre vergessen. Denn trotz der vermeintlichen Güte, die in seinen Worten anklang, sprachen seine Taten eine völlig andere Sprache.

Es war Nacht, und Kate war allein. Wieder einmal. Nach

dem bewegenden Gespräch über Vertrauen am Nachmittag vor dem Spiegel war ihre Ehe nach wie vor ein fadenscheiniges Zerrbild dessen, was sie sein könnte. Ein paar Küsse, ein paar Zärtlichkeiten – mehr nicht. In ihr war ein Gefühl der Leere, als sei sie eine ausgebrannte Hülse.

Und sie war ein Feigling, ein Angsthase wie eh und je.

Sie hatte seine Umarmung passiv über sich ergehen lassen, die Berührung seiner Hände genossen wie eine Blume, die ihren Blütenkelch nach dem Stand der Sonne drehte.

Wenn sie nichts unternahm, würde auch diese Erinnerung bald – wie die Tinte auf ihrer Heiratsurkunde – verblichen sein. Er hatte ihr Rückhalt und Hilfe versprochen, und dennoch weigerte er sich, zu ihr zu kommen.

Aber sie hatte auch seine unterschwellige Qual gespürt. Vielleicht war dies der Grund, warum er Abstand zu ihr hielt.

Alles, was Kate über den ehelichen Akt wusste, hatte sie vor Jahren aus eigener dürftiger Erfahrung gelernt und den getuschelten Gesprächen verheirateter Damen entnommen – die sich allenfalls in Andeutungen ergingen. Dennoch reichte ihre Vorstellungskraft aus, um sich ein Bild zu machen.

Männer, hatte man ihr erklärt, mussten sich regelmäßig Erleichterung verschaffen, die sie sich entweder bei ihren Ehefrauen oder ihren Mätressen holten. Andernfalls … nun, die Folgen waren nicht ausdrücklich zur Sprache gekommen, aber wenn dieser Punkt angeschnitten wurde, nickten die Damen einhellig. Wenn es etwas gab, worin die Damen des *ton* sich einig waren, dann über die Folgen jener betrüblichen Umstände, die sich bei Männern extrem unheilvoll auswirkten.

Nervenfieber? Vielleicht. Unerträgliche Schmerzen? Vermutlich. Irrationales Verhalten? Nun ja, das würde bei manchem Herrn einiges erklären.

Ned hatte behauptet, er habe keine andere Frau angefasst. Diese Behauptung erschien ihr nach den Aussagen ihrer Freundinnen unglaubwürdig. Sollte er ihr allerdings die Wahrheit gesagt haben, so musste er darunter leiden. Möglicherweise war das eine Erklärung für seine seltsame Scheu, mit ihr das Bett zu teilen, nachdem sie ihm ihre Bereitschaft deutlich zu verstehen gegeben hatte, ihre eheliche Pflicht zu erfüllen.

Irrationales Verhalten als Folge erzwungener Enthaltsamkeit würde vieles über ihren Ehemann erklären – und über etliche andere Männer.

Und wenn sie ihm Erleichterung seiner diesbezüglichen Nöte verschaffte, urteilte er vermutlich weniger hart über sie, sollte er entdecken, was sie getan hatte.

Ehe sie sich fragen konnte, ob sie den Schritt wagen sollte, trat sie an die Wäschekommode, in der seit Jahren ein in Seidenpapier gehülltes Nachthemd lag. Jenes Negligé, das sie erstanden hatte, als ihre Ehe noch jung und unschuldig war. Ein hauchdünnes Seidengespinst, das mehr über ihre Wünsche preisgab, als Worte es vermocht hätten.

Sie zog das züchtig hochgeschlossene Baumwollnachthemd aus und streifte sich das seidene Nichts über. Ihre Finger zitterten ein wenig, als sie die Satinschleife am Ausschnitt band. Obwohl das Kaminfeuer wohlige Wärme verbreitete, durchrieselte sie ein Frösteln.

Bald würde die Zimmertemperatur keine Rolle mehr spielen.

Beherzt näherte sie sich der Verbindungstür und riss sie auf. Im kalten Lufthauch, der ihr entgegenschlug, richteten sich ihre Brustspitzen auf.

Aus einem unerfindlichen Grund brannte kein Feuer im Kamin seines Zimmers.

Eine Petroleumlampe auf der Kommode verbreitete einen fahlen, schonungslosen Schein. Die Mahagonisäulen des Baldachinbettes warfen ihr dunkle Schatten entgegen. Kate verharrte mit vor der Brust verschränkten Armen an der Schwelle und wartete, bis ihre Augen sich an das Dämmerlicht gewöhnt hatten.

Erst dann entdeckte sie Ned, der auf der Bettkante saß.

Und, oh Gott, Kate stockte der Atem. Er war splitternackt

in dieser Eiseskälte. Im Lampenschein wirkte sein gebräunter Körper wie eine in Bronze gegossene Götterstatue, nicht wie ein Mann aus Fleisch und Blut.

Waren ihr seine Schultern unter dem nassen Hemd breit und kräftig erschienen, so bot sich ihr nun der Blick auf seinen mächtigen muskulösen Brustkorb. An seinen Armen traten sehnige Wölbungen hervor; eine Anspannung ging von ihm aus, beinahe als verkrampfe er sich vor Schmerz.

Beinahe? In seinem Blick, seinen halb geöffneten, zu einem starren Lächeln gefrorenen Lippen las sie mehr als Schmerz. Es konnte nicht länger gedauert haben als ein paar Sekunden, ehe ihr Blick von seiner behaarten Brust tiefer zu seinem Nabel fiel. Es hätte aber auch eine Ewigkeit verstreichen können, da in ihrem Kopf eine vollständige Leere war.

Ihr Gemahl war nicht nur nackt: Er war erregt. Und seine Hand hielt seine Männlichkeit umspannt.

Zum Glück platzte sie nicht mit dem ersten Gedanken heraus, der ihr durch den Sinn schoss. Sie entschied sich für den zweiten Gedanken. „Ned. Es ist schrecklich kalt hier drin."

„Ach so?" Er sprach im leichten Plauderton, völlig unpassend zu seiner angespannten Körperhaltung. „Kate. Dies ist nicht der passende Moment für eine Unterhaltung."

Nein? Ihr Mund war ausgetrocknet, sie war jeglicher Sprache beraubt. Er berührte sich selbst an dieser intimen Stelle, und oh Gott, sie hatten früher die Ehe vollzogen, aber das war so lange her, und stets bei Dunkelheit. Nie zuvor hatte sie ihn nackt gesehen. Alles, was ihr von der Vereinigung in Erinnerung geblieben war, beschränkte sich darauf, seinen Rücken gestreichelt, ihn in ihrem Schoß aufgenommen zu haben, und auf seine in Mondlicht getauchten Schultern. Und einer nie eingestandenen, geschweige denn erfüllten Sehnsucht, verborgen hinter der Pflicht des Paarungsaktes.

In jenen längst verflossenen Momenten hatte er nicht einmal eine Kerze angezündet.

Welch schreiende Ungerechtigkeit. Sie trat ins Zimmer und

zog die Tür hinter sich zu. Die Kälte drang ihr bis ins Mark. Tapfer schluckte sie gegen die Trockenheit in ihrem Mund an. „Im Gegenteil." Sie vermochte den Blick nicht von ihm zu wenden. „Eine ausgesprochen passende Gelegenheit. Und ich komme nicht, um mich mit dir zu unterhalten."

Hörbar stieß er Luft aus. Vor seinem Mund bildeten sich weiße Wölkchen. Sein Blick wanderte über ihre Gestalt. „Aha? Ich … ich denke, das kann ich sehen."

So wie sein Blick auf ihr verweilte, sah er wesentlich mehr. In einer Ehe ging es nicht um Liebe, sondern darum, Familien zu vergrößern, Vermögen und Landbesitz zu vermehren und Kinder in die Welt zu setzen. Der Zeugungsakt, ob ersprießlich oder nicht, eignete sich jedenfalls nicht als Gesprächsstoff für eine seichte Unterhaltung. Ungeachtet des heimlich getuschelten Erfahrungsaustausches mit anderen verheirateten Damen, fehlte Kate der passende Begriff für Neds Tun. Ihr Gemahl sah sie an, erstarrt im Akt des … des … Kates Wortschatz ließ sie im Stich. In den verbotenen Gesprächen der Damen wurden derlei Dinge nicht beim Namen genannt; vielmehr flüchtete man sich in verhüllende Umschreibungen. Man gab sich seinem Ehemann hin, schaffte ihm Erleichterung, war ihm zu Willen. Um die körperliche Beschaffenheit eines jeweiligen Herrn zu beschreiben, wählte man Begriffe aus dem Küchenbereich wie Karotten oder ähnlichem Gemüse, da eine Dame schlichtweg keine anderen Worte in den Mund nahm.

Wie immer diese Worte auch lauten mochten.

Kate erachtete es als sträflichen Bildungsmangel, anschauliche Begriffe für die jeweilige Wetterlage auf Französisch zu kennen, aber keinen einzigen, der das beschrieb, was ein Mann mit seinem Penis machte.

Allerdings war kein einschlägiges Lexikon nötig, um zu begreifen, wobei sie ihn ertappt hatte. Und sie brauchte auch keine Erklärung, wieso sie von einem Stich der Eifersucht durchbohrt wurde. Was immer der korrekte Begriff dafür sein mochte, sie hatte ihn dabei gestört, an sich selbst all die anstößigen Handlungen auszuführen, die Kate liebend gern mit ihm zusammen getan hätte. Sie schluckte ein unpassendes Lachen hinunter.

„Hast du nicht daran gedacht, Feuer im Kamin anzuzünden, bevor … ähm … bevor du …"

„Bevor ich was?"

„Du weißt schon." Kate gestikulierte hilflos, wobei ihre Hände einen weiten Kreis beschrieben.

Vielleicht war der Kreis zu weit – oder er wollte sie in Verlegenheit bringen. Er zuckte mit den Schultern. „Du musst schon etwas präziser werden."

Verschämt schüttelte sie den Kopf.

„Bevor ich meine Kleider ablegte?"

Sie nickte. „Ja. Und die Sache …"

„Bevor ich die Sache in die Hand nahm?", beendete er den Satz mit einem dünnen Lächeln.

„Ja. Genau."

„Um deine Frage zu beantworten, ich brauche die Kälte, um nicht zu sehr im Luxus zu schwelgen. Kälte schärft die Sinne. Wärme lullt sie ein."

„Oh." Ihr Blick suchte wieder seine Nacktheit. Er war zum Bersten erregt. Sein Körper war zweifellos bereit, den ehelichen Akt mit ihr zu vollziehen. Wirre Fragen schwirrten ihr durch den Kopf. *Fühlt sich das gut an? Hilft die Kälte dir, dich zu erleichtern?*

Könnten wir jetzt Feuer machen?

Schließlich wählte sie eine andere Frage. „Kannst du das mit mir machen?"

Er neigte den Kopf zur Seite. „Pardon?"

Sie trat in den Schein der Lampe. „Du bist mein Ehemann." Wieder fiel ihr Blick auf diesen prallen harten Schaft zwischen seinen Schenkeln. Vielleicht begehrte er sie nicht. Vielleicht wollte er das nur alleine mit sich tun. Er griff nach dem seidenen Morgenmantel am Fußende des Bettes.

„Oh nein", sagte sie leise. „Bitte bedecke dich nicht."

Er blickte zu ihr auf, seine Finger krümmten sich um den Seidenstoff. „Kate, ich habe kein Recht, Forderungen an dich zu stellen."

„Wieso nicht? Du bist mein Ehemann. Männer, die ihre ehelichen Rechte nicht wahrnehmen, neigen zu irrationalem Verhalten."

Er furchte die Stirn.

„Oder sie bekommen Fieberanfälle oder Migräne und so etwas alles. Ich weiß auch nicht. Aber ich kann mir vorstellen, was passiert."

„Aha, du kannst es dir vorstellen." Seine Mundwinkel zuckten verräterisch.

„Ich denke nur an deine Gesundheit", erklärte sie mitfühlend. Doch ihr Blick verirrte sich erneut auf verbotenes Territorium, und sie biss sich auf die Unterlippe.

„Ich habe dich im Stich gelassen. Ich habe dich weiß Gott nicht so behandelt, wie du es verdienst. Ich …"

„Du", sagte Kate seelenruhig, „bist ein Idiot. Denkst du, ich weise dich ab, wenn du mich brauchst? Hältst du mich für zu schwach, dass du dich gelegentlich an mich lehnen kannst? Begreifst du denn nicht? Nicht nur du kannst Forderungen stellen. Ich bin deine Frau, und ich wünsche bei Gott, dass du mich als solche behandelst. In jeder Hinsicht."

„Falls du dich erinnerst, kann ich ein grässliches Ungeheuer sein", erwiderte er ungerührt. „Im Übrigen hast du immer noch kein Vertrauen zu mir."

Kate durchquerte das Zimmer und setzte sich neben ihn. Unter ihrem Gewicht gab die Matratze ein wenig nach, wodurch sein Oberkörper sich ihr zuneigte. Ned wich nicht zurück, rückte aber auch nicht näher, sondern sah sie nur aus dunklen großen Augen an.

„Ich friere."

Er zog sie nicht wie erhofft an sich, beobachtete sie nur wachsam. „Ich verliere nicht gern die Kontrolle."

Kate tastete mit den Fingern nach seiner freien Hand, die sich warm anfühlte, trotz der Kälte im Zimmer. „Ned", flüsterte sie, „lass mich an deiner Kontrolle teilhaben."

Ein unmerkliches Beben durchfuhr ihn. Kate nestelte an der Schleife ihres Negligés und streifte sich die Träger umständlich von den Schultern, wollte indes seine Hand nicht loslassen.

Sein Blick heftete sich auf ihre gereckten Brustknospen, die sich unter dem hauchdünnen Stoff abzeichneten.

„Leugne nicht, dass du mich begehrst", sagte sie. „Ich leugne es auch nicht. Lass mich zu dir! Du bist nicht der Einzige, der zu irrationalem Verhalten neigt, wenn wir dieses Spiel der Enthaltsamkeit weitertreiben."

Sein praller Schaft zuckte, als wolle er ihrer Warnung nickend zustimmen. Aber Ned sah sie weiterhin unverwandt an, bevor er das Wort ergriff. „Ich dachte, du nimmst dir einen Liebhaber", erklärte er schließlich leise mit belegter Stimme. „Davon bin ich eigentlich ausgegangen, als ich dich verließ."

Nach allem, was in den letzten Jahren passiert, und nach allem, was zwischen ihnen in der letzten Woche vorgefallen war, hätte sie nie geglaubt, dass er sie noch kränken könnte. Aber seine Worte versetzten ihr einen schmerzhaften Stich. Seine sachliche Vermutung, sie würde sich einem anderen hingeben, und die Gleichgültigkeit, mit der er ihre Untreue akzeptiert hätte, statt um sie zu kämpfen, durchbohrte ihr Herz wie ein Dolch, und sie wäre am liebsten aufgesprungen und geflohen. Aber sie hatte ihn gebeten, sie an seinen verborgenen Gefühlen teilhaben zu lassen.

Er hatte sie verlassen. Und sie würde nicht an allem Gefallen finden, was er ihr zu sagen hatte. Wenn sie allerdings nie wieder riskierte, verletzt zu werden, würde sie auch niemals ihr Glück finden.

Kate zog seine Hand zu sich. „Es geht nicht um meine Ehre oder meine Tugendhaftigkeit. Es geht … nun ja, anfangs spielte ich mit dem Gedanken, dir untreu zu werden. Es bot sich ja auch reichlich Gelegenheit dazu. Und ich hätte mir gewünscht, dass du es bitter bereust, mich verlassen zu haben. Ich stellte mir vor, dass Lady Blakely dir von meinem Seitensprung schreibt und du wutentbrannt zu mir zurückkommst."

„Aha", sagte er gedehnt. „Und hast du dir auch vorgestellt, dass ich deinen Liebhaber zum Duell fordere?"

„An schlechten Tagen", antwortete sie spitz, „hast du verloren." Dabei beschrieb sie mit dem Daumen einen Kreis auf seinem Handrücken.

Diese Rachegelüste hatten sich nur in ihrer Fantasie abgespielt, ohne ihr die quälenden Sehnsüchte zu nehmen.

„Auch ich habe an meine Reaktion gedacht, wenn ich bei meiner Rückkehr festgestellt hätte, dass du dir einen Liebhaber genommen hast."

„Und hast du dir vorgenommen, dich mit meinem mutmaßlichen Liebhaber zu duellieren?"

„Nein." Er hob den Blick von ihren verschränkten Händen und sah in ihr Gesicht. „In meiner Fantasie bot sich mir die Chance, die ich kurz nach unserer Heirat vertan hatte. Diesmal wollte ich dich umwerben, dir den Hof machen, ich wollte dich verführen. Ich wollte dich davon überzeugen, dass du mich diesmal aus freien Stücken wählst – und nicht durch einen unglücklichen Zufall gezwungen bist, eine Ehe mit mir zu führen. Ich wollte deine Achtung gewinnen und deine Zuneigung."

„Nun denn. Du verführst mich jetzt."

Sanft strich er über die Innenseite ihres Handgelenks. Bei der harmlosen Berührung durchrieselte sie ein Wonneschauer. „Nein, zum Teufel. *Du* verführst *mich*, was ziemlich unfair ist, wie ich gestehen muss. Ich will dir beweisen, dass du dich auf mich verlassen kannst, dass ich nicht irgendein Dummkopf bin, getrieben von enthemmter Wollust. Ich will, nein, ich brauche die Gewissheit, dass du mich nicht für einen Kerl wie Harcroft hältst, dem nur daran gelegen ist, seine Selbstsucht zu befriedigen."

Zum ersten Mal hörte Kate Worte der Kritik an seinem

Freund und wusste nicht, wie sie sich verhalten sollte. Nichts wäre geeigneter, das Gespräch von ihrem gemeinsamen Dilemma abzulenken, indem sie eine Diskussion über Harcroft führten, aber die wollte Kate um jeden Preis vermeiden. Forschend blickte sie ihm in die Augen. „Willst du damit sagen, es sei dumm, mich zu begehren? Haben deine Bedenken etwas mit deiner Weigerung zu tun, Feuer im Kamin anzuzünden?"

Sanft strich er mit seinen Fingern ihren Arm bis zum Ellbogen hinauf. Er neigte sich ihr zu, bis sein Gesicht dem ihren sehr nah war.

„Wohl kaum." Seine Stimme klang dunkel, sein Atem hauchte heiß an ihre Lippen. „Ich bin mir ziemlich sicher, dass ich dich nicht verdiene." Sie konnte das Wölkchen seines Atems sehen.

„Verstehe", entgegnete sie scheinbar gelassen, während ihr Herz wild klopfte. „Zu deinem Glück habe ich beschlossen, dich zu meinem Liebhaber zu nehmen."

Er sah sie fragend an. „Du scheinst all meine Fehler vergessen zu haben. Das kenne ich gar nicht an dir."

Sie spürte die Wärme seines Körpers, dem die Kälte im Zimmer nichts anzuhaben schien. Ein Schauer durchrieselte sie, eine süße Verheißung, als er sanft ihre Wange streichelte.

Kate schmeckte seinen Kuss, bevor er ihre Lippen berührte – eine betörende Mischung aus Pfefferminz und Sherry. Er legte die andere Hand an ihre Schulter und zwang sie sanft, sich hinzulegen, verharrte über ihr und blickte ihr tief in die Augen. Und dann ließ er sich auf sie herab, bedeckte sie von den Muskelwölbungen seines Brustkorbs bis zu seinen sehnigen Schenkeln. Sein pralles Glied presste sich an ihre flache Bauchdecke. Sein Mund fand den ihren. Kate war zu keinem Gedanken mehr fähig, berauscht von ihrem Verlangen.

Seine heißen Lippen forderten zärtlich und dennoch drängend Einlass, und sie öffnete bereitwillig den Mund. Seine Hand glitt ihre Seite nach unten bis zu ihren Hüften. Nur der hauchdünne Seidenstoff trennte sie voneinander, und auch das war zu viel.

Kein Wunder, warum er kein Feuer gemacht hatte. Sein Körper glich einem glühenden Ofen, an dem sie sich versengte.

Er löste sich vor ihrem Mund. „Fühlst du dich fiebrig?"

Das Blut rauschte ihr in den Ohren. Sie atmete stoßweise und nickte knapp.

„Hast du Kopfschmerzen?", fragte er fürsorglich wie ein Arzt. „Oder andere Beschwerden? Wahnvorstellungen? Frauen, die zu lange enthaltsam leben, neigen zu solchen Leiden, weißt du. Ich denke nur an deine Gesundheit."

Verständnislos blickte sie zu ihm hoch, zu keinem klaren Gedanken fähig. Und dann entsann sie sich, was sie beim Betreten seines Zimmers gesagt hatte – ihre Besorgnisse über die Symptome männlicher Enthaltsamkeit. Spielerisch stieß sie ihm die Faust gegen die Schulter. „Machst du dich über mich lustig, in einem Moment wie diesem?"

„Lachst du?"

Ja, sie lachte. Ihr Atem bildete kleine Wölkchen.

„Dann hat es ja geklappt", sagte er. „Du bist mit Sicherheit irrational. Darauf habe ich gewartet."

Seine Hand wölbte sich um die Rundung ihrer Brust. Hitze und Kälte. Ihre Brustknospen prickelten erwartungsvoll.

„Es wäre unverzeihlich von mir, diesen Zustand auszunutzen", erklärte er scheinheilig.

„Noch unverzeihlicher wäre es, wenn du es nicht tust."

Mit seinem Daumen strich er federleicht über ihre steife Brustspitze.

„Ned", sagte Kate. „Hör auf zu spielen und tue es."

Er blickte ihr immer noch in die Augen. Dann zog er lächelnd eine Braue hoch. „Wenn du darauf bestehst."

Er beugte sich über sie und wölbte die Lippen um ihren Brusthof. Sie genoss die süße Wonne seines feuchten heißen Mundes wie die Stille zwischen einem grellen Blitz und Donnergrollen. Es war zwar nicht das, wozu sie ihn aufgefordert hatte, aber sie hinderte ihn nicht daran, und der kleine Lustschrei, der ihr entfuhr, war gewiss kein Protestschrei. Sie verging beinahe in den süßen Wonnen seiner tanzenden Zunge um ihre Brustwarze, spreizte die Schenkel und drängte sich fiebernd an ihn.

An ihrem unstillbaren Verlangen nach Erfüllung war nichts nüchtern Vernunftbetontes. Er aber hielt sich immer noch zurück. Sie drückte den Rücken durch, hob ihm die Brüste entgegen. Er schob seine Hand unter sie, gab ihr Halt und reizte ihre Brüste mit heißen Küssen. Dann hob er den Kopf, biss sanft in ihr Ohrläppchen, und wieder durchrieselte sie ein Wonneschauer.

„Du bringst mich noch um den Verstand", raunte er an ihrem Hals.

„Dann beeil dich und lass es zu."

Seine Finger drückten sich in ihren Rücken. „Weißt du, was ich getan habe, als du in mein Zimmer kamst?"

Allein der Gedanke daran steigerte ihr Verlangen. Ihr fehlten immer noch die Worte, um dieses Tun zu beschreiben. Sie kannte nur ein einziges banales Wort: Masturbation. Und dieses Wort stand für Verbot und Sünde.

„Die einzigen Wörter, die ich kenne, klingen sachlich und gestelzt." Nicht hitzig und drängend. Keine Beschreibung für das, was in ihr tobte.

Sein Mund nahm den ihren wieder in Besitz. Diesmal war sein Kuss fordernd und inständig, als fürchte er, sie könne ihm entschwinden. Sie legte den Kopf in den Nacken, und er hauchte zarte Küsse an ihre Kehle und ihr Schlüsselbein.

„Es gibt nur anstößige Wörter", sagte er.

„Speise mich nicht mit Höflichkeitsfloskeln ab, als sei ich ein prüdes Schulmädchen."

Ned löste sich ein wenig von ihr und sah sie prüfend an. Als er begriff, dass sie es tatsächlich ernst meinte, seufzte er. „Ich war im Begriff, mir, wie Schuljungen sich ausdrücken, einen runterzuholen, bis mir Hören und Sehen vergeht."

Eine Welle des Verlangens durchpulste sie. *Ja.* Das wollte

sie kennenlernen, wollte nicht durch Unwissenheit von ihren Begierden ausgeschlossen sein. Sie wollte ihre Gedanken, ihre Wünsche benennen können.

Als spüre er ihre Gelüste, rieb er zärtlich seine Nase an der ihren. „Aber Worte haben keine Bedeutung. Das, was ich gemacht habe … Ich möchte zuschauen, wenn du es machst."

„Wie bitte?" Sein Vorschlag war mit größeren Gefahren befrachtet, als sich ihm hinzugeben. Durfte sie ihm das Ausmaß ihres Verlangens gestehen? Etwas anderes sein als eine passive Empfängerin?

Er entzog sich ihr und legte sich neben sie. „Ich möchte, dass du es dir selbst machst." Seine Hand umfing die ihre und streichelte damit ihren Schenkel nach oben. Ihre Haut zuckte unter der Berührung. Ihr Puls klopfte wild.

Ned führte ihre verschränkten Hände zu ihrem Schoß. „Berühre dich hier." Er suchte ihren Blick, seine Pupillen waren geweitet. Er berührte ihre taubenetzte Weiblichkeit. Nein, sie beide berührten sie. Langsam bewegte er seine Finger, teilte ihre Weiblichkeit, erkundete sie, streichelte ihre verbotenen intimsten Stellen. Süße Wonnen wallten in ihr auf. Und dennoch fehlte etwas; seine Liebkosung verfehlte um Haaresbreite die richtige Stelle. Und dann führte sie seine Hand, zeigte ihm, wo er sie berühren sollte, in welchem Rhythmus er sie streicheln musste, um ihre Wonnen noch zu steigern.

Ja, genau da.

Sanft tauchte er einen Finger in ihren Schoß, verwöhnte sie mit sanft kreisenden Bewegungen, und sie schmolz in ihrem Verlangen.

Er beugte sich über sie und küsste ihre Brust, und das süße Verlangen verzehrte sie. Sie spürte die kalte Nachtluft an ihrer Haut, und er hatte recht. Die Kälte schärfte die Sinne, verstärkte ihre Wollust, ließ das Feuer in ihr noch heißer brennen. Ihre Erlösung kam in entfesselter Verzückung, die ihr die Sinne vollends schwinden ließ. Und als ihre Zuckungen verebbten, sank sie ermattet in die Kissen zurück.

Behutsam nahm er ihrer beider Hände weg. Nachdem der Nebel ihres Sinnenrausches sich gelichtet hatte, spürte sie die Kälte umso eisiger.

„Jetzt weißt du es", sagte er. „Das habe ich getan, als du hereinkamst."

Allmählich konnte sie wieder ruhiger atmen. „Du meine Güte. Und ich habe dich dabei gestört."

„Selbst wenn du nicht erschienen wärst, hättest du mich gestört. Ich habe nämlich dabei an dich gedacht." Er lächelte. „Ich möchte, dass du mir vertraust. Nicht nur mit deinem Körper." Zärtlich strich er ihr das Haar von der Wange. „Wenn ich dich nehme, will ich alles von dir haben, nicht nur einen Teil."

„Ich verstehe nicht, was du meinst. Du kannst mich jetzt haben."

Sein Lächeln wurde wehmütig. „Ich denke daran bei jedem verdammten Stoß. Aber wenn ich das tue ..." Er unterbrach sich kopfschüttelnd.

Allmählich kehrte ihr Denkvermögen zurück. Sie war in der Absicht zu ihm gekommen, sich ihm hinzugeben. Stattdessen hatte er sie dazu gebracht, sich selbst Erlösung zu verschaffen. Nach wie vor war er stark erregt, und sie hatte nichts bewirkt. Und dennoch ...

„Ned."

Offenbar hörte er ihren sehnsuchtsvollen Ton. „Lass es gut sein. Ich bin gerade dabei, mich dafür zu loben, dass ich nicht über dich hergefallen bin wie ein brünstiges Tier."

Kates Puls klopfte in ihrer Kehle. Ihre Haut prickelte. Sie konnte beinahe das Knurren des wilden Tieres aus seinem heiseren Tonfall hören, sah das glühende Funkeln in seinen Augen, als er die Worte aussprach. *Bei jedem verdammten Stoß.*

„Dann wirst du also nicht ... über mich herfallen."

„Nein", antwortete er. „Nicht heute Nacht." Er verdrehte die Augen. „Verflucht!"

„Wirst du ... damit weitermachen, wobei ... ich dich gestört habe?"

Sie war zu ihm gekommen, ohne an etwas anderes zu denken als an ihre eigene Verletzlichkeit, sie hatte sich nicht einmal vorstellen können, seine Schutzlosigkeit zu entdecken. Aber sie war vorhanden, das spürte sie an der Berührung seiner Hand, am leichten Zittern seines Arms.

„Ja." Sein geraunter Geständnis klang wie eine Kapitulation.

„Darf ich bleiben und zusehen?", fragte sie nach einer Weile.

Er sah sie mit großen Augen an. „Das ist nicht sehr interessant."

„Nun ja, ich versuche, mich nicht zu langweilen."

Ohne den Blick von ihr zu wenden, nickte er knapp, führte seine Hand langsam zwischen seine Schenkel, seine Finger umspannten seinen prallen Schaft, glitten auf und ab in einem seltsam ruckartigen Rhythmus, der ihr erregte Schauer über den Rücken jagte.

Es war sehr still im Zimmer; nur das Klatschen seiner Handfläche gegen sein Glied war zu hören. Und jedes Klatschen erhöhte ihre Erregung, als würde sie ihn berühren, als würden ihre Finger ihn umspannen, als würde ihr Schoß seine zuckende Männlichkeit aufnehmen. Ihr war kalt und heiß zugleich, sie fühlte sich mit ihm vereint und zugleich grenzenlos allein. Sie lechzte danach, seine harte Erregung in ihrem Schoß zu spüren.

Kate war unfähig, Ned aus ihrem Leben zu verbannen, konnte ihn nicht einmal links liegen lassen.

Hatte sie sich früher an diesem Abend anlehnungsbedürftig gefühlt, so fühlte sie sich nun einsam und verlassen.

Dieses Sehnen in ihr war nicht neu. Aber es war ihr stets gelungen, diese Gefühle zu ersticken, sie in die tiefsten Winkel ihrer Seele zu verbannen, als gehörten sie einem fremden Wesen. Doch nun verfolgte sie mit hungrigen Blicken Neds Hand an seinem Schaft, dieses fiebrige, sich hektisch steigernde Auf- und Abgleiten.

Es war der Gipfel der Torheit, sich Neds Körper auf ihr vorzustellen, seinen Mund auf dem ihren herbeizusehnen. Und als sie sich ausmalte, wie sein Glied ihren Schoß bis zum Bersten ausfüllte, hätte sie sich entsetzt abwenden müssen.

Doch das geschah nicht. Sie fühlte sich wehrloser denn je. Und zum ersten Mal erkannte sie, während er den Blick bei seinem Tun nicht von ihr wandte, dass er sie bei all seinem scherzhaften und leichtfertigen Gerede begehrte. Er begehrte sie so verzweifelt, dass ihm sein Verlangen nach ihr Angst machte, so große Angst, dass er nach China geflohen und drei lange Jahre fortgeblieben war.

Als er seine Erlösung fand, spürte sie es bis in ihre Zehenspitzen. Er sah sie immer noch an. Sie berührten einander nicht. Irgendwann stand er auf und trat an den Waschtisch in einer Ecke. Langsam kühlte die Hitze in ihr ab, und sie war wieder der Kälte des Zimmers ausgesetzt.

Es war ein Kraftakt schier unglaublichen Ausmaßes, den Ned vollzogen hatte, im Wissen, dass Kate ihr Geheimnis vor ihm verbarg. Er wollte ihr völliges Vertrauen gewinnen; deshalb weigerte er sich, den Akt mit ihr zu vollziehen, mochte sein Körper noch so sehr danach verlangen.

Aber er hatte die Kontrolle bewahrt, die Macht nicht seinem Körper, nicht seiner Triebhaftigkeit überlassen. Er hatte den Beweis erbracht, auf den es ihm angekommen war.

Seht ihr? Ich bin kein grüner Junge mehr, der sich von seinen Begierden überwältigen lässt.

Er legte das Handtuch beiseite und drehte sich um. Bei Kates Anblick schwand sein Stolz auf seine eben erbrachte Leistung. Sie lag auf seinem Bett, das dünne Gespinst ihres Nachthemds erhöhte ihre Reize – süße verlockende Rundungen, der Inbegriff weiblicher Schönheit und Wärme.

Aus gutem Grund hatte er kein Feuer gemacht. Manche Männer legten nachts ihre Wachsamkeit ab, vergaßen ihre Kümmernisse. Ned hingegen hatte gelernt, dass überall und immer Gefahren lauerten. Er glaubte beinahe, den Sirenengesang von Geborgenheit, Frieden und häuslichem Glück zu hören. Was Kate nicht ahnte, war seine Befürchtung, auch an einem Felsen des Friedens zu zerschellen, ebenso leicht wie von dunkler See verschlungen zu werden.

Er wusste es. Er hatte es erlebt.

Sie lächelte ihm entgegen. „Ned, lässt du einen Diener kommen, um Feuer im Kamin zu machen?“

Er war sich nicht sicher, was er in den vergangenen Momenten hatte erreichen wollen, erkannte nur, was er ihr gegeben hatte. Befriedigung ohne Zufriedenheit; die Illusion der Nähe, ohne tatsächliche Erfüllung.

Und nun, da es vorüber war, begann ihr klar zu werden, dass nichts geblieben war, nur die Kälte. Im Spiegel über der Waschkommode sah er das Frösteln, das sie durchrieselte.

„Nein“, sagte er leise. „Ich schlafe nicht im warmen Zimmer.“

Sie setzte sich auf und sah ihn an. „Es gibt Menschen, die ohne Annehmlichkeiten zurechtkommen, weil sie keine andere Wahl haben.“

Wohl wahr. Er konnte sich keine Annehmlichkeiten leisten – ebenso wenig wie er seine regelmäßigen Körperertüchtigungen vernachlässigen durfte. Bequemlichkeit war sein Feind. Bequemlichkeit war Wohlgefühl. Bequemlichkeit lullte ihn in den Glauben, er müsse sich keine Sorgen um die Zukunft machen.

Sie prustete. „Du schläfst nicht in einem warmen Zimmer? Aber ich.“

Ihre Absicht war deutlich. Sie wollte bleiben, wollte neben ihm liegen, ihn die ganze Nacht mit ihrer Nähe in Versuchung führen, mit dem Fliederduft ihrer Haut. Es war sehr verlockend, ihr zu erliegen, sich an ihrer Wärme zu ergötzen. Es wäre wunderbar, bis zu dem Augenblick, in dem die Dämonen wieder über ihn herfielen.

Feuer zu machen wäre ein Zeichen von Schwäche, nur weil es ein bisschen kalt war. Ebenso wäre es ein Zeichen von Schwäche, seinem Wunsch nach Beischlaf nachzugeben, nur weil eine Frau die Bereitschaft dazu zeigte.

Gelassen sah sie ihn an. „Du sagst nichts. Heißt das, ich soll gehen?“

„Nicht unbedingt.“

Sie schob die Träger ihres Nachthemds hoch. „Also, das kränkt mich.“

Offen und ehrlich gestand sie ihm ihre Verletzlichkeit, ohne Sorge, was er von ihr denken könnte. Ned verspürte einen unangebrachten Stich der Eifersucht.

Kurz vor seiner Reise nach China hatte er seinen Rechtsanwalt mit der Suche nach einem tüchtigen Gutsverwalter beauftragt und an den Vorstellungsgesprächen teilgenommen. Er war zu unerfahren, um den Bewerbern andere Fragen als solche zu stellen, die Auskunft über ihren bisherigen Tätigkeitsbereich gaben.

Sein Rechtsanwalt indes stellte den Kandidaten keine Fragen über Landwirtschaft und Viehzucht, die Ned für relevant erachtet hätte, sondern interessierte sich für Belange, die Ned für bedeutungslos hielt.

„Was“, hatte er jeden Anwärter mit ernster Miene gefragt, „sind Ihre größten Schwächen?“

Eine törichte Frage, auf die selbstredend keine ehrliche Antwort zu erwarten war. Kein Mensch hätte gestanden: „Ich trinke zu viel und schlage meine Kinder.“ Stattdessen lieferte die große Mehrheit Antworten, die sorgsam darauf abzielten, keinerlei Schwächen zu erkennen zu geben.

„Ich nehme meinen Dienst für meinen Arbeitgeber so ernst“, hatte einer behauptet, „dass ich mich vorsehen muss, nicht auch noch an Sonntagen zu arbeiten und damit gegen die Gebote Gottes zu verstoßen.“

Die größte Schwäche eines anderen schien sein Hang zu Süßigkeiten zu sein.

Diese Aussagen waren keineswegs überraschend. Nur ein Idiot oder ein sehr mutiger Mann hätte seine wahren Schwächen gestanden. Auch Ned hielt seine größten Schwächen tief in seinem Inneren verborgen. Einen Furcht einflößenden Abgrund der Unzulänglichkeit, den er geschickt hinter der Fassade seines Humors versteckte. Diese Unzulänglichkeit hatte er in den vergangenen Jahren erfolgreich übertüncht und sich und andere mit Zaubertricks, wie Lady Harcroft sich ausgedrückt hatte, abgelenkt. Kälte in der Nacht. Körperliche Ertüchtigung am Morgen. Tricks, die ihm halfen, die Kontrolle zu wahren.

Alle Menschen flüchteten sich in Lügen über ihre Schwächen. Alle, bis auf Kate. Freimütig gestand sie ihre Ängste und Verletzlichkeiten.

Kate fand es nicht nötig, um den heißen Brei herumzureden. Sie musste sich nicht mühsam Beherrschung auferlegen. Sie sprach ihre Schwächen unverhohlen aus.

Ned suchte ihren Blick und stellte fest, dass er wohl lange geschwiegen hatte.

Er wollte, dass sie blieb. Er wollte sie nicht nur körperlich besitzen, er wollte an ihrer Selbstsicherheit teilhaben, wünschte sich, dass ihre innere Kraft auf ihn überging, wenn sie nachts neben ihm schlief. Er müsste lediglich einen Holzspan an der Petroleumlampe anzünden und damit das Feuer im Kamin entfachen.

Sie würde nicht begreifen, was die behagliche Wärme im Zimmer für ihn bedeutete. Vielmehr würde sie darin nur Licht und Wärme sehen, nicht jedoch, dass er damit Kontrolle an andere verlieren würde. Sie konnte nicht wissen, wovor er sich fürchtete, sie musste nicht gegen dunkle Mächte kämpfen.

„Verstehe." Sie erhob sich und strich sich glättend über das hauchdünne Nachthemd. „Ich denke, ich gehe besser."

Entschlossen durchquerte sie das Zimmer.

Mit drei langen Sätzen war er bei ihr und nahm sie beim Arm.

Sie sah zu ihm hoch. In ihren Augen lag ein harter Glanz. „Was ist?"

Er wusste nicht, wie er sich ausdrücken sollte, zog sie nur

stumm in die Arme. Sie fühlte sich weich und zart an, roch nach Flieder. „Es geht nicht um dich", murmelte er in ihr Haar. „Es ist das Feuer."

Sie entzog sich ihm. „Wie tröstlich", erklärte sie in einem Ton, der alles andere zum Ausdruck brachte, nur keinen Trost. Und bevor er sich mit vagen Ausflüchten lächerlich machen konnte, verließ sie das Zimmer.

13. KAPITEL

Der Morgen war grau und nebelig, die Sonne noch nicht über dem Horizont, als Ned aufstand, um Harcroft zu verabschieden. Der hatte schon gefrühstückt und war reisefertig, als Neds Schritte auf dem Kies der Auffahrt knirschten. Die Kutsche wartete voll beladen.

Ned streckte ihm die Hand entgegen. „Viel Glück", sagte er. „Und gute Reise." Letzteres meinte er ernst, da er es kaum erwarten konnte, Harcroft endlich meilenweit entfernt zu wissen. Der erste Wunsch war allerdings eine glatte Lüge.

Der Earl erwiderte seinen Händedruck und warf sichernde Blicke über die Schulter. „Vergiss nicht, was ich dir gestern Abend gesagt habe. Wenn du Louisa hier in der Gegend ausfindig machst, handelst du in meinem Auftrag."

Gott bewahre. Ned nickte knapp. „Selbstverständlich. Adieu. Vor dir liegt eine lange Reise, und du tust gut daran, das Tageslicht zu nutzen." Er warf einen Blick über die Schulter.

„Hältst du Ausschau nach deiner Frau?", fragte Harcroft spöttisch. „Sie macht dich nervös, wie? Musst du sie immer noch um Erlaubnis fragen, sie anfassen zu dürfen, und gibst klein bei, wenn sie Nein sagt?"

„Nicht unbedingt." Ned sah keine Veranlassung, die Verwicklungen seines Ehelebens einem Mann anzuvertrauen, der es für nötig befand, Intimität mit Fäusten und Schlägen einzufordern. Angewidert wandte er den Blick ab.

Harcroft hingegen schien Neds Reaktion als Zustimmung zu verstehen, denn er schlug ihm jovial auf die Schulter. „Gut so. Glaube mir, echte Männer fragen nicht. Sie packen zu."

Nach Neds Verständnis reagierten Männer nicht mit Tobsuchtsanfällen, wenn etwas nicht nach ihrem Willen ging.

„Wie du meinst", sagte er. „Aber nun wird es höchste Zeit für dich!"

„Komm schon, Carhart. Versprich mir, dass du deine Frau an die Kandare nimmst."

„Lass es gut sein.“ *Und es geht dich nichts an.* „Wieso ist dir das so wichtig?“

Harcroft räusperte sich und beugte sich verschwörerisch vor. „Weil ich glaube, sie hat irgendetwas mit Louisas Verschwinden zu tun. Ich habe lange darüber nachgedacht. Louisa hat meine Autorität niemals infrage gestellt, ehe sie sich mit Kate angefreundet hat. Deine Frau hat sie mit weiblicher List gegen mich eingenommen, davon bin ich fest überzeugt. Ich kann es nur nicht beweisen. Aber bei Frauen muss man sich ohnehin auf seine Instinkte verlassen.“

„Meine Instinkte unterscheiden sich von deinen“, erklärte Ned ausweichend.

Harcroft richtete sich auf und strich sich über das Revers seines Gehrocks. „Wenn du deiner Frau keine Zügel anlegst, tue ich es für dich.“

Ned hatte Mühe, sich im Zaum zu halten. Er trat einen Schritt vor und straffte die Schultern. „Womit genau drohst du meiner Frau?“, fragte er.

Ein schiefes Lächeln umspielte Harcrofts Mund. „Nun werde bloß nicht melodramatisch. Wenn ich Louisa gefunden habe, werde ich dafür sorgen, dass sie keinen schädlichen Einflüssen mehr ausgesetzt ist. Es wäre bedauerlich, wenn ich dich dazuzählen müsste.“

Solange Ned ihn kannte, war Harcroft ein ausgezeichneter Fechter gewesen. Er schwang den Degen geschickt wie kein anderer und war flink auf den Beinen. Dafür hatte Ned ihn bewundert und ihn stets für größer und stärker gehalten als sich selbst. Nun erkannte er zum ersten Mal, dass er einen Kopf größer war als der Earl. Und die langen Monate auf See, in denen er gemeinsam mit einfachen Matrosen Schwerstarbeit geleistet hatte, hatten seine Muskeln gestählt und seine Schultern breiter werden lassen.

Mochte Harcroft auch noch so geschickt mit dem Degen umgehen, mit Neds Kraft konnte er sich nicht messen. Diese Erkenntnis half ihm, seine Beklemmung zu überwinden.

„Sei unbesorgt", versicherte er beiläufig. „Ich tue mein Bestes. Verlass dich drauf, ich werde meine Frau vor allen schädlichen Einflüssen bewahren." *Zum Beispiel vor deinem.*

„Gut, alter Freund." Harcroft lächelte. „Ich wusste, dass ich mich auf dich verlassen kann." Er schien darauf zu warten, dass Ned ihm eine ähnliche Zusicherung machte.

Die er ihm geben sollte. Eine weitere Lüge würde die Kluft zwischen Harcroft und Kate erweitern. Aber er brachte die Worte nicht über die Lippen. „Ich kümmere mich um alles", brachte er schließlich heraus.

Harcrofts Lächeln wurde breiter. Und Ned hatte einen schalen Geschmack im Mund, obgleich er sich die Zähne vor zehn Minuten mit Zahnpulver geputzt hatte. Er hätte sich Harcrofts anmaßende Forderungen verbitten und ihm sagen müssen, er solle sich ein für alle Mal zum Teufel scheren. Aber damit hätte er dessen Argwohn nur Nahrung gegeben. Es hätte ihm zwar große Genugtuung verschafft, dem einstigen Freund die Faust ins Gesicht zu setzen, klug wäre es freilich nicht gewesen. Es war ratsam, einen kühlen Kopf zu bewahren.

„Ich wusste, dass du die Dinge siehst, wie ich sie sehe", erklärte Harcroft überheblich. „Den Beweis wird dir deine Frau liefern – sehr bald schon, denk an meine Worte. Vielleicht bin ich sogar derjenige, der dir den Beweis bringt."

Ned ertrug dieses selbstgerechte Gehabe nicht länger. „Hör zu", begann er und beugte sich vor. „Ich setze die Suche für dich fort und lasse dich wissen, was ich herausfinde. Sobald du abgereist bist, reite ich los. Aber Harcroft, eins solltest du wissen."

Fragend zog Harcroft die Brauen hoch.

„Du wirst nie wieder eine Drohung gegen meine Frau aussprechen." Dabei richtete Ned sich zu seiner vollen Größe auf. Harcroft blinzelte verständnislos und schien zum ersten Mal zu begreifen, wie viel größer Ned war. „Sie gehört mir und geht nur mich etwas an."

Sie gehört mir. Dieser Gedanke war keineswegs beruhigend, aber nach der letzten Nacht schien ein Körnchen Wahrheit daran zu sein. Sie hatte genau das getan, was sie sich vorgenommen hatte und die Barrieren seiner Kontrolle überwunden. Vielleicht gehörte sie ihm; damit aber lieferte er ihr einen Teil von sich aus. Und dieser Gedanke erschreckte ihn mehr als das blasierte Gehabe des Earls.

Harcroft erwiderte seinen Blick, dann nickte er stumm und stieg ein. Der Diener schloss den Wagenschlag und kletterte auf seinen Sitz. Wenig später ließ der Kutscher die Peitsche knallen, und die Pferde zogen an.

Ned horchte noch lange dem Knirschen der Räder auf der Kiesauffahrt nach, als die Karosse sich entfernte.

Für eine Weile waren alle störenden Einflüsse gebannt, und Ned wollte die Gelegenheit sehr gut nutzen.

Es war Zeit für eine Unterredung mit seiner Frau. Nach den Geschehnissen von letzter Nacht hatte er keine Ahnung, was sie über ihn dachte. Die Skala der Möglichkeiten reichte von *sehr gut* bis *sehr schlecht*. Er blickte sinnend in den trüben nebeligen Herbstmorgen.

Aber was konnte schon schlimm sein, nachdem Harcroft abgereist war?

Und zum ersten Mal seit dem Erwachen umspielte ein Lächeln seine Lippen.

Kate erwachte vom leisen Quietschen der Türangeln. Schläfrig nahm sie das Knistern der Holzscheite im Kamin wahr. Jemand hatte bereits Feuer gemacht. Die schweren Vorhänge waren noch zugezogen, und durch die Ritzen drang nur ein fahler Schein.

Es war also noch nicht Zeit, aufzustehen. Erwachen bedeutete, dass ihr Verstand einsetzte. Es bedeutete, ihrem Ehemann zu begegnen, wovor ihr nach den verwirrenden Geschehnissen der letzten Nacht graute. Zu schläfrig, um über Peinlichkeiten nachzudenken, schloss sie wieder die Augen.

Schritte näherten sich ihrem Bett. Sie blinzelte durch ihre halb geschlossenen Lider.

Es war Ned, wer sonst? Und natürlich war er bereits angezogen und rasiert. Sein wohlfrisiertes Haar kringelte sich an den Ohren. Kate wollte sich nicht vorstellen, wie ihr vom Schlaf zerzaustes Haar aussah. Sie wollte sich ihm nicht in verschlafenem Zustand präsentieren, sondern in einem hübschen Kleid. Vielleicht in dem aquamarinblauen Seidenkleid, das ihren Augen einen blauen Schimmer verlieh.

„Oh, wie schön", sagte er aufgeräumt, viel zu munter für einen Morgen, der noch nicht wirklich angebrochen war. „Du bist wach."

Nein, sie war nicht wach. Dies war ein schlechter Traum. „Mmmm", brummte sie mürrisch und zog die Bettdecke bis zum Kinn.

Er schnalzte mit der Zunge. „Willst du nicht aufstehen? Ich will dir etwas zeigen."

Verschlafen blinzelte sie zu ihm auf. „Ich soll jetzt schon aufstehen, bei der Kälte? Reicht es dir nicht, in einem eiskalten Zimmer zu schlafen? Es ist noch nicht mal richtig hell."

Einen Vorzug hatte ihre Schläfrigkeit zu dieser frühen Morgenstunde. Ihr Geist war noch zu träge, um sich dessen zu schämen, was sie letzte Nacht zusammen getan hatten.

„Du könntest höchstens zu mir ins Bett schlüpfen", ergänzte sie gedehnt.

Neds Lächeln vertiefte sich, und er streckte ihr die Hand entgegen. „Ich fürchte, völlig den Verstand zu verlieren, wenn ich mehr tun würde, als nur deine Hand zu halten. Ich will dich genießen."

Die Betonung, die er auf das Wort *genießen* legte, ließ Kate an verschiedene Bedeutungen denken. Verweilen; sich an etwas erfreuen; auskosten …

„Du bist", begann sie und drohte ihm spielerisch mit dem Finger aus dem warmen Kokon ihrer Bettdecke, „ein durch und durch schlechter Mensch. Noch dazu, wenn du mich zwingen willst, zu dieser unchristlichen Stunde aufzustehen."

Er zuckte mit den Achseln. „Meine angeborene Bescheidenheit zwingt mich dazu, mich dagegen zu verwehren. Bislang habe ich nichts wirklich Schlechtes getan. Mein Verhalten kann schlimmstenfalls als lästig bezeichnet werden."

Damit trat er ans Bett, beugte sich über sie und stützte die Hände seitlich neben ihrem Kopf auf die Bettdecke. „Dich jetzt zu küssen, wäre vielleicht despektierlich." Sein frischer Atem hauchte an ihre Lippen.

„Ja, das wäre es", flüsterte sie und spürte, wie ihr Körper sündig reagierte.

„Dich überall zu streicheln, wäre allerdings ziemlich unbotmäßig. Dich zur Erlösung zu bringen, wäre wirklich sündhaft."

„Allerdings ähnlich wohltuend wie eine heiße Tasse Tee am frühen Morgen."

In seinen Augen funkelte ein Glitzern, als habe er etwas Diabolisches im Sinn. Seine dunkel raunende Stimme ließ sie erwartungsvoll erbeben. Vielleicht hatte er sich gestern Nacht nur zurückgehalten, um sie jetzt zu nehmen. Ihr war, als spüre sie seine bedächtig streichelnden Hände bereits an verbotenen Stellen. Wenn er sie nicht bald liebkoste, würde sie noch den Verstand verlieren.

„Möchtest du wissen, was als wahrhaft unverzeihlich schlecht zu bezeichnen wäre?"

„Ja." Ihre Zustimmung kam hastig. „Oh ja."

Ned grinste breit. „Das."

Er packte die Decke mit beiden Händen und zog sie ihr mit einem heftigen Ruck weg.

Vor Schreck und Kälte stieß Kate einen spitzen Schrei aus und zog die Beine an. „Ned, du elender Schuft!"

Er lachte. „Du wolltest doch den Beweis, dass ich ein schlechter Mensch bin. Mehr davon wirst du im Moment nicht bekommen. Ich habe nach deiner Zofe geklingelt und erwarte dich in zehn Minuten zum Frühstück."

„In zehn Minuten? Hast du den Verstand verloren?"

Ein seltsamer Ausdruck flog über sein Gesicht, der an Argwohn erinnerte, doch dann schüttelte er den Kopf. „Zehn Minuten", beharrte er. „Glaub mir, du wirst es nicht bereuen."

Sie schaffte ihre Morgentoilette in einer halben Stunde, mit Korsett und den üblichen vier Unterröcken, und wählte ein schlichtes roséfarbenes Vormittagskleid, nicht nach der neuesten Mode, aber praktisch und einigermaßen bequem. Ihre Zofe frisierte ihr Haar zu einem Nackenknoten, legte ihr ein Kaschmirtuch um die Schultern, und Kate eilte die Treppe nach unten.

Ned kam ihr bereits in der Halle mit einem Steingutbecher Tee entgegen, aus dem sie hastig ein paar Schlucke trank, bevor er sie am Ellbogen nahm und durch das offene Portal ins Freie führte.

Draußen hing der Nebel in den Bäumen der Auffahrt und legte einen weißen Schleier über die Landschaft, der alle Geräusche dämpfte. Tief atmete Kate die frische Morgenluft ein.

„Was siehst du?"

„Hm. Ich sehe einen nebelverhangenen Morgen."

„Kluges Mädchen." Er legte ihre Hand in seine Ellbogenbeuge. „Es gibt noch viel mehr zu sehen."

Gemächlich spazierte er mit ihr einen Seitenweg durch den Park entlang. „Schau mal, dort oben." Er wies mit dem Arm in einen Baum hinauf. Sie blinzelte in die bunt belaubten Zweige, in denen sich kein Lüftchen regte.

„Ganz oben in einer Astgabel sitzt ein Nest. Die Jungvögel sind längst flügge. Vielleicht sind die Alten noch in der Gegend, obwohl es schon spät im Jahr ist."

Sie erspähte das winzige Gebilde aus Zweigen und Grashalmen hoch oben im Baum. „Wie konntest du das in dem dichten Nebel sehen?"

„Ich komme öfter hier vorbei und habe es vor ein paar Tagen entdeckt." Sie setzten ihren Spaziergang fort.

Nach einer Weile wies er auf einen Vogel mit roter Brust,

der an der schrundigen Rinde eines Eichenstammes pickte und fortflog. Etwas später drehte er einen Stein um und zeigte ihr das Gewimmel kleiner Kriechtiere, die darunter hausten.

Kate schüttelte sich und wandte sich ab. „Tausendfüßler? Ned, hast du mich aus dem Bett geholt, um mir Tausendfüßler zu zeigen?"

„Ich will dir die Schönheiten eines Herbstmorgens vor Augen führen. So früh am Morgen stören wir Menschen die Natur noch nicht mit unserem Lärm und unserer Betriebsamkeit. Unter jedem Stein tummelt sich geschäftiges Leben. Und jeder Vogel, der munter in den Bäumen zwitschert, findet genügend Nahrung. Im Grunde unterscheiden wir Menschen uns gar nicht so sehr von der Tierwelt. Mögen die Sommermonate noch so warm und reich an Beeren und Insekten sein, der nächste Winter kommt bestimmt mit Kälte und Entbehrungen."

„Soll das so etwas wie eine verschleierte Anspielung auf die vergangene Nacht sein?"

Er warf ihr einen Seitenblick zu. „Mag sein."

Sie waren bereits seit etwa einer Stunde unterwegs, und Kate begannen die Füße in ihren engen Stiefeletten wehzutun, als sie sich dem Dorf nahe Berkswift näherten. „Was für eine bedrückende Sicht auf das Leben."

Gleichmütig zuckte Ned die Achseln, aber sie spürte, wie sein Arm sich unter ihrer Hand anspannte. „Nicht bedrückend. So ist der Lauf der Welt. Jahreszeiten kommen und gehen, und jede Zeit hat ihre Schönheiten. Auch wir Menschen füllen im Sommer und Herbst nach der Ernte unsere Keller mit Vorräten für die kalten Wintermonate, nicht anders als Eichhörnchen, die Nüsse vergraben. Die Vögel vertilgen alles, was kreucht und fleucht, um Kräfte zu sammeln für ihren langen Flug in den Süden. Alles Leben auf Erden bereitet sich für den Winter vor." Er richtete den Blick in die Ferne.

Kate schüttelte recht verwirrt den Kopf. „Und das willst du mir zeigen?" Sie hatte das Gefühl, dass ihr etwas entging, etwas von tieferer Bedeutung. Irgendetwas konnte sie nicht begreifen, was allerdings nicht auf ihren leeren Magen zurückzuführen war.

„Ich weiß. Diese Erklärung ist ein wenig weitschweifig. Meine Fantasie geht heute Morgen ein wenig mit mir durch."

„Du tötest ja auch keine Drachen, sondern zähmst sie. Im Übrigen neigst du stets zu weitschweifigen originellen Schilderungen."

Er zuckte wieder mit den Achseln und verstummte. Schweigend schlenderten sie die Dorfstraße entlang, vorbei an liebevoll gepflegten kleinen Vorgärten, in denen die letzten Herbstastern blühten, dahinter strohgedeckte Cottages mit Spitzenvorhängen an den kleinen Fenstern, eine beschauliche Dorfidylle, in der die Bewohner sich wohlfühlten. Ned war das gewiss längst aufgefallen, während Kate den Eindruck hatte, sie sehe all das zum ersten Mal.

„Es ist wirklich ein schöner Morgen", sagte sie, als sie sich dem Dorfgasthof näherten, dessen Haustüre offen stand. Von drinnen hörte man die Stimme des Gastwirts, der einem Burschen Anweisung gab, das Gepäck eines Gastes herunterzubringen, und einer Magd anordnete, das Zimmer zu säubern. Sonst war es still im Haus. In einigen Stunden würde sich die Gaststube mit lärmenden Besuchern füllen, in der nun lediglich ein paar Übernachtungsgäste ihr Frühstück einnahmen. Vielleicht spähten sie aus dem Fenster und sahen Kate und Ned, die Arm in Arm die Straße entlangspazierten.

Kate fragte sich, was die Leute sich denken mochten. Würden sie ein glückliches Paar beim Morgenspaziergang sehen?

Wäre dieser Eindruck falsch?

„Ich hoffe nicht, dich beleidigt zu haben. Ich wollte dich nicht kränken. Ehrlich gestanden …" Sie blickte zu ihm hoch. „Ehrlich gestanden, gefällt mir deine Art. Du bist fantasievoll, ohne die Grenze der Geschwätzigkeit zu überschreiten. Ich hingegen bin lediglich … vernünftig." Sie schluckte und richtete den Blick in die Ferne.

Das war es, was ihr in all den Jahren gefehlt hatte. Unbeschwertheit, Sorglosigkeit. Sie wollte die Augen schließen und sich bedenkenlos ihren Hoffnungen hingeben. Sie wollte glauben können, dass Ned sie auffangen würde, wenn sie den Halt verlieren sollte. Und sie wollte ihm von Louisa berichten.

Allerdings wusste sie nicht, ob sie sich an vergebliche Hoffnungen klammerte oder mit dem Rückhalt ihres Ehemannes rechnen konnte.

„Ich kann unsere Ehe nötigenfalls auch nüchtern und vernünftig betrachten", beendete Kate ihren Gedankengang. „Aber Ned, ich will nicht vernünftig sein."

Er blieb stehen und sah sie an. „Und ich dachte schon, ich könnte nicht glücklicher sein. Ein Spaziergang an einem schönen Herbstmorgen mit der schönsten Frau Englands an meiner Seite, im Wissen, dass jeder mich um mein Glück beneidet, der uns sieht." Er legte seine kühle Hand an ihre erhitzte Wange.

„Ned. Jeder in der Wirtsstube kann uns sehen."

„Zum Teufel damit", erwiderte er. „Genieße den Augenblick." Er neigte sich über sie und küsste sie in aller Öffentlichkeit. Kein Kuss glühender Leidenschaft, dennoch eine Ungehörigkeit mitten auf der Straße, wo alle sie sehen konnten. Kate durchfuhr ein Wonneschauer; ihre Füße schmerzten nicht länger.

Als er sich von ihr löste, sah er sie ernsthaft an. „Zum Teufel mit nüchterner Vernunft", erklärte er.

„Ned", begann Kate zaghaft, als sie ihren Weg fortsetzten. „Würdest du mich zweimal hintereinander aus deinem Schlafzimmer schicken?"

Das Gasthaus lag hinter ihnen, ehe er antwortete. „Nein", sagte er leise. „Nein, das würde ich nicht wagen."

14. KAPITEL

Die Stunden bis zum ersehnten Abend krochen im Schneckentempo dahin.

Nach dem Spaziergang zog Ned sich in sein Arbeitszimmer zurück, um Dokumente zu studieren, die ihm aus London geschickt worden waren. Kate besprach mit der Haushälterin die Menüfolge für die nächsten Tage und mit dem Gutsverwalter Angelegenheiten der Pachtfarmen. Nach dem Mittagessen begab Ned sich zur Koppel, um einige Zeit bei Champion zu verbringen.

Seltsamerweise machte er keine Anstalten, sich auf die Suche nach Louisa zu begeben, wie er es Harcroft versprochen hatte, worüber Kate ins Grübeln geriet.

Wusste ihr Ehemann mehr, als er ihr anvertrauen wollte? Vermutete er hinter ihrem Schweigen, dass sie Harcroft keinen Erfolg wünschte, seine Frau zu finden? Würde er tatsächlich ihre Partei gegen seinen Freund ergreifen? Sie war beinahe versucht, es zu glauben, vermochte aber ein mulmiges Flattern in ihrer Magengegend nicht zu verdrängen. Vielleicht würde sie nach dem bevorstehenden Abend genügend Vertrauen zu ihm aufbringen, um Ned ihr Geheimnis zu verraten. Aber vorher wollte sie mit Louisa am nächsten Morgen darüber sprechen.

Die Zeit kroch zermürbend langsam dahin, und Kate versuchte, sich mit Handarbeiten und Lektüre abzulenken. Schließlich trieb ihre Ruhelosigkeit sie dazu, von einem Salon in den nächsten zu wandern, aus dem Fenster zu starren und ihre Wanderung wieder aufzunehmen. Nachdem sie zum fünften Mal durch den Korridor zur Eingangshalle und wieder zurück gegangen war, wurde ihr Streifzug jäh unterbrochen.

„Aha. Lady Kathleen, da sind Sie ja." Kate fuhr beim Klang der tiefen Männerstimme herum.

Harcroft stand breitbeinig vor ihr, die Arme anmaßend vor der Brust verschränkt. Ein düsterer Rachegott, trotz seiner blonden Haare und strahlend blauen Augen. Er beobachtete sie lauernd – wie eine Katze einen Falter, ehe sie zum Sprung ansetzte.

„Sie wissen, wo sie ist!“ Eine bittere Anklage, keine Frage.

Kate verdrängte die Angst, die ihr die Kehle zuschnürte. Er konnte nichts wissen, sonst wäre er nicht hier, sondern fünf Meilen entfernt in der Schäferhütte, um seine Ehefrau zu bedrohen. Aber irgendetwas wusste er, andernfalls wäre er auf halbem Weg nach Chelsea.

„Harcroft. Wieso sind Sie hier? Haben Sie etwas vergessen? Hatten Sie einen Unfall? Können wir helfen?“

Er presste die Lippen aufeinander und starrte ihr feindselig in die Augen. Ein kalter Schauer rieselte ihr über den Rücken. In seinem Blick lag keine männliche Begierde. So schmutzig sie sich dabei auch gefühlt hätte, damit könnte sie umgehen. Nein, ihr lief es eiskalt über den Rücken, weil er sie ansah, als sei sie ein Nichts. In seinen stechend blauen Augen las sie Geringschätzung und Verachtung. Für ihn war sie so etwas wie ein nutzloser Gegenstand, nein ein Wurm, den man mit dem Stiefelabsatz zertrat.

„Sie hat ein kleines Kind bei sich“, sagte er. „Sie braucht mich. Louisa braucht ihren Ehemann, ihre Familie. Stattdessen hat sie sich auf ein törichtes Abenteuer eingelassen und treibt sich in der Weltgeschichte herum. Meine Frau braucht Schutz und Anleitung.“ Er starrte düster vor sich hin.

Kate nahm all ihren Mut zusammen. „Sie müssen wissen, dass ich Ihre Frau liebe wie eine Schwester. Ich würde niemals wünschen, dass ihr ein Leid geschieht. Warum sollte ich sie von Ihnen fernhalten, wenn sie Ihren Schutz braucht?“

Mit dieser Frage wagte sie sich auf gefährlich dünnes Eis. Er stieß den Atem hörbar aus, verengte die Augen und richtete seinen hasserfüllten Blick wieder auf sie. Hatte seine Verachtung ihr bereits Angst gemacht, so ließ dieser Blick sie zu Eis erstarren.

„Ja“, sagte er gedehnt. „Warum sollten Sie meine Frau von

mir fernhalten?“

Er trat einen Schritt auf sie zu. Kate wich zur Wand zurück.

„Warum sollten Sie Louisa von ihrem rechtmäßigen Ehemann fernhalten? Weil Sie denken, sie habe etwas von mir zu befürchten?“

Er näherte sich einen weiteren Schritt. Kate versuchte, ihm seitlich auszuweichen, er aber stieß ihr die Faust grob gegen die Schulter. Der Schlag warf sie gegen den geschnitzten Türstock, den sie nun schmerzhaft im Rücken spürte. Kate unterdrückte einen Schrei.

„Aber eine gehorsame Frau würde wissen, dass sie jetzt nichts von mir zu befürchten hat. Sie jedoch haben Angst vor mir, wie?“ Seine Hand krallte sich in ihre Schulter. „Louisa hat nichts zu befürchten, solange sie die Anordnungen ihres Ehemanns befolgt. Keine gottesfürchtige Frau würde je vom Pfad abweichen, den ihr der Mann zugewiesen hat, dem sie ihr heiliges Eheversprechen gab.“

„Nehmen Sie Ihre Hände von mir!“, befahl Kate erzürnt und stieß ihm die Fäuste gegen die Brust. Der Earl rührte sich nicht vom Fleck. „Ich weiß nicht, wovon Sie sprechen.“

„Ja, was weiß eine wie Sie schon von einer gottesfürchtigen Frau?“ Harcroft drängte noch näher. Seinem Gehrock haftete ein schaler Geruch nach Rauch und Bier an. Kneipengestank. „Eine gottesfürchtige Frau würde ihren Ehemann nicht auf Abwege führen. Ned versprach mir heute Morgen, sich umgehend auf die Suche nach ihr zu begeben. Aber ein paar Stunden später spazierte er mit Ihnen durchs Dorf. Sie würden ihn nicht von seiner Aufgabe ablenken, wenn Sie nicht befürchten müssten, er könne Ihnen auf die Schliche kommen.“

„Sie haben den Verstand verloren.“ Kate erhob die Stimme. Jeden Moment würde ein Diener sie hören und einschreiten, und Harcroft wäre gezwungen, von ihr abzulassen.

„Tatsächlich? Eine gottesfürchtige Frau entführt keine Ehefrau, nicht wahr, Kathleen?“

Vielleicht würde kein Diener erscheinen. Aber Kate gehörte

nicht zu den Frauen, die sich ängstlich duckten und auf Hilfe warteten. Sie war es leid, Angst zu haben. Entschlossen packte sie die Enden seiner Krawatte und drehte sie über Kreuz zu, so fest sie konnte, bis der Stoff in ihre Handflächen schnitt. Harcroft lief rot an, schnappte nach Luft, nahm seine Hände von ihr und griff sich an die eingeschnürte Kehle. Sie ließ los, und er riss sich das Tuch vom Hals.

Blitzschnell sprang Kate zur Seite.

Er starrte sie voller Hass an. „Sie gottverdammtes Miststück!"

„Ich sagte Ihnen doch, Sie sollen die Hände von mir nehmen." Ihr Herz klopfte wild gegen ihre Rippen.

Drohend hob er den Arm.

Was immer sie sagen würde, es wäre ohne Bedeutung. Ein Mann, der Frauen misshandelte, brauchte keinen Vorwand, um zuzuschlagen. Aber sie hatte nicht die Absicht, ihn zu besänftigen, damit hätte sie ihm noch mehr Macht über sie gegeben. Stattdessen ballte sie die Hände zu Fäusten. „Verlassen Sie augenblicklich mein Haus."

Seine Faust flog. Sie konnte sich gerade noch rechtzeitig abwenden, um von dem brutalen Schlag nicht mitten im Gesicht getroffen zu werden. Seine Faust traf sie mit voller Wucht seitlich am Hals. In der ersten Schrecksekunde war sie wie betäubt, dass er es tatsächlich gewagt hatte, sie zu schlagen, und spürte nichts. Erst dann setzte der Schmerz ein.

Jetzt packte er sie am Ellbogen und versuchte, sie herumzureißen. Kate stieß ihm den Schuhabsatz gegen seinen weichen Stiefel. Ein spitzer, ausgesprochen unmännlicher Schrei entfuhr ihm. Dann drehte er ihr den Arm um, und ein stechender Schmerz fuhr ihr bis tief in die Schulter. Sie biss sich auf die Lippen.

„Wo ist meine Frau, Kathleen?"

Sein übler Atem hauchte feucht an ihr Ohr. Sie schüttelte den Kopf.

Er drehte ihr den Arm noch weiter um. „Ich habe Sie etwas

gefragt. Wo ist meine Frau, Kathleen?“

Kate presste die Lippen aufeinander. Mochte Harcroft noch so grausam sein, niemals würde ihr auch nur ein Wort entschlüpfen. Was er sich vermutlich bei Kate an Zurückhaltung auferlegte, würde Louisa tausendfach von ihm zu spüren bekommen. Irgendwann würde der Unhold ihr Haus verlassen. Aber wenn Kate die Freundin verriet, wäre Louisa für den Rest ihres Lebens an diesen brutalen Tyrannen gekettet – solange oder so kurz es auch dauern mochte. Also schwieg Kate verbissen. Harcroft drehte ihren Arm noch fester um, sodass ihr vor Schmerz Sterne vor den Augen tanzten.

„Sie glauben, Bescheid zu wissen“, knurrte Harcroft giftig an ihrem Ohr. „Aber Sie wissen nichts. Ich liebe meine Frau, und Sie irren sich gewaltig. Ich will sie lediglich beschützen.“

„Sie sollten aufpassen“, sagte Kate so deutlich sie es vermochte, da ihre Wange gegen die Wand gepresst wurde. „Ich bin eine schwache Frau. Wenn Sie so weitermachen, falle ich in Ohnmacht.“

„Manche Frauen“, spuckte er hasserfüllt aus, „sind zartbesaitet. Aber Frauen wie Sie sind falsche Schlangen, die anständige Damen auf Abwege bringen. Wo, in Gottes Namen, ist meine Frau?“

Seine Fingernägel bohrten sich durch den Ärmel in ihr Fleisch. Kate holte tief Atem und stieß ihm den freien Ellbogen in den Magen. Vergeblich.

„Wenn ich Ihnen den Arm noch weiter umdrehe“, knurrte er in höhnischer Grausamkeit, „springt er aus dem Schultergelenk, was unerträgliche Schmerzen zur Folge hat. Das würde ich sehr bedauern, weil ich niemandem gern wehtue.“

„Nicht einmal einer falschen Schlange?“

„Im Grunde genommen bin ich ein gutartiger und langmütiger Mensch.“

Er klang, als sei er tatsächlich davon überzeugt. Sie hielt den Atem an und starrte an die Wand, gegen die er ihre Wange presste. Und dann musste sie lachen. Sie lachte, obgleich sie wusste, dass sie dadurch seinen Zorn noch mehr anstachelte. Sie lachte, obgleich sie wusste, dass er seine Drohung wahr machen und ihr den Arm aus dem Schultergelenk reißen würde.

Kate lachte, um Harcroft wissen zu lassen, dass er nicht gewinnen konnte, mochte er sie auch schlagen, mochte er ihr auch noch so große Schmerzen zufügen. Er sollte wissen, dass sie kein schwaches Geschöpf war, das wimmernd um Gnade flehte.

„Sie können mich nicht einschüchtern", zischte sie. „Auch wenn Sie mir Gewalt antun und mir noch so sehr drohen. Sie sind nicht stärker als ich. Und das macht Sie rasend vor Wut."

In seinen bösen Augen funkelte all der Zorn, den sie erwartet hatte. Sein Griff um ihr Handgelenk festigte sich noch mehr. Sie biss die Zähne aufeinander, als er ihr den Arm weiter umdrehte, behielt ihr Lächeln jedoch bei und kniff die Augen zu. Er sollte nicht sehen, welche Schmerzen er ihr zufügte.

Plötzlich entfuhr Harcroft ein gequälter Schrei, und sie spürte seinen eisernen Griff nicht mehr. Kate fuhr herum und sah, wie Ned ihn an den Aufschlägen seines Gehrocks hochhob und gegen die Wand warf.

„Ich habe dir doch gesagt", erklärte Ned mit rauer Stimme, „du sollst meine Frau in Frieden lassen. Aber nein. Du wolltest nicht hören."

Harcroft strampelte hilflos mit den Beinen wie ein auf den Rücken geworfener Käfer. „Nein, *ich* habe *dir* etwas gesagt", quiekte er mit schriller Stimme, die hilflos klang gegen Neds dunklen Zorn. „Ich sagte dir, du sollst meine Frau ausfindig machen."

„Oh ja, ich habe begriffen", entgegnete Ned finster. „Du hast die Frau vertrieben, die du glaubst zu verdienen. Und jetzt, da du deiner eigenen Frau keine Gewalt mehr antun kannst, lässt du deine Wut an Kate aus."

„Ich ..."

„Kaum vorzustellen", fuhr Ned fort, „dass es eine Zeit gab, als ich tatsächlich Respekt vor dir hatte. Und bei meiner Rückkehr hatte ich Mitleid mit dir. Als du sagtest, Louisa werde vermisst, war ich in Sorge um dich. Ich hatte keine Ahnung, warum sie verschwunden ist. Aber mittlerweile hat meine Frau meine volle Unterstützung, wenn sie Louisa tatsächlich zur Flucht verholfen hat. Wäre ich in England gewesen, hätte ich ihr selbst geholfen, dir zu entkommen."

Kate, die ihren taub gewordenen Arm vorsichtig betastete, wurde von einer heißen Welle der Zuneigung erfasst. Ned stand ihr zur Seite.

„Das kann nicht dein Ernst sein. Du kannst dieses aufsässige Verhalten nicht gutheißen. Es führt zu völligem Chaos, wenn Frauen eigene Entscheidungen treffen."

„Ich muss dir entschieden widersprechen." Ned, der keinerlei Ermüdung zeigte, während er Harcroft mit einem Arm gegen die Wand drückte, schüttelte ihn auch noch kräftig durch. „Ich glaube kaum, dass mein Leben aus den Fugen gerät, nur weil meine Frau einen klaren Verstand besitzt. Im Gegenteil, das ist eine ihrer besten Eigenschaften. Hättest du deiner Frau ein paar eigene Entscheidungen überlassen, wärst du jetzt nicht in dieser jämmerlichen Situation."

Harcroft sagte nichts. Er hatte auch aufgehört, sich gegen Neds unerbittlichen Griff zu wehren. Seine Lippen waren zu einem schmalen Strich zusammengepresst, die Augen blitzten vor Zorn und sein Atem ging keuchend. Ned hingegen wirkte so ruhig und unangestrengt, als trinke er eine Tasse Tee.

In diesem Moment erkannte Kate etwas höchst Erstaunliches: Sie bewunderte ihren Ehemann. Es lag nicht an seiner Muskelkraft, mit der er den Earl, der sie bedroht und geschlagen hatte, gegen die Wand drückte. Auch nicht an der Selbstverständlichkeit, mit der er sie verteidigte.

Es war vielmehr seine Bestätigung, dass sie das Richtige getan, dass sie Stärke und Entschlossenheit bewiesen hatte. Damit hatte er alles, was andere in ihr sahen, auf den Kopf gestellt.

„Kate", sagte er nun, ohne den Blick von Harcroft zu wenden, „was sollen wir mit diesem Widerling tun?"

„Wir haben ihn schon einmal nach Hause geschickt, ich finde, wir sollten es wieder tun." Vorsichtig schüttelte Kate ihren kribbelnden Arm. „Wir wollen ihn nicht in unserer Nähe haben."

„Soll ich ihm das Gesicht ein wenig verzieren, ehe er unser gastfreundliches Haus verlässt?"

„Ich finde, du solltest es gut sein lassen." Kate dachte an die Blutergüsse an Louisas Armen. Sie dachte an die Schmerzen in ihrem Handgelenk und ihrer Schulter. „Das Letzte, was wir jetzt brauchen, ist Gewalt. Habe ich nicht recht, Harcroft? Ich sage das, weil ich im Grunde genommen eine gutartige und langmütige Frau bin."

„Da hast du es", meinte Ned. „Nun siehst du, warum ich mich in wichtigen Entscheidungen an meine Frau um Rat wende. Ginge es nämlich nach mir, würde ich dir jeden Knochen brechen und dich anschließend in den Brunnen zur Abkühlung werfen. Was meinst du, Kate? Darf ich ihm wenigstens ein paar Rippen brechen? Bitte!"

Kate lächelte. „Wenn er noch einmal hier auftaucht, darfst du ihn zu Brei schlagen."

„Siehst du? Gnade und Gerechtigkeit. Ich stell dich jetzt auf die Füße, und du verschwindest."

Harcroft fuhr sich mit der Zunge über die Lippen, als Ned von ihm abließ. „Das wirst du bereuen", krächzte er. „Ihr beide werdet es bereuen."

„Ich weiß", antwortete Ned und schüttelte traurig den Kopf. „Ich bereue es jetzt schon. Ich muss mich damit zufriedengeben, mir dein blutiges Gesicht vorzustellen. Aber wir alle müssen mit Enttäuschungen zurechtkommen."

„Ich gebe nicht auf. Du kannst mich nicht fortschicken."

„Und ich ...", Ned trat einen Schritt auf ihn zu, „... ich lasse nicht zu, dass du meiner Frau etwas antust. Unter keinen Umständen. Du bist hier nicht länger willkommen, Harcroft, und ich rate dir, dich zu verkriechen und deine Wunden zu lecken. Wie konntest du es wagen, Kate zu bedrohen, nur weil du deine Frau nicht mehr verprügeln kannst? Scher dich zum Teufel!“

Harcroft ballte die Hände zu Fäusten. Und dann fuhr er herum und suchte das Weite.

Kate schaute ihm nach, wie er den Flur entlangeilte. Neben ihr holte Ned tief Luft und lockerte seine Finger. Blicklos starrte er in den Flur. Dann senkte er den Kopf.

„Verdammt“, murmelte er. „Vielleicht habe ich zu viel gesagt. Was habe ich getan?“

Du hast mich gerettet, dachte sie, bevor sie den Sinn seiner Worte wirklich begriff.

„Soll das heißen … du hast es gewusst?“

Er wandte den Blick ab. „Hm. Wenn du damit meinst, dass ich Lady Harcroft zufällig vor ein paar Tagen in der Schäferhütte begegnet bin? Nun ja. Vielleicht.“

Oh Gott! Kates Magen begann zu flattern. „Bist du sehr böse mit mir, weil ich dir nicht früher davon erzählt habe? Willst du, dass ich damit aufhöre?“

„Ich platze vor Neugier, wie du diese kolossale Aufgabe in aller Stille bewältigt hast. Aber böse?“ Er sah ihr in die Augen. „Ich habe Jahre gebraucht, um mir selber vertrauen zu können. Also könntest du mir damit wenigstens noch eine Woche Zeit lassen. Nun ja, hättest du die Pistole tatsächlich geladen, die Lady Harcroft auf mich richtete, hätte mich dein Misstrauen tatsächlich gekränkt.“

„Oh Gott, das hat sie nicht getan.“ Kates Hand flog an ihren Mund.

„Doch, sie hat.“ Er lächelte dünn. „Aber sei unbesorgt. Wir haben uns hinterher gut unterhalten.“ Er seufzte. „Verdammt. Ich hatte alles unter Kontrolle. Harcroft wähnte mich tatsächlich auf seiner Seite. Ich konnte all seine Bedenken ausräumen. Und jetzt habe ich alles ruiniert.“

„Ned. Machst du Witze?“

„Hätte ich mich unter Kontrolle gehabt …“

Kate legte ihm einen Finger an den Mund. „Ich bin dieses Gerede von deiner Kontrolle leid." Ihre Stimme zitterte. „Wenn ein Mann droht, deiner Frau den Arm aus dem Schultergelenk zu drehen, wäre es der falsche Zeitpunkt, Kontrolle zu bewahren. Das ist der Moment, in dem du die Kontrolle verlieren darfst und den Kerl wie einen Wurm zertreten sollst. Du machst dir zu viele Gedanken um deine Kontrolle."

Er sah sie an, und die Nachmittagssonne ließ seine Wimpern golden aufleuchten. „Meinst du?"

„Ja." Kate schüttelte den Rest Schmerz aus ihrem Handgelenk und blickte zu ihm hoch. Wenn sie jetzt nicht die richtigen Worte fand, würde er hinter Harcroft herlaufen und ihn zu Brei schlagen. Besser wäre jedoch ...

Sie legte ihre Hand auf die seine und blickte ihm mit all ihrer aufgestauten Sehnsucht in die Augen. „Wenn ich ehrlich bin", sagte sie mit einem zaghaften Lächeln, „wünschte ich, du würdest deine Kontrolle in anderer Hinsicht verlieren."

15. KAPITEL

Kontrolle. Es lag nicht an dem letzten Rest seiner Kontrolle, dass Ned dem elenden Schuft nicht alle Knochen gebrochen hatte. Es war lediglich ein animalischer Instinkt gewesen, das zu beschützen, was ihm gehörte, knurrend das Objekt seiner Begierde zu verteidigen, seinen Besitz.

Begierde? Verdammt, Begierde war nicht der richtige Ausdruck. Es juckte ihn noch immer in den Fingern, Harcroft zu erwürgen. Wenn Ned die Augen schloss, konnte er den Earl in seinem Blut liegen sehen. Es ging nicht um Vernunft; es ging um die glühende Wut, die ihn erfüllt hatte, als er in den Korridor trat und sah, wie dieser Dreckskerl, dieser anmaßende, hochfahrende Bastard seiner Frau Gewalt antat.

Alles hatte aufgehört zu existieren, nur das Rauschen seines Blutes in den Ohren nicht. Und dann hatte er nur wahrgenommen, wie er dem Kerl die Kehle zudrückte. Er krümmte die Finger und öffnete sie wieder, vermochte den mörderischen Hass jedoch nicht abzuschütteln. Harcroft hatte Hand an Kate gelegt.

Ned wandte sich ihr wieder zu. Erst jetzt begann sie, ruhiger zu atmen. Ihre Hände aber zitterten. Dabei hatte sie überhaupt nicht gezittert, als der Unhold sie in seiner Gewalt gehabt hatte. Sie hatte keine Spur von Angst gezeigt. Sie war stark und unbeugsam gewesen wie ein Fels in der Brandung. Vielleicht war das der Grund, warum er die Beherrschung nicht vollends verloren hatte, weil sie so stark war. Und wenn Kate in dieser Situation einen kühlen Kopf bewahren konnte, dann war er auch dazu fähig.

Er wusste nicht, was er sagen sollte, nahm nur ihre Hände. Ihre Knochen schienen so zart, so zerbrechlich zu sein. Aber in den Nachwirkungen dieses grauenerregenden Erlebnisses waren ihre Hände eiskalt, ihre Augen vor Entsetzen geweitet, als sehe sie das Grauen, das hätte geschehen können. Sie atmete gehetzt, und Ned senkte den Blick, weil er ihre Angst nicht ertrug. Wenn er ihr länger in die Augen sah, würde er tatsächlich die Kontrolle verlieren und Harcroft zur Strecke bringen. Gott allein wusste, was er ihm antun würde. Er war fähig, einen Mord zu begehen.

„Geht es dir besser?“ Ned wusste natürlich, wie dumm diese Frage war.

Kate nickte tapfer.

Den Blick zu senken, war ein Fehler. Denn nun sah er das dünne Netzwerk ihrer Adern am Handrücken, spürte ihren jagenden Puls an seinen Fingerkuppen. Und am Spitzenbesatz ihres Ärmels … oh Gott.

Wieder kochte Zorn in ihm hoch. Er schob ihren Ärmel zurück.

Er fand keine Worte, um den namenlosen Zorn zu benennen, der in ihm hochstieg beim Anblick der rot unterlaufenen Blutergüsse, die Harcrofts brutaler Zugriff auf ihrem zarten Fleisch hinterlassen hatte; bald würden sie anschwellen und sich blau verfärben.

Der Schurke hatte seiner Frau wehgetan.

Ned blickte Kate in die Augen, wusste nicht, was er sagen, wie er sich entschuldigen sollte. Er hatte eine künstliche Distanz zwischen ihnen aufgebaut, in der Befürchtung, sich in ihrer betörenden Nähe vollends gehen zu lassen.

In seinem Kopf war kein Platz für Worte, nur diese grenzenlose Wut. Zärtlich hielt er ihre Hand, während jede Sehne, jeder Muskel in ihm zum Zerreißen gespannt war.

Und dann erst sah er den Abdruck der Wand an ihrer Wange, wo Harcroft sie gegen die Mauer gedrückt hatte, rote Abschürfungen, aus denen Blut sickerte.

„Ich nehme alles zurück“, knurrte er heiser. Er durfte nicht einmal ihre Hand drücken, musste sich eiserne Beherrschung auferlegen. „Ich bringe ihn um.“

Das würde allerdings auch nichts besser machen. Nichts, was er jetzt tat, würde die Schmerzen ungeschehen machen, die Harcroft ihr zugefügt hatte. Sie hätte ihn gebraucht, und wieder war er nicht zur Stelle gewesen, hatte nur an sich gedacht und nicht an Kate. Keine zwei Tage waren vergangen, da er sich geschworen hatte, ihr ein guter Ehemann zu sein, und wieder hatte er versagt. Er musste all seinen Willen zusammennehmen, um ihr die Hand nicht zu zerquetschen. All seine dunklen wilden Begierden wallten in ihm auf. Ein wahrer Gentleman würde sich nicht zu solchen blutrünstigen Gelüsten hinreißen lassen, hätte sich im Zaum und könnte klar denken.

„Ich bringe ihn um", wiederholte Ned eisig, „sobald ich die Kraft finde, deine Hand loszulassen."

„Tu es nicht", bat Kate. Im ersten Moment begriff er nicht. Sie konnte doch nicht im Ernst den Wunsch haben, Harcrofts Leben zu schonen.

Aber sie sagte es wieder. „Tu es nicht. Halte mich fest." Sie sah zu ihm hoch, und in ihren leuchtenden Augen las er all die Angst, die sie vor Harcroft verborgen hatte. Und Ned erkannte, dass ihre Stärke sie schutzlos machte. Sie hatte behauptet, schwach zu sein, aber er sah in ihr eine Willenskraft, die er noch bei keinem Menschen verspürt hatte. Und sie brauchte ihn.

Ned hielt weiterhin ihre Hand, wollte sie so lange halten, bis der Zorn aus ihm gewichen war. Die andere Hand legte er mit sanftem Druck über ihre Finger, wünschte, sein Zorn möge sich in Heilkräfte verwandeln, die ihr alle Ängste nehmen könnten. Er streichelte ihre Hand mit kreisenden Bewegungen, bis sie warm wurde und die Spannung aus ihren Schultern wich.

Doch dieser schwache Trost vermochte ihr das Entsetzen nicht zu nehmen. In ihren Augen las er immer noch das Grauen des soeben Erlebten. Ned drehte ihre Handfläche nach außen, beugte sich darüber und hauchte sanfte Küsse auf die geröteten Stellen.

Der Duft einer blühenden Sommerwiese entströmte ihr,

und er liebkoste jedes Fleckchen ihrer zarten Haut.

Nein, er wollte sie nicht allein lassen, um seine Mordlust an Harcroft zu stillen, so sehr er auch danach lechzte. Er wollte bleiben, wohin er gehörte. Nicht nur, weil sie ihn brauchte, sondern weil er zu schwach war, um etwas anderes zu tun, als ihren Duft zu atmen, die Süße ihrer zarten Haut an seinen Lippen zu spüren.

Er konnte ihre Erinnerungen nicht auslöschen, ihre Blutergüsse nicht wegküssen. Wieder einmal hatte er versagt. Aber nun würde er ihr beistehen, wenn ihre Kräfte sie verließen und sie ihn brauchte.

„Ich bin bei dir“, raunte er an ihrer Haut. „Wenn du mich brauchst, bin ich bei dir.“

Sie zitterte noch immer. Er schloss sie in die Arme, und Kate schmiegte sich an ihn.

„Nicht, dass du mich brauchen würdest“, hauchte er an ihrem Nacken. „Du warst, nein, du bist wunderbar. Es war ein Fehler, nach China zu gehen. So etwas tue ich nie wieder. Selbst dann nicht, wenn die Königin mich persönlich darum bittet.“ Er streichelte ihr über Rücken und Schultern.

„Ich weiß“, flüsterte sie an seiner Hemdbrust und barg das Gesicht an seiner Schulter, und er genoss das Wunder, sie in den Armen zu halten.

„Ich weiß“, wiederholte sie. Und dann bog sie den Kopf in den Nacken und sah zu ihm hoch. Der ernste Blick ihrer grauen Augen wärmte ihm das Herz. Sie legte ihm die Hände auf die Brust.

„Du hast mir sehr wehgetan“, flüsterte sie, „damals, als du fortgegangen bist.“

„Das tut mir leid.“

„Es gab eine Zeit, in der ich mich an dir rächen wollte. Ich wollte dich leiden sehen, dich ebenso unglücklich machen, wie ich es war. Ich wollte dir ebensolche Schmerzen zufügen wie du mir.“

Hilflos schüttelte er den Kopf, wusste nicht, was er sagen,

wie er sich für all seine Fehler entschuldigen sollte. Wusste nicht, wie er ihr beweisen könnte, dass er alles wiedergutmachen wollte. „Du hast einmal gesagt, unsere Ehe kommt dir vor wie ein welkes Blatt, das vom nächsten Windstoß fortgeweht wird. Ich tue alles, was in meiner Macht steht, um dieses Blatt wieder zum Grünen zu bringen, Kate."

Und wieder versetzte sie ihn in Erstaunen. „Es tut mir leid", flüsterte sie. „Jetzt will ich nur dich." Und dann stellte sie sich auf die Zehenspitzen und legte ihren Mund auf den seinen.

Es war kein zorniger, kein ängstlicher Kuss, auch nicht dazu gedacht, um ihn zu verführen. Es war einfach Kates Kuss, rein und schlicht. Ein unverfälschter Kuss, ohne Hintergedanken. Er genoss ihre warmen weichen Lippen, ihre zierliche Gestalt in seinen Armen, zart und dennoch stark, unbeugsam und entschlossen.

Er wollte stark für sie sein. Und als er ihren Kuss erwiderte, lagen alle Worte darin, die er nicht gefunden hatte, all seine Gefühle, die er nicht zum Ausdruck bringen konnte. Mit seinen Händen umfing er ihre Schultern, und Kate begriff, dass sie sich auf ihn verlassen konnte. Sie öffnete ihren Mund für ihn, ihre Zungen berührten einander, und sie sank ihm an die Brust in dem Vertrauen, das sie sich so sehr gewünscht hatte.

Er hauchte federleichte Küsse an ihre zarte Kehle. Sie lehnte sich in seinen Armen zurück und wusste, er würde sie nicht fallen lassen. Diesmal nicht. Er begehrte sie, brauchte sie in drängendem Verlangen.

Vermutlich spürte sie sein Zögern in der Spannung seiner Arme, denn sie hob den Kopf. „Wie oft muss ich dich noch darum bitten, Ned? Vergiss deine Kontrolle und lass mich zu dir."

Sie schob ihre Hände in seinen Gehrock und streichelte ihn in einer unaussprechlich intimen, besitzergreifenden Geste.

„Welche Kontrolle?", brummte er.

Während ihre Hände seitlich an seinen Rippen nach unten glitten, war nichts mehr davon übrig, keine Spur von Selbstbeherrschung, um die er so hart gekämpft hatte. Ihre Finger lösten die Knöpfe seiner Weste, tasteten seine flache Bauchdecke nach unten. Sein Mund suchte die süßen Rundungen ihrer Brüste. Der Spitzenbesatz ihres Mieders war ein Hindernis. Er zog es mit einem Ruck nach unten und bewunderte ihre rosigen Brustknospen, die durch den dünnen Batist ihres Unterhemds schimmerten. All seine sündigen Traumbilder erschienen vor seinem geistigen Auge und drängten danach, Wirklichkeit zu werden.

„Welche Kontrolle?", raunte er wieder und wölbte den Mund um ihre Brust. Traum und Wirklichkeit verschmolzen ineinander. Kate schmiegte sich in seine Arme. Ihre harte Brustknospe schmeckte süß durch den dünnen Stoff. Ein leiser Lustschrei entfuhr ihr. Nicht einmal seine fiebernden Träume hatten ihm ihren schluchzenden Laut der Wollust vorgegaukelt.

Er müsste denken. Er müsste sich und ihr Einhalt gebieten. Stattdessen konnte er nicht aufhören, ihre zarte Haut zu küssen. Sein Daumen fand ihre nasse Brustspitze, umkreiste sie, und er spürte ihr wachsendes Verlangen. Sie atmete keuchend. Und dann bückte er sich und hob ihre Röcke hoch. Rüschen und gestärkte Unterröcke konnten ihn nicht hindern, bis er ihre Unterhose fand, sie beiseiteschob und sein Ziel erreichte.

Sie war feucht, seidig und erhitzt, wie er es sich erhofft hatte. Und als seine Finger die richtige Stelle fanden, fand auch sein Mund den ihren zu einem glühenden Kuss. Er wusste, wie er sie liebkosen, wie er seine Finger um die empfindsame Perle kreisen lassen musste.

Benommen entsann er sich, dass er … Was sollte er? Jeder klare Gedanke war ihm entflohen. Sein glühendes Verlangen hatte ihn besiegt. Es gab nichts mehr, nur noch seine Gier. Er presste seine Lenden gegen ihren Leib, seine Männlichkeit zuckte an ihrer flachen Bauchdecke.

Es reichte nicht. Er wollte sie vollständig besitzen.

Aber das hätte Folgen. Es gab Vernunftgründe. Das wusste er, aber sein Verstand konnte sie nicht benennen.

Als er sich von ihr löste, nestelte sie am Bund seiner Hose. Sie schob ihm die Hose nach unten, und ihre Finger tasteten die Länge seines befreiten zuckenden Schaftes entlang. Ned kämpfte zähneknirschend dagegen an, sich in ihrer Hand zu ergießen, und tauchte einen Finger in ihren Schoß, lechzte danach, sich ganz in ihre heiße Tiefe zu versenken. Ihre Finger streiften die Kuppel seines Schaftes.

„Verdammt", knurrte er. „Wenn du nicht damit aufhörst, dann …"

„Tu es!" Ihre Worte waren ein Flehen, den letzten Rest seiner Kontrolle fahren zu lassen. Und als ihre Hand die Länge seiner erregten Männlichkeit mit sanftem Druck entlangglitt, war es um ihn geschehen. Leise knurrend hob er sie hoch und presste sie gegen die Wand.

Kate schlang die Beine um seine Hüften, und er versenkte sich mit einem einzigen kräftigen Stoß in sie. Ihr Schoß empfing ihn heiß und willig. Ned verharrte und genoss diesen überirdisch wundersamen Moment. Endlich war er mit ihr vereint. Er zog sich zurück, um sich tiefer zu versenken. Ein Beben durchflog ihren Körper.

Ja. Das war es, wonach er sich gesehnt hatte. Dieses beseligende Glücksgefühl. Er hatte nach dieser berauschenden Freude gelechzt, die jeden Winkel seines Daseins ausfüllte, ihm die Sinne raubte.

Sie gehörte ihm, war ganz und gar mit ihm vereint, nahm jeden seiner heftigen Stöße in trunkener Verzückung auf, die er ihr so lange versagt hatte.

Als sie Erlösung fand, spürte er ihre Hitze wie eine Feuersbrunst. Er tauchte wieder und wieder in sie, ehe er sich zuckend in ihr verströmte. Ihm war, als habe er sein Innerstes in ihren Schoß ergossen, bis er ausgelaugt und geschwächt kaum noch die Kraft fand, ihre zarte Gestalt zu halten.

Dann konnte er wieder atmen.

Und danach folgte das Brennen seiner Muskeln und Sehnen.

Sein Verstand setzte erst später wieder ein. Kate sah ihn

an und wischte ihm lächelnd den Schweiß von der Stirn. Ihre Beine waren um seine Hüften geschlungen, er war immer noch tief in ihr versenkt, an seinem unendlich empfindsamen Schaft spürte er ihren jagenden Puls. Vielleicht war es auch sein Puls.

Und sie standen mitten im Flur, wo jeder sie sehen konnte. Was, zum Teufel, hatte er sich nur dabei gedacht?

Er hatte an gar nichts gedacht. Nicht einmal daran, sie in sein Bett zu bringen, wie jeder zivilisierte Mann es getan hätte.

„Zum Teufel mit mir."

Das anfangs zaghafte Lächeln, das ihre Lippen umspielte, breitete sich über ihr Antlitz aus und brachte es zum Leuchten. „Hätte ich gewusst, dass es so endet, hätte ich Harcroft vor Jahren schon dazu angestachelt, mir Gewalt anzutun."

Gott hatte Ned wahrhaftig verflucht. Er hatte alles außer Acht gelassen – seine Sorge um ihr Wohlergehen, seine Kontrolle. Sein Zorn hatte sich in wilde Begierde verwandelt. Er hatte an nichts anderes gedacht, als seine Wollust an ihr zu stillen.

Allerdings hatte sie keine Einwände dagegen erhoben. Im Gegenteil. Ned schüttelte verwirrt den Kopf, versuchte, klar zu denken. Behutsam löste er sich von ihr und stellte sie sanft auf die Füße.

Sie zog ihm die Hose hoch und schloss mit ruhigen Fingern die Knöpfe, während sie auf ihrer Unterlippe kaute. Eine Welle der Zuneigung durchströmte ihn. Kate war eine schöne Frau. Wieso war ihm nie zuvor aufgefallen, wie anbetungswürdig sie war?

Lächelnd sah sie ihn an. „Nun, Mr Carhart. Sie haben sich auf eine Liebesaffäre mit Ihrer Ehefrau eingelassen. Wie wollen Sie damit umgehen?"

Weglaufen. Sein erster Gedanke war nichtswürdig wie all seine niederen Instinkte.

Nein. Kate hatte recht. Das, was er in den letzten Minuten getan hatte, konnte er nicht ungeschehen machen. Er konnte sein dunkle animalische Seite nicht länger vor ihr verbergen.

Und es gab weit Schlimmeres im Leben als eine Ehefrau, die sich ihm mit der gleichen Entfesselung hingab wie er sich ihr.

Kate hatte all seine Verteidigungsmauern zum Einsturz gebracht, bis auf eine letzte. Sie hielt ihn für stark, vertraute auf einen ewig währenden Sommer und ahnte nicht, dass dies nur ein kurzer Aufschub war. Er hatte das unheimliche Gefühl, schwerelos in der Luft zu hängen.

Es war bedeutungslos. Er hatte die Kälte des Winters durchlitten. Er würde auch den nächsten Winter überstehen. Wenn sie *ihn* für stark hielt, würde er stark für *sie* sein, was immer die Zukunft bringen mochte. Sie brauchte nicht zu wissen, was ihn quälte.

Also schenkte er ihr ein laszives Lächeln. „Nun, Mylady. Ich schlage vor, wir lassen uns erst einmal ein Bad bereiten."

16. KAPITEL

„Ein Bad?“, wiederholte Kate verständnislos, innerlich immer noch vibrierend in den Nachwehen ihrer Verzückung.

„Du wirst es genießen“, meinte Ned lächelnd.

„Oh.“ Erst jetzt bemerkte sie, wie erhitzt sie war. Nicht sehr romantisch. Wollte er ihr damit etwa sagen …?

„Bitte entspanne dich“, beruhigte er sie und nahm sie bei der Hand. „Ich will dich baden. Vertrau mir.“

„Ich vertraue dir.“ Erst als ihr die Worte entschlüpft waren, wusste sie, dass es ihr ernst damit war. Eine wohltuende Wärme breitete sich in ihrem Magen aus wie nach einem Schluck Brandy, allerdings doppelt so schwindelerregend.

Er berührte sanft ihre Wange. „Ja, ich weiß.“ Seine Stimme klang dunkler als gewöhnlich, schien in ihr widerzuhallen. „Ich wusste, dass du mir vertrauen wirst.“

„Ned, auch wenn du deine Scherze mit mir treibst, durchschaue ich dich.“

Es war nichts – vielleicht nur ein Lichtreflex oder ein Luftzug. Eine Sekunde lang schienen seine Pupillen sich zu Stecknadelköpfen zu verkleinern, und die Wärme in seinem Blick wurde zu Eis. Dieser Eindruck war jedoch so flüchtig, dass sie sich geirrt zu haben glaubte.

„Natürlich.“ Seine Stimme klang wie eine zärtliche Liebkosung. „Ich gestehe, das alles ist nur Teil meines teuflischen Plans. Ist dir eigentlich klar, dass ich dich nie unbekleidet gesehen habe?“

„Wie bitte? Aber …“ Sie unterbrach sich, entsann sich der Dunkelheit ihrer Hochzeitsnacht.

Er zuckte mit den Schultern. „Dämmerlicht. Züchtige Nachthemden, allenfalls bis zu den Hüften hochgeschoben. Du hast mehr von mir gesehen als ich von dir. Das will ich ändern.“

Sie hatte sich längst nicht satt an ihm gesehen. Und da die

Glut seiner Wollust im Moment gebändigt war, erkannte sie, dass sein Humor und seine gute Laune sich wieder einstellten.

„Wenn wir uns mitten am Tag ein Bad bereiten lassen, denken die Dienstboten, wir hätten …" Wieder einmal suchte sie nach den richtigen Worten.

„Gefickt?", half er ihr auf die Sprünge. „Gevögelt? Geschlechtsverkehr oder Beischlaf gehabt? Wobei ich annehme, Beischlaf wäre die falsche Bezeichnung, wenn man es im Stehen gegen eine Wand gelehnt tut. Rammeln, das trifft es vielleicht besser."

So viele Bezeichnungen, so viele Arten, es zu tun. „Welches Wort würdest du denn benutzen?"

„Ich würde sagen, ich bin über dich hergefallen. Und da ich weiß, dass du die Frage stellen wirst: Nein, ich bin noch nicht fertig … Geh nach oben und zieh dich aus. Jetzt."

„Aber das ganze Haus wird wissen …"

„Kate." Er legte ihr die Hand an die Schulter. „Klingle nach einem Bad."

Sie schaffte es, ohne schamhaft zu erröten. Sie schaffte es auch, ohne Eile die Treppe hinaufzusteigen, obgleich sie seine Blicke im Rücken spürte. *Ich habe dich nie unbekleidet gesehen.* Das stimmte, im Wortsinn. Allerdings hatte er bis ins Innerste ihrer Seele geblickt. Er wusste um ihre verborgenen Ängste, ihre geheimen Wünsche. Während sie nur sein sinnliches Verlangen kannte. Ihr war, als spüre sie noch seinen Körper gegen den ihren gepresst, seine Hitze, die sich in ihr Fleisch eingebrannt zu haben schien.

Die Diener füllten die Badewanne mit dampfendem Wasser. Ihre Zofe eilte geschäftig hin und her, legte Seife und Badetücher zurecht, streute Blütenblätter ins Wasser und stellte einen Krug mit einem Absud aus getrockneten Holunderblüten und Weidenrinde bereit, um das Haar ihrer Herrin zu spülen. Gelegentlich warf sie einen flüchtigen Blick zu Ned hinüber, der das geschäftige Treiben aus einem Sessel beobachtete, erwähnte seine Gegenwart jedoch mit keinem Wort.

Als sie begann, die Knöpfe am Rücken von Kates Kleid zu öffnen, ergriff er das Wort. „Jetzt übernehme ich", sagte er gelassen, als handle es sich um eine Selbstverständlichkeit, dass er seine Frau vor dem Bad entkleidete. „Sie können gehen."

Die Dienstboten waren zu diskret, um wissend zu schmunzeln. Wortlos holte die Zofe einen zweiten Stapel Badetücher aus der Wäschekommode, als befürchte sie, ihre Herrschaft würde das ganze Zimmer unter Wasser setzen – und als ahnte sie, aus welchem Grund. Kates Wangen glühten. Das Mädchen legte die Tücher zu den anderen und verließ das Zimmer.

„Zieht sich diese Schamröte noch weiter nach unten?" Ned näherte sich ihr. Sein Finger zog eine feine Spur von ihren rosig behauchten Wangen über Hals und Ausschnitt bis zum Spitzenbesatz ihres Mieders.

Kate errötete noch tiefer. „Ich ... oh ..."

„Daran lässt sich nichts ändern", erklärte er schmunzelnd. „Die Dienstboten denken ohnehin, wir geben uns sinnlichen Genüssen hin. Und wenn wir es nicht tun, reden sie trotzdem darüber. Also machen wir das Beste daraus."

Er legte ihr die Hände auf die Schultern, drehte Kate sanft um und nestelte an den Schleifen. Unzählige Male war Kate an- und ausgezogen worden, hatte die Hände ihrer Zofe an den verschnürten Bändern ihres Mieders gespürt. Aber noch nie seine Hände – groß, stark, warm, liebkosend ... zerrend?

„Ned, was machst du da hinten?"

„Ich komme nicht weiter." Er klang verwirrt. „Ich habe nur ein bisschen daran gezogen, und plötzlich ist alles verknotet und verheddert. Soll das ein grausamer Scherz sein?"

Stirnrunzelnd spähte sie über die Schulter und unterdrückte ein Kichern. „Man könnte es auch Tücke des Objekts nennen."

„Was habt ihr Frauen nur gegen Knöpfe?"

„Mit Bändern lässt sich ein Mieder enger schnüren. Zieh nicht so fest daran! Damit machst du alles nur noch schlimmer."

Es entstand eine längere Pause, gefolgt von einem weiteren Zerren.

„Ned, soll ich das Mädchen noch einmal rufen?"

„Nein, danke! Ich brauche keine Hilfe, um meine Frau auszuziehen. Aha! Jetzt hab ich es. Diese Enden haben sich verdreht. Schiere Bosheit, um einen Mann an den Rand des Wahnsinns zu treiben. Ich werde ein ernstes Gespräch mit deiner Schneiderin führen müssen."

Kate spürte, wie das Mieder sich lockerte, seine Hände sich auf ihre Schultern legten. „Das nächste Mal", sagte sie schmunzelnd, „bitte ich das Mädchen, dir eine Gebrauchsanweisung zurechtzulegen. Nun verstehe ich, wieso du die Wand im Flur gewählt hast, damit blieb dir erspart, mich auszuziehen."

So umständlich und unbeholfen war Kate nie aus den Kleidern geschält worden. Neds tollpatschiges Nesteln und Zerren hatte etwas Rührendes. Ihre Haut prickelte unter seinen Fingern, als er ihr beinahe scheu die Ärmel von den Schultern streifte.

Und dann fluchte er leise, während das Kleid zu Boden raschelte. „Herrgott! Da sind ja noch mehr Verschnürungen an deinem Korsett."

„Was hast du erwartet? Du willst mich doch nackt sehen, Ned."

„Kein Wunder, dass du eine Zofe brauchst. Allein würdest du dich nicht in all das Zeug zwängen können. Mir wird erst jetzt klar, dass Mode nur dazu dient, sich einen Mann vom Leib zu halten. Sei ehrlich: All dieser Firlefanz wurde nur erfunden, um uns Männer um den Verstand zu bringen."

„Ich dachte immer, es ginge darum, weibliche Reize zu betonen, um Männer zu betören."

„Du hast es nicht nötig, deine Reize zu betonen." Er attackierte die Bänder ihres Korsetts mit mehr Ungestüm als Finesse. Schließlich gelang es ihm, die Verschnürungen zu lösen und seine Frau von dem Fischbeinpanzer zu befreien.

Kate zog den Atem tief in ihre Lungen. „Ich muss dir ein Geständnis machen, Ned. Und es ist schrecklich. Nein, es ist – unverzeihlich." Seine Hände verharrten an ihrer Taille, drückten zu, als wolle er ihr Halt geben.

Dann löste er sich von ihr, trat vor sie hin und sah sie treuherzig an. „Was ist es? Geht es um Lady Harcroft?" Er ergriff ihre Hände.

„Nein", sagte sie, erwiderte seinen Händedruck und dämpfte ihre Stimme. „Nach unserem Morgenspaziergang", gestand sie flüsternd, und er neigte sich ihr zu, um besser hören zu können, „bin ich in mein Zimmer gegangen und habe vier Unterröcke angelegt."

Er lachte. „Wie schrecklich. Aber ich sehe Knöpfe. Es gibt also Hoffnung."

Ja, es gab Hoffnung. Wenn Ned und sie miteinander lachen konnten nach all den Missverständnissen und Fehlern der Vergangenheit, könnten sie vielleicht gemeinsam die Probleme mit Louisa lösen. Vielleicht würden sie tatsächlich Vertrauen zueinander finden, ja einander sogar lieben können. Vielleicht könnten sie in zehn Jahren über die Wirrnisse dieser Tage lachen.

Er schaffte es irgendwie, sie von ihren Unterröcken zu befreien. Und als sie nur noch das dünne Batisthemd trug, ging er vor ihr in die Hocke. Kate grub die Hände in sein zerzaustes Haar, das sie ihm in leidenschaftlicher Entfesselung im Flur zerwühlt hatte. Ned griff nach dem Saum des Hemdes, erhob sich und streifte es ihr über den Kopf.

Endlich stand sie nackt vor ihm. Er zerknüllte das Hemd in den Händen und sah sie an. Sein Blick wanderte ihre Beine nach oben über ihre Hüften zu ihren Brüsten, deren Knospen sich begehrlich reckten.

Er machte eine kreisende Bewegung mit dem Zeigefinger. „Würdest du …" Er schluckte. „Würdest du dich umdrehen?"

Sie gehorchte und hörte einen zischenden Laut. Dann spürte sie seine Hand an ihrer Schulter. „Was ist das?"

Mit seinen Fingern strich er behutsam über die schmerzende Stelle. „Harcroft hat mich gegen den Türrahmen geworfen."

Ned sagte nichts, legte nur sanft seine flache Hand an die Stelle, als könne seine Wärme die Schwellung heilen. Dann strich er ihren Rücken entlang, verharrte an den Rundungen ihres Beckens. „Und was ist das?"

Sie blickte an sich herab und entdeckte an beiden Hüften leicht gerötete Stellen. Sie musste nicht darüber nachdenken, woher sie stammten, spürte immer noch den Druck seiner Finger, als er sich entfesselt in sie getrieben hatte. „Hier hast du mich vorhin festgehalten."

„Oh Gott. Kate. Verzeih. Ich bin nicht besser als Harcroft, dir wehzutun, wenn …"

„Sei nicht albern. Ich habe es nicht einmal gespürt. Und wenn du glaubst, ich lasse mich von dir behandeln, als sei ich aus Glas, hast du dich geirrt. Du behauptest, ich sei stark. Also bitte, schau nicht auf meine blauen Flecken, schau lieber mich an."

Er blickte ihr in die Augen und nickte knapp.

Nein, Ned neigte nicht zu Gewalt, wollte ihr nicht wehtun. Er trat einen Schritt zurück, streifte Gehrock und Weste ab, krempelte die Hemdsärmel hoch, ohne sich bewusst zu sein, was der Anblick seiner gebräunten, sehnigen, mit goldenem Flaum behaarten Arme in ihr auslöste.

Als er sich Kate wieder zuwandte, war das gebannt, was auch immer vor wenigen Sekunden in ihm vorgegangen sein mochte. Schwungvoll hob er sie hoch, trug sie zur Badewanne und ließ sie behutsam nieder.

Kate seufzte wohlig, als sie ins heiße Wasser sank, umwabert von dampfenden Schwaden. Ned schäumte einen Lappen mit Seife ein, der ein exotischer Blütenduft entströmte.

Er hatte tatsächlich vor, sie zu baden, massierte ihr Schultern und Rücken kreisend mit dem rauen Tuch. Im heißen Wasser lösten sich ihre Muskelverspannungen, und ein zufriedenes Wohlbehagen breitete sich in ihr aus. Danach wusch er ihre Brüste mit sanften Strichen, anschließend widmete er ihren Armen die gleiche Aufmerksamkeit. Er hob ihre Füße, einen nach dem anderen, schäumte sie ein und massierte ihre Beine. Langsam und unbeirrt wanderte seine Hand bis zu ihrem Knie. Kate spreizte die Schenkel.

Sie wünschte, Ned würde sich zu ihr in die Badewanne legen, in der allerdings kein Platz für beide war. Doch ehe er ihre intimste Stelle erreichte, ließ er von ihr ab.

„Ned?“

Sorgsam zog er die Nadeln aus ihrem Haar, tauchte einen Krug ein, hielt die Hand schützend an ihre Stirn, bevor er ihr das Wasser über den Kopf goss und ihre Kopfhaut mit kräftigen Fingern massierte. Eine schläfrige Benommenheit hüllte sie ein; sie empfand diese Berührung beinahe so intim, als würde er sie zwischen den Beinen liebkosen. Alle Spannung wich von ihr, sie glitt in einen beseligend schwerelosen Zustand, bis der nächste Wasserguss sie in die Wirklichkeit zurückholte.

Sie blinzelte das Wasser aus ihren Augen und schaute zu ihm hoch.

Wachsam beobachtete er sie.

„Danke“, flüsterte sie und fühlte sich nicht nur sauber, sondern befreit, erlöst von allen Sorgen der letzten Wochen. „Vielen Dank, Ned.“

„War mir ein Vergnügen.“

Sie erhob sich; das Wasser perlte von ihren Schultern. Andächtig betrachtete er sie, wie eine den Wogen entstiegene Meeresgöttin. Kate entsann sich eines Gemäldes, eine Darstellung der Venus mit langen Locken, die über schneeweiße Schultern wallten, während ihr die nassen Strähnen im Gesicht klebten.

Er schien sich nicht daran zu stören, hüllte sie in ein Badetuch ein und rieb ihr das Haar trocken. Dann ging er vor ihr in die Knie. Das Badetuch streifte ihre Schenkel. Sie stöhnte leise.

Ned hob den Kopf, blickte ihr in die Augen, und ihr war, als wären sie durch ein unsichtbares Band miteinander verbunden.

Ohne den Blick von ihr zu wenden, neigte er den Kopf, fuhr sich mit der Zunge über die Lippen und drückte einen Kuss zwischen ihre Schenkel, anfangs zart und beinahe scheu. Dann teilte seine Zunge die Blütenblätter ihrer Weiblichkeit, seine Hände wölbten sich um ihre Hüften. Und Kate zerfloss unter seiner Liebkosung. Seine Zunge kostete von ihren Säften. Sie schloss die Augen, als sie von einer dunklen Flutwelle erfasst und verschlungen wurde.

Er hatte bereits alle Verspannungen aus ihren Muskeln gelöst; nun wich auch jede Nervenspannung von ihr. Eine beseligende Süße erfüllte sie, trug sie in himmlische Gefilde, bis sie zerbarst und zuckend an seinem Gesicht den Höhepunkt fand. Sie vermochte sich nicht länger aufrecht zu halten.

Aber Neds Arme gaben ihr Halt. Sie wusste nicht, wann er aufgestanden war, irgendwann, nachdem er sie zur Verzückung gebracht hatte. Er nahm sie bei der Hand, verschränkte die Finger mit den ihren und führte sie in ihr Schlafzimmer.

Die untergehende Sonne tauchte ihre Nacktheit in rosigen Schein. Vor dem Bett nahm er ihr das Badetuch von den Schultern. Er hatte immer noch kein Wort gesprochen.

Das war auch nicht nötig.

Er entledigte sich seiner Stiefel und Strümpfe und streifte die Hose ab. Als er sich über sie beugte und ihren Mund suchte, tastete sie nach seinem harten Schaft, der sich ihr pulsierend entgegenreckte.

Sie löste sich von seinem Mund. „Lass mich in dein Inneres, Ned."

Seine Pupillen weiteten sich. Schweigend und sanft zwang er sie, sich auf den Rücken zu legen. Sie spreizte die Beine, und er führte seine Männlichkeit an ihren Schoß.

Kate empfing ihn bereitwillig, stöhnte leise, als er in sie eindrang. Er füllte sie bis zum Bersten. Sie hob ihm die Hüften entgegen, fieberte danach, ganz von ihm besessen zu sein.

Sie krallte die Finger ins Laken.

Und dann blickte er ihr in die Augen und trieb sich in sie.

Sie schlang die Beine um seine Hüften, um ihn tiefer in sich aufzunehmen.

Sie waren miteinander vereint, fanden einen gleichbleibenden Rhythmus, der ihre Wollust befeuerte. Kate gab sich ihren Lustgefühlen hin, ihr Denken war ausgeschaltet, sie war ein aufgepeitschtes Meer wogender Empfindungen, die mehr und mehr anschwollen.

Er fand den Höhepunkt zuerst; seine Stöße wurden heftiger, fordernder. Seine Fingernägel gruben sich in ihr Handgelenk. Dann stieß er einen langen Zischlaut zwischen den Zähnen aus, und sein heißer Erguss ließ sie wissen, dass sie ihm ebensolche Wonnen bereitete wie er ihr. Und dieses Wissen erfüllte sie mit tiefer Zufriedenheit. Ihre Beine umklammerten seine Hüften, die inneren Muskeln ihres Schoßes saugten sich an seinem Schaft fest, sie erschauerte in heftigen Zuckungen und gehörte ihm mit Leib und Seele.

Hinterher fand Ned keine Worte. Nichts schien ihm passend; nichts vermochte die Vertrautheit wiederzugeben, die sie miteinander verband. Es gab keine Worte, um auszudrücken, was er ihr gegeben hatte – und was er bei aller Hingabe vor ihr verborgen hatte.

Aber Kate konnte nicht wissen, was er ihr verschwieg. Sie drehte sich zu ihm und legte ihre Hand an seine nackte Hüfte. „Du hattest recht.“ Ihre Worte waren nur ein gehauchtes Flüstern, dennoch versetzten sie ihm einen Stich. Er holte tief Luft. Sie vertraute ihm. Ihr Atem hauchte warm an seiner Kehle, sie schlang den Arm um seine Mitte und schmiegte sich wohlig an ihn. Diese Geste und dieses Zutrauen mussten echt sein.

„Du weißt über Louisa Bescheid“, sagte sie leise.

„Ja. Ich hätte mit dir darüber sprechen müssen.“ Sein Blick folgte der Spur seines Fingers über ihr Schlüsselbein, um ihr nicht in die Augen sehen zu müssen.

„Und warum hast du nichts unternommen?“

Ned wurde kalt ums Herz. Er hätte etwas tun, ihr die Verantwortung abnehmen müssen. Er hätte darauf bestehen müssen …

„Als ich jünger war“, fuhr sie fort, „und Interesse an einer sinnvollen Beschäftigung zeigte, fand mein Vater immer jemanden, der die Aufgabe für mich erledigte. Daraus zog ich den Schluss, dass von mir erwartet wurde, ein hilfloses Wesen zu sein. Eine vollendete Dame spielt Klavier, spricht drei Sprachen und parliert mit ihrem Tischherrn über Shakespeare und Byron. Einer vollendeten Dame ist es indes nicht gestattet, sich nützlich zu machen.“

„Verstehe.“ Ned befiel ein beklemmendes Gefühl bei ihren Worten. Um der Wahrheit die Ehre zu geben, erwartete man auch von einem vollendeten Gentleman nicht, etwas Nützliches zustande zu bringen, andernfalls hätte sie den Wunsch verspürt, dass er ihr die Last von den Schultern nahm. Sie aber wollte diese Herausforderung selbstständig und allein meistern.

Er hatte allerdings nicht geahnt, dass Frauen ähnliche Sehnsüchte hatten wie Männer.

„Nun hast du den Gegenbeweis geliefert“, erklärte er. „Du hast eine Frau vor der Brutalität ihres Ehemanns gerettet.“

Ihr Haar kitzelte seine Nase, als sie den Kopf schüttelte. „Nein“, widersprach sie.

Er wollte ihr versichern, dass Lady Harcroft in Sicherheit war, als sie hinzufügte: „Es waren sieben.“

„Pardon?“

„Erinnerst du dich, unter welchen Umständen wir uns kennenlernten?“

„Wir sind uns während eines Balls im Dienstbotentrakt begegnet.“ Tatsächlich war Ned ihr gefolgt, allerdings in Begleitung von Gareth und Jenny. „Du hast mir nie gesagt, was du dort zu tun hattest, abgesehen von der Geschichte, dass du dich um eine kranke Magd kümmern wolltest.“

Er war so sehr mit eigenen Problemen beschäftigt gewesen, dass er ihr die Geschichte fraglos abgenommen hatte.

Kate setzte sich mit blitzenden Augen auf. „Das stimmte ja auch, war allerdings nur die halbe Wahrheit. Mit sechzehn fand ich heraus, dass meine alte Kinderfrau sich den Fuß gebrochen hatte. Und der Tochter eines Dukes ist es immerhin gestattet, einem kranken Dienstboten ein paar Gläser Marmelade zu bringen. Bei meinem Besuch erfuhr ich, dass ihr Ehemann schuld an diesem Unfall war. Und es war nicht das erste Mal, dass er sie verprügelt hatte."

Während ihres Berichts kam Kate richtig in Fahrt und gestikulierte lebhaft mit den Händen.

„Beim ersten Mal war alles ganz leicht", fuhr sie fort. „Ich buchte eine Schiffspassage für sie über den Atlantik und ließ einen Bankwechsel auf ihren Namen auf dem neuen Kontinent deponieren. Heute ist sie Inhaberin einer florierenden Bäckerei in einer kleinen Stadt in Amerika ... Boston, glaube ich."

Die Gewalt, die dieser bedauernswerten Frau angetan worden war, war ihr so sehr zu Herzen gegangen, dass sie die Initiative ergriffen hatte, um sie zu retten. Dieses Feuer in ihren Augen leuchtete jedoch aus einem anderen Grund, vermutete Ned. Was hielt Kate noch vor ihm verborgen? Eine beklemmende Enge schnürte ihm die Brust zu. In seinen verblüfften Respekt mischte sich mehr als nur ein Stich Eifersucht. Wie hatte sie es bereits als Sechzehnjährige geschafft, eine Frau vor den Misshandlungen ihres brutalen Ehemanns zu retten, ohne dass ihr Vater davon erfuhr?

Und was hatte Ned in diesem Alter getan?

Er hatte hohe Summen bei Pferderennen gesetzt und die Nachwirkungen seiner ersten Zechgelage auskuriert.

„Louisa", erklärte Kate nicht ohne Stolz, „ist die siebte Frau, die ich überzeugen konnte, ihren Ehemann zu verlassen. Allerdings die erste Gemahlin eines Lords. Und sie war mein bisher schwierigster Fall." Sie warf ihm einen fragenden Blick zu. „Du ... du wirst doch nicht von mir verlangen, dass ich damit aufhöre, oder?"

Ned schüttelte den Kopf.

„Ich liebe meinen Vater", erklärte sie, „und er vergöttert mich. Aber für ihn bin ich seine kleine Prinzessin, die vor allen Widrigkeiten des Lebens beschützt werden muss. Meine Mutter hat mich dazu erzogen, eine perfekte Gastgeberin zu sein. Ich liebe meine Eltern, war allerdings froh, in den letzten Jahren in Berkswift leben zu können. In Kent hätten sie mir strikt untersagt, mich diesen Aufgaben zu widmen."

In ihrer Stimme schwang ein wehmütiger Unterton, und Ned spürte erneut, wie einsam sie war. Sie hatte sich von ihrer Familie zurückgezogen, hatte keinen Menschen gehabt, dem sie sich anvertrauen konnte. „Jetzt wird vieles leichter", fuhr sie fort und schmiegte sich an ihn, „da ich mit deiner Unterstützung rechnen kann. Weißt du, welche List ich mir ausdenken musste, um an die nötigen Geldmittel zu gelangen?"

Erneut schüttelte Ned den Kopf.

„Durch fingierte Rechnungen. Ich habe eine stillschweigende Übereinkunft mit einigen Modeateliers in London getroffen. Ich bestelle extravagante Garderobe, man stellt mir eine Rechnung über die doppelte Höhe der Kaufsumme aus und übergibt mir die Hälfte des Betrags in bar. Ich bin im *ton* berühmt für meinen Kaufrausch."

Harcroft hatte darüber eine abfällige Bemerkung gemacht. Und wenn Ned es sich überlegte, hatte er seine Frau nie zweimal im gleichen Kleid gesehen. „Du meine Güte, das muss ja schrecklich anstrengend für dich gewesen sein", erklärte er trocken.

„Wie du dir denken kannst. Nach all den Jahren der Heimlichkeiten ist es mir eine unendlich große Erleichterung, darüber reden zu dürfen."

Sie vertraute ihm. Und genau das war sein Wunsch, hatte er ihr doch versprochen, alles wiedergutzumachen.

Aber warum hatte er dann das Gefühl, als liege ihm ein Eisklumpen im Magen?

Sie vertraut mir nur, weil sie die Wahrheit über mich nicht kennt.

Ned wollte aus dem Bett springen und die Flucht ergreifen. Er hatte ihr Vertrauen gewonnen, genau, wie er es sich gewünscht hatte. Und nun wollte er alles zurücknehmen.

„Was tun wir nun mit Louisa?", fragte sie schläfrig. Und das kleine Wörtchen *wir* versetzte Ned wieder einen Stich.

Diese Zuversicht in ihrer Stimme, dieses Vertrauen, nur weil er ihr etwas vorgespielt hatte. Er hatte ihr vorgegaukelt, stark und tüchtig zu sein, ein Mann mit Durchsetzungskraft, der einen wütenden Gaul und einen tobsüchtigen Ehemann zur Raison brachte. Sie glaubte an ihn, und das Gewicht ihres Glaubens lastete schwer auf Neds Schultern.

Sie kannte die Wahrheit nicht. Sie wusste nicht, dass ihm ein kalter Winter bevorstand, dass sie ihr Vertrauen in einen Mann gesetzt hatte, der wieder jämmerlich versagen und im Staub kriechen würde.

Aber er war nicht im Staub gekrochen, als die Finsternis das letzte Mal über ihn hereingebrochen war. In den letzten Jahren hatte er Menschen getäuscht und sie glauben lassen, er sei willensstark und tatkräftig. Man hatte ihm tatsächlich geglaubt, und solange er den Mund hielt, solange er jeden Morgen aufstand und einen Fuß vor den anderen setzte, musste niemand wissen, wie es tatsächlich in ihm aussah.

Am allerwenigsten Kate.

„Morgen besuchen wir Louisa. Alles wird sich zum Guten wenden, du wirst sehen." Es war ein Versprechen, das er sich selbst gab. Er wollte Kate beschützen, wollte sie nie wieder enttäuschen. Es war nicht nötig, dass sie je von seinen inneren Qualen erfuhr.

Kate sah keinerlei Ironie in seinem Versprechen, nahm alles, was er sagte, ernst. Und ihre Zuversicht sollte ihm tröstend das Herz wärmen, aber seine Hände wurden kalt und klamm.

Nein. Er lehnte sich dagegen auf. Mit ihrem gutgläubigen Vertrauen konnte ihm der nächste Winter nichts anhaben. Er wollte es einfach nicht zulassen.

17. KAPITEL

So sehr Kate wünschte, ihre Zeit ausschließlich mit Ned verbringen zu können, warteten doch dringende Aufgaben auf sie. Es musste etwas mit Louisa geschehen. Jetzt, da der Earl wusste, dass Kate mit dem Verschwinden seiner Frau zu tun hatte, war die Rettungsaktion tausendfach schwieriger geworden.

Nachdem Ned sich vergewissert hatte, dass Harcroft nicht in der Nähe auf der Lauer lag, machte das Paar sich auf den Weg. Ned half seiner Frau, beim Überqueren des Baches über die glitschigen Steine zu springen. Sie gingen querfeldein, um nicht von einem zufälligen Wanderer gesehen zu werden, bis sie die Schäferhütte erreichten.

Louisa bat sie herein, und Kate erklärte die Situation. „Dein Mann hat den Verdacht, dass ich etwas mit deinem Verschwinden zu tun habe."

„Was willst du damit andeuten?" Louisa schüttelte heftig den Kopf. „Ich gehe nicht zu ihm zurück. Und ich lasse nicht zu, dass er mir meinen Sohn wegnimmt."

„Nein, natürlich nicht", versuchte Ned sie zu beschwichtigen.

„Aber die Situation hat sich gefährlich zugespitzt", ergriff Kate erneut das Wort. „Hier kannst du nicht bleiben. Entweder du entscheidest dich, England den Rücken zu kehren, oder du stellst dich deinem Mann und kämpfst um deine Freiheit und die deines Sohnes."

Louisa sah Kate ratlos an, ehe sie wieder den Kopf schüttelte. „Wie denn? Ich gehöre ihm. Ich habe ihn geheiratet. Er verfügt über mein Vermögen. Und außerdem …", sie seufzte tief. „Wenn er mich nur ansieht, krieche ich wieder zu ihm zurück. Das wäre nicht das erste Mal", erklärte sie bitter.

Kate legte der Freundin die Hände auf die Schultern. „Ich weiß, es ist sehr schwer für dich. Aber du musst etwas unternehmen."

„Ich kann ihn erschießen", erklärte Louisa tapfer. „Ist das nicht lächerlich?" Ihre Stimme bebte. „Ich kann mir nicht vorstellen, ihm ins Gesicht zu sehen und Nein zu sagen, aber ich kann mir sehr wohl vorstellen, ihn zu töten." Ihre Stimme klang tonlos. „Ich könnte ihn eiskalt erschießen."

„Vielleicht finden wir eine Lösung, die dich nicht an den Galgen bringt", schlug Kate trocken vor.

Ned warf ihr einen Seitenblick zu. Das Schwierigste an Kates Rettungsaktionen war stets gewesen, die Frauen davon zu überzeugen, ihre gewalttätigen Männer endgültig zu verlassen. In Kates Augen verdiente kein Mann, der seine Frau verprügelte, Nachsicht. Deshalb hatte sie nie begriffen, warum den Frauen dieser Schritt so schwerfiel. Sie versuchte, sich von Louisas Zögern nicht irritieren zu lassen.

Lady Harcroft schlang die Arme um sich und sackte auf ihrem Stuhl in sich zusammen. „Du hast leicht reden. Aber welche Wahl bleibt mir denn? Wenn ich an die Zukunft denke, wird mir angst und bang. Ich stehe das nicht durch."

Kate begann, die Geduld zu verlieren. „Aber du musst eine Entscheidung treffen."

Louisa legte die Finger an ihre Schläfen und schwieg.

„Soll ich euch eine Geschichte erzählen?" Neds muntere Stimme verstärkte nur Kates Ungeduld. „Habe ich je davon berichtet, was ich mit Captain Adams in China erlebt habe?"

Louisa hob den Blick, und Kate presste die Lippen aufeinander. Es galt, einen Plan zu fassen, eine Lösung zu finden. Die Zeit ist zu knapp bemessen, um Geschichten zu erzählen, dachte Kate unwillig.

Aber Louisa richtete sich auf und schenkte ihm ihre ganze Aufmerksamkeit. „Nein", sagte sie leise. „Ich weiß so gut wie nichts von Ihrer langen Reise. Wie war denn China? Sehr fremd und exotisch?"

Ned schlug die Beine übereinander, schenkte Louisa ein Lächeln und lehnte sich bequem zurück. Kates Unmut wuchs.

„Es war enervierend", antwortete er. „Ausgesprochen enervierend. Ursprünglich ging ich davon aus, dass meine Mission nach zwei oder drei Monaten erledigt wäre. Aber kurz vor meiner Ankunft verschärften sich die Feindseligkeiten. Wir waren gezwungen, mit unserem Schiff in einem kleinen abgelegenen Hafen vor Anker zu gehen. Erst nach wochenlangen beschwerlichen Fußmärschen erreichte ich Hongkong. Aber ich hatte Gareth mein Wort gegeben, die Opiumsituation in China auszukundschaften, und war entschlossen, meinen Auftrag zu erfüllen – kriegerische Auseinandersetzungen hin oder her. Ich war schließlich nicht um den halben Erdball gereist, um mich mit Berichten aus zweiter Hand abspeisen zu lassen. Vielmehr wollte ich mich persönlich von den Aktionen der britischen Truppen überzeugen."

Kate stemmte eine Hand in die Hüfte und klopfte ungeduldig mit dem Fuß auf den Lehmboden.

Ned verschränkte die Arme hinter dem Kopf und richtete den Blick in die Balkendecke. „Der Mann, mit dem ich verhandeln musste, war Captain Adams. Der befehlshabende Offizier über eine Bande nichtsnutziger Sprösslinge aus englischem Hochadel, die nur deshalb in den Orient geschickt worden waren, weil kein Mensch in England ihnen eine Träne nachweinte. Er verachtete uns alle und wusste bereits beim ersten Blick, was er von mir zu halten hatte."

„Hielt er dich für einen Mann, dem als Nachkomme eines Marquess Respekt gebührte?", fragte Kate spitz. „Ein Mann, der Entscheidungen zu treffen wusste?"

Ned warf ihr ein flüchtiges Lächeln zu, ohne sie weiter zu beachten. „Keineswegs. Er hielt mich für nutzlos, für einen Grünschnabel, der ihm nur Scherereien machen würde."

„Ich hoffe, du hast ihn eines Besseren belehrt, dich so vorschnell zu verurteilen", sagte Kate. „Aber um auf Louisa zurückzukommen …"

Er zuckte mit den Schultern. „Er hatte recht. Ich sprach jeden Tag in seiner Dienststelle vor und legte ihm mein Gesuch dar, als Beobachter an Bord eines der Kriegsschiffe zu gehen, die in das Mündungsdelta des Pearl River ausliefen. Zunächst wiegelte er ab. Als er schließlich am Ende seiner Geduld war, sagte er: ‚Ausgeschlossen'. Nach drei Wochen meiner unaufhörlichen Gesuche fuhr er mich an: ‚Herrgott Mann, habt ihr nichtsnutzigen Strolche kein Hirn im Kopf, um zu begreifen, dass ich Wichtigeres zu tun habe? Hören Sie auf, mir auf die Nerven zu gehen.'"

„Aber dann willigte er endlich ein", vermutete Kate. „Was nun Louisa betrifft ..."

Neds Lächeln wurde breiter. „Nein. Keineswegs. Nach einer weiteren Woche drohte er mir: ‚Mr Carhart, Gott ist mein Zeuge, wenn Sie noch einmal einen Fuß über diese Schwelle setzen, werden Sie es für den Rest Ihres Lebens bereuen.'"

Kate bemerkte, dass Louisa sich vorbeugte und an seinen Lippen hing. Als Ned eine nachdenkliche Pause einlegte, bat sie: „Bitte, hören Sie nicht auf. Haben Sie es getan? Haben Sie sein Amtszimmer noch einmal betreten?"

„Selbstverständlich. Und ich hatte einen Heidenbammel davor. Aber ich hatte Gareth versprochen, erst abzureisen, nachdem ich mich persönlich von den Vorgängen überzeugt hatte. Also sprach ich am nächsten Morgen wieder vor. Wobei ich eigentlich nicht recht wusste, wieso ich meine Besuche fortsetzte, da ich nicht länger damit rechnete, seine Zustimmung zu erhalten. Ich hatte das Gefühl, ständig mit dem Kopf gegen eine Wand zu rennen. Es war der reine Schwachsinn. Nur Idioten und Verrückte hören nicht auf, sich gegen beständiges Scheitern aufzulehnen und sich beweisen zu wollen. Zu diesem Zeitpunkt kam ich mir vor wie ein Idiot und Verrückter."

Er lieferte seinen Bericht mit einem ironischen Unterton und einem schelmischen Glitzern in den Augen, und Kate bemerkte aus den Augenwinkeln Louisas Lächeln. Ned hatte schon immer die Gabe gehabt, eine Geschichte witzig und amüsant zu erzählen, um die Zuhörer in seinen Bann zu ziehen.

„Und weiter? Was geschah dann?", fragte Louisa gespannt.

„Er sah mich nur schweigend an, sagte jedoch kein Wort. Und dann läutete er die kleine Glocke auf seinem Schreibtisch."

Nun beugte auch Kate sich vor. „Und?"

„Daraufhin stürmten acht Soldaten herein, die wohl nur auf diesen Moment gewartet hatten, und packten mich an Armen und Beinen."

„Hast du dich gewehrt?"

„Ich habe es versucht. Aber sie waren acht gegen einen. Selbst wenn ich Arme gehabt hätte wie ein Krake, hätte mir das nichts genützt. Jedenfalls schleppten sie mich wie einen Sack Kartoffeln weg. Und der Captain sagte nur: ‚Taucht ihn ein!'"

„Oh nein." Louisa schlug erschrocken die Hände vor den Mund. „Man hat Sie in einen Tümpel geworfen?"

„Offenbar kennen Sie sich im Soldatenleben nicht aus, wenn ein Tümpel das Schlimmste ist, woran Sie denken. Das wäre eine Wohltat gewesen im Vergleich zu dem, was tatsächlich geschah. In der Garnison gab es diese Latrinen, tiefe Erdlöcher mit Holzbalken darüber, die von den Soldaten benutzt wurden. Alles war schlammig und aufgeweicht, und es stank fürchterlich nach Fäkalien."

„Um Gottes willen", entfuhr es Kate entsetzt.

Ned lächelte ihr zu, behielt seinen heiteren Ton aber auch während der Schilderung dieser grässlichen Szene bei. „Und in diesem stinkenden Morast landete ich. Es war die entwürdigendste Erfahrung in meinem ganzen Leben. Ekelerregend und erniedrigend. Mir fehlen die Worte, um zu beschreiben, wie entsetzlich ich mich fühlte. Ich konnte nicht einmal schreien in meinem ohnmächtigen Zorn, dafür hätte ich den Mund aufmachen müssen. Nie im Leben war ich hilfloser als in diesem Moment."

Die beiden Frauen starrten ihn mit schreckensweiten Augen an.

„Euch ist bewusst", fuhr Ned mit gedämpfter Stimme fort,

„dass ich der völligen Lächerlichkeit preisgegeben wäre, wenn diese Geschichte in Umlauf käme. Ich habe euch mein tiefstes und schmachvollstes Geheimnis anvertraut. Ihr dürft niemals darüber sprechen. Ich rechne mit eurer absoluten Verschwiegenheit."

Louisa nickte heftig. Kate vergaß zu atmen. Es war ihm gelungen, ihrer Freundin die eigene Angst zu nehmen. Er hatte sogar ein Lächeln auf ihre Lippen gezaubert. Und nun gab er Louisa das Gefühl, wichtig und verlässlich zu sein. Ned hatte es nicht nötig, sich in die Brust zu werfen und prahlerische Reden zu führen. Er hatte es nicht nötig, hochfahrende Forderungen zu stellen. Er musste nur lächeln und Louisa zum Lachen bringen. Kate blutete das Herz.

„Und dann", fragte Louisa bang. „Was haben Sie getan?"

„Was hätten Sie getan? Ich nahm ein Bad." Er schmunzelte. „Ein sehr langes Bad. Und dann stieg ich in ein Ruderboot und fuhr aufs Meer hinaus, um nachzudenken. Es hat etwas ungewöhnlich Wertvolles an sich, einen Menschen bis zum Äußersten zu treiben. Wenn man so etwas überlebt, kann einem niemand mehr etwas anhaben. Und Adams, nun ja, ihn habe ich zum Äußersten getrieben. Töten konnte er mich nicht. Mein Cousin hätte Nachforschungen über meinen Tod angestellt und sich bitter an ihm gerächt. Das Schlimmste, was er mir antun konnte, war, mich in die Latrine werfen zu lassen, in der Annahme, mich damit so sehr zu demütigen, dass ich ihn endlich in Frieden lasse, einen fadenscheinigen Bericht schreibe und mit dem nächsten Schiff nach England zurückkehre." Ned lehnte sich wieder bequem zurück. „Er hatte sich geirrt. Am nächsten Morgen sprach ich ein letztes Mal bei ihm vor. Und dann …" Ned erhob sich lächelnd, trat vor Louisa und beugte sich über sie, bis sein Gesicht in Augenhöhe mit dem ihren war.

„Dann schaute ich ihm in die Augen, so wie Ihnen jetzt." Er fixierte Louisa. „Und ich lächelte, so wie jetzt. Dann sagte ich: ‚Captain Adams. Ich denke, ich befinde mich an Bord des nächsten Schiffes, das in das Mündungsdelta ausläuft.'"

In atemlosem Staunen starrte Kate ihn an.

Ned richtete sich auf. „Er sah mich an. Dann warf er einen Blick auf die verdammte Glocke. Schließlich ging sein Blick zu mir zurück. Er wollte mich um jeden Preis einschüchtern. Als er einsehen musste, dass ich ihm standhielt, war die Sache erledigt. Von diesem Moment an erwies er sich sogar als hilfsbereit."

Louisa senkte den Blick. „Oh, Ned. Ich weiß, was Sie mir damit sagen wollen. Aber ich schaffe das nicht. Ich kann nicht vor Gericht gegen Harcroft aussagen. Ich kann die Scheidung nicht einreichen. Ich kann mir nicht einmal vorstellen, ihm in die Augen zu schauen."

„Dazu sind Sie jetzt noch nicht in der Lage. Ich verbrachte viele Stunden in diesem Ruderboot, Louisa. Die Sonne verbrannte meine Haut an jenem Tag auf dem Meer. Ich brauchte diese Zeit der Besinnung. Wäre ich Captain Adams unmittelbar nach dem schmachvollen Bad in der Latrine begegnet, wäre ich vor ihm gekrochen, und das hätte mein Ende bedeutet. Ich musste wissen, was ich wirklich wollte." Er lächelte breit. „Sie können nicht wissen, was Sie tun müssen, bevor Sie nicht erkannt haben, was Sie wollen. Was wollen Sie?"

„Ich will mein Kind in Sicherheit wissen." Louisa schlang wieder die Arme um sich, und Kate biss auf ihre Unterlippe. „Ich will, dass mein Sohn eines Tages den Platz seines Vaters einnimmt. Ich will, dass er in Liebe und Zuneigung die wahren Werte des Lebens erkennt, dass er Brutalität und Gewalt verabscheut."

Ned schürzte die Lippen. „Ihre Flucht nach Amerika unter falschem Namen würde die Chancen Ihres Sohnes auf seinen rechtmäßigen Titel verwirken."

Louisa nickte. „Ich will in England bei meiner Familie bleiben." Sie warf Kate einen Blick zu. „Und bei meinen Freunden. Und ich will, dass mein Ehemann mich nie, niemals wieder bedroht."

„Sehen Sie?“, sagte Ned. „War das wirklich so schwer, Ihre Wünsche auszusprechen?“

„Aber wie kann ich es wagen, meine Wünsche in die Tat umzusetzen, Mr Carhart? Das schaffe ich nicht. Es ist unmöglich.“

Sinnend betrachtete Ned seine Fingernägel. „Eine Kleinigkeit am Rande“, bemerkte er leichthin. „Meine Frau bewältigt seit Jahren unmöglich erscheinende Dinge, und nun stehe ich ihr zur Seite. Wir finden einen Weg, um Ihre Wünsche zu erfüllen. Es wird einige Zeit dauern, aber wir schaffen es.“

Kate wurde bei seinen Worten warm ums Herz. Sie musste an sich halten, um nicht aufzuspringen und ihn stürmisch zu umarmen. „Zunächst“, sagte sie stattdessen, „bringen wir dich in Sicherheit. Deshalb müssen wir Harcroft ablenken und falsche Fährten legen.“

Ned nickte. „Er muss glauben, wir seien kopflos geworden und machen Fehler. Zudem soll er annehmen, wir gehen ihm aus dem Weg, um Ihnen zu helfen.“ Er wandte sich an Kate. „Was hältst du davon, für eine Weile in London zu wohnen? Ich habe ohnehin geschäftliche Angelegenheiten in der Stadt zu erledigen.“

„Und was soll ich in London tun?“, fragte Kate.

Ned lächelte träge. „Wir“, erklärte er mit Nachdruck, „wir werden Harcroft in den Wahnsinn treiben.“

Auf dem Heimweg spürte Ned, wie Kate ihn heimlich beobachtete. Seine Geschichte hatte zweifellos ihre Neugier geweckt. Bedauerlicherweise. Sie hatte sich nicht wie Louisa von ihren eigenen Sorgen ablenken lassen, denn ihr waren die Lücken in seinem Bericht gewiss aufgefallen.

„Das war sehr couragiert von dir“, begann sie schließlich. „Diese abscheuliche Begebenheit zu erzählen und Louisa damit Mut zu machen.“

„Hmm“, entgegnete Ned und mied ihren Blick. „Ich würde es eher unbesonnen nennen.“

„Du hast uns die Geschichte schmunzelnd erzählt, als habe es sich um einen schlechten Scherz gehandelt. Allerdings hatte ich den Eindruck, dass du einiges verschwiegen hast. Was ist damals wirklich geschehen?"

„Im Grunde war es so, wie ich es geschildert habe." Nur noch wesentlich schlimmer.

Kate stieß den Atem hörbar aus.

„Na schön, wenn du es unbedingt wissen willst." Er rieb sich das Handgelenk. „Ich habe nicht alles gesagt. Sie warfen mich nicht nur in die Kloake, sie fesselten mich an Händen und Füßen und verbanden mir die Augen. Ich wusste nicht, was sie vorhatten und wohin sie mich brachten. Als sie mich in die Abfallgrube warfen, hatte ich keine Ahnung, was mich erwartete. Ich versank im Sumpf menschlicher Exkremente und konnte mich nicht befreien, sondern nur hilflos um mich strampeln."

Noch Monate später war er nachts schreiend aufgewacht mit brennenden Schmerzen an seinen Handgelenken, wo man ihn gefesselt hatte und er sich in seiner Todesnot zu befreien suchte. Mittlerweile hatte sein Gedächtnis die schlimmsten Albträume gottlob ausgelöscht.

„Wie konnten diese grausamen Kerle dir so etwas antun?" Kate sah ihn voller Entsetzen an. „Wie bist du diesen Qualen entkommen?"

„Sie hatten ein Seil an meinen Füßen festgebunden, an dem sie mich schließlich aus dem Dreck zogen. Sie wollten mich lediglich demütigen, nicht in der Scheiße ersäufen."

In Kates eindringlichem Blick las er so etwas wie Mitleid. Herrgott! Er wollte und brauchte ihr Mitleid nicht.

„Schau mich nicht so an!" Seine Worte klangen schärfer als beabsichtigt. „Das war vermutlich das Beste, was mir je passieren konnte. Ich verbrachte den ganzen Tag im Boot auf dem Meer. In der sengenden Sonne, die mir nicht nur die Haut verbrannte, sondern auch alle Schwächen und Feigheiten. Ich musste mich meinen Unzulänglichkeiten stellen, um sie loszuwerden. Diese Erfahrung hat mir Substanz gegeben."

Mehr, als er ihr je gestehen würde. Kate brauchte nicht zu wissen, was für ein jämmerlicher Schwächling er damals war – und kurz davor, daran zu zerbrechen. Sie musste nur wissen, dass er überlebt hatte.

„Was meinst du mit Substanz?", fragte sie.

„Die Kraft, die ich brauchte, um zu dir zurückzukehren", antwortete er prompt. „Die Kraft, die ich brauchte, um Seegefechte zu ertragen und Opiumhöhlen zu widerstehen."

„Die Kraft, die dich dazu zwingt, nachts bei Eiseskälte zu schlafen?", fragte sie.

Er nickte knapp, und Kate schwieg stirnrunzelnd.

Ned wollte sie nicht daran teilhaben lassen, was damals in der Kloake wirklich in ihm vorgegangen war. Sie musste nicht wissen, wie schwarz diese letzte Finsternis tatsächlich war. Es reichte, dass sie wusste, was ihm zugestoßen war, ohne in sein tiefstes Inneres zu schauen.

Er hatte seinen Drachen gezähmt. Er würde Kate nicht verlassen. Mehr brauchte sie nicht zu wissen.

18. KAPITEL

Manches hatte sich in den Jahren seiner Abwesenheit nicht verändert, so wie die schummrige Spielhölle in einer zwielichtigen Gegend Londons. Schon am Eingang hörte Ned das Klicken der Würfel auf grünem Filzbelag. Rauchschwaden drangen durch die offene Tür und mischten sich mit dem dichten Nebel, der über der Stadt hing.

Die Reise nach London hatte fast den ganzen Tag gedauert, aber sein Besuch im Spielklub duldete keinen Aufschub.

Sein Ziel – fünf Kerle, die sich für Gentlemen hielten und an einem Ecktisch mit Spielkarten in der Hand saßen. Vermutlich ging es um hohe Einsätze. Die einzige Veränderung in den zurückliegenden Jahren nahm er an seinen einstigen Freunden wahr. Während Ned an Kraft und Muskeln zugelegt hatte, waren die Herren fettleibig geworden.

Ein anderer Mann in seiner Situation hätte vermutlich alle zum Duell gefordert. Ned aber sah wenig Ehre darin, fünf feiste Trunkenbolde hinzurichten. Im Übrigen fand er seine Methode der Problemlösung wesentlich amüsanter. Schließlich zähmten wahre Helden ihre Drachen.

Ned betrat den schummrig beleuchteten, verrauchten Raum. Während er an den Tischen vorbeischlenderte, auf denen Krüge mit billigem Wein standen, befingerte er das Stück Seide in seiner Hand, das er sich angeeignet hatte. Die Männerrunde am Kartentisch war zu sehr in ihr Spiel vertieft, um ihn zu bemerken, selbst dann nicht, als sein Schatten über den grünen Filz fiel.

Dem Stapel Geldscheinen auf dem Tisch nach zu schließen, waren die Einsätze beträchtlich.

Früher war Ned diesem Laster ebenso verfallen wie diese Männer, hatte seine Vergangenheit in Alkohol ertränkt und versucht, seine Zukunft mit Glücksspiel zu zerstören. Gottlob, diese Zeiten lagen hinter ihm.

Lord Ellison – einer seiner einstigen Freunde – deckte sein letztes Blatt auf. „Gewonnen!“, triumphierte er. Die Runde murmelte widerstrebend Beifall. Einer der Männer schüttelte betrübt den Kopf. Dann bemerkte er Ned und blinzelte aus glasigen Augen zu ihm auf.

„Carhart?“, fragte er ungläubig. „Bist du es wirklich? Ich hörte, dass du zurückgekehrt bist.“ Er blinzelte wieder, um sich zu vergewissern. Einige Zellen seines Gehirns schien der Alkohol noch nicht völlig aufgeweicht zu haben. Dann grinste er breit. „Komm, spiel eine Runde mit.“

Er machte Anstalten, einen freien Stuhl heranzuziehen.

„Na so was, Carhart!“, empfing Alfred Dennis ihn jovial grinsend. „Du hast dich ja eine Ewigkeit nicht blicken lassen. Setz dich zu uns.“

Keiner schien auch nur eine Spur Gewissensbisse zu haben. Ein weiterer Grund, warum Ned keine Lust hatte, sich mit ihnen zu duellieren. Er käme sich dabei vor, als schlage er auf Quallenschleim ein.

Ned setzte sich rittlings auf den Stuhl. „Eigentlich bin ich gekommen“, erklärte er, „um eine Wette einzulösen.“

„Welche denn?“, fragte Ellison. „Dennis … nein Port-Morton, du bist noch einigermaßen sicher auf den Beinen. Hol das Wettbuch.“

Der Angesprochene versuchte mühsam, auf die Beine zu kommen.

„Nicht nötig“, wehrte Ned ab. „Jeder von euch weiß, worum es geht.“ Er legte das Stückchen Stoff auf den Tisch: ein roséfarbenes, mit Spitzen verziertes und mit Rosen besticktes Band.

„Ist das etwa ein Strumpfband, Carhart?“, fragte Dennis verdutzt.

Die Herren glotzten ihn bestürzt an, ihre Gesichter verfärbten sich in unterschiedlichen Nuancen. Port-Mortons aufgedunsenes Gesicht erbleichte mit einem Stich ins Grünliche, Ellison hingegen lief rötlich blau an.

„Darum ging es bei der Wette“, erklärte Ned seelenruhig. „Derjenige, der Lady Kathleen Carhart verführt und als Beweis ein Stück ihrer Unterwäsche vorlegt, kassiert fünftausend Pfund.“

Dennis starrte ganze zehn Sekunden in dumpfer Verständnislosigkeit auf das seidene Ding. Schließlich hob er mit gefurchter Stirn den Kopf. „Carhart“, brachte er hervor, „du kannst doch deine eigene Frau nicht verführen.“

Ned zog eine Braue hoch. „Ach? Wie bedauerlich, das zu hören, Dennis. Für dich wäre es wohl schwierig gewesen. Ich hatte keine großen Probleme, aber du anscheinend schon, wie?“ Ned zuckte teilnahmsvoll mit den Schultern. „Vielleicht machst du etwas falsch. Wie du weißt, gibt es Ärzte, die in solchen Fällen Abhilfe schaffen können.“

Selbst Quallenschleim erkannte, wenn seine Männlichkeit angegriffen wurde. Vermutlich war das auch das Einzige, was Quallenschleim registrierte. Dennis verlagerte verlegen das Gewicht. „Ich habe keine Ahnung, wovon du sprichst. Ich jedenfalls brauche keinen Arzt.“ Allerdings beugte er sich vor und hielt sich die Hände schützend vor. „Selbstverständlich kann ein Mann jede Frau verführen, auch seine eigene. Ich wollte damit lediglich sagen, dass es keinen großen Spaß macht.“

„Keinen Spaß?“ Ned wiegte den Kopf bedenklich hin und her. „Dann gehst du es offenbar völlig falsch an.“

Dennis wurde noch verlegener.

„Du brauchst doch keine fünftausend Pfund, Carhart“, warf Port-Morton ein. „Wofür willst du das Geld denn ausgeben?“

Ned rieb sich das Kinn. „Keine Ahnung. Vielleicht kaufe ich meiner Frau etwas Hübsches.“

„Juwelen, etwa?“, fragte Ellison. „Wie einer Mätresse? Gütiger Himmel, Carhart. Was für eine Verschwendung. Was für eine phänomenale Verschwendung.“

„Ellison“, sagte Ned. „Ich wiederhole mich nur ungern. Du machst anscheinend auch alles falsch. Und deshalb, meine

Herren, habt ihr verloren. Schließt das Buch, die Wette ist gelaufen."

Die Trunkenbolde starrten ihn immer noch verdattert an.

Ned lächelte breit und beugte sich vor. „Die Sache ist abgeschlossen, sonst kostet es euch das nächste Mal wesentlich mehr als nur Geld."

Ellison legte den Kartenstapel vor ihn hin. „Spiel wenigstens eine Runde mit und gib uns die Chance, das Geld zurückzugewinnen."

Ned schüttelte den Kopf. „Meine Frau erwartet mich."

London bot Kate eine verwirrende Mischung aus Anregungen und Unannehmlichkeiten. In den ersten Tagen nach ihrer Ankunft brodelte die Gerüchteküche über sie und ihren Gemahl, nicht zuletzt wegen eines Bravourstücks, das Ned sich in einer verruchten Spielhölle geleistet hatte. Ansonsten gerieten die Klatschbasen ins Schwärmen, welche Harmonie zwischen den Eheleuten herrschte, als seien sie immer noch in den Flitterwochen. Mit Sicherheit kam dem Earl of Harcroft auf diese Weise zu Ohren, mit welchen Vergnügungen das Paar seine Zeit verbrachte, was ihn einigermaßen verwirren dürfte. Man munkelte, die Carharts hätten sich nach einer Schiffspassage nach Frankreich erkundigt, und Mr Carhart habe reges Interesse an der Stadt Ipswich in der Grafschaft Suffolk gezeigt.

Es waren eine Menge falsche Fährten gelegt.

Nach den ersten drei Tagen schwirrte Kate der Kopf, am vierten Tag rebellierte ihr Magen. Nach einer Woche der Kampagne der Verwirrungen hatte Kate während einer Abendgesellschaft Harcroft zum ersten Mal zu Gesicht bekommen. Im Gewühl der Gäste hatte er ihr aus der Ferne finstere Blicke zugeworfen, ehe er sich mit einem tückischen Feixen abwandte.

Sie kannte diese boshafte selbstgefällige Miene zur Genüge und hätte sich nicht weiter daran stören dürfen. Aber diesmal ging sie ihr unter die Haut. Sie wurde das unheimliche Gefühl, das sie dabei beschlich, nicht los, auch nicht, nachdem sie an

Neds Seite den glitzernden, lärmenden Ballsaal verlassen hatte. In der schaukelnden Kutsche steigerte sich das flaue Gefühl in ihrem Magen zur Übelkeit.

„Er hat einen Plan“, sagte sie schließlich.

Es war nicht nötig, zu erklären, wen sie meinte. Als der Wagen in eine Seitenstraße einbog, wurde sie gegen Neds Schulter gedrückt, der aufrecht sitzen blieb, als könne ihm das Gesetz der Schwerkraft nichts anhaben.

„Er hat eine Zivilklage beim Court of Chancery eingereicht“, sagte er. „Natürlich ließ er darüber nichts verlauten. Ich aber habe aus sicherer Quelle davon erfahren. Im Übrigen machte er einige Bemerkungen in dieser Richtung, als er mich noch auf seiner Seite wähnte ...“ Ned seufzte. Sie spürte das Heben und Senken seiner Brust an ihrer Schulter und starrte vor sich in die Dunkelheit.

„Und, was beabsichtigt er?“

„Nun ja, es sind reine Spekulationen. Solche Verfahren werden für gewöhnlich aus verständlichen Gründen vertraulich behandelt.“

„Worum geht es denn?“

„Ich fürchte, er machte eine Eingabe beim Lordkanzler, um Louisa für geisteskrank erklären zu lassen.“ Kate entfuhr ein Schreckenslaut. „Er ließ mir gegenüber eine diesbezügliche Bemerkung fallen. Damals schenkte ich seinem Gerede keine Beachtung und führte es auf seinen erregten Gemütszustand zurück. Wenn seine Klage Erfolg hat, darf sie vor Gericht keine Aussage machen – weder bei einer Scheidung noch bei einem Prozess wegen ehelicher Gewalt.“

Eisige Kälte kroch in Kate hoch. „Er will sie vernichten. Aber sie muss vor Gericht aussagen. Wenn nicht ...“

„Er will sie für unzurechnungsfähig erklären lassen.“ Ned legte seine Hand auf ihr Knie. „Unmündige haben keinerlei Rechte, dürfen keine Entscheidungen treffen. Er kann sie wegsperren lassen. Sämtliche von ihm getroffenen Maßnahmen, mögen sie noch so grausam sein, wird er als Heilversuche hinstellen oder zumindest als Schritte, ihre Geisteskrankheit in ihrem Verlauf aufzuhalten. Wenn er als ihr Vormund eingesetzt wird, hat er wesentlich mehr Rechte über sie als ein Ehemann."

Kate presste die Fingerkuppen gegen ihre Schläfen. „Er ist es leid, sich von uns an der Nase herumführen zu lassen und geht zum Angriff über. Wir müssen handeln."

„Zunächst müssen wir Lady Harcroft vom neuesten Stand der Dinge unterrichten", sagte Ned.

„Richtig." Kate rieb sich die Schläfen. „Und wir müssen uns einen Gegenangriff überlegen. Ich denke, wir sollten bei Gericht wegen Harcrofts Klage auf Geisteskrankheit vorsprechen." Sie lächelte dünn. „Wir machen an Louisas Stelle eine Aussage. Und wir sollten unsererseits ein Gesuch beim Lordkanzler einreichen."

„Harcroft hat noch einen zweiten Plan", sagte Ned. „Ich habe noch nicht herausgefunden, was er vorhat, aber sei unbesorgt. Ich beschütze euch – dich und Lady Harcroft."

Kate nickte ernst. „Und wer beschützt dich?"

Er schnaubte teils amüsiert, teils konsterniert. „Mir ist gar nicht bewusst, dass ich einen Beschützer brauche."

Der Earl of Harcroft hatte sich als rachsüchtiger, gehässiger Mensch erwiesen, der vor keiner Gewalt zurückschreckte, um seinen Willen durchzusetzen. Er hatte gewiss keine großen Sympathien für Ned übrig, schon gar nicht, nachdem er von ihm zutiefst beleidigt und aus seinem Haus gewiesen worden war.

„Natürlich brauchst auch du Schutz." Sie ergriff seinen Arm und spürte seine Anspannung.

„Ich will dir nicht zur Last fallen", knurrte er gereizt.

„Zur Last? Wieso sagst du so etwas? Ich will dir doch nur helfen."

„Aber ich will mir nicht helfen lassen. Ich brauche keine Hilfe." Sie konnte sich vorstellen, wie er eigensinnig das Kinn reckte.

Langsam nahm Kate ihre Hand von ihm, verdrängte die Enttäuschung, die ihr das Herz zusammenzog. Sie hatte angenommen, er habe ihre Willensstärke erkannt und Vertrauen zu ihr gefunden.

Doch sie hatte sich geirrt. Nach jener leidenschaftlichen Nacht hatte er sie nicht wieder angefasst und es vorgezogen, weiterhin allein in seinem eiskalten Zimmer zu schlafen. Eine stumme Form der Zurückweisung. Er verbrachte gern ein paar Stunden Zeit mit ihr, vertraute ihr jedoch nicht seine Geheimnisse an. Nicht einmal so etwas Unverfängliches wie seinen Schlaf.

Ned nahm ihre Hand. „Nein. Es hat nichts mit dir zu tun. Das musst du verstehen."

Statt einer Erklärung hüllte er sich wieder in Schweigen. Kate wartete und flehte innerlich um Geduld.

Er stieß den Atem aus. „Du bist so stark. Aber du verstehst das nicht."

Sie wollte sich ihm entziehen, fasste sich jedoch ein Herz. „Ich kann es doch versuchen."

Unruhig rutschte Ned hin und her. „Manchmal … befällt mich so ein Zustand." Diese vage Aussage schien ihm zu genügen, denn er schwieg wieder und beugte sich vor.

Gott bewahre sie vor einsilbigen Männern. „*Zustand* ist ein ziemlich unbestimmter Begriff", hakte sie nach.

„Es ist merkwürdig … unerklärlich, verstehst du? Ich habe nie die richtigen Worte dafür gefunden. Ich würde es nicht als Wahnsinn bezeichnen."

Sie hatte eigentlich keine Antwort erwartet, gewiss nicht eine, die sie in noch größere Verwirrung stürzte. Aber seine Worte ließen sie erschrocken verstummen. Wenn es nicht als Wahnsinn zu bezeichnen war, was war es dann? Sein Ellbogen streifte ihren Arm, als er den Hut abnahm und ihn vor die Brust hielt.

„Ich habe einen Arzt aufgesucht", erklärte er seinem Hut. „Der hat mir versichert, es handle sich nicht um eine Geistesstörung. Wäre es Wahnsinn, könnte man nicht kontrollieren, was man sagt oder tut, man wäre sich der Realität nicht bewusst. Ich hingegen bin mir der Realität stets bewusst, wenn der Zustand mich befällt. Ich kann über mein Handeln bestimmen. Die ganze Zeit. Ich kann tun, was ich tun will."

Und er wollte in Eiseskälte schlafen und Kate ausschließen.

„Ich kann tun, was ich tun will", wiederholte Ned gedehnt. „Es ist nur ... manchmal will ich gar nicht."

„Was willst du nicht?" In einer Kurve wurde Kate wieder an seine Seite gedrückt.

Sie spürte sein Achselzucken. „Wenn der Zustand einsetzt, will ich nicht einmal morgens aufstehen. Als ich neunzehn war, fing es an. Ich habe wochenlang mein Bett nicht verlassen. Meine Mutter hielt mich für krank, aber der Arzt konnte nichts feststellen. Ich wollte nur nicht aufstehen."

„Das klingt nicht nur nach einem Zustand."

„Es fällt mir leichter, es als etwas zu bezeichnen, das von mir getrennt ist. Die Alternative wäre, dass ich dieser Zustand bin. Dass ich irgendwann morgens aufwache und beschließe, ein anderer Mensch zu sein. Nein, ich betrachte diese Zustände wie einen kurzen bitterkalten Winter, als etwas außerhalb von mir. Ich kann es nicht erklären, ich kann nur sagen, dass ich nicht wahnsinnig bin und du dir keine Sorgen machen sollst."

„Ich soll mir keine Sorgen machen? Aber ..."

Er legte ihr einen Finger seiner behandschuhten Hand an die Lippen. „Nein, mach mich nicht zu einer Art Verwundeten oder Kranken, den du gesund pflegen willst. Hier gibt es keine Heilung, Kate, keinen Drachen zu töten. Es ist lediglich ein Ungeheuer, das ich bereits gezähmt habe. Gelegentlich hebt es noch den Kopf. In der Vergangenheit hat es versucht, mich zu vernichten. Aber das ist vorbei. Ich brauche keine Hilfe. Ich will keine Hilfe."

„Aber ..."

„Es ist nicht der Rede wert." Mit Nachdruck schlug er gegen die Seitenwand der Kutsche. Es dauerte eine Weile, ehe Kate begriff, dass der Wagen nicht wegen seines Klopfzeichens angehalten hatte, sondern weil er an ihrem Stadthaus vorgefahren war.

Ned griff über sie hinweg nach der Türklinke, um noch einen Moment mit ihr allein zu sein. Von außen wurde kurz daran gerüttelt, bevor der Diener erkannte, dass die Tür von innen blockiert wurde, und seine Bemühungen aufgab.

„Du musst dir keine Sorgen machen", wiederholte Ned. „Ich bleibe nicht mehr im Bett, wenn der Zustand mich befällt. Mittlerweile bin ich darauf vorbereitet. Ich übe für jene Tage, an denen ich es nicht ertrage, aufzustehen, weil ich weiß, dass diese Zustände wiederkommen. Ich ertüchtige mich und tue Dinge, die ich nicht tun will."

„Zum Beispiel ..."

„Zum Beispiel laufe ich morgens drei Meilen, und wenn ich glaube, es nicht zu schaffen, laufe ich noch mal drei Meilen. Und ich schlafe bei offenem Fenster ohne Feuer im Kamin." Er begegnete ihrem Blick. „Gelegentlich verzichte ich darauf, mit dir zu schlafen, auch wenn ich dich noch so sehr begehre. Ich stähle mich, damit mir diese Zustände nichts mehr anhaben können."

„Das erscheint mir ..." Kate suchte nach den richtigen Worten. Befremdlich? Unerklärlich? Gefühlskalt? Nichts erschien ihr passend. Sie hob das Kinn. „Ich finde, du hättest früher mit mir darüber sprechen müssen."

Sie hätte ihm helfen können. Sie hätte etwas tun können. Die Andeutung eines Planes begann sich in ihr zu formen.

Statt einer Erwiderung stieß er den Wagenschlag auf. Auf dem Gehsteig verbeugte sich der Diener. Ned wandte sich ihr zu. Jede Anspannung war aus seinen Gesichtszügen gewichen und hatte einem verschmitzten Lächeln Platz gemacht.

„Wie auch immer", sagte er leichthin, „es macht mir mehr Spaß, dich zum Lachen zu bringen."

Er sprang aus dem Wagen. Sie starrte ihm verblüfft nach. Hatte er tatsächlich dieses ernsthafte Gespräch mit einem Lächeln abgetan? Kate erhob sich so brüsk, dass sie beinahe mit dem Kopf gegen das Wagendach stieß. „Ned, du … du …“

Ihr fehlten die Worte. Empört raffte sie die Röcke und trat auf das schmale Treppchen. Ned empfing sie und half ihr ritterlich. Seine Finger fühlten sich warm durch den Lederhandschuh an.

„Ich bin ein fabelhafter Possenreißer“, raunte er so leise, dass sie sich anstrengen musste, um seine Worte zu hören in der samtschwarzen Stille der Nacht. „Als wir heirateten, verstand ich mich glänzend darauf, den Spaßvogel zu geben. Ich hielt es für passender, meine Schwächen mit dummen Scherzen zu übertünchen, als alle Welt wissen zu lassen, dass mich gelegentlich diese lähmenden Zustände befallen, die nicht wirklich als Wahnsinn zu bezeichnen sind.“ Sein schalkhaftes Lächeln stand in so krassem Gegensatz zur Ernsthaftigkeit seines Tonfalls, dass Kate nur verständnislos den Kopf schütteln konnte.

Auf den Stufen zum Haus legte er den Arm um sie.

„Aber …“

„Ich habe darüber geschwiegen, weil ich nicht wollte, dass du davon weißt. Ich möchte nicht, dass du meine Schwächen siehst. Ich brauche keine Krankenpflegerin, die mich mit Brei füttert und mir das Kinn wischt. Im Übrigen wird die Sache nur realer, je mehr Menschen davon wissen.“

Letzteres hielt Kate für eine Ausrede. Sie wandte sich mit gefurchter Stirn an ihn. Aber Ned erwiderte ihren Blick nicht, führte sie galant durch das Portal mit einer Selbstverständlichkeit, als geleite er sie aufs Tanzparkett. Auch dies eine Geste, mit der er sie ausschloss. Eine andere Form des Verlassens als seine einstige Flucht nach China, gleichwohl eine Geste des Verlassens. Eine Ablehnung dessen, was ihre Ehe sein könnte, was Kate ihm bedeuten könnte, wenn er es nur zuließe.

Wenn er glaubte, sie würde die Wahrheit nicht ertragen, hatte er nicht das geringste Vertrauen in sie.

In der Halle blieb Kate stehen und zwang ihn, gleichfalls stehen zu bleiben.

„Nein." Ihr blieb nichts als pure Weigerung.

Ein zweiter Diener trat hinter sie, um ihr den Mantel abzunehmen.

„Mylady?", fragte er einigermaßen verwirrt.

„Nein", wiederholte Kate gefasst. „Wir brauchen Ihre Dienste heute Abend nicht mehr."

Ned erhob keinen Einwand. Er stand gegen den Türrahmen zum Salon gelehnt und wartete, bis die Diener sich zurückgezogen hatten. Dann stieß er sich ab und betrat das Zimmer. Nur das Kaminfeuer verbreitete einen schwachen Schein. Ned machte keine Anstalten, eine Petroleumlampe anzuzünden.

Es wäre falsch, zu denken, er stoße sie von sich. Nein, er wollte sie nur nicht näher an sich herankommen lassen. Aber Kate wünschte sich mehr und wartete mit angehaltenem Atem.

Wie ein großer Schatten stand er vor ihr, sein Rücken vom Kristallleuchter in der Halle beleuchtet. Sein Halbprofil zeichnete sich scharf ab, die Kontur seiner Nase, das trotzig vorgeschobene Kinn. Die dämmrige Stille schien vor Spannung zu knistern.

„Und?", begann er schließlich. „Ich dachte, du willst mir ein paar Fragen stellen. Gibt es etwas, das du wissen möchtest?"

„Und ich dachte, du willst mir keine Antwort geben."

„Das will ich auch nicht." Hörbar stieß er den Atem aus im Anflug eines bitteren Lachens. „Aber ich werde dir trotzdem antworten. Nur zu, tu dir keinen Zwang an."

Sie hätte ihm viele Fragen stellen können. Wann befiel ihn dieser Zustand? Wie hatte es angefangen? Konnte man etwas dagegen tun, nicht nur die lähmende Lethargie zu ertragen? Aber in diesem halbdunklen Schweigen war ihr nur eine Frage wichtig.

„Willst du dir von mir nicht helfen lassen, weil du mich für unfähig hältst? Denkst du, ich breche zusammen, wenn du dich mir anvertraust?"

Er schüttelte den Kopf. „Kate", sagte er leise, „du bist die unbeugsamste Frau, die mir je begegnet ist."

„Belüge mich nicht!"

„Ehrlich. Würde man dich in eine Löwengrube werfen, befiehlst du den Raubkatzen, die Knochen der Lämmer, die sie zum Frühstück verspeist haben, auf den Müllhaufen zu werfen – und kein Löwe würde es wagen, dir zu widersprechen. Wenn du in der Wildnis ausgesetzt wärst, würdest du alles daransetzen, um das alte Rom wieder aufzubauen mit all seinen prachtvollen Marmortempeln. Und zwar mit deinen bloßen Händen, vielleicht unter Zuhilfenahme von Feile und Messer."

„Gott bewahre. Mir steht der Sinn nicht danach, in einer Wildnis ausgesetzt zu werden, Ned. Und wenn ich so tüchtig bin, wie du behauptest, wieso traust du mir dann nicht zu, dir zu helfen?"

Ned blieb ihr die Antwort schuldig. Und sein Schweigen weckte alte Zweifel und noch ältere Verletzungen in ihr.

Er hatte gelogen. All die schönen Worte über Löwen und das alte Rom, ihre Tatkraft und Unbeugsamkeit, das alles waren nur Geschichten, die er sich aus den Fingern sog, um sie zu beschwichtigen.

Aber sie wollte keine Beschwichtigungen und schon gar keine beschönigenden Lügen. Nicht jetzt.

„Nun ja", erklärte er schließlich im heiteren Plauderton. „Ich vermute … es hat etwas mit Eifersucht zu tun."

„Eifersucht?"

„Ich sagte dir schon einmal, Männer sind Tiere. Willst du wissen, wie wertlos ich tatsächlich bin?" Langsam drehte er sich zu ihr um. Sie trat einen Schritt zurück und stieß gegen eine scharfe Kante, tastete mit den Händen hinter sich und berührte eine glatte Holzoberfläche. Sie war gegen einen Tisch gestoßen.

„Eifersucht? Aber wieso?"

Er straffte die Schultern und trat auf sie zu. Kate konnte seine Gesichtszüge nicht erkennen, nur seine breiten Schultern. Er erschien ihr wie ein glühender Vulkan kurz vor dem Ausbruch. Sie schluckte.

„Gelassenheit und Kontrolle fallen dir leicht. Selbst im höchsten Zorn verlierst du nie die Beherrschung." Diese Worte hätten bei einem anderen Mann bitter geklungen, aber Ned sprach sie weich wie eine Liebkosung.

Kate lehnte sich gegen den Tisch, der ein wenig wackelte. Etwas auf der Platte klirrte leise, vielleicht eine Vase. Kate schlang die Arme um sich, aber diese Geste bot ihr nur wenig Schutz.

„Ja, ich bin eifersüchtig", fuhr Ned fort, „auf die Art, wie du dich durch nichts von deinem Ziel abbringen lässt, nicht durch deine Ängste, nicht einmal durch einen tobsüchtigen brutalen Mann. Würde dich ein seltsam unerklärlicher Zustand bedrohen, würdest du dich nicht im Bett verkriechen. Du würdest ihm gelassen und sachlich begegnen und ihn mit einem Kopfschütteln abtun. Wenn du dich beweisen willst, musst du nicht um die halbe Welt nach China fliehen." Mit den Fingern berührte er sanft ihre Wange.

Hoch aufgerichtet stand er nun vor ihr, und sie spürte die Wärme seiner Schenkel an ihren Beinen.

„Ich bin eifersüchtig", flüsterte er, „auf jeden Atemzug, der deinen Lippen entweicht." Sein Mund berührte beinahe den ihren. „Es ist unfair, dass du so selbstbeherrscht bist, während ich mich verzweifelt danach sehne, dich zu besitzen."

Kate wagte kaum zu atmen. „Das ... das ließe sich ändern."

Er wölbte die Hände um ihre Hüften. „Wie viele Unterröcke trägst du heute?"

„Fünf."

Er beugte sich über sie. „Ich hasse alle fünf." Er zog sie näher. „Zieh sie aus!", befahl er.

Seine Finger gruben sich durch alle fünf verhassten Unterröcke in ihr Fleisch. Er hob Kate hoch und setzte sie auf den Tisch. Das Holz knarrte unter ihrem Gewicht. „Nein", korrigierte er sich. „Das dauert mir zu lange. Ich gewöhne mich an meine Eifersucht."

Er schob die Röcke hoch und spreizte ihr die Beine. Ein

kühler Lufthauch wehte sie an, bevor er zwischen ihren Schenkeln stand, sich über sie neigte, ihr Ohrläppchen mit den Lippen umfing und ihr Wonneschauer über den Rücken jagte. Seine Hand glitt nach oben zu ihrer intimsten Stelle. *Ja, oh ja, berühre mich.* Kate unterdrückte ein Stöhnen.

Ihr Mund fand den seinen in der Dunkelheit. Ein langer fiebernder Kuss mündete in gemeinsames Nesteln an den Knöpfen seines Hosenbundes. Dann schlang er ihre Beine um seine Hüften und füllte sie heiß und prall.

Ihr Schoß weitete sich um seinen harten Schaft, empfing ihn gierig wie eine Verhungernde.

Ned wiegte sich langsam und stetig tiefer in sie. Der Tisch knarrte unter ihrem Gewicht und seinen Stößen. Er hauchte zarte Küsse an ihre Kehle und ihr Kinn. Sie atmete seine Küsse im Gleichklang seiner Stöße. Seine Zunge umfing die ihre, kostete von ihr wie von einer süßen Frucht.

An der Spannung seiner Muskeln und Sehnen in den Schultern spürte sie, wie er seinen Höhepunkt hinauszögerte. Schweißtropfen perlten von seiner Stirn. Aus den Tiefen ihres Schoßes fluteten berauschende Wogen auf, trugen sie in himmlische Sphären. Sie hob ihm ihre Hüften entgegen, und dann brach die Verzückung über sie herein wie ein entfesselter Herbststurm.

Neds Stöße wurden heftiger, fordernder. Sie zerbarst in einem sprühenden Funkenregen, begleitet von einem lauten Krachen.

Ned grub die Finger tiefer in ihre Hüften. Er gab keinen Laut von sich, schrie seine Lust nicht hinaus, stöhnte nicht einmal. Der einzige Beweis seiner Erlösung war die eiserne Umklammerung ihrer Hüften.

Als sie wieder klar denken konnte und ihr bewusst wurde, wozu sie sich hatten hinreißen lassen, im Salon bei offenen Türen zur Halle, wo jeder sie hätte sehen können, empfand sie seinen Höhepunkt als seltsam reserviert. Und als er sich von ihr löste und schweigend seine Kleidung ordnete, dämmerte ihr, dass er ihr Vergnügen bereitet hatte, selbst jedoch auch im Rausch der Verzückung die Kontrolle bewahrt hatte.

Eigentlich müsste ich eifersüchtig sein, dachte sie benommen, denn ich will ihn ganz für mich haben, ohne jeden Vorbehalt. Dieser selbstsüchtige Wunsch legte sich allmählich, während ihr rasender Herzschlag sich beruhigte und ihr das Blut nicht mehr in den Ohren rauschte. Lange blickten sie einander atemlos in die Augen. Er trat einen Schritt zurück – einen knirschenden Schritt – und fluchte leise.

„Verdammt", murmelte er. „Welcher Trottel stellt dämliche Vasen auf einen Tisch?"

Kate blickte verdutzt nach unten. Es dauerte einen Moment, bis sie begriff, was die winzigen glitzernden Scherben auf dem Parkett bedeuteten. Dieser Lärm, der ihren Höhepunkt begleitet hatte, war kein Auswuchs ihrer fiebernden Fantasie gewesen.

Sie konnte nicht an sich halten und musste lachen. Entschlossen zog sie Ned zu sich und barg ihr Gesicht an seiner Hemdbrust. Er war in Schweiß gebadet, ebenso wie sie. Immer noch trug sie ihre fünf verhassten Unterröcke. Sein Herz klopfte schnell im Gleichklang mit ihrem. Er strich ihr das feuchte Haar aus der Stirn.

„Das nächste Mal", murmelte er, „ziehe deine Unterröcke aus. Bitte."

Sie spürte sein Lächeln, als er seine Wange an die ihre schmiegte.

Dies war keine Besitznahme. Es war immer noch eine verdammenswerte Form der Ungerechtigkeit. Sie hatte sich ihm vorbehaltlos hingegeben, während er sich Zurückhaltung auferlegt hatte. Sie könnte darüber in Tränen ausbrechen. Oder ihn der Gefühlskälte beschuldigen.

Aber was würde sie damit erreichen? Sie wollte sich nehmen, was sie bekommen konnte, und um den Rest kämpfen, so gut sie es vermochte.

Tief atmete sie ein und verdrängte ihre Ängste. „Da der Boden mit Glasscherben übersät ist, sehe ich nur eine Wahl."

„Und die wäre?"

Es fiel ihr nicht leicht, zu lächeln. „Weißt du, wie dünn meine Sohlen sind?", raunte sie ihm ins Ohr. „Bei dieser Verletzungsgefahr bleibt dir nichts anderes übrig, als mich ins Bett zu tragen."

19. KAPITEL

Bis zum nächsten Nachmittag waren die Glasscherben längst weggefegt. Als Kate das Haus verließ, verspürte sie allerdings ein seltsames Prickeln im Nacken, als lauere eine Gefahr auf sie. Sie verharrte mit einem zierlichen Seidenschuh auf dem Treppchen der Kutsche, ihre behandschuhten Finger lagen auf der Schulter des Dieners.

Keine fünf Schritte hinter ihr stand ein Mann auf dem Gehsteig in der blauen Uniform eines städtischen Polizeibeamten, die Manschetten seines Rocks waren leicht abgewetzt. Er beobachtete sie, und als sie verharrte, trat er auf sie zu.

„Sind Sie Mrs Carhart?“, fragte er und schob seinen Schlagstock von einer Hand in die andere, sah allerdings nicht so aus, als wolle er ihn benutzen. Mit strengem Blick musterte er sie.

Kate wandte sich ihm zu und richtete sich zu ihrer vollen Größe auf, was verglichen mit der Größe des Mannes keineswegs ausreichend schien. Dennoch begegneten ihr Konstabler und Bedienstete gleichermaßen mit Respekt, wenn sie wussten, mit wem sie es zu tun hatten. Sie war zwar von zierlicher Gestalt, aber der kostbare Spitzenbesatz am Saum ihres eleganten Kleides würde den Mann stutzig machen und ihn in seine Schranken weisen.

Teure Spitze wies sie als vornehme Dame aus, die sich eine solche Anschaffung nicht nur leisten konnte, sondern auch zu einem Vormittagsbesuch zu tragen pflegte. Polizisten sprachen für gewöhnlich keine Damen an.

„Wachtmeister“, wies sie ihn streng zurecht. „Man spricht mich gewöhnlich mit …“

„Antworten Sie mit Ja oder Nein, Ma’am.“

Kate befingerte nervös ihre Perlenkette. „Ja, aber ich bin Lady …“

Er fiel ihr erneut ins Wort. „Gut. Ich habe einen auf Sie ausgestellten Haftbefehl. Sie müssen mich begleiten.“

Die ungezählten Meter kostbarer Spitze, zu Volants verarbeitet, schienen ihre Schutzfunktion eingebüßt zu haben. „Sie wollen mich festnehmen?“ Nein. Sie ließ sich nicht einschüchtern wie ein hilfloser Sperling. Kate ballte die Hände zu Fäusten. „Hören Sie, Wachtmeister.“ Sie beäugte den Kragen seiner Uniform, wo seine Dienstmarke verzeichnet war. „Wachtmeister 12-Q. Was fällt Ihnen ein, meine Festnahme zu befehlen?“

Wachtmeister 12-Q trat einen weiteren Schritt vor. „Es ist nicht mein Befehl“, erklärte er. „Der Haftbefehl wurde von Bezirksrichter Fang ausgestellt. Ich habe keine Befehlsgewalt – ich bin nur ein Vollstreckungsbeamter.“

Verständnislos sah sie ihn an.

„Ich vollstrecke nur“, wiederholte er. „Vollstrecken. Verstehen Sie? Ha. Ha.“ Wachtmeister 12-Q lachte trocken.

Kates verständnisloser Blick wurde zu einem eisigem Funkeln.

„Ich nehme an“, fuhr der Beamte gedehnt fort, „es wird Sie weniger erheitern, zu hören, dass Ihnen ein Prozess bevorsteht.“

„Ein Prozess! Wie lautet die Anklage? Und wann?“

Der Konstabler baute sich vor ihr auf, während ihr Diener sichtlich verlegen von einem Fuß auf den anderen trat, unschlüssig, wie er sich verhalten sollte.

„Hören Sie“, erklärte Wachtmeister 12-Q, „eine feine Dame wie Sie wird sich doch nicht einem Konstabler widersetzen. Und was den Zeitpunkt betrifft: jetzt sofort. Warum wohl sollte man mich sonst schicken? Die Justiz wartet nicht. Schon gar nicht, wenn sie von Richter Fang vertreten wird. Er macht nicht gerne Überstunden.“

„Aber ich habe eine Verabredung zum Tee.“ Kate stellte wieder einen Fuß auf das Treppchen der Kutsche, und ihr Diener verneigte sich höflich. Ihre Stimme klang entschieden gefasster, als ihr zumute war. „Wollen Sie damit etwa sagen, ich soll einen langen Umweg machen … zu …“

„Zum Bezirksgericht am Queen Square, Ma’am.“ Er befingerte den Kragen seines Uniformrocks. „Dafür steht das Q."

„Ich soll zum Queen Square fahren und mir Beschuldigungen anhören, die sich irgendwer aus den Fingern gesogen hat? Aber dadurch verspäte ich mich erheblich zu meiner Verabredung. Und ich bin berühmt für meine Pünktlichkeit."

Wachtmeister 12-Q zuckte gleichgültig die Achseln und fasste sie am Arm. „Wenn Sie sich schuldig bekennen, bleibt Ihnen ein Gerichtsverfahren erspart. Wenn Sie allerdings Ihre Unschuld beweisen wollen, kommt es zum Prozess." Seine Hand umfing ihren Ellbogen.

Finster starrte Kate ihn an. „Vielen Dank. Diese Information ist sehr hilfreich."

„Wie Sie meinen", fuhr er fort. „Sechs Monate Gefängnis werden Ihre Teestunde noch länger verzögern."

„Sechs Monate!" Kate verlor endgültig ihre Gelassenheit. „Sie scherzen wohl. Was, um Himmels willen, wirft man mir denn vor?"

Der Hauch eines Lächelns überflog Wachtmeister 12-Qs Gesichtszüge. „Richter Fang lässt bei weiblichen Straftätern gerne Milde walten. Sechs Monate, wenn er einen guten Tag hat. Aber wenn ich an den vornehmen Herrn denke, der Klage gegen Sie erhebt, kommen Sie wohl nicht so glimpflich davon."

Natürlich steckte Harcroft dahinter; diesen Verdacht hatte sie von Anfang an gehabt. Aber worauf begründete er seine Klage? Es konnte alles sein, Diebstahl oder sogar Mord. Ihm war jede Tücke zuzutrauen. Gottlob hatte sie ein reines Gewissen, sie hatte sich nichts zuschulden kommen lassen. Sie musste es nur beweisen.

Kate wandte sich an den Diener, in dessen gequälter Miene sie deutlich las: *Ich stehe gern in Ihren Diensten. Aber bitte erwarten Sie nicht von mir, dass ich mich einem Konstabler widersetze.* Sie seufzte.

„Sie müssen Mr Carhart Bescheid sagen", schärfte sie ihm ein. „Sie finden ihn im Gericht des Lordkanzlers. Sagen Sie ihm, dass man mich zum Queen Square gebracht hat. Und dass ich ihn brauche. Dringend."

Der Wachtmeister gähnte gelangweilt, als der Diener sich eilends aus dem Staub machte. „Kommen Sie nun endlich, oder muss ich Ihnen Handschellen anlegen?"

Kate hob das Kinn und ließ sich abführen.

Ned stürmte in die stickige Amtsstube des Bezirksrichters.

Auf der überstürzten Fahrt zum Queen Square hatte er sich eingeredet, an dem gestammelten Bericht des Dieners könne nichts dran sein. Wenn Kate gezwungen war, das düstere Gebäude in Westminster aufzusuchen, so doch nur deshalb, weil sie Opfer eines Taschendiebstahls geworden war. Sie sollte ihre Aussage zu Protokoll geben, mehr nicht …

Weit gefehlt. Ein Konstabler versperrte ihm den Weg, packte zu und drehte ihm den Arm um. Nicht darauf gefasst, ging Ned durch den sengenden Schmerz, der ihm in die Schulter schoss, kurz in die Knie.

Außer dem Polizisten gab es noch andere Anwesende. Auf einer Bank lag schnarchend ein verwahrloster Trunkenbold. In sicherem Abstand kauerte eine blasse Frau in einem zerschlissenen braunen Wollkleid und drückte zwei abgemagerte Kinder an sich. Eine Handvoll Konstabler in blauen Uniformen wartete gelangweilt. Es stank nach Schweiß, schalem Bier und allerlei sonstigen menschlichen Ausdünstungen. Ned hielt den Atem an und schaute sich um.

Am anderen Ende der Raumes stand Kate hoch erhobenen Hauptes mit leicht zerzaustem Haar, hielt Ned den Rücken zugewandt und blickte zum Richter. Der Mann saß – wenn man sein respektloses Lümmeln denn so nennen wollte – in einem zerknitterten Gehrock auf einem hohen Lehnstuhl. Der einzige Hinweis auf seinen ehrenwerten Stand war eine schmutzig weiß gepuderte Perücke, die er schief auf seinem Kopf trug.

Ihm gegenüber vor dem Richtertisch stand der Earl of Harcroft.

Er hatte diese Farce also inszeniert. Ned hatte geahnt, dass er einen Plan ausheckte. Allerdings hatte er nicht damit gerechnet, seine Frau unter Anklage irgendeiner Straftat vor dem Richter vorzufinden.

Kate machte eine ruckartige Bewegung, die Neds Blick auf ihre Hände lenkte. Sie trug Handschellen.

„Was haben Sie zu den Anklagen gegen Sie vorzubringen?", fragte der Richter in gelangweiltem Tonfall.

„Ich kann wenig dazu sagen, Euer Ehren, da ich sie nicht zu hören bekam." Kates Stimme klang fest – wie immer, sie ließ sich keine Schwäche anmerken.

„Sie haben sie nicht gehört?" Der Richter machte ein verdutztes Gesicht. „Aber wie kann das sein?"

„Sie haben mir die Klage nicht vorgelesen, Euer Ehren."

Der Richter bedachte Kate mit einem strafenden Blick, als sei es ihre Schuld, dass er sich mit so belanglosen Dingen befassen musste, wie eine Klageschrift zu verlesen. Mit ausladender Geste griff er nach einer Brille auf dem Tisch, setzte sie auf die Nase und hielt sich ein Blatt Papier in Armlänge vor. „Hier", erklärte er. „Entführung."

Er nahm die Brille ab und beäugte Kate wieder. „Nun, was haben Sie zu dieser Anklage zu sagen?"

„Entführung von wem, Euer Ehren?"

Es entstand eine Pause, die Lippen des Richters wurden schmal. „Normalerweise", erklärte er herrisch, „habe ich es mit Angeklagten zu tun, die wissen, wen sie entführt haben." Finster starrte er Kate an.

Sie hob hilflos die Schultern.

Bedächtig griff er erneut nach der Brille und setzte sie auf die Nase. Diesmal las er das Schriftstück etwas genauer. „Ach ja. Ich entsinne mich. Entführung der Gemahlin dieses Herrn." Wieder riss er sich die Brille von der Nase, wandte sich jedoch nicht an Kate, sondern an Harcroft.

„Sehr merkwürdig", sagte er gedehnt. „Entführung einer Ehefrau? Durch eine andere Frau? Ich kenne nur Fälle, in denen eine derartige Klage gegen Männer erhoben wird." Er wandte sich wieder an Kate.

„Aber es gibt keinen Gesetzesparagrafen, der nicht auch auf eine Frau anzuwenden wäre, nicht wahr?“, meldete Harcroft sich nun mit sanfter Stimme zu Wort. „Sie kennen den Inhalt des Haftbefehls, Euer Ehren. Muss ich das alles wiederholen, oder können wir endlich auf die Formalitäten verzichten?“

„Behauptet dieser Herr, Beweise in der Hand zu haben, ich hätte seine Frau unter Zwang entführt?“, erklärte Kate. „Er lügt.“

„Entführung durch Beeinflussung.“ Harcroft würdigte Kate keines Blickes. „Eine Ehefrau hat kein Recht, ihren Mann ohne seine Einwilligung zu verlassen.“

Ned senkte den Blick auf die Hand des Uniformierten, der ihn immer noch festhielt, und dann befreite er sich langsam aus seinem Griff. Er hatte nie wirklich darüber nachgedacht, aber Harcroft hatte vermutlich recht. Wenn dies der Fall war, könnte Kate tatsächlich eine Straftat begangen haben.

„Moment!“, rief Ned aus dem Hintergrund. „Ich bin der Ehemann dieser Dame.“

Der Richter nahm endlich Notiz von Ned, bedachte ihn mit einem langen mitleidigen Blick und schüttelte den Kopf. „Nun? Hat sie die Straftat begangen?“

„Wie können Sie Mrs Carhart überhaupt anklagen?“, fragte Ned. „Sie ist meine Ehefrau. Was immer sie getan haben mag – oder was immer ihr vorgeworfen wird –, sollte nicht ich die Verantwortung dafür tragen, ich als ihr Ehemann?“

Der Richter fixierte Ned schweigend.

„Das heißt, mich trifft die Verantwortung, Euer Ehren“, fügte Ned etwas verspätet hinzu.

„Mr Carhart, nehme ich an“, erklärte der Richter. „Sie sind nicht als Zeuge aufgerufen, um eine Aussage zu machen.“ Er ließ den Blick durch den Raum schweifen. „Nachdem die Beweislage geklärt ist, verfüge ich …“

„Euer Ehren“, unterbrach Ned ihn mit lauter Stimme, „welche der hier Anwesenden …“, er machte eine ausladende

Armbewegung durch den Gerichtssaal mit den jämmerlichen Gestalten, „... fungieren als Geschworene?“

„Geschworene?“ Der Richter furchte die Stirn. „Geschworene? Es ist heute keine Zeit für eine Verhandlung mit Geschworenen.“ Er wandte sich an Kate. „Sie haben nicht um Geschworene gebeten. Und Sie bekommen auch keine. Außer die Streitsumme übersteigt vierzig Schillinge.“

„Die Countess of Harcroft ist gewiss mehr wert als vierzig Schillinge“, sagte Ned. „Euer Ehren.“

Harcroft fixierte ihn aus Augenschlitzen, erhob aber keinen Einwand.

Der Richter setzte seufzend die Brille wieder auf und nahm Ned nun näher in Augenschein. „Sie scheinen mir ein Gentleman zu sein.“

„Ich *bin* ein Gentleman und der zukünftige Erbe des Marquess of Blakely.“

Eine steile Falte bildete sich auf der Richterstirn. Er wandte sich an Harcroft. „Aber Sie sagten, das heißt, ich dachte, Mrs Carhart ...“

„Meine Gemahlin ist Lady Kathleen Carhart“, fiel Ned ihm wieder ins Wort. „Der Kläger wird gewiss nicht verschwiegen haben, dass sie die Tochter des Duke of Ware ist. Oder sollte ich mich irren?“

Während seiner Rede warf der Richter, dessen Lippen noch schmaler geworden waren, Harcroft einen fragenden Blick zu. Ned konnte sich nun zusammenreimen, wie es zu dieser Anklage gekommen war. Harcroft hatte mit seinem hohen Rang Eindruck auf den Bezirksrichter gemacht, vermutlich sogar mit einigen Banknoten nachgeholfen. Aber selbst ein korrupter Diener der Krone würde davor zurückschrecken, die Tochter eines Dukes ins Gefängnis zu stecken.

Unter Neds forschendem Blick rückte Richter Fang seine Perücke zurecht und ordnete die Papiere auf seinem Tisch. „Vielleicht eine Geldstrafe“, schlug er an Harcroft gerichtet vor. „Vielleicht lässt sich die Angelegenheit mit einem Bußgeld von einigen Pfund regeln?"

„Keinesfalls", entgegnete der Earl schneidend. „Diese Person hält meine Ehefrau fest. Ich will sie zurück. Nein, Euer Ehren – ich bestehe auf meiner Klage und auf einem Gerichtsverfahren."

Der Richter legte die Hand an die Stirn, und dann murmelte er: „Dieses Gericht weist den Einspruch seitens Mr Carhart ab. Die Klage gegen Mrs ... ähm ... Lady Kathleen Carhart bleibt bestehen."

Euer Ehren, dachte Ned bitter, versucht seine Gewissensbisse hinter Formalitäten zu verbergen.

„Auf welcher Rechtsgrundlage, Euer Ehren?"

„Aufgrund der Beweise, die mir vorliegen, wonach die in Betracht kommende Straftat begangen wurde, als Sie sich außer Landes aufhielten. Wir leben nicht mehr in rückständigen Zeiten, in denen ein Ehemann für jeden Schritt seiner Ehefrau zur Verantwortung gezogen wird. Sie stehen nicht unter Anklage, Mr Carhart."

„Ich bestehe aber darauf", protestierte Ned. „Und ich fordere die Freilassung meiner Gemahlin."

„Fakten, Mr Carhart, sind Fakten. Es steht Ihnen nicht zu, Forderungen zu stellen. Das Gesetz erlaubt nicht, eine Anklage auf eine andere Person zu übertragen, so sehr Ihnen auch daran gelegen sein mag." Während seiner Rede hatte der Richter eine würdevolle Haltung angenommen. Das Gesetz schien erst Bedeutung für ihn zu haben, nachdem er erfahren hatte, dass Kate die Tochter eines Dukes war. „Mr Carhart schlägt weiterhin vor, dass der Prozess gegen Lady Kathleen vor Geschworenen geführt wird."

Harcroft lächelte höhnisch in Neds Richtung. „Ich stimme einer Zeugenvernehmung vor Geschworenen zu", erklärte er hochnäsig. „Mein erster Zeuge kann sofort einvernommen werden."

„Jetzt sofort?" Der Richter machte eine klägliche Miene. „Aber es ist fast drei Uhr nachmittags."

„Na und? Was soll das heißen?"

„Das Gericht schließt um drei." Der Richter sah Harcroft fassungslos an. „Wir halten uns strikt an Öffnungszeiten, Mylord. Äußerst strikt."

Harcroft starrte vor sich hin, seine Kiefer mahlten. „Nun gut. Nehmen Sie die Angeklagte in Untersuchungshaft und werfen Sie sie in eine Gefängniszelle. Der Prozess wird morgen fortgeführt."

„In eine Zelle?!", entfuhr es Kate.

„Lady Kathleen", verkündete Ned mit gelassener Bestimmtheit, „verbringt keine Nacht in einer Zelle. Euer Ehren weiß, dass er einem Gentleman wie mir vertrauen kann, sie morgen rechtzeitig zu Prozessbeginn in den Gerichtssaal zu begleiten." Er blickte dem Richter direkt in die Augen, um ihm seine unausgesprochene Drohung deutlich zu machen. Wenn ein Duke und ein Marquess einen unbedeutenden Bezirksrichter ins Visier nahmen, wäre er im Handumdrehen seinen ehrenwerten Posten los.

„Ähm … ja." Unstet flog der Blick des Richters zwischen Ned und Harcroft hin und her. Dann räusperte er sich.

Auch ein Earl konnte ihn um seinen einträglichen Posten bringen. Ned hätte Mitleid mit Richter Fang gehabt, hätte der sich nicht auf diese Farce eingelassen.

„Ich entlasse die Angeklagte in die Obhut ihres Ehemanns bis zur morgigen Verhandlung", verkündete er schließlich. „Beginn elf Uhr. Pünktlich."

Auf der Fahrt fühlte Ned sich hohl und ausgelaugt. Er hatte gewusst, dass Harcroft etwas im Schilde führte, ohne zu ahnen, was er plante. Trotzdem hätte er etwas dagegen unternehmen müssen, wie auch immer. Aber nun war Kate persönlich bedroht, und all seine hochfliegenden Pläne, sich ihr zu beweisen, wirbelten ihm konfus im Kopf herum.

„Meinst du nicht", fragte Kate trocken, die ihm gegenübersaß, „wir sollten eine Ausnahme machen und wenigstens diesen Drachen töten?“

„Hmm.“ Ned wiegte den Kopf bedächtig hin und her. „In Gareths Haus gibt es mindestens ein Dutzend Schwerter. Wahrscheinlich in einer Kiste auf dem Speicher.“

Ein spannender Gedanke – sich im Dunkel der Nacht in Harcrofts Haus zu schleichen, eingehüllt in einen schwarzen Umhang mit einem blitzenden Schwert in der Faust. Ohne Anklagevertreter würde Kate augenblicklich freigelassen.

Eine verlockende Vorstellung, bis zu dem Augenblick, wenn Harcrofts blutüberströmte Leiche in seinem Haus aufgefunden wurde. Die Ermittlungsbeamten würden nicht lange suchen müssen, um einen Verdächtigen ausfindig zu machen, der ein Interesse an seinem vorzeitigen Ableben hatte, sowie den stichhaltigen Beweis in Form eines blutigen Schwertes, eingewickelt in einen schwarzen Umhang.

Als kenne Kate den Weg, den seine Gedanken genommen hatten, als sei sie lautlos der Spur seiner Fantasie mit dem Schwert in der Hand gefolgt, seufzte sie tief. „Der Teufel soll ihn holen!“ Die Kutsche hielt vor dem Haus. Der Wagenschlag wurde geöffnet.

Sie tauchte in die Nacht ein, und Ned starrte ihr nach. Ihre Bemerkung darüber, den Drachen zu töten, war natürlich als Scherz gedacht, um die beklemmende Stimmung zwischen ihnen zu vertreiben. Aber für ihn stand viel mehr auf dem Spiel. Drache hin oder her, Kate brauchte einen Helden. Und ihr vermeintlicher Held saß immer noch in der Kutsche und spielte mit dem Gedanken, sich ein scharfes Messer aus der Küche zu holen und in die Nacht hinauszustürmen. Wahrlich ein Ritter von der traurigen Gestalt!

Verdammter Mist.

Der Name Harcroft passte eigentlich nicht zu einem durchtriebenen Bösewicht. Er klang eher seriös, langweilig und pedantisch. Und die Bedrohung in Form eines Gefängnisses war nicht etwas, das man erschlagen konnte. Jedenfalls nicht mit typisch heroischen Taten. Die Helden in den Romanen hatten es leicht. Noch vor einer Woche hatte Ned sich darüber Gedanken gemacht, wie er sich für Louisas Freiheit einsetzen könnte. Nun musste er um die Freiheit seiner Frau kämpfen. Seine Bemühungen hatten ihn von Anfang an in die Irre geleitet, und nun wusste er sich keinen Rat mehr.

Ned zwang sich, aus der Kutsche zu springen. „Weißt du", erklärte er, als er Kate am Portal eingeholt hatte, „wenn ich Gareth töte, könnten wir der leidigen Angelegenheit gleichfalls ein Ende bereiten. Damit wäre ich der Marquess of Blakely. Und gegen dich als meine Gemahlin könnte nur im House of Lords Anklage erhoben werden."

„Aha. Fabelhafte Idee. Und so praktisch, da die Schwerter in Gareths Haus herumliegen." Ihre Mundwinkel zogen sich hoch.

Und dieser Anflug eines Lächelns war genau das, was Ned brauchte. Schluss mit Mordfantasien. Schluss mit lähmender Verzweiflung. Kate brauchte keinen Helden, der ihre Feinde erschlug. Das war die einfache Form des Heldentums, die nur in Mantel-und-Degen-Romanen existierte. Jeder Idiot mit einem Schwert oder einem Küchenmesser konnte solche Taten vollbringen. Nein. Was Kate jetzt brauchte, war ein wahrer Held. Ein Held, der heute ein Lächeln auf ihre Lippen zaubern und ihr morgen den Sieg bringen würde.

Und er selbst wollte dieser Held sein.

Kate betrat den Salon und nahm auf dem Damastsofa vor dem Kamin Platz; ihre Silhouette wurde vom Schein des Feuers beleuchtet.

Ned trat hinter sie und legte ihr die Hände auf die Schultern. Sanft strich er ihr über den Rücken, spürte die Stäbe ihres Fischbeinkorsetts unter der Seide. Die Aussicht, sie aus diesem Panzer befreien zu können, erschien ihm als ebenso schwach wie das trübe Licht im Zimmer.

Aber über dem Harnisch konnte er die harten Knoten massieren, die sich in ihren Schultern gebildet hatten. Und dieser Aufgabe widmete er sich, überließ es seinen kreisenden Fingern, ihr Trost zu spenden, den er nicht in Worte zu fassen vermochte. Und sobald die Muskeln und Sehnen ihrer Schultern sich gelockert hatten, bemerkte er, wie verspannt ihr Rücken unter dem Saum ihres Korsetts war.

Es gab nur eine Lösung, um Harcroft morgen zu besiegen. Sicher, es bestand die Möglichkeit, dass dessen Beweise nicht stichhaltig genug waren, oder die Zeugen, die er antreten lassen würde, die Geschworenen nicht von Kates Schuld überzeugten. Aber Ned war nicht bereit, sich mit bloßen Hoffnungen auf ihren Freispruch zufriedenzugeben. Immerhin wurde ihr eine Straftat zur Last gelegt, und so rechtschaffen ihre Absichten auch gewesen sein mochten, dem Gesetz nach hatte sie sich schuldig gemacht. Ned, in seiner Jugend dem Glücksspiel verfallen, war nicht gewillt, darauf zu bauen, dass die Würfel des Schicksals diesmal zu seinen Gunsten fielen.

Er setzte sich neben sie, presste seine Handballen kreisend in die Rundungen ihrer Taille und Hüften, bis auch diese verspannten Muskeln sich gelöst hatten, während in ihm die Spannung wuchs.

Kate könnte dem Richter die ganze Wahrheit gestehen: dass Louisa ihr freiwillig anvertraut hatte, von ihrem Ehemann jahrelang verprügelt worden zu sein. Aber solange Louisa nicht in den Zeugenstand trat, stand Kates Aussage gegen Harcrofts Anschuldigungen.

Sie hatte sich unter seiner Massage gelockert, aber ihre Hände waren immer noch zu Fäusten geballt, ihre Fingernägel gruben sich in ihre Handflächen.

Es gab auch die Möglichkeit, Harcrofts Klage mit einer Gegenklage zu begegnen. Sein tätlicher Angriff auf Kate, seine Gewalt gegen Louisa. Aber jeder Anklagepunkt würde Kate zwingen, die genauen Umstände zu Protokoll zu geben, wie es dazu gekommen war. Und das käme einem Schuldbekenntnis gleich. Nein, es musste eine andere Lösung geben. Eine Lösung, die Kate von jeder Schuld freisprach.

Ned nahm ihre kalten Hände, legte ihre zitternden Finger

zwischen die seinen und presste den Daumen in ihre Handfläche vom Ballen bis zu den Fingerwurzeln. *Vertrau mir. Vertrau mir.* Hingebungsvoll strich er die Verspannung aus jedem ihrer Finger, die sich bald erwärmten. Dann widmete er sich ihren Armen.

Kate lehnte ihren Rücken an ihn, während er ihre Arme massierte. Und es ließ sich nicht vermeiden, dass seine Arme ihren Busen streiften. Es ließ sich auch nicht vermeiden, dass er spürte, wie ihre Brustknospen sich reckten. Also begann er, ihre Brüste zu massieren.

Er zeichnete mit den Fingern kleine Kreise um ihre Brustspitzen. Kate gab einen Laut von sich, eine Mischung aus Stöhnen und Schluchzen. Und als diese Liebkosung nicht dazu beitrug, die Spannung aus ihren gereckten Brustspitzen zu nehmen, sie sich umdrehte und sich mit gespreizten Beinen auf seinen Schoß setzte, ihre Unterröcke sich zwischen ihnen bauschten, ihre Schenkel sich an die seinen schmiegten – nun ja. Nur ein Trottel hätte sie in diesem Zustand allein gelassen.

Nur ein Schuft hätte seine Hände von ihr genommen, hätte seinem Mund Einhalt geboten, ihre Brüste unter dem Mieder zu finden. Nur ein Schuft hätte ihre Finger weggeschoben, die an den Knöpfen seiner Hose nestelten. Und nur ein ausgemachter Schurke hätte die steigende Flut der Wollust missachtet, die beide verschlang.

Kate hob sich ihm entgegen, und er umklammerte ihre Mitte. Sie lehnte ihre Stirn gegen die seine. Ihre heißen Atemzüge wurden eins – und dann ihre Körper. Im ersten Moment ihrer Vereinigung fürchtete Ned, die Sinne würden ihm schwinden. Er war drauf und dran, sie auf den Rücken zu werfen und all seine Ängste in sie zu pumpen. Aber ihre Hände umklammerten seine Schultern. Für sie ging es um mehr als nur um sinnliche Erfüllung. Für sie ging es um Rückhalt, um den Beweis, dass kein Gericht der Welt sie in ein kleines hilfloses Nichts zu demütigen vermochte.

Sie war wie ein heißer Wüstenwind, der ihn umwehte, eine glühende Klammer um seinen Schaft. Ihre Hände hielten ihn im Zaum. Nur ein Schuft hätte ihr die Kontrolle genommen.

In dieser Nacht war Ned entschlossen, ihr Held zu sein.

Und er hielt Wort.

20. KAPITEL

Diese Erfüllung hatte Kate einen nie gekannten inneren Frieden beschert. Nachdem sie wieder zu Atem gekommen war, Ned sich aus ihr gelöst und ihre Röcke geordnet hatte, zog er sie wieder auf seinen Schoß. Sie schmiegte ihre Wange an die seine und schwelgte im beseligten Glück, in seinen Armen zu liegen. Dieser entfesselte Liebesakt hatte einen Knoten in ihr zerrissen. Sie konnte wieder klar denken und fühlte sich stark genug, sich allen Anforderungen eines ungewissen Morgens zu stellen.

„Was sollen wir tun?“, flüsterte sie in sein Haar.

Er streichelte sie, wölbte die Hände um ihre Hüften.

„Wir geben Gareth Bescheid“, antwortete er. „Er muss vor Gericht erscheinen. Wir brauchen unseren Marquess, damit er zu unseren Gunsten aussagt.“ Er lächelte dünn. „Der Gedanke gefällt mir, meinen Cousin als Aushängeschild zu benutzen.“

Tausend Zweifel und Fragen schwirrten durch Kates Kopf. „Aber …“

„Jenny hegt bereits Argwohn gegen Harcroft, wie mir scheint. Und nachdem beide von Anfang an in die Sache hineingezogen worden sind, sollten sie die Wahrheit erfahren. Ich möchte, dass die Blakelys sie von dir hören.“

„Aber sie können mich nicht leiden“, wandte Kate zaghaft ein.

„Weil sie dich nicht kennen. Sie wissen kaum etwas über dich. Meinst du nicht, Kate, es wäre an der Zeit, auch andere ins Vertrauen zu ziehen, nicht nur mich?“

Sie hatte ihre Geheimnisse so lange im Verborgenen gehalten, dass sie zunächst nicht antwortete. Ja, sie wollte andere wissen lassen, was sie getan hatte – und gleichzeitig schreckte sie davor zurück. Es war weniger schmerzlich, als eine Person zurückgewiesen zu werden, die sie gar nicht war.

„Gareth respektiert tatkräftige Menschen, die sich durchsetzen", fuhr Ned fort. „Er wird deine Partei ergreifen, wenn du ihm aufrichtig erzählst, was du getan hast und welche Konsequenzen dir daraus entstanden sind."

Die Logik seiner Worte verschaffte ihr Erleichterung. Nach all den Jahren des Schweigens und der Heimlichkeiten konnte sie endlich die Wahrheit gestehen – über Louisa und über sich selbst. Vielleicht war es klug, den Schleier zu lüften und damit Verbündete zu gewinnen. Sie nickte zustimmend.

„Und außerdem", fuhr Ned fort, „muss ich Louisa holen. Wir müssen beweisen, dass sie Harcroft freiwillig verließ. Nur sie selbst kann die Geschworenen davon überzeugen."

Kate gefror das Blut in den Adern. „Aber Harcroft wird verlangen, dass sie zu ihm zurückkehrt."

„Davor können wir sie vorübergehend schützen. Gareth ist ein Marquess. Er hat zwar keine Rechte über sie, wenn er jedoch in der Öffentlichkeit als ihr persönlicher Fürsprecher auftritt, wird sein Verhalten die Menschen zum Nachdenken bringen. Und je wütender Harcroft vor Gericht tobt, desto mehr wird die Gesellschaft in ihm den Schurken erkennen, der er tatsächlich ist."

„Aber du hast doch selbst gesehen, dass Louisa innerlich völlig zerrissen ist. Was kann sie denn bewirken? Sie wird nicht fähig sein, gegen Harcroft auszusagen, wenn sie schon bei dem Gedanken einer Gegenüberstellung mit ihm zusammenbricht. Wie könnte ich von ihr verlangen, für mich auszusagen, wenn er im Gerichtssaal sitzt?"

„Sie wird ihre Aussage machen, glaub mir." Neds Stimme klang sehr überzeugt. „Sie hat die Kraft. Und ich werde sie zur Einsicht bringen, Harcroft eine Kostprobe seiner eigenen Medizin zu geben. Ich muss aufbrechen, um sie zu holen. Es ist bereits dunkel, und vor mir liegen zwanzig Meilen Ritt."

„Aufbrechen?" Kaltes Grauen stieg in Kate hoch. „Du willst sie holen und mich allein zurücklassen?" Die Worte sprudelten ihr unüberlegt aus dem Mund. Vom Verstand her wusste sie, dass er nicht bei ihr bleiben musste. Aber ausgerechnet heute Nacht wünschte sie sich die Geborgenheit seiner Nähe, sehnte sie sich verzweifelt danach, nicht verlassen zu werden – wie schon einmal. „Ich wünschte, du würdest bleiben."

Er lehnte sich zurück und sah sie ernst an. Seine Augen wirkten sehr dunkel und warm. „Du kannst dir doch denken, dass Louisa sich keinem Fremden anvertraut, der an ihre Tür klopft. Ich wüsste nicht einmal, wem ich diesen Auftrag geben könnte. Ich muss sie selbst holen."

„Ich weiß." Kate schüttelte den Kopf. „Ich weiß. Aber …" Es war töricht, daran zu glauben, sich in seinen Armen geborgen zu fühlen, bei dieser drohenden Gefahr von außen. Und mit ihrer Gerichtsverhandlung am nächsten Vormittag wäre es völlig unsinnig, selbst zu reisen, so sehr sie sich das auch wünschte.

Es war unvernünftig und töricht. Sie schwieg.

Er schien ihre Gedanken zu lesen, hob lächelnd ihr Kinn, bis ihre Lippen seinem Mund sehr nahe waren.

„Kate", raunte er. „Ich verlasse dich nicht. Ich verzichte lediglich auf ein paar Stunden Schlaf in dieser Nacht. Diesmal werde ich deine Drachen töten. Du kannst auf mich zählen."

Behutsam hob er sie von seinen Knien, stand auf und ordnete seine Kleidung. Kate hatte das seltsame Gefühl, als zerspringe ein Eisenring, der ihr die Brust zugeschnürt hatte.

Seit seiner Rückkehr hatte sich vieles verändert. Sie hatte geglaubt, Vertrauen sei etwas Flüchtiges, unmöglich festzuhalten. Aber was immer ihre Ehe sein mochte, mit einem welken dürren Blatt war sie jedenfalls nicht länger zu vergleichen. Etwas hatte in ihrem Herzen Wurzeln gefasst und würde nicht wieder vom Winde verweht werden.

„Ned."

Er drehte sich noch einmal zu ihr um.

„Pass auf dich auf!"

Ein Lächeln erhellte seine Gesichtszüge, als habe sie ihm ein unerwartetes Geschenk gemacht.

Sie schlang die Arme um sich. Ihr war, als fühle sie seine

Hände auf ihrer Haut, obgleich er drei Schritte von ihr entfernt stand. Lange sah er sie lächelnd an. Dieses Lächeln prägte sich in ihr Gedächtnis ein. Ein Lächeln, ebenso innig wie eine Umarmung, das ihr das Herz erwärmte, auch als er gegangen war.

Der Ritt zur Schäferhütte, in der Louisa Zuflucht gefunden hatte, dauerte bei guten Bedingungen etwa drei Stunden. Doch in dieser Nacht, so musste Ned feststellen, herrschten keine guten Bedingungen. Es war stockfinster, die schmale Mondsichel verbreitete nur einen hoffnungslos fahlen Schein, und selbst der verkroch sich immer wieder hinter rasch dahinjagenden Wolkenfetzen. Regentropfen stachen wie winzige Nadeln in Neds Gesicht, als er aus dem Stall ritt.

Die Hufschläge seiner Stute klangen im Prasseln des Regens gedämpft auf dem Kopfsteinpflaster. Die Lichtkegel der Gaslaternen teilten die Welt in scharf abgegrenztes Hell und Dunkel. Doch nach einer halben Stunde schwand auch diese Orientierungshilfe. Ned konnte nichts erkennen, nur den fahl beleuchteten Weg vor sich, zwei dunkle lehmige Radfurchen, die das welke Herbstgras durchzogen. Er brachte die Stute in leichten Galopp. Wind und Regen peitschten ihm kalt ins Gesicht. Es störte ihn nicht. Es gab nur ein Vorwärts, keine andere Möglichkeit als den Erfolg.

Ned hatte das Gefühl, schon seit einer Ewigkeit durch die Dunkelheit zu reiten. Die rhythmische Bewegung des Pferdes übertrug sich auf seinen Körper, bis er eins geworden war mit den Hufschlägen im Schlamm, dem Pfeifen des Windes in seinen Ohren. Aus einer Stunde wurden zwei, bald waren es drei. Der Regen ließ nach; der Wind verstärkte sich.

Er erreichte eine Kreuzung, wo der Weg nach Berkswift abbog und in den Wald eintauchte, nichts weiter als ein Mischwäldchen. Nun aber schlug ihm noch dunklere, feucht geschwängerte kalte Nachtluft entgegen, es roch würzig nach Erde und vermodertem Laub.

In der Sonne war ihm das Blätterdach nie sehr dicht erschienen. Die schwarzen Blätter und Äste, die sich jetzt im Sturm wiegten, verdunkelten den Himmel jedoch noch mehr und zeichneten schwarze huschende Schatten auf den Waldweg.

Die Stute warf den Kopf wiehernd auf, ängstigte sich vor der gespenstischen Bedrohung. Beruhigend tätschelte Ned den Pferdehals, allerdings blieb ihm nicht viel Zeit, um auf die sensible Befindlichkeit eines hochgezüchteten Reitpferdes Rücksicht zu nehmen. Er hatte die Stute wegen ihrer Schnelligkeit und Ausdauer gewählt, aber in dieser unheimlichen Schattenwelt erwies sie sich als beinahe so störrisch wie Champion.

Nachdem er etwa eine Viertelmeile in den Wald geritten war, ertönte der lang gezogene Schrei einer Eule. Die Stute spannte alle Muskeln und Sehnen unter Neds Schenkeln an. Er beugte sich vor, um sie erneut beruhigend zu tätscheln, aber das überreizte Tier stieß ein schrilles Wiehern aus, stieg hoch, und bevor Ned sein Gleichgewicht wiederfand, ging die Stute im halsbrecherischen Galopp durch.

Ned zerrte vergeblich an den Zügeln, die Lederriemen schnitten ihm durch die Handschuhe ins Fleisch, aber das Pferd nahm vor Entsetzen nichts wahr und galoppierte blindlings den schmalen Waldweg entlang. Zweige und Blätter schlugen Ned ins Gesicht wie Peitschenhiebe.

„Ruhig, meine Gute!“, versuchte er es und „Still“. Aber keines seiner besänftigenden Worte drang durch das Rauschen der Blätter und das Knacken brechender Äste und Zweige ins Bewusstsein des entsetzten Tieres.

„Halt!“, schrie er schließlich.

Als hätte das Pferd endlich begriffen, grub es plötzlich im vollen Galopp alle vier Läufe in den Waldboden und hielt jäh an. Das alles geschah so schnell, dass Ned nicht reagieren konnte. Gleichzeitig erschien ihm der Ablauf so verlangsamt, dass er jedes einzelne Blatt der Bäume zu erkennen glaubte. Und dann gab es einen Knall wie ein Pistolenschuss, als ein Ast brach. Ned war zumute wie einem Betrunkenen, um den die Erde sich drehte, dann schlug er mit dem Oberkörper gegen den Hals des Pferdes, das ins Stolpern geriet. Ihm blieb keine Zeit, aus dem Sattel zu springen, er versuchte nur, seine Stiefel aus den Steigbügeln zu befreien, blieb mit einem Absatz hängen und schlug wild um sich, als der schwarze Waldboden auf ihn zuraste. Im nächsten Moment rollte das Pferd auf ihn. Neds gefangenes Bein wurde unter dem Gewicht des Pferderumpfes eingequetscht. Er versuchte, es freizubekommen, und zog daran. Das Bein verdrehte sich.

Erneut zog er, konnte sich endlich befreien und brachte sich rückwärts kriechend in Sicherheit, während seine Ellbogen sich in das nasse Erdreich gruben. Es war vorbei. Er hatte überlebt. Seine Lungen brannten, als er die Luft keuchend ausstieß, die er offenbar angehalten hatte.

Ihm war schwindelig, immer noch drehten sich Baumwipfel über ihm wie ein Kreisel, spitze Zweige pieksten in seinen Rücken. Ein paar Schritte entfernt kam das Pferd wiehernd mit einiger Mühe auf die Beine.

Gottlob, dachte Ned im ersten Moment, hat die Stute den bösen Sturz offenbar ohne größeren Schaden überstanden. Doch ehe er sich selbst auf die Füße raffen und nach den Zügeln greifen konnte, scheute sie wieder, ging hoch und sprengte im vollen Galopp davon, bis die Hufschläge in der Ferne verklangen.

Na, fabelhaft. Das hatte ihm gerade noch gefehlt.

Aber es war keine Katastrophe. Das Tier kannte sich in der Gegend aus, denn Ned war schon öfter mit ihr nach Berkswift geritten. Sie würde an den Stallungen zur Ruhe kommen und bei Tagesanbruch von den Knechten versorgt werden. Ned war gezwungen, ihr zu Fuß die fünf Meilen bis an sein Ziel zu folgen, auch das war zu schaffen, wenn auch mühsam. Sobald sein Herzschlag und sein Atem sich beruhigt hatten, wollte er losmarschieren. Auf der Rückfahrt nach London, mit Lady Harcroft und ihrem Säugling in der Kutsche, würde er die Verzögerung wieder aufholen. Es bestand also kein Grund zur Sorge; er würde rechtzeitig vor Prozessbeginn die Stadt erreichen.

Ned machte wieder einen tiefen beruhigenden Atemzug. Und mit diesem Atemzug machte er eine seltsame Feststellung: Sein Bein schmerzte. Zunächst war es nur eine mentale Diagnose, ehe der Schmerz wirklich einsetzte. Und dann spürte er ihn wie Höllenfeuer.

Er entsann sich verschwommen, dass sein Bein sich im Sturz gedreht hatte, der Pferdekörper mit Wucht aufgeprallt war. Ihm war, als füllten seine Lungen sich beim Einatmen nicht mit Luft, sondern mit ätzender Säure, und spitze Glasscherben stachen gleichsam in seinen Knöchel. Dazu mischte sich ein dumpf pochender Schmerz durch den Druck, den sein Stiefelschaft auf das schwellende Bein ausübte.

Qualvoller als die brennenden Schmerzen war allerdings dieses unheilvolle Gefühl in seiner Magengrube. Das war kein gutes Zeichen. Ganz und gar nicht. Vielmehr war er so entsetzt, dass er es nicht über sich brachte, daran zu denken, was soeben geschehen war. Er konnte nur handeln.

Seine Handschuhe waren beim Aufprall auf dem steinigen Waldboden zerrissen. Auf die Hände gestützt, raffte er sich langsam auf die Knie, dann auf ein Bein. Mit dem verletzten Fuß berührte er leicht den Boden, um das Gleichgewicht nicht zu verlieren. Der glühende Schmerz, der ihm ins Bein schoss, verursachte ihm Übelkeit.

„Beim Gekreuzigten!“, zischte er zwischen den Zähnen.

Das Fluchen nahm ihm weder die Schmerzen noch machte es die Wahrheit erträglicher.

Er wollte es nicht zugeben, wollte nicht den verdammten Stiefel ausziehen, um die Stelle zu ertasten. Er wusste es ohnehin, spürte es wie tausend Dolchspitzen, wenn er den Fuß nur eine Winzigkeit belastete.

Im Sturz hatte er sich das Bein gebrochen.

Die schwarze Verzweiflung, die sich in ihm ausbreitete, war ihm nur zu vertraut. Allerdings gab es diesmal einen guten

Grund für die Krallen, die sich in seine Seele bohrten – diese Gewissheit, versagt zu haben. Er hatte Kate ein Versprechen gegeben, das er nicht halten konnte. Er hatte sich für fähig gehalten, alles zuwege zu bringen. Aber das war schiere Eitelkeit und Selbstüberschätzung gewesen. Die Wirklichkeit führte ihm seinen Hochmut nun gnadenlos vor Augen.

Sein Versagen legte sich wie ein bleierner Umhang um ihn. Er war nicht gut genug. Er war nicht stark genug. Er war ein Idiot, Kate das Gefühl zu geben, sie könne sich auf ihn verlassen, und nun musste sie – und Louisa – den Preis dafür bezahlen, sich auf einen Idioten verlassen zu haben, der sich für einen Helden ausgab.

Ned hätte in diesem Moment aufgeben müssen. Jeder vernünftige Mann hätte es getan. Er wollte aufgeben, wollte diese Mission für gescheitert erklären, um die Schmerzen nicht länger ertragen zu müssen, die vor ihm lagen.

Andererseits hatte Ned schon Schlimmeres durchgestanden.

Er kniff die Augen zusammen. Eine Latrine; Eintauchen in die Kloake menschlicher Fäkalien; ein Ruderboot im Meer. Irgendwie war ihm, als habe er einen Teil seines Selbst damals draußen auf dem Wasser zurückgelassen. Die sengende Sonne in diesem Boot hatte die meisten seiner Überzeugungen verbrannt, eigentlich alle, bis auf eine: *Wenn du überleben willst, musst du weiter kämpfen, so düster die Zukunft auch aussieht.* Und er hatte tatsächlich nicht aufgegeben.

Kate brauchte keinen Helden, der Drachen tötete. In diesem Augenblick brauchte sie einen, der aufstehen und gehen konnte.

Also packte Ned seine Ängste und seine Schmerzen, die ihm den Kopf volljammerten, und schleuderte sie von sich.

„Wenn ich das schaffe“, sagte er mit lauter Stimme, „dann schaffe ich alles.“

Es hätte schlimmer sein können. Verglichen mit den Stunden im Boot auf dem Meer, als sein Lebenswille ihm Trugbilder vorgegaukelt hatte, war ein lächerlicher Beinbruch wie ein

Picknick im Park mit Champagner und Erdbeertörtchen. Ein Säuglingsdrache, der statt Feuer zu speien nur warme Dämpfe rülpste.

Ned wollte nicht stehen – wobei er seit geraumer Zeit Übung darin hatte, Dinge zu tun, die er nicht tun wollte. Sein Bein schmerzte. Wie gut, dass er auch Übung darin hatte, körperliche Schmerzen zu ertragen. Als er das Gewicht verlagerte, zog er zischend den Atem ein.

Ohne die Stütze seines Reitstiefels mit dem festen Lederschaft hätte er den Knöchel wohl kaum belasten können. Aber so müsste es funktionieren. Bevor er jedoch das ganze Gewicht verlagerte, tastete er mit den Fingern über den Waldboden.

„Verdammter Mist", schimpfte er, als könnten laute Selbstgespräche seinen Schmerz lindern. „Beim Sturz habe ich Äste mitgerissen. Hier muss doch irgendwo einer herumliegen." Die Blätter in den Zweigen raschelten wispernd ihre Zustimmung. Nach einigem Suchen fand er einen passablen Ast, der zwar krumm gewachsen, aber immerhin dick und lang genug war, um sich darauf zu stützen.

Er würde es bis Berkswift schaffen.

Der erste Schritt war unerträglich. Der zweite Schritt trieb ihm vor Schmerz das Wasser in die Augen. Der dritte … Der Schmerz wurde nicht besser, sondern schlimmer, drang ihm bis in jede Faser, in jeden Knochen. Die Anstrengung, sich aufrecht zu halten, belastete Muskelpartien, die er kaum je benutzte.

Wenn er das schaffte, schaffte er alles.

Er müsste nie wieder zusammenzucken, wenn er an die vergeudeten Jahre seiner Jugend dachte. Er musste es schaffen, einen Schritt um den anderen. Etwa eine Meile lag hinter ihm, keuchend schaffte er die zweite, schleppte sich ächzend den gewundenen Pfad bergan, wischte sich salzigen Schweiß aus den brennenden Augen, Schritt um Schritt, weiter, immer weiter. Nicht aufgeben. Der Schmerz zermarterte ihm das Gehirn. Er glaubte, bei jedem mühseligen Schritt das Knirschen der Knochensplitter zu hören.

Irgendwie erreichte er die Hügelkuppe. Der Wald lag hinter ihm. In einiger Entfernung nahm er die dunklen Pfähle der Koppel wahr, auf der Champion untergebracht war. Mit letzter Kraft humpelte Ned durch das nasse Gras und umklammerte den Querbalken der Umzäunung, der ihm mehr Halt gab als der krumme Ast, auf den er sich gestützt hatte. Erleichtert schloss er die Augen und versuchte sich zu erinnern, ob die Koppel bis zu den Stallungen reichte. Ja.

Sich an den Balken entlangzuhangeln, würde allerdings einen erheblichen Umweg bedeuten. Wenn er die Weide überquerte, befände er sich bald in Rufweite des Hauses.

Über das Drehkreuz zu klettern, erforderte noch größere Kraftanstrengung, als sich den Hügel hinaufzuschleppen. Auf der letzten Sprosse rutschte er aus und krachte mit dem verletzten Bein zu Boden. In seiner Not klammerte er sich an dem faserigen Holz des Zauns fest, bevor er vornüberkippte. Nach Atem ringend, an allen Gliedern schlotternd, hielt er sich an dem Pfosten fest.

Ich schaffe es.

Ich schaffe es.

Alle zähneknirschenden Beteuerungen in der ersten Morgendämmerung waren vergebens. Die Welt drehte sich in wilden Spiralen, sein einziger Halt war der Holzpfosten. Er hatte jegliche Orientierung verloren, wusste nicht, welche Richtung er einschlagen sollte. Sein Kopf war eine graue schwammige Masse aus Schmerz. Er hatte keine Kraft mehr, war nicht mehr fähig, auch nur einen Fuß vor den anderen zu setzen. Nein, schlimmer konnte es nicht kommen.

Und dann drang aus dem verschwommenen Grau seiner Benommenheit ein Geräusch zu ihm durch. Das Stampfen schwerer Hufe. Die Kampfansage eines zu Tode erschrockenen Pferdes, das aus dem Schlaf gerissen worden war.

Bleib mir vom Leib, verkündete dieses drohende Stampfen. *Ich bin ein gefährlicher Hengst.*

21. KAPITEL

Kate nahm an die hundert fremde Gesichter wahr, am nächsten Morgen um kurz vor elf im Gerichtssaal. Die Nachricht ihres Prozesses schien sich über Nacht wie ein Lauffeuer verbreitet zu haben. Vielleicht war der Trunkenbold auf der Bank nicht betrunken gewesen. Wahrscheinlicher aber war, dass die diensthabenden Konstabler sich mit dem bevorstehenden Sensationsprozess gebrüstet hatten.

In den hinteren Bänken saßen Männer mit gezückten Schreibstiften und Notizblöcken. Journalisten, Klatschkolumnisten und Gerichtszeichner, allesamt darauf erpicht, ihren Bericht des aufsehenerregendsten Prozesses in diesem Bezirksgericht in den Abendblättern zu veröffentlichen. Zweifellos hatten sie ihren Urteilsspruch längst gefällt, ehe der Hammer des Richters fiel.

Kate saß auf der Anklagebank in aufrechter, scheinbar gelassener Haltung. Niemand würde ihr unterstellen, sie sei in Tränen aufgelöst unter der Last der Anschuldigungen zusammengebrochen. Zweifellos waren wieder Wetten abgeschlossen worden, und sie wollte diesen Idioten keinesfalls die Genugtuung geben, sie habe kleinlaut und verängstigt gewirkt.

In den vorderen Reihen saßen einige Leute, die sie gut kannte.

Der Marquess of Blakely und seine Gemahlin hatten links außen Platz genommen. Das vornehm dunkel gekleidete Paar zeigte Spuren einer schlaflosen Nacht. Lord Blakely beobachtete Kate eindringlich, allerdings nicht mit finster umwölkter Stirn, was sie als gutes Zeichen nahm.

In einem Bezirksgericht trug der Kläger, in diesem Fall Harcroft, persönlich die Anklage vor. Doch auch in der öffentlichen Verhandlung vor Geschworenen war nicht damit zu rechnen, dass er die Wahrheit sagte. Im Gegenteil. Da halb London die Berichte in den Klatschblättern verfolgte, würde er mit Sicherheit Lügen auftischen. Harcroft machte den selbstgefälligen Eindruck eines Unschuldsengels. Hätte Kate ihn nicht bereits zutiefst gehasst, würde sie ihn jetzt noch mehr verabscheuen.

Unter den übrigen Anwesenden machte Kate weitere bekannte Gesichter aus. Lady Bettony, Lord Worthington und viele, die sie nur vom Namen her kannte, da sie ihr bei unzähligen Abendgesellschaften vorgestellt worden waren.

Hätte man den Richtertisch beiseite geräumt und stattdessen ein Orchester auf das Podium gestellt, hätte man den Gerichtssaal mit einem Ballsaal verwechseln können.

Leider befand sich ihr Ehemann nicht unter den etwa hundert Anwesenden, die den Saal füllten. Kate blickte wohl zum zehnten Mal zu den hohen Doppeltüren, allerdings mit erhobenem Haupt und der gelassenen Miene einer Dame, die einen morgendlichen Besucher erwartete.

Wo blieb Ned nur? Er war allein durch die Nacht geritten. Es könnte ihm etwas zugestoßen sein. Vielleicht war er vom Pferd gestürzt und hatte sich das Genick gebrochen oder war Wegelagerern in die Hände gefallen. Hätte sie gestern Abend ihre Sinne beisammengehabt, hätte sie darauf bestanden, dass ein Diener ihn begleitet, wobei zu befürchten war, dass Ned diesen Vorschlag strikt von sich gewiesen hätte.

Kate begegnete Lord Blakelys Blick ein weiteres Mal durch den dicht gedrängten Gerichtssaal. Und plötzlich war ihr, als bewahrheiteten sich ihre schlimmsten Befürchtungen. Unverwandt sah er sie an, und sie konnte sich denken, was in ihm vorging. Er tadelte sie, ihn nicht eingeweiht zu haben, warf ihr vor, dass er seine Zeit mit einer sinnlosen Suche hatte vergeuden müssen. Nein, er war ihr keineswegs freundlich gesinnt.

Zu ihrem Erstaunen nickte er ihr ernsthaft zu.

Der Bezirksrichter trat ein. Die Geschworenen wurden vereidigt. Statt mit ernsten Mienen auf die Verlesung der Anklage zu warten, warfen die Männer einander hämische Blicke zu, als schätzten sie sich privilegiert, über das Schicksal einer Angeklagten in einem Prozess zu bestimmen, der wochenlang für Aufsehen in London sorgen würde. Die offenkundige Schadenfreude der Geschworenen trug nicht dazu bei, Kates Vertrauen in die herrschende Gerichtsbarkeit zu heben.

Und dann ergriff Harcroft das Wort. In den Wochen seit dem Verschwinden seiner Gemahlin hatte er Erstaunliches geleistet, um Informationen zusammenzutragen – weit mehr, als Kate befürchtet hatte. Er ließ Zeugen auftreten – den Ehemann der Kinderfrau aus Yorkshire, der ein Schreiben der Agentur vorlegte, die Kate damit beauftragt hatte, eine geeignete Frau zu finden. Zwei Angestellte der Poststation sagten aus, dass Kate die Kinderfrau bei ihrer Ankunft in London in Empfang genommen hatte. Danach die Aussage eines ihrer Kutscher, der Kate mit einem Säugling nach Berkswift gefahren hatte. Und schließlich eine Näherin, die angab, einen Auftrag von Lady Harcroft erhalten zu haben, die Lieferung sei allerdings an Kates Adresse erfolgt.

Alle Sorgfalt hatte Kate nichts genutzt. Nachdem Harcrofts Verdacht erst einmal geweckt war, hatte es ihm keine große Mühe bereitet, ihre Spuren zu verfolgen. Bei der Last der Beweise, die er gegen sie gesammelt hatte, wäre Kate selbst von ihrer Schuld überzeugt gewesen.

Und in den Augen der Geschworenen war sie bereits überführt. Schon nach den ersten Zeugenaussagen mieden alle ihren Blick. Sie waren zu einem Urteil gekommen. Und Kate konnte es ihnen nicht einmal verdenken. Sie hatte sich schuldig gemacht. Sie hatte Harcrofts Ehefrau entführt. Wobei sie allerdings einen sehr guten Grund dafür ins Feld führen konnte.

Mit dieser Flut an Beweislast, die sie verdammte, gab es eigentlich keinen Grund mehr, ihre Aussage zu machen. Dennoch wurde sie in den Zeugenstand gerufen.

Bezirksrichter Fang beäugte sie argwöhnisch. Natürlich zögerte er, eine Lady für schuldig zu befinden, mochte die Beweislast gegen sie noch so erdrückend sein. Seine Nervosität war allerdings ein gutes Zeichen. Er würde versuchen, das Beweismaterial zu ihren Gunsten auszulegen, um nachteiligen Konsequenzen zu entgehen, die ihm von Kates Vater oder Neds Cousin drohen könnten.

Schließlich seufzte er und begann, sie ins Verhör zu nehmen. „Lady Kathleen, haben Sie Mrs Watson als Kinderfrau in Ihre Dienste genommen?"

Diese Frage verlangte eindeutig nach der Wahrheit. „Ja, Euer Ehren."

Er biss sich auf die Unterlippe und ließ den Blick über die Anwesenden schweifen, auf der verzweifelten Suche nach Rettung. „Und haben Sie diese Person für Ihr eigenes Kind in Ihre Dienste genommen?", fragte er hoffnungsvoll.

„Nein, Euer Ehren."

Schweigen. Richter Fang kratzte sich an der Perücke. „Vielleicht wollten Sie einer Schwester damit einen Gefallen tun?"

„Ich habe keine Schwester", antwortete Kate.

„Dann vielleicht einer Frau in Ihren Diensten, der Sie behilflich sein wollten?"

„Nein."

Damit hatte er Kate jede Rechtfertigung genommen, die Kinderfrau anzustellen. Der Richter schürzte die Lippen und verschränkte die Hände auf dem Tisch. „Für wen haben Sie diese Kinderfrau angestellt?"

In Neds Abwesenheit hatte Kate keine andere Wahl, als die Wahrheit zu sagen. Die Frage war nur, wie viel sie gestehen sollte. Kate schüttelte in gespielter Verwirrung den Kopf. „Für Louisa, natürlich. Für Lady Harcroft. Ich dachte, das hätten wir bereits geklärt, Euer Ehren."

Ein erstauntes Raunen ging durch die Reihen der Zuhörer.

Der Richter furchte die Stirn. „Und wo befindet sich besagte Kinderfrau momentan?"

Kate schenkte ihm ein sonniges Lächeln. „Ich nehme an, sie ist bei Lady Harcroft, obgleich ich es nicht beschwören könnte, da ich beide schon seit einiger Zeit nicht mehr gesehen habe."

Die Geschworenen hoben bei Kates aufrichtiger Aussage die Köpfe. Sie wand sich nicht, senkte nicht den Blick. Sie sprach frei und offen. Kurzum, sie erweckte nicht den Eindruck, eine Angeklagte zu sein. Kate wusste genau, wie gefährlich nah sie an einem verhängnisvollen Abgrund balancierte. Dennoch zwang sie sich, Harcroft lächelnd in die Augen zu schauen.

Er wandte den Blick ab. Ein winziger Triumph, der Kate das Gefühl gab, als dringe ein Sonnenstrahl durch die blinden Fenster in den Gerichtssaal am Queen Square.

„Und wo“, setzte Richter Fang sein Verhör fort, „hält Lady Harcroft sich auf?“

„Oh, das kann ich unmöglich sagen“, antwortete Kate ohne Zögern.

Wieder ging ein Raunen durch den Saal, diesmal vernehmlicher.

„Können Sie es nicht sagen, oder wollen Sie nicht?“, fragte Harcroft, der sich vor ihr aufbaute. Sie tat nicht einmal so, als würde sie vor ihm zurückweichen, auch wenn er gefährlich drohend vor ihr aufragte. Genau diesen Eindruck sollten die Versammelten von ihm in Erinnerung behalten.

„Lady Kathleen“, knurrte er böse, „muss ich Sie daran erinnern, dass Sie einen Eid abgelegt haben, die ganze Wahrheit zu sagen?“

Kate blickte aus unschuldig großen Augen zu ihm auf. „Aber ich sage die Wahrheit. Ich weiß es wirklich nicht. Ich könnte mir vorstellen, dass Lady Harcroft unterwegs ist.“ Das hoffte sie zumindest – es sei denn, Ned wäre ein schreckliches Unglück zugestoßen. „Da sie nicht bei mir in London ist und ich keine Post von ihr erhalten habe, kann ich es allerdings nicht beschwören.“

Harcroft verschränkte die Arme vor der Brust und funkelte sie finster an. „Sie haben eine Kinderfrau für meine Gemahlin eingestellt und sie entführt, also wissen Sie, wo sie sich aufhält. Gestehen Sie, Lady Kathleen.“

„Vielleicht sitzt sie in einer Kutsche." Kate lächelte unschuldig. „Oder … vielleicht auch nicht. Es ist schwer zu sagen. Wenn ich sie sehen könnte, wüsste ich, wo sie sich aufhält."

Verständnislos furchte Harcroft die Stirn über diesen haarsträubenden Blödsinn. „Die Angeklagte", schnarrte er feindselig, „macht sich über dieses Hohe Gericht lustig – über Sie, Euer Ehren, vor den Augen der Öffentlichkeit. Befehlen Sie ihr, zu gestehen, wo meine Ehefrau sich aufhält! Sofort!"

Der Richter tupfte sich mit einem Taschentuch den Schweiß von der Stirn. „Lady Kathleen?", begann er mit schwacher Stimme.

In diesem Augenblick schwangen die hohen Flügeltüren hinter der Versammlung auf und ein schräges Bündel Sonnenstrahlen fiel in den düsteren Raum. Staub tanzte glitzernd. Zwei Gestalten, dunkle Silhouetten im Gegenlicht, erschienen. Hoffnungsvoll hielt Kate den Atem an.

Ned trat nach vorne, während er bedächtig einen Fuß vor den anderen setzte, als habe jeder Schritt eine Bedeutung. In der Mitte des Saales hielt er inne und legte eine Hand an eine Banklehne.

Die beglückende Wärme, die Kate beim Anblick ihres Ehemannes durchströmte, wurde durch sein derangiertes Äußeres kaum getrübt. Neds Kleidung war völlig verdreckt, er trug keine Krawatte, seine Hose war am Knie zerrissen. Louisa trat neben ihn. Im Gegensatz zu Neds verschmutzter Kleidung trug sie ein tadellos sauberes, taubengraues Reisekostüm, an Ausschnitt und Saum mit Volants aus schwarzer Spitze verziert. An Neds Seite wirkte sie gefasst wie nie zuvor.

Einer der eifrigen jungen Reporter in der letzten Reihe hob beim Eintreten des Paares nur kurz den Kopf und fuhr fort, weitere Notizen zu machen.

„Lady Kathleen?", fragte der Richter erneut, der keine Notiz von den Neuankömmlingen nahm, „wollen Sie behaupten, nicht zu wissen, wo Lord Harcrofts Gemahlin sich aufhält?"

Kate lächelte strahlend. „Nein, Euer Ehren. Jetzt weiß ich es."

Harcroft beugte sich über Kate und krümmte die Finger, als wolle er ihr die Kehle zudrücken, um sie endlich zum Reden zu bringen. Er war so sehr auf Kate fixiert, dass er die Schritte hinter sich nicht wahrnahm.

„Ist es wirklich nötig, Euer Ehren, dass ich diese Aussage mache?", fragte sie unschuldig.

„Es wäre ratsam", antwortete Richter Fang trocken.

Kate hob anmutig die Hand. „Sie befindet sich hier im Saal", verkündete sie und wies auf Louisa.

Die Zuhörer sprangen aufgeregt lärmend von ihren Plätzen auf. Der Richter versuchte vergeblich, sich mit gebieterischen Hammerschlägen Gehör zu verschaffen. Erst als er mit einer Donnerstimme drohte, den Saal räumen zu lassen, legte sich der Tumult; die Leute verstummten und setzten sich wieder. In der gespannten Stille, die dem Geschrei folgte, konnte Kate das Kratzen der Schreibfedern der eifrig kritzelnden Reporter hören.

Und Harcroft stand wie angewurzelt da. Sein Mienenspiel verriet seinen inneren Aufruhr. Angst. Triumph. Besorgnis. Und als Louisa keine Anstalten machte, sich ihm zu nähern, zeigte sich ein Anflug von Zorn. Er richtete sich zu seiner vollen Größe auf.

Noch vor einer Woche war Louisa bereits bei der Vorstellung, ihrem Ehemann gegenüberzutreten, in sich zusammengesunken. Ned legte ihr die Hand auf die Schulter. Louisa zuckte nicht zusammen.

Harcroft ging ihr entschlossen entgegen, verharrte einige Schritte vor ihr und streckte den Arm nach ihr aus. Louisa straffte die Schultern, hob den Blick und sah ihm ohne eine Spur von Furcht direkt in die Augen.

Kate hätte am liebsten gejubelt. Der Earl ließ den Arm sinken.

„Wo bist du gewesen?" Er warf unstete Blicke um sich, als

halte er Ausschau nach einem versteckten Hinterhalt.

„Entsinnst du dich nicht?“ Louisa ließ ein kleines Lachen hören. „Ich hatte doch vor, nach Paris zu reisen ... zu einem Einkaufsbummel.“

Die Stille im Gerichtssaal schien vor Spannung zu knistern, wie kurz vor einem zuckenden Blitz. Kate spürte die Energie in jeder Faser, und ihre Nackenhaare richteten sich prickelnd auf.

„Einkaufsbummel?“, wiederholte Harcroft tonlos. *„Einkaufsbummel?“*

„Aber ja. Oder hast vielleicht angenommen, ich würde aus einem anderen Grund verreisen?“

Louisa sah ihn weiterhin unverwandt an.

Und Harcroft war es, der zuerst den Blick abwandte. Sein Augenmerk richtete sich auf die hinteren Reihen, wo die Reporter darauf lauerten, jedes seiner Worte zu Papier zu bringen. Kate ahnte, welche Berechnungen er im Geist anstellte. Harcroft war ein hoch angesehener Vertreter der vornehmen Gesellschaft. Alle Welt hielt ihn für einen untadeligen Gentleman. Niemals würde er seine wahren Absichten und Gedanken der Öffentlichkeit preisgeben.

„Aha.“ Er rieb sich die Stirn. „Ein Einkaufsbummel, so, so. Vielleicht hast du nur versäumt, es zu erwähnen.“ Seine Stimme nahm einen dunkleren Tonfall an. „Gut, dann bringe ich dich jetzt nach Hause.“

„Oh, ich werde dich nicht begleiten, Harcroft. Nicht heute.“

Alle Gesichter im Saal wandten sich dem Earl zu, in lüsterner Erwartung seiner Reaktion auf die dreiste Weigerung seiner Gemahlin.

Harcroft fuhr zum Richtertisch herum.

„Sehen Sie? Lady Kathleen hat meine Frau dazu angestiftet, mir den Gehorsam zu verweigern. Legen Sie die Person in Ketten!“

„Aber Harcroft“, sagte Louisa seufzend. „Sei doch vernünftig. Ich selbst habe den Entschluss gefasst, dich nicht nach

Hause zu begleiten. Denkst du tatsächlich, ich wäre glücklich darüber, wenn du meine beste Freundin ins Gefängnis werfen lassen willst, nur weil du meine Reisepläne vergessen hast?“

Er wirkte völlig fassungslos. „Ich …“

„Euer Ehren“, fuhr Louisa mit erhobener Stimme fort. „Der einzige Mensch, der mich davon abhält, meinen Ehemann zu begleiten, ist … er selbst. Wenn jemand in diesem Gerichtssaal in Ketten gelegt werden soll, dann schlage ich ihn vor.“

Die Zuhörer brachen in schallendes Gelächter aus. Und als Harcroft erkannte, dass dieses Gelächter ihm galt, verfärbte sich sein Gesicht dunkelrot. Er trat weitere zwei Schritte auf Louisa zu.

„Was hast du vor, Harcroft? Willst du mich zwingen?“ Louisa lachte, und Kate wusste, wie schwer ihr dieses Lachen ankommen musste. „Vor all diesen Leuten? Nein, *mein Lieber*. Ich komme erst nach Hause, wenn du dich in angemessener Form bei mir entschuldigst. Für *alles*, was du getan hast.“

Der Earl ballte die Hände zu Fäusten. Seine Kiefer mahlten in mörderischer, mühsam verhaltener Wut. Unstet flog sein Blick über die feixende Menge.

„Nun, Mylord“, ergriff der Richter hoffnungsvoll das Wort. „Wollen wir es dabei bewenden lassen und sagen: Ende gut, alles gut?“

Harcroft wandte sich ihm zu. „Ich nehme an, diese Verhandlung ist abgeschlossen, Euer Ehren.“ Sein hasserfüllter Blick fiel auf Kate. „Aber es ist nicht vorbei. Nicht, ehe man sich in der gebührenden Form entschuldigt hat, die meine Gemahlin verdient.“

Nachdem der Richter mit lautem Hammerschlag das Verfahren für eingestellt erklärt hatte, brach die Hölle los. Ned vermochte sich nur mit Mühe auf den Beinen zu halten, da er von den losstürmenden Reportern angerempelt und zur Seite gestoßen wurde, die nichts wie wegwollten, um ihre Berichte in die Druckerpressen zu geben.

Harcroft bedachte Louisa mit einem langen, vielsagenden Blick, den sie erhobenen Hauptes standhaft erwiderte. Diese Szene hatte Ned mit ihr in der Kutsche geübt, wobei er unter den gegebenen Umständen nicht einmal einen Bruchteil des Hasses zustande gebracht hatte, den Harcroft an den Tag legte. Seltsamerweise hatten ihn nicht seine höllischen Schmerzen daran gehindert, da er einen Zustand erreicht hatte, in dem Schmerzen keine Bedeutung mehr darstellten. Die eigentliche Herausforderung bestand darin, in der Gegenwart zu bleiben.

Und er sah sich immer noch gezwungen, in der Gegenwart zu bleiben. Harcroft streckte erneut die Hand nach seiner Frau aus. Ned war sich nicht sicher, was der Earl beabsichtigte, aber er hatte Louisa versprochen, nicht zuzulassen, dass ihr Ehemann sie anfasste. Also warf er sich einigermaßen ungeschickt zwischen die beiden, ergriff Harcrofts Hand und schüttelte sie.

„Geh mir aus dem Weg, Carhart", knurrte der Earl zwischen den Zähnen und zeigte ein verlogenes Lächeln.

„Deine Frau hat eine Pistole in ihrem Retikül", warnte Ned mit verhaltener Stimme. „Wenn du sie anfasst, erschießt sie dich."

Harcroft warf einen gehetzten Blick über Neds Schulter. „Eine Morddrohung", erklärte er schließlich. „Wie drollig." Er bedachte seine Frau mit einem letzten hasserfüllten Blick. „Genieße deine Freiheit", zischte er. „Wie ich höre, gibt es in der Schweiz ausgezeichnete Sanatorien für solche Fälle."

Bei seinen Worten wurde Ned von völlig unangebrachter Heiterkeit erfasst. Seine Vermutung war also korrekt: Harcroft hatte tatsächlich beim Court of Chancery ein Verfahren eingeleitet, um Louisa für geisteskrank erklären zu lassen. Beileibe kein Grund zur Heiterkeit, lediglich eine Bestätigung von Harcrofts niederträchtigen Machenschaften. Nur gut, dass wenigstens das Verfahren vor dem Bezirksgericht gegen Kate eingestellt worden war. Allerdings war Neds Heiterkeit auch noch aus einem anderen Grund unangebracht, denn damit kehrte wieder Gefühl in ihn zurück. Und mit dem Gefühl der unwiderstehliche Drang, seinen Kopf so lange gegen eine Wand zu schlagen, bis er das Bewusstsein verlor und den Schmerz nicht mehr spürte. Harcroft stierte noch eine Weile vor sich hin, dann verließ er steifbeinig den Saal.

Der wahre Grund, warum Ned es bis hierher geschafft hatte, der wahre Grund, warum er diese mörderischen Schmerzen ertrug, schwebte anmutig den Mittelgang entlang auf ihn zu. Kate sah wunderschön aus, zart und zerbrechlich und zugleich stark und unbezwingbar. Eine Frau, die es mit Bezirksrichtern und Verrückten gleichermaßen aufnahm und nicht einmal erstaunt blinzelte, wenn sie im Staub vor ihr krochen.

Sie näherte sich, und er hätte sie in die Arme geschlossen, wäre ihm nicht bewusst gewesen, vor ihr auf der Nase zu landen, wenn er die Banklehne losließ, an die er sich verzweifelt klammerte.

Schließlich blieb sie vor ihm stehen und lächelte scheu. Er bewunderte die Schönheit ihres Lächelns durch den grauen Nebel seiner Schmerzen.

„Du siehst wunderbar aus“, erklärte sie, „und schrecklich zugleich.“

„Gefällt dir mein Anzug? Es war schon immer mein Wunsch, eine neue Modelinie praktischer Reisekleidung für den vornehmen Herrn zu kreieren. Den Knoten meiner Krawatte nenne ich ‚den Imaginären‘.“

Fragend zog sie die Brauen hoch. „Welche Krawatte?“

„Genau.“

Sie lachte. Gut zu wissen, dass er sie immer noch zum Lachen bringen konnte. „Dreh dich um“, schlug sie vor, „ich möchte deine neueste Kreation auch von hinten bewundern.“

„Oh nein. Ich drehe mich bereits“, erklärte er ernsthaft. Und das stimmte auch. Der Saal beschrieb eine träge Umlaufbahn um ihn, und Kates Gesicht drehte sich mit ihm wie ein heller Mond in sternenklarer Nacht.

Louisa fasste Ned am Ellbogen. „Kate, ich muss dir etwas sagen."

Auf Kates Stirn bildete sich eine Sorgenfalte. „Ned, du siehst aus, als würdest du jeden Moment umfallen."

Nein. Nur das nicht. Er hatte bewiesen ... hatte bewiesen ... er hatte etwas ziemlich Wichtiges bewiesen, und sobald der Saal aufhörte, sich um ihn zu drehen, würde er wissen, was es war.

„Komm", hörte er Kate sagen. Sie fasste ihn am anderen Ellbogen, und gemeinsam führten die Freundinnen ihn zu einem Stuhl, auf den er schwer plumpste, worauf ihm der Schmerz wie ein glühendes Messer in die Schädeldecke stach.

„Du warst die ganze Nacht unterwegs", stellte Kate sachlich fest, „und bist müde. Und deine Hose ist zerrissen. Hat dein Pferd dich abgeworfen?"

„Ich glaube, er hat sich den Fuß verstaucht", sagte Louisa. „Er hinkt."

Sie redeten über ihn hinweg, als sei er gar nicht vorhanden. In einer anderen Welt, an einem anderen Ort hätte ihn das gestört. Aber Ned hatte das seltsame Gefühl, nicht wirklich vorhanden zu sein. Ziemlich schlau von den beiden, das zu erkennen.

Kate setzte sich neben ihn.

„Du hast dir den Knöchel verstaucht?", fragte sie. „Und wieso, in Gottes Namen, stehst du dann die ganze Zeit herum? Willst du damit etwa deine Männlichkeit unter Beweis stellen?" Ihre streichelnden Finger an seinem Nacken fühlten sich wesentlich sanfter an, als ihre Worte klangen.

Er überlegte, ob er ihr erklären sollte, dass er sich nicht den Knöchel verstaucht hatte. Aber irgendwie ahnte er, dass er ihr die Wahrheit nicht sonderlich schmackhaft machen könnte.

„Wenn ich das schaffe", erklärte er ihr ernsthaft, „dann schaffe ich alles. Und wenn ich alles schaffe, dann ..."

Dann musste er nie wieder befürchten, in einem winzigen Ruderboot auf offener See zu treiben.

Aber die ganze Geschichte kannte sie nicht. „Nun ja, du kannst nicht alles schaffen", erklärte sie ihm, als hätte logisches Denken irgendeine Bedeutung. „Und du kannst nicht mit einem verstauchten Knöchel gehen. Dickkopf." Sie strich ihm das Haar aus der Stirn. Bevor er ihr entgegenhalten konnte, dass er es geschafft hatte, tätschelte sie ihm den Hinterkopf. „Weil ich es nicht zulasse."

Sie lächelte. Er wollte ihr Lächeln erwidern, schaffte aber nur, den Mund zu einer hilflosen Grimasse zu verziehen.

„Was ist mit dir?", fragte sie. „Komm. Wir bringen dich nach Hause und holen einen Arzt. Blakely, Sie müssen mir helfen."

„Nein", protestierte Ned. „Nein … ich brauche keine Hilfe. Nicht von Gareth."

„Ned", Jenny beugte sich über ihn „willst du, dass ich dir …"

„Nicht du, von dir schon gar nicht, Jenny. Ich schaffe es allein."

„Er war schon während der ganzen Fahrt so aufsässig", stellte Louisa fest. „Ich wundere mich, wie er es bis in den Gerichtssaal geschafft hat."

„Ein gefütterter Reitstiefel ist so gut wie eine Beinschiene." Ned schloss die brennenden Augen, aber der Schmerz wollte nicht weichen. „Und hier geht es nicht um mich und mein dämliches gebrochenes Bein. Das heilt wieder. Wir müssen uns um Lady Harcroft kümmern."

„Gebrochenes Bein?" Kates Stimme klang bedrohlich in seinen Ohren. „Was meinst du mit *gebrochenes Bein*? Ich dachte, du hast dir den Knöchel verstaucht."

„Oh", meinte Ned verlegen. „Habe ich das gesagt?"

Ja, er hatte es gesagt.

Ned wusste nicht einmal, wie er in die Kutsche gekommen war. Auf der Fahrt bemutterte Kate ihn wie eine Glucke, zog bei jeder Kurve den Atem scharf ein, als müsse sie seine Schmerzen ertragen. Als sei er ein verdammter Schwächling, der bei der geringsten Verletzung losheulte.

Er trieb bereits in einem undurchdringlich dichten Nebel,

das lächerliche Schaukeln konnte ihm nichts mehr anhaben. Beim Aussteigen war Kate an seiner Seite. Er brauchte keine Stütze. Wenn er das schaffte, schaffte er alles. Er klammerte sich an diesen Gedanken wie ein Ertrinkender an einen Strohhalm, um nicht wie ein Mädchen in Ohnmacht zu sinken.

Wenn er das zu Ende führte, wenn er Lady Harcroft in Sicherheit und Kate nach Hause brachte, wenn er die Besorgnisse seines Cousins beschwichtigen konnte und eine Lösung für den Hunger und die Kriege in dieser Welt fand, dann würde er wissen, dass er gut genug war.

„Kate", krächzte er heiser, als sie versuchte, ihre Schulter unter seine Achsel zu schieben, „lass mich los."

„Blakely." Kates Stimme klang weit entfernt. „Helfen Sie mir."

„Ich brauche keine Hilfe", beharrte Ned störrisch, seiner Meinung nach völlig zu Recht. „Ich kann das allein. Ich kann alleine auf meinen zwei Füßen stehen."

Doch dann waren Hände an seinem Rücken, Arme umschlangen ihn, packten zu, hoben ihn hoch, und er fürchtete, völlig das Bewusstsein zu verlieren.

„Nein", protestierte er schwach. „Stellt mich auf die Füße."

„Sei kein Idiot, Ned."

Das waren die letzten Worte, die er hörte, und er wusste nicht einmal, von wem sie kamen.

22. KAPITEL

Ich komme mir vor wie ein Idiot."

Kate verharrte im Flur vor der offenen Tür zum Salon und fühlte sich wie ein Eindringling in ihrem eigenen Haus. Es waren nicht die Worte, die sie innehalten ließen. Es war die Tatsache, dass Lord Blakely diese Feststellung gemacht hatte. Ein Mann, der ihr stets als das Gegenteil von einem Idioten erschienen war. Einschüchternd überlegen und sehr intelligent.

Stehen zu bleiben, war keine gute Idee gewesen. Ihre Pflichten als Gastgeberin hatten sie in den letzten Stunden auf Trab gehalten. Nach der glücklichen Wende, die zur Einstellung des Verfahrens gegen sie geführt hatte, fühlte sie sich ausgelaugt und zerschlagen, kümmerte sich aber darum, dass Louisa und ihr Säugling in einer Gästesuite untergebracht wurden. Ned hatte das Bewusstsein nicht wiedererlangt, als der Arzt in ihrem Beisein den Stiefelschaft aufschnitt und den Beinbruch diagnostizierte.

Nun war Kate im Begriff, Lord und Lady Blakely davon zu unterrichten, die im Salon auf Nachricht warteten. Sie hatte keineswegs die Absicht gehabt, ihre Unterhaltung zu belauschen, wollte sich auch nicht gegen die Wand lehnen, da die Erschöpfung sie zu übermannen drohte. Aber nun, da sie stehen geblieben war, konnte sie sich nicht dazu aufraffen, den nächsten Schritt zu tun.

„Du bist nicht der Einzige, fürchte ich." Die müde Stimme gehörte Lady Blakely.

Lord und Lady Blakely waren Kate seit jeher einigermaßen rätselhaft erschienen. In Lord Blakely sah sie einen gefühlskalten Aristokraten, einen scharfen Beobachter, der nicht mit Kritik an anderen sparte. Sie hatte stets den Eindruck gehabt, er habe zunächst überlegt, ob Kate eine ernst zu nehmende Person sei, und nachdem er diese Frage abschlägig beschieden hatte, ignorierte er sie geflissentlich.

Lady Blakely hingegen hatte anfangs einige Versuche unternommen, Kates Freundschaft zu gewinnen, die sie jedoch abgelehnt hatte.

„Sie kann dich nicht leiden", erklärte Lord Blakely. „Und ich habe sie immer für ein leichtfertiges oberflächliches Ding gehalten."

Kate überlief es heiß und kalt. Die beiden redeten über sie. Sie müsste sich bemerkbar machen, über die Schwelle stolpern oder sich wenigstens vernehmlich räuspern.

Aber sie tat nichts dergleichen, hielt stattdessen den Atem an.

„Es kümmert mich wenig, ob man mich leiden kann oder nicht", sagte Lady Blakely belustigt. „Du konntest mich anfangs auch nicht ausstehen."

„Völliger Unsinn." Es entstand eine Pause. „Wenn wir davon gewusst hätten und sie das Gefühl gehabt hätte, sich vertrauensvoll an uns wenden zu können, wäre das alles nicht passiert. Neds Beinbruch. Die Klage gegen sie, ein Verbrechen begangen zu haben, noch dazu vor dem Bezirksgericht. Gar nicht auszudenken, wie sie in den Schmierblättern verunglimpft wird. Mein Gott, sie ist eine Carhart. Ich bin für sie verantwortlich. Und ich habe das alles geschehen lassen. Nur weil ich so dumm war, sie nach dem äußeren Schein zu beurteilen."

Kate war immer von aller Welt nach ihrem Aussehen beurteilt worden. Selbst aus seinen nüchternen Worten hörte sie nun seine verborgene Anerkennung heraus und war gerührt. Sie hatte Blakely in einem langen Brief ausführlich erklärt, was sie getan hatte, und das konnte sie nicht mehr zurücknehmen.

„Sie ist also gar nicht so flatterhaft, wie es den Anschein hat, wie? Ich entsinne mich, dass jemand so etwas verlauten ließ …"

„Sei nicht so hämisch", brummte Blakely. „Das ist wenig hilfreich."

„Und, hilft dir das?"

Keine Antwort. Kate, die nicht der Anlass für einen Ehezwist sein wollte, spähte vorsichtig in den Salon. Lord und Lady Blakely saßen nebeneinander auf dem Diwan. Der Marquess hatte den Kopf an ihre Schulter gelehnt, und sie kraulte ihm zärtlich das Haar. Beide wirkten abgespannt, müde und bekümmert.

Dennoch versetzte ihr diese spürbare Vertraulichkeit einer gemeinsam getragenen Sorgenlast einen Stich ins Herz. So sah also eine glückliche Ehe aus, auch in schwierigen Situationen. Glücklichsein bedeutete wohl nicht nur immerwährende Harmonie, sondern gemeinsam Bürden zu tragen.

Hilft dir das? Drei Worte, die sie nie wagen würde, an Ned zu richten, ohne zu riskieren, dass er sich verkrampfte und wortlos das Zimmer verließ. Auch mit einem gebrochenen Bein. Nach diesem Vertrauen ihres Ehemanns jedoch sehnte sie sich. Sie wusste, dass sie sich auf ihn verlassen konnte, er aber hatte ihr deutlich zu verstehen gegeben, dass er sie nicht so nahe an sich heranlassen wollte, um ihm Unterstützung zu geben.

Lautlos zog Kate sich zurück und huschte den Flur entlang, ohne wirklich zu begreifen, wieso sie dieses Bild so tief aufwühlte. Sie wusste nur, dass sie unter der Last ihrer Bürde zusammenbrechen würde, wenn sie den Salon jetzt betrat.

‚Wenn du fällst', hatte Ned einmal gesagt, ‚bin ich da und fange dich auf.'

Und sie wusste, dass er es ernst gemeint hatte. Er war stark und zuverlässig. Sie konnte sich an seine Schulter lehnen, und er würde ihr Halt geben, auch mit einem gebrochenen Bein.

Die Gewissheit, dass er ihr Halt gab, dieses vorbehaltlose Vertrauen war die Voraussetzung für Liebe. Liebe vermochte Misstrauen in Furchtlosigkeit und Schwäche in Kraft zu verwandeln. Sie konnte ihm all ihre Schwächen und Unzulänglichkeiten anvertrauen und eine tiefe Kraft daraus schöpfen.

Die Erkenntnis stimmte sie wehmütig. Das Bild der Vertrautheit zwischen dem Marquess und seiner Gemahlin brannte sich in ihr Gedächtnis ein. Lord Blakely hatte keinerlei

Bedenken, sich an die Schulter seiner Frau zu lehnen.

Ned kannte all ihre Schwächen und Ängste. Er gab ihr Halt, wenn sie schwankte. Er hatte ihr Trost und Kraft zugeflüstert, die sie dringend benötigt hatte. Aber er weigerte sich, zuzulassen, dass sie ihm ihrerseits Kraft und Trost gab.

Er hatte Louisa einmal geraten, sich ihre Wünsche präzise vorzustellen. Und Kate wusste die Antwort, wenn er ihr die gleiche Frage stellen würde. Sie wollte *ihn*. Sie wollte, dass er tatsächlich von ihrer Stärke überzeugt war, wie er einmal behauptet hatte. Sie wollte sein Vertrauen. Seine Liebe. Sie wollte ihre Hoffnungen nähren, eine glückliche Ehe mit ihm führen zu können, ohne Angst haben zu müssen, dass er sie erneut verletzte.

Sie war lange genug gezwungen gewesen, das Leben sachlich und nüchtern anzugehen. Nun wollte sie ihre Ehe und ihren Ehemann nicht mehr nüchtern betrachten.

Kate straffte die Schultern und stieg die Treppe hinauf. Die Tür zu seinem Zimmer stand einen Spalt offen. Sie verharrte kurz. Der Stille entnahm sie, dass der Arzt gegangen war. Entschlossen trat sie ein.

Ned schien sie nicht gehört zu haben, da er sich ihr nicht zuwandte.

Aufrecht saß er im Bett, das geschiente Bein von sich gestreckt. Nicht einmal nach den ausgestandenen Strapazen und Schmerzen wollte er einen Anflug von Schwäche zeigen. Kate wurde von einer Welle des Mitgefühls erfasst.

Statt ihm ihren Gefühlsaufruhr zu zeigen, klopfte sie leicht gegen die Türfüllung. Erst jetzt schien er ihre Gegenwart wahrzunehmen und blickte hoch. Seine Lippen waren aufeinandergepresst, seine Pupillen geweitet, die einzigen Zeichen seiner Schmerzen. Er bewegte sich, als mache er Anstalten …

„Ned“, sagte sie mit belegter Stimme, „du hast doch nicht etwa vor, aufzustehen? Das wäre nicht sehr klug.“

Im Begriff, die Beine aus dem Bett zu schwingen, hielt er inne. „Hmm“, brummte er.

Kate seufzte. „Und lass mich raten. Du hast dich geweigert, Laudanum zu nehmen."

Als er eine Grimasse schnitt, statt sie unter der Wirkung der Droge verträumt anzulächeln, genügte ihr das als Antwort.

„Es ist kalt hier drin", sagte sie. „Möchtest du, dass ich ..."

„Nein."

Ach ja. Sie hatte es schon wieder vergessen.

„Auf Anweisung des Arztes wirst du die nächsten Wochen auf Krücken gehen müssen. Du könntest es dir wenigstens bequem machen. Kann ich dir etwas bringen ... eine Tasse Tee? Ein Buch?"

„Nein."

„Kann ich mich wenigstens zu dir setzen und dir Gesellschaft leisten? Gibt es denn gar nichts, was ich für dich tun kann?"

Er lächelte angestrengt. „Nichts, Kate. Mach dir um mich keine Sorgen."

Kate trat ans Bett. Er lächelte, aber seine Worte waren eine Zurückweisung wie eh und je. Als er sich halb besinnungslos vor Schmerzen auf den Beinen gehalten hatte, hatte er jede Hilfe abgelehnt. Dieser Starrsinn war als irrationale Reaktion auf seine unerträglichen Schmerzen zu erklären. Aber nun, da er wieder bei Sinnen war, verhielt er sich genauso, nur in etwas höflicherer Form.

„Ned, du wirst einige Wochen in deiner Bewegungsfähigkeit eingeschränkt sein, vielleicht sogar Monate. Warum lässt du dich nicht ein wenig von mir umsorgen. Nur ein wenig."

Er sagte nichts, richtete sich lediglich noch mehr auf.

„Du hast doch vor, heute im Bett zu bleiben, nicht wahr?"

Wieder keine Antwort. Jedenfalls keine verbale Antwort. Aber seine steife Haltung sprach deutlich von Ablehnung. Sie wartete, bis er sie endlich ansah.

„Aber Harcroft."

Nur dieser Name, und sie wusste, was er meinte. Wenn sie daran dachte, wozu Harcroft fähig war, liefen ihr kalte Schauer über den Rücken.

„Wenn ich ihn aufhalten kann", sagte Ned leise, „schaffe ich alles."

„Aber du kannst ihn nicht aufhalten", entgegnete sie, setzte sich auf den Stuhl neben seinem Bett und tastete nach seiner Hand. „Du kannst nicht alles tun, was du dir in den Kopf setzt. Niemand kann alles schaffen. Aber daran ist nichts auszusetzen. Ich respektiere dich, auch wenn du nur auf einem Bein humpeln kannst. Du bist nicht schwach, nur weil du einige Zeit das Bett hüten musst."

Er zog seine Hand zurück, ehe sie danach greifen konnte. „Darum geht es nicht."

„Worum geht es dann?"

„Der Punkt ist nicht der, dass ich möglichst schnell wieder gesund werden will. Es geht ... es geht ..."

„Es geht darum, dass du meine Hilfe nicht annehmen willst."

Jäh hob er den Kopf, seine Augen funkelten. „Ich brauche keine Hilfe", widersprach er zähneknirschend. „Ich habe nicht die Absicht, dir zur Last zu fallen, Kate."

„Aber du fällst mir nicht zur Last." Sie legte ihm ihre Hand auf die Schulter.

Er wandte den Blick zur Seite. „Willst du wissen, warum ich keine Hilfe annehme? Warum ich deine Anteilnahme nicht akzeptiere, so gut sie auch gemeint sein mag? Aus dem gleichen Grund, warum ich im kalten Zimmer schlafe. Warum ich Heu auflade, statt es Knechten zu überlassen. Weil ich mir keine Schwächen erlauben kann."

„Aber ich halte dich doch nicht für schwach, wenn ich ..."

„Du willst mich in Watte packen, damit mir nichts zustößt. Möchtest du wissen, was in China geschah, Kate?"

„Ich dachte ..."

„Willst du wissen, was wirklich geschah, nachdem sie mich aus der Kloake zogen? Ich hätte mich beinahe umgebracht."

„Ein Unfall ..."

„Nein. Als ich Captain Adams in China konfrontierte, war

ich nicht nur verzweifelt. Ich kämpfte um das letzte bisschen Entschlusskraft, das noch in mir war, aber ich war gelähmt von schwarzer Verzweiflung."

Verständnislos sah sie ihn an.

Er fuhr leise fort: „Du weißt nicht, was ich meine, wenn ich von schwarzer Verzweiflung spreche. Du denkst, das sei eine Übertreibung. Nachdem Captain Adams mich in die Kloake werfen ließ, verstärkte sich dieses Gefühl nur noch. Ich wechselte das Badewasser dreimal. Es nützte nichts. Ich konnte den Gestank nicht aus meinem Hirn waschen, auch wenn ich mir die Haut wund schrubbte."

Ned starrte auf einen Fleck an der Wand, hielt seine Knie umklammert. „Er hatte gesiegt. Und es gab keine Flucht vor der Wahrheit: Ich war eine nutzlose Jammergestalt, ein verwöhnter Bengel, der nach China geschickt worden war, weil man hier keine Verwendung für ihn hatte."

„Du weißt, dass das nicht stimmt."

Er warf ihr einen flüchtigen Blick zu. „Zunächst verspürte ich nur den Drang, aufs Meer zu kommen, als könne mich die Nähe des Wassers reinwaschen. Ich nahm ein Boot und ruderte hinaus." Er seufzte. „Seltsamerweise fühlte ich mich aber gefangen, mit nichts um mich herum als dem endlosen Ozean."

„Du hättest in einen Sturm geraten und ertrinken können." Erneut versuchte sie, seine Hand zu fassen, und er entzog sie ihr wieder. „Du warst völlig verwirrt. Das ist doch verständlich."

„Versuche nicht, die Dinge schönzureden, Kate." Seine dunkle Stimme hallte durchs Zimmer. „Du möchtest, dass ich dir vertraue? Du möchtest verstehen, was ich meine, wenn ich von Dunkelheit spreche? Dann hör mir zu. Ich hatte eine Pistole bei mir. Und ich hielt sie mir an die Schläfe."

Ein Schrei des Entsetzens entfuhr ihr.

„Ich war verdammt nahe dran, abzudrücken. Und es war weder Angst noch Hoffnung auf Hilfe von irgendwo, die mich davon abhielt. Vor die Wahl gestellt, zu leben oder zu sterben, kam ich zu der Einsicht, dass ich leben wollte. Wirklich leben, nicht nur in den Tag hinein, von einem sinnlosen Abenteuer ins nächste stolpern und darauf warten, erneut in die Finsternis zu stürzen. Also hör auf, mich zu bedauern. Ich habe überlebt."

Kate suchte nach den richtigen Worten. „Ich glaube doch auch nicht, dass du schwach bist, nur weil du als junger Mann …"

Wütend funkelte er sie an. „Nein, ich bin nicht schwach. Ich habe überlebt, weil ich mich aus eigener Kraft aus dem Dreck gezogen habe. Weil ich wusste, dass ich damit aufhören muss, mir wie eine Last für alle vorzukommen, wenn ich überleben will. Um zu begreifen, wer ich bin und warum ich tue, was ich tue, musst du wissen, dass ein Teil von mir für immer in diesem Boot zurückgeblieben ist. Das Leben zu führen, wie ich es mir vorstelle, bedeutet für mich, alles zu erreichen und nie wieder eine Bürde für andere zu sein."

„Ich will dich nicht umsorgen, weil ich Mitleid für dich empfinde. Wenn du mir sagst, welche furchtbaren Dinge du erlitten hast, und ich mit dir leide, ist das kein leeres Geschwätz. Und du zeigst keine Schwäche, wenn du mir erlaubst, dich gesund zu pflegen."

„Nein", sagte er schroff. „Du hast völlig recht. Es ist nichts dergleichen, es ist vielmehr etwas, das ich mir nicht gestatte."

Und mit diesen Worten wandte er sich von ihr ab. Seine Ablehnung schmerzte sie tief. Über seine Stärken konnte Ned sprechen. Aber bei all seinen Beteuerungen, ihr Vertrauen gewinnen zu wollen, hatte er nie den Wunsch geäußert, sie möge ihm vertrauen.

Sie war zu häufig gegen die Mauer seines zwanghaften Bedürfnisses, Stärke zu zeigen, angerannt, um nicht zu erkennen, dass ihre Bemühungen vergeblich waren. Immerhin war es ihr gelungen, den Grund dafür zu entdecken. Die kalte nackte Wahrheit, die ihn zu dem gemacht hatte, der er war. Sie wusste, dass er sich nicht ändern würde.

Es wäre zu einfach gewesen, diese Erkenntnis schmerzhaft zu nennen, vergleichbar etwa mit körperlichen Schmerzen, die mit der Zeit vergingen und schließlich vergessen wären. Was sie empfand, war kein stechender Schmerz, vielmehr etwas, das sich tief in ihre Seele bohrte, ihr Innerstes durchdrang. Sie sehnte sich danach, sich an ihn zu schmiegen, seinen Kopf an ihren Busen zu betten, ihm beruhigend die Stirn zu streichen. Mit jeder Faser sehnte sie sich danach, ihm Trost zu geben, ihm zu versichern, wie stark er war und dass er nicht alles im Leben allein schaffen musste. Es war keine Verletzung, die sie schmerzte, es war viel schlimmer. Die unendlich tiefe Enttäuschung, dass all ihre Hoffnungen vergeblich waren.

Kate stand auf und beugte sich über ihn. Ihr Schatten in der Nachmittagssonne fiel dunkel über sein Gesicht.

Sie wollte ihn anschreien, wollte ihn an den Schultern packen und rütteln, bis er zur Einsicht käme. Wäre er nicht hilflos mit dem gebrochenen Bein im Bett gelegen, hätte sie es auch getan.

Obwohl es sinnlos gewesen wäre.

„Ich will dir nicht wehtun", sagte er leise.

Nein. Das hatte er nie gewollt. „Natürlich nicht", erwiderte sie einigermaßen gefasst. „Du musst lediglich … zuerst dich schützen. Ich verstehe, Ned."

Sie wünschte allerdings, nicht zu verstehen, und blinzelte heftig gegen das Brennen in ihren Augen an. Sie wünschte, ihm wütend damit drohen zu können, wegzulaufen, ihn im Stich zu lassen. Aber darum ging es in einer Ehe: bei ihm zu bleiben, ihm zur Seite zu stehen, auch wenn er nicht fähig war, Rücksicht auf ihre Gefühle zu nehmen. Sie würde lernen, ihn nicht mehr zu bitten, Anteil an seinem Leben haben zu dürfen. Sie würde lernen, vorzugeben, dass seine Weigerung, ihr zu vertrauen, ihr nichts anhaben konnte. Eine weitere Maske, hinter der sie sich verstecken musste, nur tausendmal bedrückender als die, die sie abgelegt hatte. Denn mit dieser Maskerade musste sie vortäuschen, dass seine Gefühlskälte ihr gleichgültig war. Aber sie würde darunter leiden bis an ihr Lebensende.

Er nahm ihre Hand, und selbst aus dieser Geste schöpfte sie die Kraft, die er von ihr nicht annehmen wollte.

Müde schloss sie die Augen und ließ dieses Gefühl grenzenloser Leere und Verlorenheit zu. Seine Finger strichen über ihren Handrücken, kraftvoll und zuversichtlich. Dieses sanfte Streicheln brannte sich tief in ihr ein.

Bevor der Schmerz sie zu übermannen drohte, entzog sie ihm ihre Hand und ging.

23. KAPITEL

Dicke Schneeflocken fielen taumelnd vom bleigrauen Himmel und schmolzen, sobald sie das nasse Kopfsteinpflaster in der Bond Street berührten. Kate erinnerte sich deutlich an das kleine Geschäft, das sie in den hektischen Tagen nach der Hochzeit aufgesucht hatte. Das Nachthemd, das sie hier gekauft hatte, ein hauchdünnes Seidengespinst, an das sie all ihre Hoffnungen gehängt hatte, lag wieder in der Kommode in ihrem Schlafzimmer. Sie hatte es nur einmal getragen, vor wenigen Tagen, die ihr eine Ewigkeit her schienen. Ihre Wünsche hatten sich nicht erfüllt. Ihr blieb nur das Andenken an unerfüllte Träume: durchsichtig, unwirklich und nichtig.

Das Schaufenster war mit kostbaren Seiden- und Damaststoffen in schillernden Farben dekoriert, dahinter die billigere Ware für weniger begüterte Kunden. Feste, strapazierfähige Baumwolle und dicke Wollstoffe in gedeckten Farben. Ganz vorne lagen Bänder aus schimmerndem Satin und kostbarer Spitze. In Glasbehältern glitzerten Knöpfe aus Perlen und bunten Schmucksteinen jeder Größe.

Kate hatte keinen Blick für all den Flitter, klopfte sich den Schnee von den Schultern und hing ihren Grübeleien nach.

Vor Neds Rückkehr hatte sie geglaubt, ihre Gefühle für ihn würden mit der Zeit verblassen. Nun beneidete sie Ehepaare, die damit zurechtkamen, nebeneinanderher zu leben, ohne Gefühle füreinander zu empfinden. Sie wünschte sich, mit geschlossenen Augen in eine Pusteblume zu blasen und all ihre Träume und Hoffnungen vom Wind forttragen und verwehen zu lassen.

Um sich von solch rührseligen Gedanken abzulenken, die eigentlich nicht zu ihr passten, hatte sie beschlossen, einen Einkaufsbummel zu machen. Sie, die Tochter eines Dukes und die Gemahlin eines wohlhabenden Gentlemans, war nach dem Skandal Gesprächsstoff in den Klatschkolumnen der Zeitungen, die von durchgefrorenen rotnasigen Gassenjungen an jeder Straßenecke angeboten wurden. Sie stand im Lichte der Öffentlichkeit und machte einen Einkaufsbummel.

Mochte sie sich noch so sehr wünschen, ihre Beziehung zu Ned wäre anders ... Es hatte keinen Sinn, über Dinge zu lamentieren, die nicht zu ändern waren. Also machte sie einen Einkaufsbummel. Allerdings nicht in diesem Geschäft. Sie hatte keine Verwendung für verführerische Seidennegligés.

Kate hob das Kinn und wollte weitergehen, auf der Suche nach einer frivolen kecken Hutkreation, als sie noch einen Blick in das Schaufenster warf, angezogen von einem Stoff, den sie nur flüchtig gestreift hatte.

Keine schimmernde Seide. Nichts Transparentes. Kein Stoff, den eine Dame als Nachthemd tragen würde. Strapazierfähig, praktisch. Warm.

Es war ein Fehler, diesen Stoff zu übersehen. Die Hoffnung keimte immer noch in ihr, schwach zwar, aber dennoch.

Ihr stand der Sinn nicht nach modischen Hüten und Seidenpumps.

Nein, sie brauchte ein Nachthemd.

Ned lag hellwach im Bett, sein Atem hauchte Wölkchen in die kalte Nachtluft. Seine Gedanken drehten sich um eine ausweglose Situation. Im Moment hatte Louisa nichts zu befürchten, aber über kurz oder lang würde Harcroft durch Gerichtsbeschluss die Rückkehr seiner Ehefrau erzwingen. Es bestand zwar durchaus die Möglichkeit, ihre Auslieferung wegen ehelicher Grausamkeit zu verhindern, allerdings würde kein Gericht der Welt Louisa das Sorgerecht für ihr Kind übertragen.

Diese Gedanken an die unüberwindlichen Hürden des Gesetzes dienten Ned wenigstens als Ablenkung von seinen Schmerzen und von seinem Gespräch mit Kate. Er hatte ihr nicht alles sagen wollen. Aber nach all dem, was sie in den letzten Wochen gemeinsam durchgestanden hatten, verdiente sie zu wissen, wer er wirklich war. Und warum er sich nicht die geringste Unachtsamkeit leisten durfte. Die Kälte im Zimmer half ihm dabei.

Er wollte lieber an Louisa denken. So wenig ihm der Gedanke auch behagte, er sollte Satisfaktion von Harcroft fordern – mit dessen Tod wären Louisas Probleme gelöst. Dagegen sprach allerdings die Tatsache, dass Ned kein Meisterschütze war und ein Degengefecht mit dem gebrochenen Bein außer Frage stand. Im Übrigen glaubte Ned nicht, den Mann kaltblütig töten zu können, was immer der Schurke auch verbrochen hatte.

Es gab noch einen anderen Plan ... Er könnte persönlich eine Klage gegen Harcroft führen. Aber wie hoch wären seine Chancen?

Mitten in seinen Grübeleien schwang die Verbindungstür zum Nebenzimmer auf. Er hörte es nicht. Lediglich der Luftzug machte ihn auf ihre Gegenwart aufmerksam. Unbeholfen richtete er sich auf die Ellbogen gestützt zum Sitzen auf. Ein warmer Hauch wehte aus ihrem Zimmer.

Vielleicht strahlte auch Kate diese Wärme aus. Sie trug ein hochgeschlossenes Nachthemd aus dickem Flanell, dessen lange Ärmel ihre Hände halb verdeckten. Weitaus züchtiger als das hauchdünne Gespinst vor wenigen Tagen. Dieses Bild stand ihm allerdings deutlich vor Augen, und er vergaß alles – das zermürbende Pochen in seinem Bein, die lastende Sorge um Louisas Zukunft.

Im silbrigen Mondschein wirkte sie wie eine überirdische Erscheinung, deren Füße kaum den Boden berührten.

Er schluckte. „Kate." Das Wort verklang im Nichts. Er wusste nicht, was er sagen sollte.

Sie wollte ihm zur Seite stehen und helfen. Im Grunde genommen ein verständlicher Wunsch. Und jeder andere Mann hätte keine Einwände dagegen erhoben.

Er aber konnte ihr nichts geben, nur seine verwirrenden inneren Bedrängnisse, die er ihr nicht aufbürden wollte. Wenn er kein Vertrauen zu sich selbst hatte, hatte er ihr nichts zu bieten, abgesehen von seinem sicheren Versagen. Er hatte schon einmal jämmerlich versagt; und das würde er nie wieder zulassen. Wenn er ihren Forderungen nachgab, sich erweichen ließ … Nein, er konnte sich selbst nicht trauen. Er musste stark bleiben, nicht nur um seinetwillen, sondern für sie.

Sie legte einen Finger an den Mund. „Psst“, flüsterte sie. „Sag nichts.“

Vielleicht hatte sie recht. Alles, was sie sagten, würde diesen magischen Moment im Mondschein zerstören, den Bann, der ihn verzauberte. Worte würden ihn nur in die Wirklichkeit holen.

Sie schwebte auf ihn zu, lautlos wie eine Märchenfee, nicht wie eine Frau aus Fleisch und Blut. Nur das Rascheln ihres Nachthemds und ihre Atemzüge waren zu hören. Er hielt die Luft an. Sein Herz hämmerte laut gegen seine Rippen.

Vielleicht wäre das die Lösung. In diesem magischen Moment einer Mondnacht bis in alle Ewigkeit zu verweilen. Ohne bohrende Fragen. Ohne quälende Gedanken.

Kate stand neben seinem Bett, und er drehte sich seitlich zu ihr, wobei ihm ein stechender Schmerz bis in die Hüfte fuhr. Auch eine Märchenfee vermochte nicht, ihn lange vor der Wirklichkeit zu schützen. Verdammter Mist!

„Ich habe ein Geschenk für dich“, hauchte sie.

Ach, könnte er auf die Knie kommen, sie um die Mitte fassen und sich auf sie legen, hätte er gleichfalls ein Geschenk für sie. Es war das einzige Geschenk, das er ihr geben konnte, die stumme Liebkosung seines Körpers.

Sie raffte ihr Flanellhemd ein wenig und stellte einen Fuß an die Bettkante. Er beugte sich vor, um ihre schlanke Fessel zu streicheln und hielt inne. Ein schriller Misston störte die Sylphidenträume seiner Fantasie. Sie war nicht barfuß wie eine Elfe. Verdutzt hob er den Kopf.

„Wollstrümpfe“, erklärte sie. „Dicke Wollstrümpfe.“

Ihre Stimme hatte keinen ätherischen Wohlklang, sie war

fröhlich und munter. Ein weiterer Misston. Lange starrte er auf ihren bestrumpften Fuß und versuchte seine Gedanken über Märchenfeen und Sylphiden mit der prosaischen Realität warmer Wollstrümpfe zu versöhnen.

„Hmm", brachte er schließlich hervor. „Du schenkst mir Wollstrümpfe? Und warum trägst *du* sie?" Er betrachtete ihre winzigen Füße argwöhnisch. „Ich glaube nicht, dass sie mir passen."

Sie hob das Kinn. „Sie sind für mich. Auch das Nachthemd. Damit kann ich in der Kälte bei dir schlafen."

Etwas Schmerzhaftes zog sich in seinem Innern zusammen. „Ach, Kate. Du musst nicht ..."

Rasch legte sie ihm einen Finger auf den Mund und brachte ihn zum Schweigen. „Du scheinst zu glauben, ich will dich unter warmen Decken ersticken, wenn ich sage, ich möchte dir helfen. Aber du irrst, Ned. Ich will dir nur helfen. Und wenn du das Gefühl brauchst, stark zu sein, helfe ich dir dabei. Und wenn du möchtest, dass ich dir eine unüberwindliche schwere Aufgabe stelle, die du noch vor dem Frühstück bewältigen musst, lass es mich wissen, und ich bringe dir einen Drachen, den du zähmen kannst. Hilfe muss keine Sache sein, die dich behindert. Manchmal ... ist Hilfe einfach nützlich." Sie setzte sich aufs Bett und nahm seine Hand. „Du musst nicht mehr alles allein schaffen, Ned. Lass mich an deiner Seite sein."

Ihm brummte der Schädel. Etwas schnürte ihm die Kehle zu, und er konnte nicht einmal sagen, was es war oder warum. Vorsichtig hob er ihre verschränkten Hände an seine Stirn, als könne er damit das Dröhnen zum Verstummen bringen. Sie war also keine Märchenfee, die ihm im Mondlicht erschien und im Morgengrauen lautlos verschwand, sondern eine Frau. Und sie würde ihn nicht verlassen.

Er musste nicht einsam sein. Und er musste nicht einen Teil von sich im Ruderboot auf offener See zurücklassen. Vielleicht brauchte er nicht länger Angst vor sich selbst zu haben.

Es war ein befremdlicher Gedanke, merkwürdiger als alles,

was er je erfahren hatte. Und er wusste nicht, was er darauf erwidern sollte. Da ihm die Worte fehlten, küsste er ihre Hand. Und als sie keinen Widerstand leistete, zog er sie zu sich herab und schloss sie in die Arme. Selbst die Berührung seiner Lippen auf den ihren erschien ihm ungehörig. Im Übrigen hätte er sich von ihr lösen müssen, um sie auf den Mund zu küssen, hätte den Kopf von ihrer Schulter heben müssen. Aber dann würde sie vermutlich sehen, dass etwas verräterisch Wässriges in seinen Augen glänzte. Zweifellos bemerkte sie bereits seine Atemlosigkeit.

Doch vielleicht wusste sie längst. Vielleicht hielt sie ihn so innig umarmt und streichelte seine Schulter, weil er nicht länger einsam sein musste, nicht einmal nach seinem letzten Geständnis. Als sein innerer Aufruhr sich langsam beruhigte, er ein letztes Mal stoßweise an ihrem Hals ausatmete, begriff er endlich, dass sie recht hatte. Mit Kate an seiner Seite wurde er stärker, nicht schwächer. Still lagen sie da und liebkosten und streichelten einander behutsam.

„Weißt du, was es bedeutet, mir zu helfen?“, fragte er nach langem Schweigen schläfrig an ihrer Wange. Die Lider waren ihm schwer geworden.

„Natürlich weiß ich das.“ Sie klang belustigt. Und dann beugte sie sich über ihn. Er spürte, wie die Matratze unter ihrem Gewicht nachgab, spürte ihre Wärme an seinem Gesicht. Schließlich küsste sie seine Lider. „Es bedeutet, dass ich dich liebe.“

„Oh.“

So war das also mit der Liebe. Keine erdrückende Zuwendung einer überfürsorglichen Frau, die ihm das Fleisch in kleine Bissen schnitt. Es war weit größer, umfassender. Er sollte etwas darauf erwidern, aber ihre streichelnden Finger verschafften ihm ein unendlich zufriedenes Wohlbehagen, wie er es nie zuvor in seinem Leben verspürt hatte. Endlich fühlte er sich sicher und geborgen. Nicht länger einsam.

Und in diesem Wohlbehagen driftete er in den Schlaf.

Als er am nächsten Morgen erwachte, war sie immer noch bei ihm, eine vertraute warme Gegenwart. Über Nacht hatten all seine Nöte und Bedrängnisse ihren Schrecken verloren. Er wusste, dass er die ausweglos scheinende Situation in den Griff bekommen konnte. Er wusste, dass er Harcroft besiegen konnte und was zu tun war.

Lange beobachtete er Kate, wollte ihren Schlaf nicht stören. Als ihre Lider schließlich flatterten und ihr Blick dem seinen begegnete, breitete sich ein seliges Lächeln in ihrem Antlitz aus. Sie sagte kein Wort, und das war auch nicht nötig.

Manche Dinge waren schwieriger zu bewältigen als ein Fußmarsch von fünf Meilen mit einem gebrochenen Bein. Aber Ned hatte große Erfahrung darin, Dinge zu tun, die ihm schwerfielen. Er blickte seiner Gemahlin tief in die Augen.

„Kate", sagte er leise, holte tief Luft und nahm ihre Hand. „Ich brauche deine Hilfe."

In Londons gehobenen Gesellschaftskreisen entstanden Gerüchte häufig aus nichts anderem als einem vielsagenden Blickwechsel, und nicht selten genügte ein zerknittertes Kleid, um bösen Klatsch über die Trägerin zu verbreiten. Es war also keine Überraschung, dass alle Welt ein sensationslüsternes Interesse an dem Zwist zwischen Harcroft und Ned Carharts Gemahlin an den Tag legte. Zudem war allgemein bekannt, dass Louisa bei den Carharts wohnte, und die Spekulationen über ihre Beweggründe überschlugen sich.

Die meisten bezogen sich auf Louisas Aussagen im Gerichtssaal: Sie zürnte ihrem Ehemann, weil er ihre beste Freundin unter fadenscheinigen und letztlich haltlosen Anschuldigungen vor Gericht gezerrt hatte. Es gab allerdings auch noch andere Theorien.

Kate sortierte die Klatschblätter zu kleinen Stapeln auf dem Frühstückstisch. „Gekränkter weiblicher Stolz", murmelte sie. „Verletzter Stolz einer Dame der Gesellschaft. Männliche Selbstherrlichkeit. Gekränkter weiblicher Stolz." Sie hob den

Blick. „Das ergibt drei für weiblichen Stolz."

„Und kein Wort über zwei Anträge beim Court of Chancery wegen Geistesstörung?", fragte Ned trocken.

Kate schüttelte den Kopf. „Solche Gesuche werden vertraulich behandelt, wie du weißt. Die Anträge wurden ja nicht öffentlich bekannt gegeben. Wie sollten die Klatschmäuler also davon erfahren?"

Ned lächelte in grimmiger Genugtuung. Alle Welt wusste, dass es nur drei Möglichkeiten gab, eine Ehe aufzulösen. Im Falle einer Scheidung würden Harcroft alle Rechte an seinem Sohn zugesprochen werden. Also kam diese Lösung nicht infrage. Ein Antrag auf Annullierung würde den Nichtvollzug der Ehe erfordern, wogegen die Existenz des gemeinsamen Sohnes sprach. Die dritte Möglichkeit wäre das Ableben eines Ehepartners, doch kein Mensch wollte die Konsequenzen auf sich nehmen, Harcroft ins Jenseits zu befördern.

Das beim Court of Chancery anhängige Verfahren seitens Harcroft, mit dem er Louisa für geistig unzurechnungsfähig erklären wollte, barg das Risiko, dass ihre Aussagen gegen ihn vor Gericht keine Gültigkeit hatten. Falls es ihm gelang, sie für geistesgestört zu erklären, wäre sein Triumph vollständig. Er wäre nicht nur weiterhin ihr Ehemann, sondern auch ihr Vormund und Pfleger, der völlig über ihre Person und ihr Vermögen bestimmen konnte.

Zum ersten Mal seit Tagen huschte ein Lächeln über Neds Gesichtszüge.

Alle Welt wusste, dass es nur drei Möglichkeiten gab, eine Ehe aufzulösen.

Und alle Welt irrte sich. Diese Feststellung würde auch Harcroft heute Abend machen.

24. KAPITEL

Kate war sich keineswegs sicher, dass ihr Plan erfolgreich sein würde, als sie in Louisas Begleitung an Neds Seite das Haus der Gastgeber betrat, die zu einer musikalischen Soiree geladen hatten. Ihre Rolle war detailgenau besprochen und eingeübt worden, die darin bestand, Harcroft so lange wie möglich von Louisa fernzuhalten, um ihn ungeduldig und wütend zu machen, bis er hoffentlich die Beherrschung verlor und die Maske fallen ließ.

Diese Aufgabe entwickelte sich zu einem komplizierten Versteckspiel, das ständig durch andere Gäste gestört wurde. Die legten es nämlich auf eine Begegnung zwischen Lord und Lady Harcroft an, bei der sie sprühende Funken zu sehen hofften. Kate führte Louisa unter allerlei Vorwänden von einem Salon in den nächsten, Minuten später gefolgt von Harcroft. Einmal erhaschte Kate einen Blick auf den Lordkanzler, prächtig herausgeputzt in Gala und ordensgeschmückter Brust. Die goldenen Streifen an den Ärmeln seines Uniformrocks funkelten im Strahlenglanz der Kronleuchter.

Würdevoll nickte er Kate und Louisa zu, aber es war noch zu früh, um einander zu begegnen. Im Übrigen gehörte der Lordkanzler zu Neds Aufgabenbereich. Also führte sie Louisa eilends in den nächsten Salon.

Erst als Harcroft deutliche Zeichen des Unmuts zeigte – steile Stirnfalte, schmale Lippen und geballte Fäuste in weißen Glacéhandschuhen –, brachte Kate die Freundin an ihren letzten Zufluchtsort.

Da alle Gäste sich im Musiksaal und den angrenzenden Salons aufhielten, war der Ballsaal leer und unbeleuchtet. In einer entfernten Ecke war ein Wandschirm aufgestellt, hinter dem eine schmale Tür in den Dienstbotentrakt führte. Die Freundinnen eilten durch den Saal, und Louisa verschwand hinter dem Paravent. Kate wandte sich den offenen Flügeltüren zu.

Hinter sich hörte sie, wie die kleine Tür geöffnet wurde.

Es dauerte ein paar Sekunden, bevor Harcroft ihre Gestalt in der Dunkelheit ausgemacht hatte. Kate sah seine Silhouette im beleuchteten Rahmen der hohen Flügeltüren. Er richtete den Blick auf sie und wiegte den Kopf hin und her. Dann erst näherte er sich mit klappernden Absätzen auf dem polierten Parkett.

„Ja, wen haben wir denn da?“ Harcroft klang müde und gelangweilt. „Richtig, Kathleen Carhart. Sie sind wohl mächtig stolz auf sich, wie? Vermutlich freuen Sie sich jeden Morgen diebisch, mich hintergangen zu haben, was? Aber Ihr Triumph ist nicht von Dauer, glauben Sie mir.“

„Was soll dieser Unsinn, Harcroft?“ Kate machte sich nicht die Mühe, leise zu sprechen. Sie vernahm den Nachhall ihrer Stimme in dem großen leeren Saal und hoffte, dieser Wortwechsel wurde auch von anderen gehört. „Wieso hintergangen?“ Er kann nicht hinter den Wandschirm sehen, beschwichtigte sie sich. Sie musste einfach darauf vertrauen, dass alles nach Plan verlief.

„Sie spielen also schon wieder die Unschuldige.“ Er trat einen weiteren Schritt auf sie zu. „Sie haben mich und meine Ehe zum öffentlichen Gespött gemacht. Ein Einkaufsbummel in Paris! Welcher Hohn. Sie haben etwas Heiliges in den Schmutz gezogen. Mir alles genommen, was mir lieb und teuer war.“

Er näherte sich immer noch. Kate wich langsam zurück, und stieß beängstigend rasch gegen die Wand.

„Harcroft, beruhigen Sie sich. Setzen Sie sich und ruhen Sie sich ein wenig aus.“

Er packte sie am Handgelenk und verdrehte ihr den Arm.

„Tun Sie das nicht.“ Kate bemühte sich, gefasst zu bleiben, obwohl ihr der Puls schmerzhaft gegen die Schläfen pochte. Niemand konnte sie sehen. Sie konnte nur hoffen, dass man hörte, was in dem leeren Saal vorging. „Harcroft, lassen Sie mein Handgelenk los. Sie müssen keine Gewalt anwenden.

Nicht schon wieder. Wir können in Ruhe über alles reden."

„Ich habe wohl nicht hart genug zugeschlagen beim letzten Mal."

Er hob die Faust. Kate duckte sich blitzschnell und entriss ihm ihre Hand. Sein Faustschlag traf die Wand hinter ihr.

„Vorsicht! Sie könnten sich verletzen", warnte sie in fürsorglichem Ton, doch das schadenfrohe Blitzen ihrer Augen sagte etwas anderes. „Harcroft, nehmen Sie Vernunft an ..."

Wutentbrannt fuhr er herum. „Verfluchtes Weib!", knurrte er zähneknirschend. Ehe sie wusste, wie ihr geschah, packte er sie an den Schultern und stieß zu. Kate verlor die Balance und landete auf dem Parkett, ihr Kopf verfehlte die Wand nur um Haaresbreite. Der Earl ging in die Hocke, beugte sich über sie und drückte ihre Schultern zu Boden.

Kate lächelte erleichtert zu ihm hoch. Gottlob! Sie hatte ihn dazu verleitet, sein wahres Gesicht zu zeigen. Sie hatte gesiegt. Alle hatten sie ihn besiegt.

Erst jetzt dämpfte sie ihre Stimme zu einem Flüstern, denn das, was sie ihm nun sagen wollte, brauchte kein anderer zu hören. „In den Geschichten", flüsterte Kate, „tötet die Heldin den Drachen."

Er glotzte sie verdattert an.

„Sie schlägt dem Monster den Kopf ab und bringt ihn den Dorfbewohnern. Und sie zünden ein Freudenfeuer an und feiern, weil die Finsternis aus ihrem Land verbannt wurde."

„Drachen", kreischte Harcroft. „Drachen? Was, zum Teufel, haben Drachen mit dieser Sache zu tun?" Drohend hob er den Arm. Kate lag wehrlos am Boden, in der nächsten Sekunde würde er ihr die Faust ins Gesicht schmettern. Sie hätte Todesangst haben und ihr Herz hätte wild hämmern müssen, stattdessen durchströmte sie ein unbändiges Glücksgefühl. Jauchzender Triumph. Er konnte ihr nichts anhaben. Sie lächelte zu ihm hoch. Seine Augen verengten sich zu Schlitzen.

„Wahre Helden", erklärte sie ihm, „zähmen ihre Drachen."

„Harcroft!" Eine schneidende Stimme ertönte hinter ihm.

„Hör auf damit!“

Der Earl fuhr herum, immer noch mit erhobener Faust, die andere Hand an Kates Schulter.

Es war Ned, der im Flur des Dienstbotentrakts gewartet hatte. Er kam näher, auf Krücken gestützt, die unheilvoll laut auf dem Parkett klapperten.

„Wie oft muss ich es dir noch sagen?“, fragte er gelassen. „Nimm die Hände von meiner Frau! Sofort!“

Harcroft ließ nicht von ihr ab.

„Ich warne dich, Harcroft. Tu nichts, was du hinterher bereust.“

„Bereuen?“ Harcroft stieß den Atem aus. „Bereuen? Ausgerechnet du sagst mir das? Was soll ich denn bereuen?“ Seine Finger gruben sich schmerzhaft in Kates Schulter. „Ich ... wenn ich meine Frau wieder hätte, wäre das alles nicht passiert.“

„Ach? Du hast Louisa also nie geschlagen, wie?“

„Nur aus Versehen“, krächzte er heiser. „Es war nie meine Absicht. Es war nicht meine Schuld. Wirklich nicht.“

„Es war nicht deine Schuld?“

„Du kennst das doch. Sie macht mich so wütend, und ich weiß nicht mehr, was ich tue. Sie zwingt mich dazu, verdammt noch mal. Alle zwingen mich dazu. Dagegen kann ich nichts tun.“

Ned lächelte kalt. „Du kannst vielleicht nichts dagegen tun, Harcroft. Aber ich.“

„Blödsinn. Du kannst ja nicht mal richtig gehen.“

Ned trat einen weiteren humpelnden Schritt näher und baute sich trotz seiner Verletzung drohend vor Harcroft auf. Und dann ging er neben Kate in die Knie. „Das ist auch nicht nötig.“ Er klang immer noch völlig ruhig. Seine Hand fand Kates kalte Hand, und er verschränkte seine starken Finger mit den ihren.

„Wie? Was soll das heißen?“

Ned warf einen Blick über die Schulter. „Haben Sie genug

gesehen, *Lord Chancellor*?“

Harcrofts Kopf fuhr herum. „Lord Chancellor? Lord Chancellor? Lyndhorst ist hier?“

Hinter dem Wandschirm traten zwei Herren hervor. Ein untersetzter Mann mit Brille und sorgenvoll umwölkter Stirn, dunkelbraun gekleidet, in dem Kate den Arzt vermutete. Dahinter ein stattlicher Herr, feierlich gewandet mit ordengeschmückter Brust. Im dämmrigen Saal hatten die goldenen Streifen am Ärmel seines Uniformrocks ihren Glanz eingebüßt.

„Lord Chancellor.“ Harcroft blickte fassungslos zu ihm hoch, bevor er mühsam auf die Beine kam. „Ich … das heißt, wieso sind Sie hier? Ich dachte …“

„Ich will mich davon überzeugen, ob eine ärztliche Untersuchung zur Diagnose einer Geisteskrankheit nötig ist.“

Harcrofts Blicke irrten wild durch den Saal. „Aber … aber meine Gemahlin ist nicht anwesend. Wieso also …?“

„Weil mir zwei Klagen vorliegen. Eine von Ihnen gegen Ihre Gemahlin. Und eine zweite seitens Lady Harcroft gegen Sie. Aufgrund Ihrer eigenen Aussage vor wenigen Minuten stellen Sie eine Gefahr für Leib und Leben der Menschen Ihrer Umgebung dar. Eine Gefahr, über die Sie nach eigenen Angaben keine Kontrolle haben.“

„Aber …“

Der untersetzte Herr mit der Brille beugte sich vor. „Ich fürchte, es bestehen auch Anzeichen von Wahnvorstellungen. Eine mutmaßliche Ursache unkontrollierbarer Tobsuchtsanfälle. Dieses Gerede von Drachen.“

„Aber Sie irren sich. Ich habe mein Studium in Oxford mit Auszeichnung abgeschlossen …“

„Derlei Wahnvorstellungen sind häufig bei überdurchschnittlich intelligenten Patienten anzutreffen. Ein weiterer Hinweis auf eine geistige Verwirrung wäre auch die Erklärung, warum Sie diesen absurden Prozess gegen die Freundin Ihrer Gemahlin führten, nur weil Sie vergaßen, dass Lady Harcroft eine Auslandsreise unternahm. Haben Sie das tatsächlich vergessen, Lord Harcroft, oder liegt eventuell eine anderweitige, gravierendere Wahnvorstellung vor?"

„Aber …"

„Ich garantiere Ihnen einen fairen Prozess", meldete sich nun der Lordkanzler wieder zu Wort. „Die Beweislage gegen Sie wird von sachkundigen Geschworenen aus dem Oberhaus geprüft. Wir handeln nach bestem Wissen und Gewissen. Und wenn Sie für unzurechnungsfähig erklärt werden, ernennen wir einen vertrauenswürdigen Vormund für Sie, der Ihr Vermögen verwaltet."

„Einen Vormund? Soll das ein Witz sein? Sie beabsichtigen, einem Fremden die Kontrolle über mich und mein Vermögen zu übertragen? Zweifellos haben Sie vor, Carhart alle Verantwortung für mein Leben zu geben. Diese schmutzige Angelegenheit ist eine niederträchtige Verschwörung von Anfang an, ein hinterhältiger Versuch, mich zu ruinieren …"

„Nein." Obwohl das Wort nicht laut gesprochen wurde, horchten alle Anwesenden auf. Louisa trat hinter dem Wandschirm hervor, in aufrechter Haltung und mit gelassener Miene. „Ich dachte vielmehr daran, das Hohe Gericht betraut mich mit dieser Aufgabe." Unverwandt sah sie ihn an, ohne eine Regung zu zeigen. Und Harcroft blieb der Mund offen stehen, seine Gesichtszüge entgleisten ihm. Zweifellos gingen ihm all die Gemeinheiten durch den Kopf, die er mit ihr vorgehabt hatte.

Ein Ehemann hatte jedes Recht über seine Ehefrau, konnte über sie verfügen, wie es ihm beliebte. Allerdings galt das nicht für einen Ehemann, der per Gesetz für unzurechnungsfähig erklärt wurde. In diesem Fall hatte er jedes Recht verwirkt. Und sein Vormund … nun ja.

Harcroft kauerte sich auf die Fersen, kniff die Augen zusammen und schlug die Hände vors Gesicht. Er war vernichtet. Er hatte alles verloren.

Nach allem, was Harcroft verbrochen hatte, konnte er kein

Mitleid erwarten. Und dennoch empfand Kate Mitleid für ihn, vielleicht auch nur, weil er auf dem Boden kauerte wie ein bedauernswertes Häufchen Elend. Schließlich erhob er sich steifbeinig.

Mit einer fahrigen Handbewegung strich er sich über den Gehrock und wandte sich an seine Frau. Einen Augenblick war er wieder der alte Harcroft, den alle Welt kannte. Hochgewachsen, gut aussehend, ein Gentleman vom Scheitel bis zur Sohle, der niemandem Böses wollte. Ein Mann mit einem ausgezeichneten Hochschulabschluss, ein brillanter Fechter und Reiter.

„Louisa", erklärte er im Brustton der Überzeugung. „Du weißt, dass ich dich immer geliebt habe. Gewiss willst du mir das nicht antun."

„Mir liegt nur dein Wohl am Herzen", antwortete sie seelenruhig. „Wie ich höre, gibt es ausgezeichnete Sanatorien in der Schweiz."

Harcroft senkte den Kopf, als habe sie den letzten Segen über seinem Grab gesprochen. Und dann hob er sehr langsam das Kinn.

„Mylord", sagte der Arzt, „wir müssen Sie bis zur Anhörung in Gewahrsam nehmen."

Harcroft nickte knapp und verließ gemessenen Schrittes den Saal.

Kate raffte sich auf die Knie, Ned nahm ihre Hand. Sie wusste nicht, ob er ihr auf die Füße half, oder sie ihm mit seinem gebrochenen Bein.

Aber vielleicht war das auch nicht mehr wichtig.

„Da wären wir", verkündete Ned ziemlich munter. „Wir sind am Ziel."

„Na endlich", sagte Kate, der während der langen Kutschfahrt schwindelig geworden war. „Aber wo sind wir? Du hast dem Kutscher den Weg gewiesen, aber mich gezwungen, dieses lästige Ding vor den Augen zu tragen."

„Das nennt man eine Augenbinde“, erklärte er, was sie auch nicht weiterbrachte. „Komm, ich helfe dir beim Aussteigen.“ Sie streckte blind die Arme aus.

Er nahm sie bei der Hand, fest und unerschütterlich, obwohl er sich auf die Krücken stützen musste.

Sie hatten das hektische Getriebe der Großstadt längst hinter sich gelassen. Kate stieg der Geruch nach verbranntem Laub in die Nase, Kühe muhten in der Ferne, die Luft war frisch.

„Hast du mich auf einen Bauernhof gebracht?“, vermutete sie.

„Gut geraten.“ Seine Hand legte sich an ihren Rücken. „Aber falsch.“ Er drehte sie um. Sie spürte die Wärme seines Körpers an ihrem Rücken. „Jetzt kannst du die Augenbinde abnehmen.“

Kate gehorchte und befreite sich von dem Tuch.

Sie stand vor einem Haus, einem großen Landhaus, das trotz der schlichten grauen Farbe einladend wirkte. Das Gras zu ihren Füßen war noch feucht vom Morgentau. Wabernde Nebelschwaden ließen die Umgebung nur undeutlich erkennen. In der Ferne glaubte sie verschwommen, Bäume zu erkennen. Die Fenster waren dunkle Höhlen, kein Licht, keine Vorhänge waren zu sehen.

„Das Haus steht leer“, sagte sie einigermaßen verwirrt.

„Richtig“, bestätigte Ned. „Aber nicht ganz. Es ist ein leeres Haus, das dir gehört.“ Sein Arm umfing ihre Mitte.

Kate wartete auf eine Erklärung, aber Ned blickte nur versonnen lächelnd in die Ferne. „Nun gut, Ned. Was, bitteschön, soll ich mit einem leer stehenden Haus anfangen?“

„Mir sind unverhofft fünftausend Pfund zugeflossen, und ich versprach den edlen Spendern in London, dir etwas Schönes davon zu kaufen. Es ist auch ein Stück Land dabei, nicht viel, aber groß genug für einen Garten.“

Da er wieder schwieg, nahm sie das Anwesen in näheren Augenschein. Nicht weit entfernt entdeckte sie eine leere Koppel und einen Stall. „Sag bitte nicht, die ist für Champion gedacht.“

Hinter dem Stall lag ein Weiher, kaum sichtbar im wabernden Nebel.

„Nein.“ Ned feixte. „Kannst du es dir immer noch nicht denken? Vielleicht solltest du dich genauer umsehen.“

Während sie an der Koppel entlangschlenderte, kam ihr noch immer keine Idee. Ned folgte ihr, mühsam auf die Krücken gestützt. Sie erreichten das steinige Ufer des Weihers.

„Ich muss gestehen, ich habe immer noch keine Ahnung, was du damit bezweckst.“

Ned nahm den Gurt der Ledertasche, die er bei sich trug, von den Schultern und nestelte am Verschluss. „Hier, nimm das heraus.“

Kate äugte in die Tasche. Auf ein paar in Wachspapier eingewickelten belegten Brötchen lag eine Pistole: die Waffe, die sie aus Neds Schublade genommen und Louisa gegeben hatte. Kate warf ihm einen fragenden Blick zu, er aber nickte nur aufmunternd.

Sie nahm die Pistole aus dem Beutel und hielt sie unschlüssig in der Hand.

„In den letzten Jahren“, erklärte er, „hast du sehr viel Gutes getan. Du hast vielen Menschen geholfen, so still und heimlich, dass niemand davon erfahren hat. Und niemand hatte auch nur die leiseste Ahnung, was in deinem Kopf vorging, und wer du wirklich bist. Du hast dein wahres Selbst vor der ganzen Welt verborgen.“

„Ich … aber wenn die Leute wüssten …“

„Nicht alle müssen es wissen“, fuhr er fort. „Allerdings ein paar mehr, außer mir, zum Beispiel Gareth und Jenny. Ein paar Freunde. Deine Eltern.“

Scharf zog Kate den Atem ein. „Nicht mein Vater … er würde …“

Es gab tausend Gründe, warum sie so hartnäckig geschwiegen hatte, die nun alle auf sie einstürmten. Ihr Vater würde sie dafür tadeln und ihr jeden weiteren Rettungsversuch streng untersagen.

Aber nein. Dazu hatte er kein Recht. Wenn Ned seine Zustimmung gab, war ihr Vater machtlos, er konnte ihr nichts verbieten. Aber es gab schlimmere Konsequenzen. Wenn er feststellen musste, dass sie nicht die schutzbedürftige anschmiegsame Tochter war, für die er sie ihr ganzes Leben gehalten hatte, würde er ihr seine Zuneigung entziehen.

„Was immer du auch befürchtest", sagte Ned sanft, „nimm deine Ängste und wirf sie fort."

Kate holte stockend Atem.

„Ich meine es wörtlich", ermunterte er sie. „Weil du auch meine Ängste festhältst. Diese Pistole und ich, wir haben sehr viel durchgemacht. Schleudere sie von dir, so weit du kannst."

Die Waffe fühlte sich schwer in ihrer Hand an. Kate blickte wieder zu Ned, und dann hob sie das Ding mit beiden Händen hoch. Die Pistole war zu schwer, um sie wirklich weit weg zu werfen, andererseits aber zu leicht, um all ihre Ängste zu erfassen. Dennoch versuchte sie es und schleuderte sie von sich.

In weitem Bogen flog sie über das Wasser. Und einen kurzen Augenblick erfasste sie ein Strahlenbündel der Sonne, die durch den Nebel brach. Metall blitzte gleißend auf, ehe sie klatschend ins Wasser fiel und versank.

Kate fühlte sich plötzlich unbeschreiblich erleichtert.

„Jetzt, mein Schatz", sagte Ned, „hast du einen Platz, wo du die Frauen, die deine Hilfe brauchen, unterbringen kannst, ein Haus, das bequemer ist als eine Schäferhütte. Ich finde, du solltest es deinen Eltern zeigen, wenn sie uns demnächst in London besuchen."

Kate schluckte gegen den Knoten in ihrer Kehle an. Und dann drehte sie sich langsam im Kreis und betrachtete das Haus mit anderen Augen. Es war kein Herrenhaus, aber solide gebaut und groß genug, um seinen Zweck zu erfüllen. Es war nicht irgendein Haus, es war ein Zeichen der Hoffnung. Ein sichtbares Versprechen, dass Ned sich nicht von ihr abwenden würde, wenn sie sich als stark und eigenständig erwies. Es war ein Aufruf an sie, den Menschen, die ihr etwas bedeuteten, zu zeigen, wie glänzend sie strahlen konnte.

„Glaube mir", fuhr Ned fort, „sobald deine Eltern und deine Freunde sich von ihrem Schock erholt haben, werden sie stolz auf dich sein. Das verspreche ich dir."

„Woher wusstest du?", fragte sie mit bebender Stimme. „Woher wusstest du, was ich mir wünsche, bevor ich es selbst wusste?"

„Ganz einfach", sagte er lächelnd und schlang die Arme um sie. „Weil ich dich liebe."

EPILOG

Sechs Monate später

Nach einem langen Winter begannen die Bäume endlich wieder hellgrüne Blätter zu treiben. In den schwarzen Furchen der gepflügten Äcker keimte die neue Saat auf. Ein erbitterter Streit war vor Gericht ausgefochten worden, der nur auf massiven Druck des Marquess of Blakely beendet wurde. Endlich erlangte Louisa ihre Freiheit und das Sorgerecht für ihren Sohn. Als wolle er die kalten Monate des Bangens und Hoffens vergessen machen, zog der Frühling mit großem Gepränge ins Land.

So nervenzerrüttend diese Zeit auch gewesen war, Kate hatte sie bewältigt, weil Ned ihr zur Seite stand. Nun schlenderte sie Arm in Arm mit ihrem Gemahl über die blühende Wiese. In einiger Entfernung neben der Koppel, wo Champion einst gestanden hatte, saßen Jenny und Louisa auf einer Decke, neben ihnen spielten ihre Kinder im Gras. Mit dem Frühling hatte der kleine Jeremy beschlossen, auf seinen eigenen dicken Beinchen zu watscheln. Und Jennys um ein paar Monate ältere, ständig plappernde Tochter Rosa war selig, einen neuen Spielgefährten zu haben, den sie wie eine kleine Puppenmutter herumschleppen konnte.

„Habe ich dir eigentlich je erzählt", fragte Ned sinnend, „wie Champion mich in jener Nacht, als ich mir das Bein brach, gerettet hat?"

„Nein. Wie denn?"

„Ich klammerte mich völlig entkräftet an der Umzäunung fest, denn es war mir unmöglich, noch einen Fuß vor den anderen zu setzen. Ich war am Ende. Und dann donnerte Champion heran, ein feuriger Hengst, der vor nichts und niemandem zurückschreckte."

„Um Himmels willen. Hast du ihn deshalb weggegeben?"

Ned lächelte. „Ich glaubte, keinen Schritt mehr weiter gehen zu können. Aber mein Überlebenswille war stärker. Und plötzlich konnte ich mich wieder bewegen. Das war eine sehr heilsame Erfahrung."

Er blieb stehen und pflückte einen Löwenzahn. „Ich wollte, dass es ihm besser geht, weil ich daran glauben wollte. Wenn Champion sich mit dem Leben versöhnen konnte, würde auch ich es schaffen. Was mir damals fehlte, war die Erkenntnis, dass ich bereits gerettet war. Und ich musste einsehen, dass Champion etwas anderes brauchte als meine Erwartungen an ihn. Er brauchte jemanden, der ihm keine Aufgaben stellte, keine Erwartungen an ihn hatte, außer der, Heu und Hafer zu fressen." Ned lächelte Kate an. „Und wie ich von dem alten Vikar hörte, fühlt Champion sich auf seiner Weide, zusammen mit zwei alten Ziegen, ohne andere Pferde und ohne bedrohliche Menschen, richtig wohl."

Nur Ned war imstande, sich um das Wohl eines verstörten geschundenen Gauls zu kümmern, der ihn bedroht hatte. Kate lächelte. „Bist du nicht ein wenig enttäuscht, all deine Drachen gezähmt zu haben? Was stellst du nur mit deinen langweiligen Nachmittagen an?"

Er schlang den Arm um ihre Mitte und zog Kate an sich. „Ich mache dir ein Geständnis", raunte er an ihrem Ohr. „Mit dir an meiner Seite sind alle Drachen zahm."

„Hast du nicht das Bedürfnis, zu kämpfen, um dir irgendetwas zu beweisen?"

Er zuckte mit den Schultern. Kate wusste, dass es immer noch Momente gab, in denen es ihn drängte, sich körperlich zu verausgaben, um sein inneres Gleichgewicht nicht zu verlieren. Den Januar über, im dunkelsten Monat des Jahres, hatte sie erst wirklich verstanden, was er mit seiner Beschreibung der lähmenden Düsternis meinte, die gelegentlich von ihm Besitz ergriff. Aber mittlerweile wussten beide, dass er seine Schwermut in den Griff bekam und dass diese Zustände vorübergingen.

„Ich denke", sagte Ned leise, „ich bin an einem Punkt angekommen, wo ich genügend Vertrauen zu mir habe und mir nichts mehr beweisen muss. Ich habe nicht länger das Bedürfnis, mich jeder Herausforderung zu stellen."

„Tatsächlich?" Kate gestattete sich ein verschmitztes Schmunzeln, wartete jedoch, bis sie den Weg und damit festeren Boden unter den Füßen hatten, ehe sie hinzufügte: „Das ist aber jammerschade."

„Wieso? Willst du mich etwa wieder loswerden?", fragte er scherzhaft. „Willst du mich wieder nach China schicken? Oder nach Indien?"

„Aber nein. Das käme mir ausgesprochen ungelegen. Ich denke nämlich, dass ich dir in, sagen wir mal, sieben Monaten, eine andere lohnende Herausforderung präsentieren kann. Und ich hoffe, du freust dich darauf."

Ned stutzte, dann fuhr er zu ihr herum. Ein träges Lächeln umspielte seine Lippen. „Verstehe", sagte er beinahe scheu, mehr nicht. Ihre Hand lag in seiner Armbeuge, und sie spürte das leise Zittern, das ihn durchlief. Vermutlich kämpfte er mit ähnlich widersprüchlichen Empfindungen wie sie, als sie die Gewissheit hatte, ein Kind zu erwarten. Angst, Bestürzung, Jubel und dazwischen die stummen Schreie: „Es ist zu früh!" und: „Höchste Zeit!"

Ned hielt den Blick in die Ferne gerichtet und räusperte sich, ehe er sich ihr wieder zuwandte. „Wir sollten sie Iphigenie nennen."

„Findest du das nicht eine Spur zu hochgestochen?"

„Iphigenie", wiederholte er, als sei der Name das Alltäglichste von der Welt. „Als Kurzform könnten wir sie Figgy rufen."

Kate prustete vor Lachen und war froh, dass er es nicht ernst meinte. „Sie würde uns ihr Leben lang dafür hassen."

„Hm. Du bist es doch, die darauf besteht, uns das Leben schwer zu machen. Es wäre immerhin ein guter Anfang, dafür zu sorgen, dass unsere Tochter ihren Namen nicht buchstabieren kann."

„Ned, wenn du unsere Tochter Iphigenie nennst, dann werde ich … ich …"

„Du, meine Liebste", versicherte Ned mit belustigt funkelnden Augen, „wirst sie trotzdem abgöttisch lieben. Aber vielleicht hast du recht. Wie findest du Hatschepsut?"

„Hatschepwas?"

„Eine altägyptische Pharaonin. Und Ägypten ist momentan die große Mode. Nein?"

„Ein entschiedenes Nein." Kate strahlte ihn an. „Versuch es noch mal."

„Vertiline? Permelia?"

„Woher hast du nur all diese absurden Namen? Fällt dir nichts Schlichteres ein?"

„Ich weiß. Obraya."

„Das ist kein Name."

Er ließ die Augenbrauen tanzen. „Woher willst du das wissen?"

„Esel."

Er zog die Stirn in Falten. „Hm, der ist wenigstens kurz. Aber hat das nicht einen Beigeschmack? Ich finde ihn ein wenig abwertend."

Kate lachte schallend. „Hör auf, hör bitte damit auf!" Als sie endlich wieder zu Atem kam, schüttelte sie den Kopf. „Was gefällt dir nicht am Namen deiner Mutter? Hast du Einwände gegen Lily?"

Er legte den Kopf schräg. „Eigentlich nicht. Siehst du, deswegen liebe ich dich. Immer praktisch." Er schlang die Arme um sie.

Nein. Nicht immer. Nicht, wenn er sie so zärtlich an sich drückte und ihr einen sanften Kuss an die Wange hauchte und einen zweiten auf ihren Mund.

„Und wenn es ein Junge wird?"

Er drückte ihr einen dritten Kuss auf die Stirn. „Dann, Liebste, würde er es wirklich verabscheuenswert finden, Lily genannt zu werden."

– ENDE –

ANMERKUNG DER AUTORIN

Kates erste Gerichtsverhandlung findet ohne Anhörung vor Geschworenen statt. Im Jahr 1842 wäre eine solche Anhörung erforderlich gewesen. Um meine Leser nicht mit einer Schilderung dieses langwierigen Verfahrens zu ermüden, gestattete ich mir die Freiheit einer kleinen Zeitverschiebung. Erst 1849 wurde ein Gesetz erlassen, das einem Bezirksrichter gestattete, einen Prozess ohne Jury zu verhandeln.

Allerdings wurden auch im frühen viktorianischen England Schnellverfahren (d.h. Verfahren ohne Geschworene) unter gewissen Voraussetzungen (Bagatelldelikte) von Bezirksgerichten abgehandelt. In vielen Fällen, vor allem, wenn es sich um Klagen gegen Angehörige der Unterschicht handelte, führten Bezirksrichter auch Verhandlungen in schwerwiegenden Verfahren, unter der Voraussetzung, dass beide Parteien sich einverstanden erklärten, den Prozess ohne Geschworene zu verhandeln. Es war allerdings nicht immer ersichtlich, dass die Parteien auf eine Jury verzichteten, vielfach war ihnen nicht einmal bekannt, dass sie Anspruch darauf gehabt hätten. Kates erster Prozess, der durch Neds Einspruch vertagt wurde, gehörte dazu. Sowohl die dürftige Anklage als auch das offenkundige Desinteresse des Richters an der Wahrheitsfindung, wie in diesem Buch geschildert, decken sich mit den Aufzeichnungen, die ich über derlei Verfahren studiert habe.

Harcrofts Aussagen vor Gericht, wonach es sich bei der mündlichen Einflussnahme auf seine Ehefrau, ihn zu verlassen, um eine Straftat handelt, wurden (mit geringfügigen Abweichungen) den *Commentaries on the Laws of England* von Sir William Blackstone entnommen – die mutmaßliche Quelle von Harcrofts Recherchen für seine Klage gegen Lady Carhart.

Die Figur des Bezirksrichters Fang habe ich Charles Dickens' Roman *Oliver Twist* entliehen.

Courtney Milan
Eine hinreißende Schwindlerin
Band-Nr. 25544
6,95 € (D)
ISBN: 978-3-89941-891-0
352 Seiten

Christine Feehan
Im Palazzo der Leidenschaft
Band-Nr. 25672
7,99 € (D)
ISBN: 978-3-86278-728-9
416 Seiten

Candace Camp
Maskenball um Mitternacht
Band-Nr. 25665
7,99 € (D)
ISBN: 978-3-86278-721-0
320 Seiten

Jillian Hunter
Geliebt von einem
sündhaften Lord
Band-Nr. 25660
7,99 € (D)
ISBN: 978-3-86278-710-4
336 Seiten

Lynsay Sands
Der Highlander und
sein wilder Engel
Band-Nr. 25654
7,99 € (D)
ISBN: 978-3-86278-510-0
320 Seiten

Sarah MacLean
Lehrmeister der Leidenschaft
Band-Nr. 25648
7,99 € (D)
ISBN: 978-3-86278-503-2
432 Seiten